ro
ro
ro

Nicholas Searle ist in Cornwall aufgewachsen und studierte Sprachen in Bath und Göttingen. Er machte Karriere im Öffentlichen Dienst, erst in seiner Heimat, dann in Neuseeland. 2011 kehrte Searle nach England zurück, nahm seinen Abschied vom Staatsdienst und begann zu schreiben. Sein Debütroman «Das alte Böse» wurde von der Kritik international gefeiert, er wurde mit Helen Mirren und Ian McKellen verfilmt. Der Autor lebt mit seiner Frau in Yorkshire.

«‹Das alte Böse› war ein exzellenter Thriller, aber dieses Buch liest sich persönlicher. Es ist noch besser.» (Sunday Express)

«Dem Iren Nicholas Searle ist ein böser, extrem spannender Polit-Thriller gelungen, der ganz cool und lässig daherkommt und viel über die Mentalität der Nordiren aussagt.» (Weltwoche)

«In seiner Subtilität erinnert das an John le Carrés ‹Eine kleine Stadt in Deutschland›, wo es auch um die emotionalen Verwerfungen in den Herzen derer geht, die im Schatten des Verrats tätig sind. Höchstes Lob.» (Daily Mirror)

«Toller Autor, starkes Buch – ein Krimi mit viel Substanz.» (WDR 2 Krimitipp)

«Searle wechselt versiert die Perspektiven. So lässt sich die verfahrene Konstellation verstehen, ohne dass man die einzelnen Taten deshalb billigen müsste. Es ist ein Blick in eine Welt, in der Loyalität einem Würgegriff gleichen und Verrat zum Akt der Vernunft und Befreiung werden kann.» (Frankfurter Allgemeine Zeitung)

«Searles Antiheld kann nicht anders als Verrat und Gewalt in die Welt zu bringen, und sein Dilemma hat eine moralische Botschaft: Selbst der härteste Mann ist verletzlich durch die Liebe.» (Observer)

NICHOLAS SEARLE

VERRAT

THRILLER

AUS DEM ENGLISCHEN
VON JAN SCHÖNHERR

ROWOHLT TASCHENBUCH VERLAG

Die Originalausgabe erschien 2017 unter dem Titel
«A Traitor in the Family» bei Viking, Penguin Random House, London.

Deutsche Erstausgabe
Veröffentlicht im Rowohlt Taschenbuch Verlag,
Hamburg bei Reinbek, April 2019

Redaktion Werner Irro
Umschlaggestaltung any.way, Barbara Hanke / Cordula Schmidt
Umschlagabbildung Alex Bonney / arcangel
Satz Dante MT PostScript, In Design,
bei Pinkuin Satz und Datentechnik, Berlin
Druck und Bindung CPI books GmbH, Leck, Germany
ISBN 978 3 499 27317 9

Für C, immer

Die in diesem Roman dargestellten Geschehnisse und Figuren sind vollkommen fiktiv. Eventuelle Ähnlichkeiten zwischen seiner Handlung und den Handlungen wirklicher Menschen, einschließlich der Mitglieder gewisser illustrer, ehemals geächteter Organisationen, sind weder beabsichtigt noch rein zufällig, sondern unvermeidlich.

1989

I

Während ihr Gatte sich anschickte, einen jungen Mann zu ermorden, dem er nie zuvor begegnet war, packte Bridget O'Neill die letzten Taschen für das Weihnachtsfest bei ihren Schwiegereltern.

Die Mince-Pies im Ofen, ihr Beitrag zum Festschmaus, machten ihr Sorgen. Bridgets Schwiegermutter war eine resolute Person, die schnell die Stacheln aufstellte. Grundsätzlich waren Bridgets Mince-Pies nicht so übel. Nie aus Blätter-, sondern stets aus süßem Mürbeteig gemacht und prall von Bridgets selbstgemachter Füllung. Nachdem Bridget jahrelang etwas gesucht hatte, das ihr keine schiefen Blicke und gehässigen Kommentare einbrachte, waren die Küchlein nun beinahe versehentlich so etwas wie Tradition geworden.

Marie O'Neill gab Heiligabend in der Küche stets die Märtyrerin. Sie seufzte geräuschvoll – und tat das gleich noch einmal etwas lauter, wenn sie fürchten musste, man habe sie im Wohnzimmer überhört – und zeigte sich von Zeit zu Zeit mit gerötetem Gesicht und auf der Stirn verklebtem grauem Haar. Das Weihnachtsessen fand bei den O'Neills immer schon an Heiligabend statt, um den nächsten Tag zum Feiern freizuhalten.

Dennoch war Marie O'Neill im Gegensatz zu Bridget alles andere als häuslich. Sie war mit den Entbehrungen des Zweiten Weltkriegs aufgewachsen und hatte auch danach noch schwere Zeiten überstehen müssen; vor wie nach ihrer Heirat hatte sie sich politisch engagiert. Die O'Neills waren eine hartgesottene Familie und Marie eine taffe Frau. Dass Bridget ihr keine Enkel schenkte, schien sie nicht im mindesten zu kümmern. Vor drei Jahren hatte sie ihren Erstgeborenen an die finsteren Mächte Englands verloren, als er in County Tyrone in einen Hinterhalt der SAS geraten und umgekommen war. Wenigstens in Bridgets Gegenwart ließ sie sich jedoch nie auch nur den geringsten Schmerz anmerken. Zäh war sie, kein Zweifel, und wachsam wie ein Luchs.

Während Bridget die Kohlen für die Nacht schaufelte, linste sie immer wieder besorgt zum Ofen. Morgen früh würde sie zu Fuß ins Dorf gehen, um von dort den Bus nach Dundalk zu nehmen. Dafür musste sie um halb sechs aufstehen, da Francis niemals dulden würde, dass sie zu spät zum Treffpunkt käme. Das war weiter nicht schlimm, denn Bridget schlief nur selten gut und saß um diese Zeit oft schon mit einer Tasse Tee in der Küche.

Schließlich klappte sie den Ofen auf. Die Pies sahen ganz ordentlich aus. Den goldbraunen Glanz bekam man mit Mürbeteig zwar nie hin, doch darüber tröstete die krümelig-buttrige Konsistenz hinweg. Die Deckel wölbten sich, ohne dass die Füllung unansehnlich braun über die Ränder triefte. Noch ein paar Minuten auskühlen, dann würde Bridget sie in Backpapier wickeln und in eine Tupperdose packen. Nicht ideal – sie könnten noch etwas mehr Luft vertragen –, aber es ging nicht anders. Es war schon spät, und morgen musste es schnell gehen.

Schmalzige Weihnachtslieder plärrten aus dem Radio, als sie sich dem Stadtrand von Calais näherten, unterbrochen vom eigentümlichen Schnellfeuer-Enthusiasmus der französischen Moderatoren. Thema der Stunde war das erste Weihnachtsfest der beiden Deutschlands seit dem Fall der Mauer. Später gäbe es womöglich anderes zu berichten.

Ein guter Fahrer, dieser John Boy. Umsichtig. Er hielt sicheren Abstand zu den roten Heckleuchten vor ihnen, obwohl andere Fahrer, die es um diese Zeit schon furchtbar eilig hatten, ständig überholten und sich dazwischendrängelten. Geduldig ging John Boy ein ums andere Mal vom Gas und ließ die Lücke wieder größer werden. Pausenlos geschah das, doch John Boy konzentrierte sich unbeirrt auf die Straße. Zu Hause war er Fahrlehrer, und nach den Feiertagen würde er wieder mit derselben Geduld neben jungen Schülern sitzen, die seinen Austin Maestro abwürgten.

Deutschland hatte keine Überraschungen geboten. In aller Ruhe hatten sie den Stützpunkt Rheindahlen ausgespäht, mit dem in Essen gestohlenen Auto. Noch so eins von John Boys Talenten. Auch Brian wusste sich nützlich zu machen. Dank seiner deutschen Mutter war er zweisprachig, sodass er das Reden übernahm. Gute Nerven hatte er obendrein. Obwohl dies sein erster richtiger Einsatz war, bewahrte er ruhig Blut. Francis hatte ihn weit weniger an der Hand nehmen müssen als erwartet.

Vom Stützpunkt hatten sie genaue Pläne gezeichnet und sorgfältig auf Millimeterpapier übertragen, mit veränderter Beschriftung. Aus der Offiziersmesse wurde das Maschinenhaus, aus dem Paradeplatz der Musterungsplatz und so weiter. Alles passte zu ihrer von einem staatlich geprüften Vermesser aus Dublin gedeckten Tarngeschichte. Heute, an Heiligabend, hätte die allerdings ohnehin niemand überprüfen können, denn das Büro des Vermessers war geschlossen. Eine gute Übung war es allemal.

Mit Hilfe seiner Sprachkenntnisse und seines jugendlichen Charmes hatte Brian ein Häuschen im Taunus aufgetan, das sie ganz nach Bedarf mieten konnten. Ohne Papierkram, bar auf die Hand. Ein Glücksfall, meinte Brian, wurde Bürokratie in Deutschland doch gewöhnlich groß geschrieben. Entdeckt hatte er das Haus in den Kleinanzeigen einer Frankfurter Lokalzeitung. Der Besitzer hatte es von seinem Vater geerbt und war besorgt wegen der Steuer. Sie einigten sich, dass Brian im neuen Jahr anrufen sollte, sobald seine Pläne zur Vogelbeobachtung festere Gestalt annähmen. Von den britischen Stützpunkten war das Haus genau richtig entfernt. Die drei konnten sich zurückziehen und ausruhen, dank der Autobahnen aber auch im Nu ihre Ziele erreichen.

Sie stellten den deutschen Opel in Nimwegen ab und fanden rasch einen großen, unauffälligen Ford, der ihren Zwecken genügte. Damit fuhren sie zum Hafen von Calais.

Es war zwanzig vor fünf und noch immer stockfinster. Perfekt, dachte Francis, da kommen die Streber, die früh zu Hause sein wollen. Sie näherten sich dem Wartebereich zur Einschiffung, und John Boy parkte in der Nähe der Zufahrt lässig rückwärts ein. Außer ihnen war kaum jemand da. Während der Motor tickend abkühlte, stieg in Francis die Spannung. In allen dreien. Konzentriert spähten sie in die Finsternis, als hielten sie Ausschau nach Sinn, nicht nach Bedrohungen. Francis kurbelte das Fenster herunter und ließ den Blick über den nassen Asphalt schweifen. Flutlicht erhellte die Hauptzufahrt bei den Zoll- und Tickethäuschen, die bald für die 6.30-Uhr-Fähre öffnen würden. Weiter hinten rollten Lastwagen mit heulenden Motoren aufs Schiff.

In der Nähe hörte Francis englische Stimmen. Die Leute aus drei Autos standen beisammen und ließen eine Thermosflasche herumgehen. Kinder rannten aufgeregt im Kreis und in Achtern um die Autos und die Erwachsenen. «Schaut auf die Straße», rief einer der Väter. Doch die Gefahr war gering. Vielleicht neun Autos verteilten sich über die riesige Fläche, einschließlich dem von Francis, John Boy und Brian.

Ein kleiner Nissan fuhr auf den Parkplatz und hielt ein Stück von den anderen Fahrzeugen entfernt. Das Lenkrad war rechts, das Nummernschild exakt, wonach sie suchten. Drei Buchstaben, zwei Ziffern, hinten ein B. Britische Streitkräfte in Deutschland.

Der Fahrer stieg aus und streckte sich. Auf der Beifahrerseite klappte seine Frau den Sitz vor und angelte ein in einen leuchtend blauen Schneeanzug gepacktes Baby vom Rücksitz. Vielleicht ein Jahr alt, dachte Francis. Der Mann ließ auf seiner Seite ein mürrisches kleines Mädchen aussteigen. «Daddy, ich hab Hunger», quengelte die Kleine. Vermutlich etwa vier.

Auf dem Rücksitz seufzte Brian.

Francis drehte sich zu ihm um. «Alles okay?»

«Ja», antwortete Brian leise, angespannt und mit blitzenden Augen.

Francis nickte John Boy zu, worauf der den Motor anließ. Gleichzeitig stiegen Francis und Brian aus dem Wagen und schlossen leise die Türen. Sie blickten sich um. Offenbar hatte niemand sie bemerkt. Sie nickten einander zu und zogen die Sturmhauben übers Gesicht.

Gemächlich, Brian einen Schritt hinter Francis, näherten sie sich der Familie mit dem Nissan. Francis konzentrierte sich voll auf sie; Brian sollte sich umsehen und Francis vor möglichem Ärger warnen. Der junge Soldat sah asiatisch aus. Für Francis machte das keinen Unterschied.

Das Mädchen bemerkte ihn als Erste. Aus großen braunen Augen blickte sie ihn an. Obwohl sein Gesicht unter der Sturmhaube verborgen war, setzte Francis unwillkürlich ein beruhigendes Lächeln auf. Er hielt die Pistole in der Hand, spürte, wie Brian sich umdrehte, um nach hinten zu sichern, genau, wie sie es geübt hatten.

Es lief völlig undramatisch ab. Francis schob das Mädchen

brüsk beiseite, schritt auf den Soldaten zu und setzte ihm, noch ehe er reagieren konnte, die Mündung an die Schläfe. Er drückte ab, hörte den üblichen, stets etwas enttäuschenden, trockenen Knall. Im Freien war das immer so. In geschlossenen Räumen klang es ganz anders. Den Rückschlag allerdings, den spürte er, wie er durch die angespannte Hand jagte, entlang des gestreckten Arms über Schulter und Hals ins Hirn – ein Hochgefühl, von dem ihm die Augen blitzten. Aus der anderen Seite des Soldatenkopfs spritzten wie erwartet Hirnmasse und Blut, dann sackte der Mann zusammen. Erledigt.

Francis blickte zu der Frau mit dem Baby. Sie starrte ihn mit offenem Mund an, und er bemerkte ihr schmutzig blondes Haar. Er zuckte die Achseln, was eher Machtlosigkeit als Gleichmut ausdrücken sollte.

Bei den anderen Autos war Tumult ausgebrochen. Ein paar Männer rannten auf sie zu. Doch da war schon der Ford, und Francis und Brian stiegen in aller Seelenruhe ein. John Boy fuhr an, schnell, aber nicht hektisch. Die Uhr auf dem Armaturenbrett zeigte kurz vor fünf.

Den Weg zur Autobahn hatten sie vorher ausgekundschaftet. Keine vier Minuten später waren sie auf der A26 nach Südosten unterwegs.

Brian wiederholte unablässig: «Scheiße, scheiße, scheiße, scheiße.» Langsam wurde das lästig.

«Alles okay, Bri?», fragte Francis.

«Scheiße», kam die Antwort.

John Boy warf einen Blick in den Rückspiegel, sagte jedoch nichts. Er fuhr einfach gelassen weiter, hatte nur Augen für die Straße.

«Das erste Mal ist immer am schwersten», sagte Francis. «Müssen jetzt die Köpfe unten halten.»

«Hab's mir nicht so vorgestellt. Scheiße.»

«Tut keiner. Ist immer ein Schock. Du kommst drüber weg. Wir müssen uns an den Plan halten. Kriegst du das hin?»

«Glaub schon», sagte Brian.

«Wenn nicht, sag's lieber gleich.» Francis und John Boy hofften, derartige Komplikationen blieben ihnen erspart.

«Doch, wird schon», versicherte Brian.

«Gut. Keine Sorge. Ist ganz normal. Nimmt dir keiner übel.»

Zwei Stunden lang sprachen sie kaum ein Wort, nur das Autoradio lief. Als die Nachrichten zum ersten Mal etwas darüber brachten, waren sie schon fast am Bahnhof Villepinte. Dort angekommen, zogen Francis und John Boy ihre Overalls und Stiefel aus, packten sie in den Koffer auf dem Rücksitz zu den bereits darin verstauten Sturmhauben, Waffen und Handschuhen und schlüpften in normale Schuhe. Brian hielt unterdessen Ausschau nach neugierigen Passanten.

Francis zog die Krawatte zurecht und kämmte sich, prüfte, ob er Pass, Geldbeutel und Ticket auch wirklich eingesteckt hatte. Dann nickte er Brian zum Abschied zu und betrat mit John Boy den Bahnhof. Brian würde das Auto zu der vorher ausgewählten abgelegenen Lichtung bei Eindhoven bringen, den Innenraum mit Benzin aus dem Kanister hinterm Vordersitz begießen und es in Brand stecken. Dann würde er knapp drei Kilometer zu Fuß zum nächsten Bahnhof gehen, den Elf-Uhr-Zug nach Düsseldorf nehmen und dort problemlos seinen Anschlusszug nach Stuttgart erwischen. Weihnachten würde er auf dem Bauernhof seiner deutschen Großeltern verbringen, wo er außerdem die Klamotten verbrennen und die beiden Pistolen verstecken sollte.

Francis und John Boy spazierten in den Bahnhof und kauften am Automaten Tickets zum Flughafen Charles de Gaulle.

Brüssel wäre von Calais aus einen Tick näher gewesen, aber der Flughafen war kleiner, und es gab weniger Flüge nach Irland. Im Terminal warteten sie schweigend in der Schlange und checkten als Michael Brennan, staatlich geprüfter Vermesser, und dessen Kollege Patrick O'Leary für den Flug um 8.45 Uhr mit Aer Lingus nach Dublin ein. Besondere Sicherheitsmaßnahmen fielen ihnen nicht auf.

In Dublin wurden sie von einem Fahrer abgeholt. Auf der Autobahn ging es nach Norden. Bei Dundalk, wo Bridget O'Neill ihren Mann mit den Koffern erwartete, fuhren sie ab. John Boy stieg aus, Bridget ein, und die Fahrt ging weiter nach Belfast. Dort würden sie Weihnachten mit Francis' Eltern verbringen, in dem kleinen Reihenhaus in einer Seitenstraße der Falls Road, in dem er aufgewachsen war. Um halb zwölf kamen sie dort an, sodass Francis noch Zeit für eine Tasse Tee mit seiner alten Ma blieb, bevor er, den Nachbarn seiner Eltern freundlich zuwinkend, zu Finnegan's Bar schlenderte. In der Bar zeigte er sich in lautstarker Höchstform, spendierte Leuten Pints, die er seit Jahren nicht gesehen hatte. Die Spitzel, die sich mit Sicherheit in der Bar aufhielten, sollten nicht umhinkommen, seine Anwesenheit zu bemerken. Zweifellos würde er auch den einen oder anderen von ihnen auf ein Bier einladen.

Weihnachten verlief hier völlig anders als zu Hause. Ein dehnbarer Begriff war das: Zuhause. Bridgets Zuhause war ja wohl der Ort, an dem Francis und sie die vergangenen acht Jahre gelebt hatten, das kalte, immer leicht feuchte Häuschen außerhalb des Dorfs, mitten im Grün der Border Counties. Wo die Räuber hausten, wie es hieß. Doch da ihr Mann eine Art Räuberhauptmann war, hatte sie wohl Glück. Für Bridget allerdings bedeutete Zuhause – wie, so nahm sie an, für viele Frauen ihres

Alters, die im Leben weder Frieden noch Zufriedenheit gefunden hatten – immer noch ihr Elternhaus, obgleich sie sich auch dort oft eingesperrt gefühlt hatte.

Als Bridget noch klein gewesen war, hatte ihre Mutter vormittags immer das Weihnachtsessen zubereitet, während ihr Vater teilnahmslos auf seinem Sessel vor dem Fernseher saß: Prominente, die in knalligen Pullovern Kinderkliniken besuchten, und Trickfilm-Wiederholungen. Bridget und ihre Schwester durften ihre Geschenke auspacken, dann mussten sie das Papier ordentlich entsorgen und ihrer Mutter beim Gemüseschälen helfen. Um halb zwölf ging der Vater ins Pub, das es im Ort damals noch gab, und Bridget wartete mit Mutter und Schwester darauf, dass die Großeltern mütterlicherseits von der anderen Seite des Dorfs herüberkamen; er mit leuchtenden Augen und einem Lächeln, dass ihre Mutter immer für etwas idiotisch hielt, sie allzeit bereit, an allem herumzumäkeln. Manchmal kam auch Bridgets Tante aus dem Süden zu Besuch, mit ihrem schweigsamen Mann, den zwei Söhnen – einer in Bridgets Alter, der andere zwei Jahre jünger – und allerlei Geschichten vom süßen Leben in Arklow. Zu einem Gegenbesuch in deren geräumigem Einfamilienhaus kam es nie.

Das Leben war so anders gewesen, damals, es ließ sich fast nicht mehr erinnern, dabei ging es bloß um die späten Sechziger, kurz vor diesen finsteren Zeiten, die offenbar nie enden wollten. South Armagh hatte fernab allen Trubels gelegen, vom Leben bloß gestreift, noch nicht belagert. Und das war nicht etwa bloß die Verklärung einer Kindheit, die es so nie gegeben hatte. Die Gegenwart war ein erbitterter Kampf, ringsum belauert von unsichtbaren Augen.

Irgendwann kehrte ihr Vater damals dann immer aus dem Pub zurück, war weniger streitlustig als sonst und zeigte sich von seiner besten Seite, und man ging zum Ritual eines feierlichen, stillen Mahles über. Waren die Gäste fort und der Abwasch erledigt, sah man gemeinsam fern.

Aus diesen Erinnerungen wurde Bridget von ihrer Schwiegermutter gerissen, die im Wohnzimmer Hof hielt, Cola-Rum trank und theatralisch wie ein Filmstar an ihrer Zigarette zog.

«Ich schwöre, ich trink euch Mannsbilder alle unter den Tisch», grölte Marie O'Neill und fuchtelte mit dem Finger.

«Ja doch, sicher», erwiderte ein Nachbar, dessen Namen Bridget nicht wusste. «Mit dir legt sich keiner an, Marie.» Er lachte, fast ein wenig boshaft.

«Du kannst mich mal, Desmond», schnappte sie und rutschte von der Sofalehne fast auf den Schoß von Norman aus Haus Nummer sechs.

«Liebend gern», johlte Desmond zurück, «jederzeit.»

«Im Leben nicht. Keine Chance. ‹Wärst du auf der Welt der einz'ge Mann und ich die einz'ge Frau …›», trällerte sie, «dann würd ich mir 'n Strick nehmen!» Sie lachte schallend.

Die ersten Weihnachten mit den O'Neills hatten Bridget einigermaßen geschockt. Mit den Jahren hatte das ein wenig nachgelassen. Übrig blieb blankes Unbehagen, das man ihr bestimmt deutlich ansah, egal, wie sehr sie lächelte. Und doch schien niemand etwas aufzufallen. Gut möglich, dass sie viel zu beschäftigt damit waren zu trinken, zu johlen, zu singen, einander zu begrapschen und zu streiten, um Bridgets nervöse Blicke zu bemerken. Oder sie war eine bessere Schauspielerin, als sie glaubte.

Wo ihr Schwiegervater steckte, konnte Bridget sich schon denken: die Straße runter, bei den Shaughnessys. Der Blick, den er mit Pauline Shaughnessy gewechselt hatte, kurz bevor diese aufgebrochen war, war Bridget nicht entgangen. Marie hatte ihn ganz sicher auch bemerkt, genau wie sie heute Vormittag bemerkt hatte, dass Sean ihr, Bridget, auf der dunklen Treppe an die Brust grapschte und sie ihn stumm abwehrte. Kurz hatte sie daran gedacht, Francis davon zu erzählen, doch der fände nur wieder eine Ausrede, um seinem Vater nicht die Stirn bieten zu müssen. «Ist doch nur Alberei zu Weihnachten, Bridget. Entspann dich.» So viel zu ihrem tapferen fenischen Krieger.

Bridget bemerkte, wie Liam ihre Bemühungen beobachtete, auf ihrem Hocker ganz im Eck des kleinen Zimmers voller Menschen nicht gar so unsicher zu wirken. Bei ihrer ersten Begegnung mit der Familie war Francis' kleiner Bruder noch ein Kind gewesen. Inzwischen war er ein charmanter junger Mann, auch wenn Francis meinte, er gebe sich mit den falschen Leuten ab und habe daher Ärger mit den Jungs. Liam war ein Beobachter, und Bridget fühlte sich ihm merkwürdig verbunden. Sie erwiderte seinen Blick mit scheuem Lächeln, woraufhin er sich derart unbeeindruckt abwandte, dass sie nicht einmal mehr sicher war, ob er sie wirklich angesehen hatte.

Wie jeder wusste, war Liam das schwarze Schaf der Familie und die Schande der ganzen Straße. Mit seinen großen Brüdern hatte er nichts gemein, er war keiner von den Jungs, sondern bloß ein gewöhnlicher Krimineller. Kaum jemand verbarg seine Geringschätzung oder die Sorge, er könnte einem jederzeit einen Fünfer aus der Tasche stibitzen. Doch Bridget mochte ihn.

Die O'Neills hatten Truthahn und Plumpudding schon am Vorabend gegessen und hinterher die Mitternachtsmette in St. Ethelburga's besucht. Bevor sie dorthin aufgebrochen waren, hatten sie aus den Fernsehnachrichten erfahren, dass Private Singh, der am Vormittag in Calais von der IRA niedergeschossen worden war, nicht tot war, sondern an eine Herz-Lungen-Maschine angeschlossen im Koma lag. Die Berichte waren unklar. Möglich, dass man ihn in ein Militärkrankenhaus nach England verlegte, sobald sein Zustand stabil wäre, möglich, dass er dauerhaft im Wachkoma blieb. Sean O'Neill hatte Francis von der Seite angegrinst, doch der hatte bloß leicht gelangweilt gewirkt. Gesprochen hatte niemand.

Bald nach den von Marie als «nicht schlecht» befundenen Mince-Pies hatte Bridget gesehen, wie Liam eine dünne Jacke überzog und mit verstohlenem Blick über die Schulter aus der Tür schlüpfte wie ein unartiger Hund, der sich vor Strafe fürchtete. Nun bereitete er seinen nächsten heimlichen Aufbruch vor.

Francis saß auf dem Sessel in Gentleman Joes Büro und trank Whisky. Joe lehnte sich hinterm Schreibtisch auf dem Stuhl zurück und betrachtete versonnen sein Glas, die offene Flasche vor sich. Kenny, Joes Geldeintreiber, stand an der Tür.

«Scheiß Weihnachten», sagte Kenny.

«Danke, ebenfalls frohe Feiertage, Kenny», erwiderte Joe. «Entspann dich. Wir brauchen alle mal eine Pause. Und es ist ein Höhepunkt des Kirchenjahres, nicht wahr, Francis?»

«Glaub schon», sagte Francis.

«Du glaubst schon», wiederholte Joe nachdenklich. «Na, ich glaube, ich glaube das auch.»

Zwei Jahre war es her, dass die Prods – die Protestanten – Joe Geraghty erwischt hatten. Auf dem Rückweg von einem Altenheim bei Dunmurry, in dem ein ehemaliger Freiwilliger aus den Vierzigern seinen Lebensabend zubrachte, war sein Auto in einen Hinterhalt geraten. Wenn Kenny was getrunken hatte, erzählte er davon oft lebhaft, doch zugleich professionell abgeklärt. Er hatte am Steuer gesessen, Colm Hawley auf dem Beifahrersitz. Colm war einer der Vordenker der Bewegung gewesen, sechsfacher Vater und Fürsprecher einer politischen Lösung, da der bewaffnete Kampf seiner Ansicht nach in eine Sackgasse führte. Abgesehen hatten es die Prods allerdings auf Joe, den dicken Fisch, und sie waren offenbar bestens informiert. Gut bewaffnet lagen sie im Hinterhalt, ein gestohlener Lastwagen blockierte die Straße. Kenny riss das Auto rutschend herum, sodass es zurück zur M1 zeigte, und schrie Joe an, er solle in Deckung gehen. Die Kugeln zerbarsten die Heckscheibe und blieben in den Vordersitzen stecken. Kenny war getroffen worden und blutete stark, behielt aber gerade noch die Kontrolle über das Fahrzeug und fuhr weiter. Colm war in sich zusammengesunken – tot.

Francis hatte zu den Männern gehört, die ausgesandt worden waren, um Rache an den beiden von Joes Sicherheitsteam identifizierten Schützen zu üben. Reine Routine, sobald sie wussten, wo die Drecksäcke ihr Bier tranken. Francis sollte draußen Schmiere stehen, während Mikey Sullivan und Peter Boyle sie kaltmachten. Ein zweites Team wurde ausgeschickt, um den Spitzel zu schnappen, der den Bullen von der Royal Ulster Constabulary von Joes Plänen erzählte hatte. Der Kerl endete in einem Straßengraben bei Newtonards. Die Nachricht überbrachte man Kenny ans Krankenhausbett, als kleinen Trost. Gott weiß, was Colms Frau davon hielt. Der Spitzel war nur allzu gern bereit gewesen, die Namen seiner Kontaktleute bei der RUC preiszugeben, die nun in Joes schwarzem Büchlein standen.

Seit damals galten Joe und Kenny als unzertrennliches Paar. Kenny war der Nörgler in der Beziehung.

«Weihnachten konnte ich noch nie leiden», sagte er.

«Was quatschst du da schon wieder für einen Unsinn?», sagte Joe. «Genug jetzt. Hast du nichts Besseres zu tun, als dich zu beklagen? Geh und mach dich irgendwo nützlich. Francis und ich haben was zu besprechen.»

«Ja, Boss», sagte Kenny und blickte in sein Glas, als berechnete er, mit wie vielen Schlucken er es leeren könnte.

«Wenn du so weitermachst, feiert man dich irgendwann als

Helden», wandte Joe sich an Francis. «Ein Prinz bist du ja heute schon.»

«War nur ein Job», erwiderte Francis. «Sonst nichts.»

«Aber du bist gut darin. Warte mal … Kenny, machst du bitte die Tür hinter dir zu?»

«Ja, Boss», gehorchte Kenny.

«Also, Francis. Der Soldat ist noch am Leben.»

«Tut mir leid, Joe. Ich dachte, er sei erledigt.»

«Nein, nein, keine Sorge. Wie hättest du das wissen sollen? Fast besser so. Jetzt bleibt er mindestens ein paar Tage in den Schlagzeilen. Schafft er's, schafft er's nicht? Ziehen sie den Stecker? Nein, nein. Könnten gar nicht zufriedener sein, die Jungs und ich. Ich soll dir in aller Form gratulieren. Kommt von oben. Von ganz oben. Du wirst noch mehr Arbeit bekommen, so viel ist klar.»

«Danke, Joe. Das bedeutet mir viel. Aber sag mal …»

«Was gibt's?»

«Ich hab mich gefragt …»

«Ja?»

«Ich müsste mal ein bisschen raus. Bloß zwei Wochen.»

«Hm, ja. Ging dir nahe, was? Verstehe ich.»

«Nein, das nicht. Aber … Ich bin zu einer Hochzeit eingeladen.»

«Ach so. Und?»

«Tony Simons und Cheryl Maguire. Früher hatte ich mit denen viel zu tun.»

«Ja, da klingelt was. Leben die nicht irgendwo im Ausland?»

«Genau.»

«Verstehe. Amerika, hm?»

«Nein. Singapur.»

«Ah ja. Und sie wollen den Bund fürs Leben nicht zu Hause schließen?»

«Nein, Joe.»

«Soso.»

«Jedenfalls dachte ich …»

Joe Geraghty schüttelte den Kopf. «Schwierig, schwierig, Francis. Wirklich heikel. Du weißt ja, was ich allen Freiwilligen immer sage, besonders so wichtigen wie dir. Ihr müsst euch von jedem Verdacht reinhalten. Dürft keinem der Jungs einen Grund geben, an euch zu zweifeln. Der Kampf –»

«Ich weiß, Joe. Der Kampf hat Vorrang. Aber ich hab mich gefragt …»

«Ob ich ein Auge zudrücken könnte. Knifflig. Wenigstens willst du nicht nach Amerika. Das käme auf keinen Fall in Frage. Aber trotzdem …»

«Ich werde nicht betteln, Joe.»

«Das würde dir auch nichts nützen. Lass mich nachdenken.» Er blickte von seinem Glas zur Flasche und entschied sich dagegen, etwas nachzuschenken. «Pass auf, Francis, wir machen das so. Mir wäre es lieber, du würdest einfach hierbleiben. Aber das wirst du nicht, stimmt's?»

«Nein.»

«Gut. Dann bleibt das unter uns, ja? Die Entscheidung liegt bei mir, aber ich müsste es melden. Und wir wissen beide, was dann los wäre. Das Exempel ist das Problem. Wenn bekannt wird, dass ich dich weglasse, was ist dann mit dem Nächsten, der fragt?»

«Ist klar, Joe.»

«Dann behalten wir's also für uns. Nicht mal Kenny.»

«Geht in Ordnung.»

«Ich decke dich. Wenn ich was höre, sage ich, du seist in meinem Auftrag unterwegs.» Er blickte nachdenklich drein. «Muss ich mir eben irgendeine Räuberpistole aus den Fingern saugen. Aber das lass mal meine Sorge sein. Wie klingt das?»

«Großartig, Joe. Danke.»

«Sag nicht, ich sei nicht großzügig, Francis O'Neill.»

«Würde ich nie.»

«Natürlich nicht. Geld brauchst du keins?»

«Bisschen mehr schadet nie. Aber es reicht. Den Flugpreis kratze ich schon irgendwie zusammen.»

«Ich sehe mal, ob ich für den letzten Job ein bisschen was extra für dich auftreiben kann. Ich kümmere mich schließlich um meine Jungs, oder nicht?»

Über fünfzehn Jahre war es nun her, dass Francis' Vater ihn im Club stolz dem großen Gentleman Joe Geraghty vorgestellt hatte. Francis, der damals noch ein Teenager gewesen war, erinnerte sich an jenen Tag – und die folgende Rekrutierung – lebhaft und mit Schaudern.

«Doch, Joe.»

«Gut, dann sei diskret. Sag niemandem, wann du gehst und wiederkommst. Niemandem, hörst du? Die Leute haben dich im Auge, denk dran, und nicht bloß unsere. Ich will nicht zu umständlichen Erklärungen gezwungen sein, falls dich unterwegs jemand sieht. Verstanden?»

1990

2

Was war er also, dieser Ort, aus dem sie stammte? Im Großen gesehen? Was zählte dieses schlichte Häufchen Wohnhäuser inmitten des Nebels und üppigen Grüns des äußersten Südens des Nordens? Nicht viel, fand Bridget.

Derlei Gedanken waren ihr eigentlich fremd. Man hatte sie dazu erzogen, vernünftig zu sein, und das war sie – meistens – auch. Etwas war abgebrochen, und dieses Gefühl, nicht ganz bei sich zu sein, hatte etwas in ihr freigesetzt. Oder eher aufgewirbelt. Sie war auf ihrem Sitz gefangen, eingezwängt zwischen Francis, der sich im Schlaf breitmachte, und der kalten Kunststoffauskleidung des Flugzeugs. Sonderbarerweise erschien ihr der Lärm gleichzeitig verstärkt und gedämpft: Das gleichmäßige Dröhnen der Triebwerke und der Luftstrom der Gebläse rissen sie aus ihren gewohnten Gedanken und führten ihren Geist auf unerforschten Kurs. Das war der Grund. Der aussichtslose Versuch, bei so viel Lärm und Unbequemlichkeit zu schlafen, und all die hustenden, schnarchenden und stöhnenden Menschen trugen ihr Übriges dazu bei, sie zu verwirren.

Nicht viel, dachte sie noch einmal. Nicht mehr als sie selbst: unscheinbar und unbedeutend, im Großen gesehen. Noch unbedeutender als je zuvor, in letzter Zeit.

Sie war aufgewachsen in dem Dorf. Ihre Großeltern väterlicherseits hatten in der Gegend gelebt, die heute der Norden war, die Eltern ihrer Mutter hatten ein Häuschen an der Landstraße nach Dundalk besessen. Ihr Vater hatte in der Gießerei gearbeitet und sich vom Leben nichts weiter erhofft als Ruhe und Frieden.

In Bridgets Jugend gab es in Carrickcloghan ein Pub, eine Fleischerei, einen Bäcker, einen kleinen Lebensmittelladen und das von Mr. Kennedy geführte Postamt, wo sie nach ihrem Schulabschluss zu arbeiten anfing. Mr. Kennedys Vater hatte das Lädchen eröffnet und darin Zeitungen und Schreibwaren verkauft. Die Post kam erst später dazu, nach dem Krieg. Mr. Kennedy erzählte, sein Vater sei so stolz gewesen, dass er voll Optimismus einen Tresor gekauft habe. Als dieser 1951 aus London angeliefert worden war, hatte das im Dorf für allerhand Aufsehen gesorgt, wie ihre Eltern ihr erzählten, als sie die Stelle antrat.

Sie war immer gern in die Schule gegangen und stets gut in Sprachen und Literatur gewesen. An der Queen's University in Belfast hatte sie sich für ein Englischstudium beworben. Das Lesen war ihr ein Hochgenuss, von Agatha Christie bis hin zu dem, was sie als «Literatur» ansah. Sie las sich durch den ganzen Shakespeare – obwohl sie später mehr Gefallen an Marlowe fand –, verschlang Austen, die Brontë-Schwestern und Dickens, entdeckte schließlich die Lyrik des frühen zwanzigsten Jahrhunderts: die Kriegsdichter, Pound, Eliot und, ihr der liebste von allen, Yeats.

Ihre Bewerbung war erfolgreich und sie selbst gleichzeitig vorfreudig und ängstlich. Den ganzen Sommer über las sie und zerbrach sich den Kopf darüber, welche Anziehsachen und sonstigen Habseligkeiten sie mit nach Belfast würde nehmen müssen. Dann zog ihre zwei Jahre ältere Schwester nach Cork, um in einer Bank zu arbeiten, und ihre Mutter überzeugte sie, die Universität noch ein, zwei Jahre aufzuschieben. Heute kam ihr das furchtbar weit weg vor, diese Sehnsucht nach Kultur. Freilich las sie immer noch und fand darin ihren Trost, wenngleich sie vom Büchermobil abhängig war und genauso oft billige Schnulzen las wie das, was sie als «richtige Bücher» bezeichnete. Doch jetzt war das nur noch eine resignierte Flucht, ohne den einstigen verheißungsvollen Kitzel.

In jenen Tagen waren ihr die Arbeit und die Bücher fast genug gewesen. Bis Francis O'Neill auftauchte jedenfalls.

Als Postangestellter war Bridget einer der beiden Schlüssel des übergroßen Tresors anvertraut worden, jenes Zeugnisses des erfolglosen Strebens des älteren Mr. Kennedy – wonach er eigentlich gestrebt hatte, war Bridget schleierhaft –, und sie verwaltete das Bargeld, die Briefmarken und die Urkunden, die darin verloren in der Ecke lagen. Den Schlüssel trug Bridget stets wie ein Heiligtum um den Hals, bis sie ihn abends in ihre Nachttischschublade legte. Im Gegensatz zu den meisten anderen Postämtern der Gegend war ihres niemals überfallen worden, was Bridget dem Einfluss von Francis zuschrieb. Nicht einmal nach ihrer Heirat hatte Mr. Kennedy den Schlüssel zurückverlangt, trotz seiner eindeutigen Ablehnung von allem, wofür ihr Gatte stand.

Das Postamt machte so urplötzlich zu, dass Bridget am Samstag aus einem Brief erfuhr, sie müsse Montag nicht zur Arbeit kommen. Beigelegt war ein Scheck über den ausstehenden Lohn, einschließlich eines kleinen Bonus. Als sie die Schlüssel abgeben wollte, war Mr. Kennedy schon fort. Sie schloss auf, doch es war nichts mehr da außer dem gewaltigen Tresor, der den Packern wohl zu sperrig gewesen war. Der zweite Schlüssel steckte noch in der schweren Tür, die Bridget ganz automatisch verschloss. Beide Schlüssel besaß sie noch heute. Irgendwann hatte sie bemerkt, dass Francis ab und an einen davon mopste, um zu tun, was immer er tat.

Glückliche Zeiten waren das gewesen, als sie für Mr. Kennedy gearbeitet hatte. Oder? War sie wirklich jemals glücklich gewesen? Später erfuhr sie, dass Mr. Kennedy einen Schlaganfall erlitten und die Polizei den Leuten von der Post geholfen hatte, den Laden auszuräumen.

Ein paar Jahre später war alles fort, auch die anderen Läden und das Pub. Niemand hatte sich die Mühe gemacht, die Fassaden zu renovieren oder die Räumlichkeiten zu entrümpeln. Bäckerei und Fleischerei lagen einander an dem schmalen Dorfsträßchen fast gegenüber, und in den Schaufenstern sah man immer noch die Körbe und Deko-Podeste von vor sieben Jahren, als beide am selben Tag schließen mussten. Immerhin war das Fenster des Lebensmittelladens, gleich hinter der Kurve in der Ortsmitte, zugenagelt worden. Auch die Fassade des Pubs war vernagelt; das alte Schild hatten ein paar Jungs bereits vor Jahren aus Langeweile abgerissen. Mr. Kennedys Postamt stand noch am selben Ort wie immer – angeblich lag auch er noch im selben Pflegeheim, doch soweit Bridget wusste, mochte er ebenso gut schon tot sein. Das stolze Schild, cremefarbene Schrift auf rotem Grund, war ausgebleicht, das Logo längst veraltet. Heute noch wusste sie genau, wie es war, dort morgens um acht Uhr anzukommen, hellwach und voller Tatendrang. Viel war es nicht gewesen, aber immerhin etwas.

Die kleine Bücherei, der sie den Großteil ihres Lesestoffs verdankte, schloss bald darauf. Von da an hing sie von dem Kleinbus ab, der alle drei Wochen aus Newry kam und – wenn Mrs. Bryce am Steuer saß – kurz vor ihrem Haus hielt, ehe er zum Dorfplatz weiterfuhr.

Niemand war je auf die Idee gekommen, einen der Läden zu kaufen, und so erging es auch den Reihenhäuschen, als ihre Bewohner alt wurden und verschieden. Carrickcloghan selbst lag größtenteils im Sterben; diskutieren ließ sich höchstens darüber, wer daran Schuld hatte. Die meisten Einheimischen waren – angestachelt von den Gemeinderäten – überzeugt, die Besatzer legten es bewusst darauf an, die Border Counties auszuhungern. Bridget bezweifelte sogar, dass Carrickcloghan profitiert hätte, wenn die Briten freundlicher gesinnt gewesen wären, doch von Westminster aus war das Dorf bestimmt ohnehin ganz unsichtbar.

Über allem hatten wie ein boshafter Kriegsgott die «Troubles» gedräut. All dies wurde zur Normalität, während sie aufwuchs: eine Bombe im Polizeirevier von Newry, ein Hinterhalt in Forkhill, der Junge von der Zapfsäule in Silverbridge erschossen, Soldaten und Polizisten, die in voller Kampfausrüstung durchs Dorf stiefelten und einem mit Gewehren vor dem Gesicht herumfuchtelten, die Hubschrauber, die Checkpoints, die überall plötzlich auftauchten, schließlich die Wachtürme. Weder in *Der Kampf um die Insel* noch bei den *Fünf Freunden* waren die je vorgekommen, und auch später nicht in *Stolz und Vorurteil*, aber Romane waren schließlich auch bloß ausgedacht, nicht wahr? Das wahre Leben war sinnlos, nichts als Furcht, das ständige Gefühl, von allen Seiten belauert zu werden, und schließlich der Tod.

Nichts war er, der Ort, an dem sie lebte. Und nun war sie hier, Tausende Meter über dem Ozean.

Sie erinnerte sich, wie Francis zum ersten Mal im Dorf aufgetaucht war. Er hatte an einer Mauer neben dem Pub gelehnt, geraucht und sie angegrinst. Ganz anders als die Kerle aus dem Dorf. Man sah ihm sofort an, dass er aus der Stadt kam, die Frage war nur: Dublin oder Belfast? Die Antwort lag auf der Hand, sobald er den Mund aufmachte.

«Schönen Nachmittag wünsch ich», hatte er gesagt und dabei noch breiter gegrinst.

Sie sah ihn an.

Er blickte sich um, wie um sich zu vergewissern, dass sie

nicht etwas hinter ihm ansah. «Entschuldigung», sagte er dann, «war ich zu aufdringlich?»

Sie machte große Augen. «Oh. Äh. Nein, ich …»

«Täte mir furchtbar leid. Ich bin neu hier. Aufdringlich wollte ich nicht sein. Nicht bei einer wie dir.» Das Grinsen wurde verbindlicher. «Ich könnte jemanden brauchen, der mich ein bisschen rumführt. Bist du von hier?»

Und so nahmen die Dinge ihren Lauf.

Francis O'Neill sah sich nicht als bösen Mann. Ganz und gar nicht. Angst konnte er den Leuten schon einjagen, das wusste er, egal, ob dem Nachbarskind oder dem Kerl, der neben ihm an der Theke stand. Ein kurzer Blick, ein schroffes Wort, eine plötzliche Bewegung, mehr brauchte er gewöhnlich nicht. Sein Ruf spielte dabei die größte Rolle, und den brachte seine Arbeit eben mit sich. Angst war in seiner Währung das Kleingeld, Tod und Gewalt waren die großen Scheine. Er war gut darin, Menschen auf verschiedenste Weise weh zu tun. Er kannte die richtigen Kniffe und hatte die nötigen Nerven. Besonderes Vergnügen bereitete ihm das nicht. Er tat es um der Sache willen, und das erklärte und entschuldigte alles.

Doch hier, in zehntausend Metern Höhe, war er ein Niemand, und das fühlte sich gut an. Außer seiner neben ihm immer wieder wegdösenden Alten wusste niemand, wer er war. Sicher, er konnte der Flugbegleiterin mit einem Knurren oder einem giftigen Blick ordentlich Beine machen, aber sonst war er ein Passagier wie jeder andere. Flugbegleiterin … Eine verdammte Stewardess war sie, sonst nichts.

Der Landeanflug wurde angekündigt. Francis stupste Bridget in die Seite, und die sah ihn kurz erschrocken an, bis ihr wieder einfiel, wo sie waren. Sie sammelte sich, nahm die zerquetschten Bierdosen von seinem Klapptischchen auf ihren

Schoß und wartete auf die Mülltüte. Er betrachtete die Stewardess, die ihm ein fades Lächeln schenkte, genauso aufgemalt wie die Schminke auf dem faden Gesicht auf dem faden Kopf mit den adrett verschnürten blonden Strähnchen. Sie weiß, was ich denke, dachte er. Ist froh, wenn wir am Boden sind. Wenn sie die Füße hochlegen, sich entspannen und diesen unangenehmen Kerl aus Reihe 47 vergessen kann.

Endlich landete das Flugzeug rumpelnd auf dem Flughafen Changi. Gleich nebenan war im Zweiten Weltkrieg das Kriegsgefangenenlager gewesen, wo Francis' für die Engländer kämpfender Großvater 1944 sein Leben gelassen hatte. Die Geschichte war zu einem Familienmythos geworden: der Vater seiner Mutter, einstmals Waffenschieber für die IRA, der 1941 zu jedermanns Verblüffung freiwillig zur britischen Armee ging; seine Stationierung im Fernen Osten; seine Gefangennahme durch die Japaner; der langsame Tod durch Hunger und Typhus, von dem seine Mitgefangenen berichtet hatten. «Was für ein Idiot», sinnierte Sean O'Neill oft traurig. «Dachte, er muss seinen Prinzipien treu bleiben und gegen die Faschisten kämpfen, dabei war er nur der Hanswurst für die Engländer. Sollte uns eine Lehre sein.» In der Familie schämte man sich seiner. Erst ein Blick auf den Reiseplan hatte Francis klargemacht, dass sie hier landen würden, so dicht an dem Ort, wo sein Großvater sein Ende gefunden hatte.

Als man sie endlich von ihren Plätzen ließ, fiel Francis zuerst die stickige, nach Moschus riechende Hitze auf, die stehende Luft in der grau verhangenen Morgendämmerung. Fast war ihm das zu viel. Er sollte dieses Abenteuer genießen; seit Wochen hatte er sich wie ein Kind darauf gefreut. Doch gegen Aufregung war er immun, und die Last der Heimat drückte auch hier noch. Dann, im Terminal, war es der Lärm, die Geschäftigkeit all dieser hektischen Menschen. Ihr Heimatdorf, ja sogar das unruhige Belfast, wo er hin und wieder zu tun hatte, wirkten im Vergleich zu dieser grellen Raserei wie Zeitlupe und Schwarzweiß.

Sie nahmen ihr Gepäck vom Band und schleppten es durch die Passkontrolle. Von da an war alles geregelt, vom Transfer zum Hotel bis zu Speis und Trank während der Hochzeitsfeierlichkeiten. «Ihr braucht nur Taschengeld», hatte Cheryl Bridget bei jenem gackernden Telefonat vor zwei Monaten mitgeteilt. «Für alles andere ist gesorgt.»

Inmitten des Gedränges kleinwüchsiger Männer mit Pappschildern entdeckte Francis eines, auf dem in fetten Blockbuchstaben «O'NEILL» geschrieben stand. So viel zum Thema Anonymität.

Cheryl war Bridgets beste Freundin auf der Mittelschule gewesen. Als Teenager hatten die beiden bereits ständig Tony im Schlepptau gehabt, der Cheryl anschmachtete. Die drei waren unzertrennlich, rauchten heimlich in den Feldern hinter der Schule oder stibitzten den Sherry von Cheryls Mutter – das zumindest hatte Bridget Francis immer wieder gern erzählt. Sie malten sich zukünftige Leben voll sonniger Collegetage, erfolgreicher Karrieren und mit eigenen Familien aus. Alles war denkbar, solange es sie nur aus Carrickcloghan wegbrachte.

Dann war Francis erschienen und hatte Bridgets Leben im Handumdrehen auf den Kopf gestellt. Er eröffnete ihr eine andere Zukunft, und das wusste er: den Kitzel, den der Junge aus der großen Stadt versprach, mit seinem «Beruf», von dem jeder wusste. Er war eine romantische Figur, auf düstere Weise attraktiv und mit einem schelmischen Lächeln, das er Bridget gegenüber ganz bewusst einsetzte. Natürlich verbrachten die vier bald viel Zeit miteinander, wobei Tony und Francis gute Freunde wurden. Die beiden Paare betranken sich auf Partys und verzogen sich getrennt in dunkle Ecken, um zu fummeln.

Doch ehe Bridget und Francis sich's versahen – mit sich selbst beschäftigt, wie sie waren –, waren Cheryl und Tony auf der Uni, und nichts war mehr wie vorher. Kamen die beiden in den Ferien nach Hause, sprachen sie bloß noch vom Studentenleben. Sie hatten immer noch dieselben Träume, doch die von Francis und Bridget waren andere geworden. Ihre Freundschaft zerstörte das zwar nicht, doch tat sich zwischen ihnen eine Kluft auf, die seither stetig wuchs. Heute unterhielten sich die vier bei Cheryls gelegentlichen Heimatbesuchen über diese Kluft hinweg und fanden nur noch kleine Spuren der Verbindung, die sie einst für untrennbar gehalten hatten.

Cheryl und Tony traten in London Stellen als Finanzdienstleister an – was immer das auch sein sollte – und gingen später für dieselben Makler nach Singapur. Francis hatte keinen Schimmer, was die beiden wohl tun mochten, das wichtig genug war, um ihre atemberaubenden Gehälter zu rechtfertigen, beneidete sie jedoch weder um ihr Geld noch ihre Lebensweise. Über die Jahre hatten die Distanz und seine eigene Tätigkeit die Kluft zwischen ihnen so verbreitert, dass er sie bis kürzlich für ganz unüberbrückbar gehalten hätte. Als die Hochzeitseinladung eingetroffen war, hatte er die Sache trotz Bridgets wie üblich wortkarger Begeisterung sofort verworfen. Sie hatten kein Geld, die RA würde ihn nicht gehen lassen, und überhaupt, wieso sollte er um die halbe Welt in dieses verschwitzte Rattenloch reisen, nur um mitanzusehen, wie Tony und Cheryl, die Irland des Geldes wegen den Rücken gekehrt hatten, sich das Ja-Wort gaben? Dann aber kam er ins Grübeln: Er war so müde, so aufgerieben. Der Blick der Blonden auf dem Parkplatz in Calais hatte ihm zugesetzt, und das hätte er nicht dürfen. Also hatte er beschlossen zu fahren, hatte Joe überredet, auch wenn er bezüglich der Gründe nicht ganz aufrichtig gewesen war. Joe musste seine tiefe Erschöpfung wohl bemerkt und ganz bewusst entschieden haben, ihm diese Pause von sich selbst zu gönnen. Francis hatte geglaubt, er brauche sie. Jetzt war er sich da nicht mehr so sicher.

Der kleine Chinese begrüßte sie mit angedeuteter Verbeugung und einem «Willkommen in Singapur» in gebrochenem Englisch. Wortlos führte er sie durch die Menge, bestand darauf, ihr Gepäck zu tragen. Ohne seinen Koffer als Anker kam Francis leicht ins Schwanken. Die Müdigkeit, der Jetlag, die Erkenntnis, nun tatsächlich hier zu sein, die Wirkung der zahllosen in der Dunkelheit getrunkenen Biere, alles verschwor sich gegen ihn. Bridget legte ihm die Hand auf die Schulter, doch er schüttelte sie genervt ab. Erleichtert stieg er ins Auto, wo er, gehüllt in Stille und Lederpolster, zwischen Schlaf und Wachen schwebte, während die Stadt vorüberzog.

Das Zimmer war auf eine für sie unvorstellbare Weise luxuriös. Auf seinen Reisen durch Europa stieg Francis stets in den billigsten Hotels ab, die er nur finden konnte, in sterilen, neonbeleuchteten Bunkern neben Autobahnen oder *autoroutes* oder in schäbigen, kalten Zimmern über den Kaffeebars der miesesten Viertel. Abgewetzte Laken, klopfende Leitungen und viel zu wenig heißes Wasser. Das hier war etwas völlig anderes: aufgeschüttelte Kissen, strahlend weiße, kuschlige Satinbettwäsche, das Brummen einer gutfunktionierenden Klimaanlage, ein makelloses Marmorbad mit flauschigen, weißen Bademänteln, ein imposanter Fernseher mit Dutzenden Kanälen und ein atemberaubender Ausblick über die Stadt, die aus dem Mief der Nacht erwachte, während die Sonne den Dunst zerriss.

Ein paar Minuten sagte keiner der beiden etwas.

Dann Bridget, beschämt und fassungslos: «Meine Güte, Francis, was ist das für ein Zimmer?»

«Ja», antwortete er bloß und inspizierte die Minibar.

«Ich packe mal deine Sachen aus.»

«Ja», sagte er auch dazu.

Er stellte den Fernseher ein und schaltete auf einen Musiksender. Schwarze Mädchen ließen zu stampfendem Beat die Hüften kreisen. Francis' müden Blick bannten sie jedoch nur kurz. Er bemerkte einen Umschlag auf dem Tisch.

«Was steht drin, Francis?»

«Lass mich doch erst mal lesen!»

Er öffnete den Umschlag. Unter dem maschinengeschriebenen Brief stand in Cheryls Handschrift: «Willkommen in Singapur! Kommt doch heute Abend zum Empfang runter in die Bar. Wir freuen uns wahnsinnig auf Euch! Übrigens ist alles schon bezahlt. Cheryl & Tony x». Der Rest beschrieb den Ablauf der folgenden zwei Tage: den Empfang in der Champagner-Bar am Abend, den Junggesellen- und Junggesellinnenabschied sowie die eigentliche Trauung. Grummelnd legte Francis den Brief weg.

«Ich mach mal die Augen zu», sagte er, zog sich bis auf die Unterhose aus und schlüpfte unter die seidene Tagesdecke.

Sie legte sich einen Moment neben ihn. Er schnarchte vor sich hin, als könnte er kein Wässerchen trüben. Sie war zum Schlafen zu müde, ja fast zu müde zum Denken. So muss sich das Ende der Welt anfühlen, dachte sie. Oder zumindest das Ende des eigenen Lebens. Der Punkt, an dem Weitermachen schlicht zu viel Kraft kostet. Doch auch der Schlaf bot ihr keine Zuflucht.

Man konnte fast zusehen, wie Francis das Bier aus den fettigen Poren dampfte. Bridget blickte ihren Mann mit einer Miene an, die Zärtlichkeit ausdrücken sollte. Tatsächlich empfand sie für ihn fast so etwas wie Zuneigung. Er war ein wichtiger Mann im Dorf. Nicht dass Status ihr etwas bedeutete. Immerhin sorgte er dafür, dass man sie in Ruhe ließ. Alle außer den Frauen der anderen Freiwilligen wichen ihrem Blick aus und huschten rasch davon. Sie war mit Francis O'Neill verbandelt, und das bedeutete Ärger. Die Leute blieben auf Abstand, was ihr dieser Tage nur recht war.

Schamlos war das gewesen, wie er sie grinsend vor den Augen der Nachbarn angesprochen hatte. «Francis mein Name», hatte er gesagt, «Francis O'Neill. Wir sehen uns bestimmt noch öfter.» Erst später hatte er ihr verraten, dass er Auf Der Flucht war. ADF, sagte er und lachte dabei, als ginge es bloß um ein kleines Missverständnis in seiner Heimatstadt. Gelegentlich musste er über die Grenze verschwinden, wenn die RUC oder die Army aufkreuzten. Das geschah aber nicht oft. Sie konnten mit ihren Panzerfahrzeugen und Helmen im Dorf einfallen und nervös mit den Gewehren fuchteln, so viel sie wollten, die Kontrolle hatten sie nicht. Man wusste, wann sie kamen, benahm sich vorbildlich und saß die Sache aus. Bald waren sie wieder verschwunden, und das Leben konnte weitergehen. Mit den Jahren änderte sich das jedoch. Die mobilen Checkpoints hatten ihren Teil dazugetan, und nun schossen überall diese Wachtürme aus dem Boden. Die Engländer packten fester zu.

Wohin war ihre tiefe Liebe nur verschwunden, so es denn je eine gewesen war? Anfangs war Francis derart hingerissen, dass er sogar den Kampf aufgeben wollte.

«Ich hab meinen Beitrag geleistet, Bridget», sagte er. «Was soll das alles noch? Das führt doch zu nichts. Und jetzt hab ich dich getroffen. Wir könnten eine Familie gründen, wir beide. Diese Scheißkerle haben's leicht, die müssen immer nur Befehle geben. Mir reicht's. Das werd ich denen sagen.»

Francis brachte sie dazu, Dinge zu tun, die sie sich vorher nie getraut hätte. Sie kletterte aus ihrem Fenster und rutschte übers Dach der kleinen Anbauküche hinab, wo seine Arme sie sicher in Empfang nahmen. Er besaß damals einen Ford Transit, in dessen Laderaum er eine Matratze ausgebreitet hatte. Sie fuhren irgendwohin – wohin, das wusste sie nicht und war ihr auch egal –, dann zog sie sich vor seinen Augen aus, sie liebten einander, als würden sie nie mehr damit aufhören, und wachten auf, wenn der Morgen durch die matschverschmierte Windschutzscheibe schien.

Einmal dachte er, er hätte ein Geräusch gehört, von draußen, vor dem Auto. Von irgendwo zog er eine Pistole hervor und legte sich schützend über Bridget. «Bleib einfach liegen und mach keinen Mucks», wies er sie sachlich an. Sie roch seinen Schweiß, spürte seinen Herzschlag, kurz vor dem Tod lebendig wie nie. Doch es war nur ein Tier gewesen, und sie entspannten sich wieder, kicherten unkontrolliert.

Anfangs schlich sie, wenn sie nach diesen Nächten nach Hause kam, auf Zehenspitzen die Treppe hinauf. Später trat sie einfach in die Küche, sagte «Guten Morgen» und forderte ihre Mutter stumm heraus, sich doch zu beschweren. Echter Nervenkitzel. So verwegen, ihren Ungehorsam derart dreist zur Schau zu stellen, war sie noch nie gewesen.

Für Francis O'Neill ließ sie die letzten Gedanken an ein Studium fahren. *Er* war ihr Ausweg aus dem Alltag, nicht verstaubte Bibliotheken oder trockene Seminare. Ein Freiwilliger, der in die Fußstapfen all jener tapferen Kerle der vergangenen Jahrhunderte trat, ein maskierter Rächer, glamourös und charismatisch. Glaubte sie wenigstens. Selbst wenn sein Leben wirklich so aufregend war, sie wusste nichts davon. Er erzählte nur wenig, und sie konnte ihr Leben nicht durch einen anderen leben. Sie saß in dem verwahrlosten Häuschen außerhalb des Dorfs fest, wo Francis ungesehen kommen und gehen konnte, und wartete auf ihn, wenn er unterwegs war, anfangs noch bange, dann gelangweilt resigniert. Sie ertrug seine Launen und – was sie anfangs noch schlimmer fand – wie er sie ignorierte, wenn er vor sich hin brütete. Mit der Zeit sehnte sie sein Desinteresse immer häufiger herbei und schlich wie ein Mäuschen durch die Zimmer, wenn er da war. Doch ganz konnte sie seinen blitzenden Augen und der scharfen Zunge nie entgehen.

Sie hatte sich so auf die Hochzeit gefreut, auf die kleine Feier in Dundalk, damals, 1981. Da war sie zwar bereits schwanger gewesen, doch die Trauung hatten sie schon lange davor geplant. Man sah ihr noch nichts an, und sie hatten keinem etwas erzählt, nicht einmal ihren Eltern, was sich noch als klug herausstellen sollte.

Heute dachte sie an jenen Tag ohne jede Zärtlichkeit zurück. Francis hatte sich redlich bemüht, ihn zu einem besonderen für sie beide zu machen, das musste man ihm lassen. Doch die Umstände waren dagegen gewesen. Mr. und Mrs. O'Neill zeigten sich mehr oder weniger offen feindselig. Liam, damals erst zwölf, gab sich ungeniert gelangweilt und gähnte sich lautstark durch das gemeinsame Mittagessen. Es war, als verleihe er den Gefühlen seiner Eltern eine Stimme, und das Essen war schneller vorbei als geplant. Gäste waren nur wenige gekommen. Francis konnte die meisten Jungs – den zukünftigen harten Kern ihres Freundeskreises – aufgrund ihres Rufes nicht einladen, und Paddy, sein großer Bruder, den später die Briten erschossen, war ADF; entschädigt wurden sie dafür durch die zahlreich erschienenen Polizisten der Garda, die geradezu schamlos fotografierten, was wiederum Bridgets Eltern gegen den Strich ging. Fast war sie versucht, den Beamten Getränke anzubieten.

Bridgets herausgeputzte Eltern waren fassungslos. Ihre Mutter hatte extra ein neues Kleid und einen Hut gekauft, ihr Vater fühlte sich im Anzug sichtlich unwohl. Marie O'Neill kicherte in ihrem Jeansrock hämisch über den Hut. Seans schmuddelige

Hosen passten nicht zum Sakko, und seine Krawatte hing locker um den ausgefransten Hemdkragen. Jede Frau, die er zu umarmen versuchte, kam in den Genuss seiner Bierfahne und des kratzigen Dreitagebarts.

Bridgets Mutter hatte sich mehr für sie erhofft. Wenn schon kein Studium, dann immerhin eine gute Partie, jemand mit Perspektive, der sie aus dem Dorf wegbrachte, am besten in ein sorgenfreies Leben irgendwo im friedlichen Süden. Stattdessen sahen sie nun zu, wie Sean und Marie einander ankeiften, während Francis sein Gaunergrinsen grinste. Wenigstens ihre Älteste hatte das Richtige getan.

Francis ließ seinen Ausstiegsplänen niemals Taten folgen. Erst erklärte er, er müsse die Sache behutsam angehen. «Muss mit den richtigen Jungs reden», sagte er. «Nichts überstürzen. Vorsichtig sein.» Irgendwann sprach er gar nicht mehr davon und war immer öfter weg.

Als er wieder richtig einstieg, war es, als hätte ihn eine Sucht gepackt. Zu Hause sah man ihn nur selten, und wenn er da war, sprach er monoton und nur das Nötigste. Meistens saß er dann den ganzen Abend im Wohnzimmer und trank mürrisch Bier oder Whisky.

Einmal fragte ihre Mutter, weshalb sie keine Kinder bekamen. Bridget zuckte nur die Achseln.

«Liegt's an ihm oder an dir? Oder weißt du's nicht?»

Neuerliches Achselzucken.

«Also an ihm», sagte die Mutter. «Dachte ich's doch. Immer dasselbe mit diesen herrischen Großmäulern.»

Bridget zuckte ein drittes Mal die Achseln, ihre Mutter funkelte sie an, und das Thema war erledigt.

Das Kind. Das arme, kleine Kind. Darauf lief es immer wieder hinaus. Ihre Mutter hatte ja keine Ahnung, dass es einmal eins gegeben hatte.

Etwa einen Monat nach der Hochzeit war es passiert. Zum Glück war Francis zu Hause gewesen, als sie sich mit Bauchkrämpfen krümmte.

«Was hast du denn, Liebes?», fragte er, obwohl er es vermutlich ahnte.

«Ich weiß nicht», erwiderte sie, obwohl sie es sehr wohl wusste, ohne den geringsten Zweifel.

Francis half ihr nach oben ins Bad. Schon rann ihr Blut über die Schenkel, und sie hatte entsetzliche Angst. Er setzte sie auf die Toilette, zog ihr behutsam den blutigen Schlüpfer aus. Sie spürte das Ziehen, den Blutschwall, den Todeskampf. Ungeachtet dessen, was er war, konnte Francis sein Grauen nicht verbergen. Hilflos blickte er sie an, dann explodierte der Schmerz in ihr erneut, und alles außer ihrem Innersten kam ihr unwirklich und fern vor.

Hinterher ließ er ein Bad ein, prüfte mit dem Ellbogen die Temperatur, entkleidete sie so vorsichtig, als wäre sie aus Glas, trug sie zur Wanne und legte sie hinein. Dann wandte er sich wieder der Toilette zu. Eine halbe Ewigkeit starrte er in die Schüssel, ehe er die Spülung betätigte. Der Wasserstrudel brauste, und das Leben, so, wie es nun war, ging weiter.

Er rief den Arzt und trug sie ins Bett. Nebeneinander lagen sie da und warteten, doch er sprach kein Wort. Vielleicht war das der Augenblick gewesen, in dem alles aus den Fugen geriet. Der Arzt konnte nichts tun, außer zu Bettruhe zu raten, Schmerzmittel zu verschreiben und ihr aufzutragen, sie solle ins Krankenhaus fahren, falls die Blutung wieder zunähme. Er verwies sie an einen Spezialisten, der auch nicht mit Gewissheit sagen konnte, was die Fehlgeburt verursacht hatte, aber bestätigte, dass eine neuerliche Schwangerschaft ausgesprochen riskant und eine Empfängnis ohnehin schwer würde. Diese Sachlichkeit trug zu Bridgets Leid nichts bei, denn sie war bereits zu abgestumpft. Eine zweite Schwangerschaft war fürs Erste unvorstellbar, später wurde schon der Gedanke hinfällig. Bridget und Francis sprachen nie darüber, was geschehen war, doch es kam ihr vor, als gäbe er ihr die Schuld. Die Unzulänglichkeiten ihres Körpers hatten sein Kind getötet, so empfand sie es, und er tat nichts, um ihr dieses Schuldgefühl zu nehmen, sagte auch nicht, es werde alles gut, und eines Tages würden sie schon Kinder haben.

Heute noch spukte ihr der Gedanke an das Kind durch den Kopf. Sie wusste ja nicht einmal sein Geschlecht. Francis hatte es weggespült, was immer es gewesen war. Und jetzt, wie vernunftwidrig das auch sein mochte, wünschte sich Bridget immer noch verzweifelt ein Kind, obgleich sie wusste, dass sie nie eins haben würde. Unbedingt wollte sie ein kleines Etwas, das sie umsorgen, für das sie leben konnte, dem sie all die Liebe schenken konnte, die sie so sorgsam in ihrem Herzen aufsparte. Sie wollte so gern erleben, wie ihr Baby heranwuchs, wollte das kleine Wesen auf die rechte Weise formen und fördern, ihm so gut sie konnte alles beibringen. Doch in diesem Leben blieb ihr das wohl verwehrt. Ohnehin hätte ihr Kind nicht bloß ihr Leben teilen müssen, sondern auch ihre Bürde – ihre Furcht vor der Polizei, der Army, den Protestanten, ja sogar vor ihren Freunden, ihre Angst, dass alles um sie explodieren oder kollabieren würde und sie und ihr liebes Kind unter sich begrub.

Schließlich wurde Francis geschnappt. Sah die H-Blocks von innen. Nahm am Dirty Protest teil. Ließ Bart und Haare wachsen. Bridget hielt inzwischen still und wartete.

Er war in eine Straßensperre der RUC geraten, ein altes Lee-Enfield-Gewehr im Gepäck. Das reichte, damit ihm der verdammte Richter am Eilgericht zwei Jahre aufbrummte, und dabei hatte er noch Glück gehabt. Eigentlich hätte er Semtex und ein paar neue Maschinenpistolen mithaben sollen, erzählte Aidan Murphy eines Abends hinter vorgehaltener Hand im Pub, doch der Quartiermeister hatte es sich anders überlegt. Die Planänderung erlaubte den Jungs, die undichte Stelle zu identifizieren: ein unkluger Anruf beim Quartiermeister von einem seiner Lieutenants, der dafür gemaßregelt und aus der RA geworfen wurde.

Bridget besuchte Francis regelmäßig, ließ den Spießrutenlauf vorbei an den kaltblickenden Wachen über sich ergehen, das gelegentliche warme Klatschen von Speichel im Nacken, all den ungefilterten Hass. Francis' Augen flehten, doch seine Worte waren bitter, so als habe er den Eindruck, sie an diesen Ort zu zwingen. Vom Gestank hätte sie sich womöglich übergeben, wäre sie nicht entschlossen gewesen, loyal zu sein – oder wenigstens so zu wirken.

Es gab sogenannte Hilfsstrukturen. Stevie Shaw, einer der Jungs aus der Gegend, brachte Francis seinen Wochensold von der RA, dazu hin und wieder einen kleinen Bonus oder ein Fresspaket. Pater Dunstan, der Pfarrer aus Forkhill, stattete ihm hin und wieder einen hölzernen Besuch ab. Rechtsbeistand erhielt er ebenfalls. Der Mann von der Gemeinde rief an, um ihr zu sagen, man habe Verständnis, wenn sie ihre Abgaben nicht pünktlich zahlen könne.

Hauptsächlich aber waren es die Frauen, die Gattinnen und Freundinnen der anderen Freiwilligen aus der Gegend, die sich um Bridget scharten, um sie in den Arm zu nehmen oder ihr Tee und Half-Pints im Pub anzubieten.

«Du bist nicht allein», sagte Cathy Murphy immer. «Wenn dir die Decke auf den Kopf fällt, ruf einfach eine von uns an. Wir wissen, wie das ist. Wir sind eine Familie.»

So saß sie lächelnd da, während sich der Tisch mit leeren

Gläsern füllte, spielte stumm die Rolle, die sie spielen zu müssen glaubte. Der Klatsch ging weiter, ohne dass sie zuhörte. Sie dachte nur an Francis, den armen, verletzlichen, verängstigten Francis, der sie brauchte, und sie wünschte, man ließe sie einfach zu Hause warten, bis ihr Mann zurückkehrte, ließe sie selbst eine Strafe dafür absitzen, was auch immer er verbrochen hatte.

Die Umarmung der Frauen verbarg nur oberflächlich ihre Überwachung. Unablässig kontrollierten sie, wie es ihr ging, bohrten nach, prüften ihre Zuverlässigkeit, warteten darauf, dass sie zusammenbrach. Vermutlich belauerten sie einander gegenseitig in der gleichen Weise, doch Bridget war, als gälte die ganze Aufmerksamkeit nur ihr. Von Zeit zu Zeit fragte sie sich, was wohl geschähe, wenn sie die Prüfung nicht bestand. Doch immerhin hatten sie Verständnis, wenigstens zum Teil.

Nach achtzehn Monaten kam Francis frei, rasiert und geschoren, voller Ungeduld, rechtschaffenen Kampfgeist in den Augen, getriebener als je zuvor. Nur ein Narr konnte behaupten, die H-Blocks seien ein Ort der Versöhnung und Resozialisierung. Francis ging als verbitterte, noch unnahbarere Maschine daraus hervor. Bridget war nur dankbar, dass er sie nicht verließ und zurück nach Belfast ging. Offenbar wurde er in South Armagh noch gebraucht.

Hätte sie über all dies hier in Singapur mit Cheryl sprechen können? Selbstverständlich nicht.

Sie verbat sich, weiter darüber nachzudenken, und qualte sich stattdessen müde aus dem Hotelbett. Verloren und verletzlich lag er vor ihr unter der Tagesdecke. Ein großes Kind, wie alle Männer. Er war der Mittelpunkt ihres Lebens und übernahm diese Rolle, als wäre es sein gutes Recht. Ob sie der Mittelpunkt des seinen war, brauchte sie gar nicht erst zu fragen.

Doch das störte sie nicht weiter. So war die Welt nun einmal, wenigstens die ihre. Sie hegte keinen Groll; vermutlich war das Liebe, oder immerhin etwas in der Art.

Im Bad schnüffelte sie an den Plastikfläschchen mit buntem, dickflüssigem Inhalt, der angeblich aus Pfirsichblüte und Himbeeressenz bestand beziehungsweise aus Avocado und Limette. Sie wählt eines aus und goss ein wenig in die Wanne, wobei sie darauf achtete, genug für den Rest ihres Aufenthalts zurückzubehalten. Das rauschende Wasser schäumte dekadent und bedrohlich auf. Bridget zog die vom Schweiß der Reise schweren Sachen aus, ließ sie zu Boden fallen und stieg ins seidig warme Wasser. In ihrem ganzen Leben hatte sie sich keine solche Schwelgerei gegönnt, und es erfüllte sie mit ruhiger Heiterkeit. Den beigefarbenen Glanz der Kacheln vor Augen, döste sie vor sich hin.

Später schlüpfte sie in saubere Shorts und ein T-Shirt, spülte ihren Schlüpfer im Waschbecken aus und hängte ihn auf den Handtuchhalter. Francis schlief noch. Sie nahm die Schlüsselkarte aus dem Mäppchen, zog sacht die Tür hinter sich zu und ging zum Aufzug.

Die Lobby des Hotels war ehrfurchtgebietend: hohe, kunstvoll gefrieste Decken, schimmernde Marmorsäulen und dicke, kostbare Teppiche mit pastellfarbenen Wirbelmustern. Sofas und Sessel standen um goldbeinige Tischchen, auf denen Hochglanzmagazine und Zeitungen aus aller Welt auslagen. Gedämpfte Geschäftigkeit herrschte an der wuchtigen Holztheke der Rezeption, die sich über die gesamte Länge einer Wand erstreckte und hinter der junge Männer und Frauen mit einstudiertem Lächeln den ankommenden und abreisenden Gästen zu Diensten waren. Daneben das Café, in dem chinesische Kellner in weißem Jackett, mit Fliege und weißen Handschuhen Etageren voll köstlicher Kuchen schleppten, behände winzige Sandwiches mit Löffel und Gabel servierten und beflissen Tee nachschenkten.

Als Bridget sich dem Ausgang näherte, hielt ein uniformierter Portier ihr mit breitem Lächeln und einer Hand an der Mütze eine Glastür auf. Sie trat nach draußen. Sofort brach die Hitze über sie herein. Die Luftfeuchtigkeit nahm ihr den Atem. Mit einem Blick auf die Karte unterwarf sie sich der Schwüle, dem Lärm und dem Duft nach Gewürzen, Knoblauch und trocknender Tropenfeuchte. Schon an der ersten Kreuzung hatte sie sich im Gewimmel verloren. Es war aufregend. Noch einmal konsultierte sie die Karte, bemerkte das Kopfschütteln der Leute, die um sie herumgehen mussten. Sie war ein Hindernis, eine nutzlose Insel im Strom.

Mit einem Mal traf die Erschöpfung sie erneut wie ein Faustschlag, beraubte sie augenblicklich jeder Energie und Willenskraft. Die Hitze, dachte sie. Ihr T-Shirt war schweißgetränkt. Konzentriert kehrte sie auf demselben Weg zurück, den sie gekommen war.

Francis war inzwischen aufgewacht.

«Wo warst du?», fragte er.

«Ich wollte bloß … Du hast geschlafen.»

«Geh nicht ohne mich raus, ja?»

Sie blickte zu Boden.

«Ja?»

«Ja, Francis», sagte sie.

«Komisches Land hier. Da kann alles Mögliche passieren. Tu einfach, was ich dir sage.»

«Ist gut, Francis.»

Bridget war überrascht gewesen, als Francis sich einverstanden erklärt hatte, zu der Hochzeit zu fahren. Cheryl war nach ihrer Auswanderung alle zwei, drei Jahre nach Irland zurückgekehrt, um ihre Eltern zu besuchen, und nur zu diesen

Gelegenheiten hatten sie sich noch gesehen. Gewöhnlich trafen sie sich dann auf einen Drink im Pub, wobei stets offensichtlich war, dass Cheryl ihre Provinzvergangenheit schnellstmöglich wieder hinter sich lassen und in ihre kosmopolitische Gegenwart zurückwollte.

«Alles wie immer», seufzte Cheryl stets, «nur kleiner.»

«Ach ja?», erwiderte Bridget.

«Na ja, schon. Ein paar Kleinigkeiten ändern sich. Läden machen zu. Und dann die Polizei, davon gibt's mehr. Aber letztlich ist's dasselbe. Nur, dass es …»

«Stirbt?»

«So meine ich das nicht. Aber da draußen gibt es eine ganze Welt. Willst du nie hier weg?»

Sie begriff so wenig.

«Nein», log Bridget.

Die Einladung war völlig unerwartet gekommen. Normalerweise schrieb Cheryl nur jedes Jahr hastig einen Brief, in dem sie sich für Bridgets Weihnachtskarte bedankte und sich entschuldigte, selbst keine geschickt zu haben. Diese Briefe waren stets arm an Details, aber reich an nie eingelösten Versprechungen, bald ausführlicher zu schreiben. Doch nun waren sie hier. Irgendwo hatte Francis das Geld für die Tickets aufgetrieben – allein das war Bridget schon ein Rätsel.

Wenn sie jetzt an die große Zeremonie und all die fremden Leute dachte, überkam sie blanke Angst. Gleichzeitig war das eine einmalige Gelegenheit. Auch sie hätte so ein Leben führen können. Schließlich war sie nicht so anders als Cheryl gewesen: klüger, wahrscheinlich, wenn auch weniger kontaktfreudig. Womöglich war das aber auch nur Selbsttäuschung, die ihr einen Augenblick lang Halt bot.

«Willst du das tragen?», fragte Francis.

«Nein.»

«Dann mach hin. In zwanzig Minuten gibt's Drinks.»

Er trug sein bestes Hemd, die Hose war sauber gebügelt. Rasiert hatte er sich auch und großzügig Aftershave aufgelegt. Toll sah er aus, fand sie, so gut wie an jenem ersten Abend damals im Dorf.

«Na los, sieh zu», drängte er.

Sie eilte ins Bad, zog die Duschhaube über und stellte sich unter die kräftige Brause. Was für ein Luxus, erst ausgiebig zu baden und keine Stunde später schon wieder zu duschen. Zu Hause hatten sie nur eine fleckige Emaillewanne, aus deren Schlauchbrause das von dem windigen Boiler gerade mal lauwarme Wasser eher tröpfelte als strömte. Bridget zog das einzige Kleid an, das sie mithatte – das einzige gute, das sie überhaupt besaß, genau genommen, gekauft vor sieben Jahren im Schlussverkauf. Es wurmte sie, dass sie dasselbe Kleid auf dem Empfang und bei der Trauung würde tragen müssen, doch sie hatte keine Wahl.

Der Veranstaltungsraum im Zwischengeschoss war hell erleuchtet. Ein Kronleuchter funkelte. Ein weiß livrierter Kellner bot ihnen Champagner an. Francis ließ den Blick durch den Saal schweifen, Bridget beobachtete ihn.

Da entdeckte sie Cheryl und stupste Francis erleichtert an. Der schritt auf Bridgets Freundin zu und zog sie in eine überschwängliche Umarmung. Bridget begnügte sich mit einem zaghaften Küsschen auf die Wange.

«Hübsch siehst du aus», sagte sie zu Cheryl.

«Aber hallo», sagte Francis. «Ein Knaller. Und wo steckt deine hässlichere Hälfte?»

Cheryl rief Tony aus einem Grüppchen Männer herbei. Bridget besah sich ihre Freundin. Sie war noch immer dieselbe, mit der sie früher im St. Mary's Geheimnisse ausgetauscht hatte, nur geschliffener. Cheryls Teint war makellos, das Make-up kundig aufgetragen, um gesund und natürlich zu wirken. Feine Strähnchen verliehen ihrem mausbraunen Haar einen blonden Schimmer, ein raffinierter Schnitt ließ es ihr förmlich über die Schultern fließen. Bridget war vor der Abreise beim Friseur von South Armagh gewesen, doch nun kam ihr ihre Haartracht amateurhaft vor, wie mit Lineal, Zeichendreieck und Schermaschine verbrochen.

Tony hatte sich von den anderen gelöst und schlenderte freudestrahlend auf sie zu.

«Mensch, alter Kumpel», begrüßte er Francis und umarmte ihn. Gewöhnlich hätte Francis solchen Körperkontakt mit einem anderen Mann niemals geduldet. «Was macht die Kunst? Gut siehst du aus.»

Dann riss er Bridget von den Füßen, tat ihr mit seiner heftigen Umarmung beinahe weh. «Und du, Bridget, Süße? Wie geht's? Du siehst phantastisch aus!» Er strahlte sie an.

«Gut, Tony. Prima», sagte sie, wie es von ihr erwartet wurde, mit einem kleinen Lächeln.

Tony wandte sich an Francis. «Meine Herren. Viel zu lange her.»

«Allerdings», sagte Francis.

Bridget bemerkte, wie sich ringsum Leute nach ihnen umdrehten und lächelten.

«Komm, du musst erzählen», sagte Tony, legte Francis den Arm um die Schultern und schob ihn sanft in eine Ecke.

Cheryl war im Gewühl verschwunden. Bridget folgte den Männern mit gesenktem Blick.

«Toll, euch zwei zu sehen», meinte Tony, beäugte Francis jedoch misstrauisch.

«Ich spuck dir schon nicht in die Suppe», beruhigte ihn Francis grinsend.

«Na, Gott sei Dank», erwiderte Tony, führte Francis ins Getümmel an der Bar und ließ Bridget mit ihrem Champagner alleine zurück. Sie war müde.

Cheryl tauchte wieder auf. Sie trug ein kurzes Cocktailkleid, auf dem Pailletten funkelten, und ragte hoch auf ihren Stöckelschuhen auf.

«Wie geht's dir denn so, Bridge?»

«Gut so weit. Alles in Ordnung.»

«Schön.»

«Was ihr hier für ein Leben führt. Und dieses … Wundervoll ist das.»

«Danke. Freut mich. Und Francis? Wie geht's ihm?»

«Ach, weißt du, nicht übel. Wir kommen zurecht.»

«Sehr gut.»

«Deine Frisur gefällt mir. Und das Kleid steht dir gut.»

«Danke, Bridge. Schön, dich zu sehen. Kaum zu glauben, dass ihr hier seid. Ich freu mich wahnsinnig, dass ihr's geschafft habt.»

«Ja», sagte Bridget.

«Hör mal, ich muss ein bisschen Gastgeberin spielen. Aber wir reden später noch, ja? Wir müssen uns unbedingt ganz ausführlich unterhalten.»

«Ist gut.»

Bridget wusste nicht, was sie hätte erwarten sollen. Natürlich nicht sofort wieder die alte Nähe, die Vertrautheit, die sie als Teenager und mit Anfang zwanzig geteilt hatten. Aber vielleicht doch eine andere Art von Verbundenheit.

Typisch Cheryl. Sie hatten sich am ersten Tag auf der Mittelschule kennengelernt. Bridget war damals schüchtern und reserviert gewesen, Cheryl offen und selbstbewusst. Beim Mittagessen hatte sie einfach Bridgets Hand genommen. «Komm, wir schauen mal, was es gibt.»

Jetzt huschte sie zwischen den Leuten hin und her wie

eh und je, lächelte und wirkte völlig hingerissen, bis sie den nächsten Gast entdeckte, der ihre Aufmerksamkeit benötigte. Bridget blieb mit einem leeren Glas zurück.

Eine Dreiviertelstunde später entschied sie, dass sie nun zurück aufs Zimmer konnte. Weder Cheryl noch Tony würden ihr Fehlen bemerken, von Francis ganz zu schweigen.

Francis lachte sie aus, als er aufs Zimmer kam. Er hatte ihren Schlüpfer auf dem Handtuchhalter bemerkt und spottete: «Hast du nicht kapiert, dass Tony alles zahlt? Die waschen dir hier auch deine Klamotten. Musst sie nur in eine Tüte packen und im Zimmer liegen lassen. Die Rechnung geht auf Tony.»

«Entschuldige, Francis», sagte sie kleinlaut.

«Entschuldige dich nicht bei mir.»

In Unterhose legte er sich aufs Bett und zappte sich durch die Kanäle. So war es eben, dachte sie, das Leben. Egal, was die Hochglanzmagazine schrieben, die da unten sauber auf der Glasplatte des Kaffeetisches ausgebreitet waren, neben der Schale mit tropischen Früchten und der scharfgefalteten Ausgabe der *Straits Times*.

3

Am nächsten Morgen schnarchte er noch, während sie sich leise zurechtmachte. Auf der Suche nach der Schlüsselkarte stieß sie im Dunkeln an die Nachttischlampe, was ihn schlagartig weckte.

«Was treibst du da? Wie spät ist es?»

«Halb acht.»

«Ich dachte, wir machen Urlaub.»

«Ich wollte nur frühstücken, Francis. Die Frauen treffen sich um halb neun zum Shoppen.»

«Also ich steh auf keinen Fall so früh auf.»

«Ich dachte mir schon, dass du ausschlafen willst.»

«Ich frühstücke später auf dem Zimmer. Dann gibt's Sightseeing, mit den Jungs. Du kommst zurecht?»

«Sicher, Francis. Cheryl hat alles geplant. Dann sehen wir uns später wieder hier?»

«Mhm. Viel Spaß.»

«Dir auch.»

Mit dem Aufzug fuhr sie aus dem fünfzehnten Stock hinab ins Gewühl der emsigen Geschäftsmänner und glamourösen Frauen. Sie fand sich hausbacken, *war* hausbacken, mit diesen langweiligen Klamotten – billig, einfallslos geschnitten, für das hiesige Klima völlig ungeeignet –, den praktischen Schuhen und dem glatten schwarzen Haar.

Sie nahm sich eine Schale Cornflakes, bat den Kellner um eine Tasse Tee und setzte sich so weit wie möglich weg vom überwältigenden Surren der Gespräche und all den blitzenden

Zähnen. Sie aß in kleinen Häppchen und sah dem Treiben zu. Wie eine Fernsehshow war das, nur live, eine, deren Teilnehmer ihren Text über die Jahre aus anderen Shows gelernt hatten und ihre Rollen vollendet spielten. Bridget überkam das Gefühl, durch eine unsichtbare, aber unzerstörbare Glaswand von diesen Leuten getrennt zu sein. Fast war sie versucht, danach zu tasten, nur um die Scheibe zu berühren, ohne jede Hoffnung auf ein Durchkommen. Der Gedanke jagte ihr Angst ein. Sie hatte gehofft, die Reise würde ihr einen neuen Blick auf ihr Leben ermöglichen. Vielleicht tat sie das auch, doch unterstrich sie obendrein, wie einsam Bridget war.

Nach dem Frühstück wartete sie in der Lobby auf einem geradezu ungemütlich dick gepolsterten Sofa geduldig auf die anderen Frauen. Aufs Zimmer wollte sie nicht, aus Angst, Francis erneut zu wecken. Sie wusste ohnehin nicht recht, ob sie ihn gerade sehen wollte.

Nach und nach tauchten sie auf, einzeln und in Grüppchen, versammelten sich aufgeregt plappernd vor dem Brunnen mitten in der Lobby. Bridget erkannte einige vom Vorabend wieder, bezweifelte jedoch, dass sich an sie noch irgendwer erinnerte. Endlich kam Cheryl und mit ihr der Augenblick, den Bridget nicht länger aufschieben konnte. Sie gab sich einen Ruck und dann noch einen zweiten. Gleich würde sie den nötigen Mut finden, aufstehen und mit dem besten Lächeln, das sie sich abringen konnte, zu ihnen hinübergehen. Aber noch nicht. Kaufen könnte sie auf der Shoppingtour sowieso nichts, nicht mal ein billiges Kinkerlitzchen, dem man sofort ihre relative Armut anmerken würde. Das war jedoch nicht der wahre Grund ihrer Starre. Sie bewegte ihren Oberkörper etwa einen Millimeter. Jetzt aber! Nein, doch nicht. Irgendwie saß sie noch immer, spürte, wie ihre Muskeln sich entspannten, nur um sich sofort für den nächsten Versuch bereit zu machen, sich zu den nur etwa fünf Meter entfernten Frauen zu gesellen. Zu spät, sie brachen auf. Kein Stirnrunzeln, keine Fragen, ob nicht jemand fehlte. Sie gingen einfach los, kichernd, selbstversonnen und voller Vorfreude. Immer noch saß Bridget da. Die Glastür des Hotels schloss sich, und die Frauen stiegen in einen Minibus, der augenblicklich losfuhr. Na, dachte Bridget, morgen ist auch noch ein Tag. Sightseeing ist mir sowieso lieber. Doch sie bezweifelte, dass sie auch morgen hier warten würde.

Über eine halbe Stunde später trat ihr Mann aus dem Aufzug. Was hatte sie in der Zwischenzeit getan? Sie wusste es nicht. Herumgesessen und vor sich hin gegrübelt, vermutete sie, dusselig dreingeschaut und den Kopf rauchen lassen. Das hatte sie in letzter Zeit schon öfter getan.

Ohne sie zu bemerken, marschierte Francis zu einem kleinwüchsigen, untersetzten Mann in blauen Nadelstreifen, knalliger Krawatte und rosa Hemd. Die Männer begrüßten einander überschwänglich und verließen gemeinsam das Hotel. Offenbar hatte Francis sich von den Ausschweifungen des Vorabends erholt. Umso besser.

Nun konnte sie zurück aufs Zimmer. Eine Weile saß sie bloß da und schaute amerikanisches Fernsehen. Zum Mittagessen gönnte sie sich was und bestellte beim Zimmerservice ein Sandwich, das sie abwesend aß. Sie döste ein wenig auf dem riesigen Bett, wurde dann jedoch von kräftigem Klopfen aufgeschreckt. Mit einem Ruck stand sie auf, sodass ihr ein wenig schwindelte. Wieder das Klopfen, und jemand rief: «*Housekeeping!*»

Mit dem Begriff konnte Bridget nichts anfangen. Vorsichtig öffnete sie die Tür. Vor ihr stand das Zimmermädchen mit ihrem Wagen und sah sie säuerlich an. «Entschuldigen», sagte sie. «Ich später kommen.»

Bridget glotzte sie einen Moment an, ehe sie hervorbrachte: «Nein, nein. Ich gehe.» Francis würde später ein ordentliches

Zimmer vorfinden wollen, und die Frau musste ihre Arbeit tun. Bridget nahm ihre Handtasche und ließ das Zimmermädchen allein.

In der Lobby beschloss Bridget, frische Luft zu schnappen. Die heiße Brise war allerdings alles andere als erfrischend, der Himmel schwer blaugrau verhangen. Die erdrückende Schwüle ließ Bridget ihre Entscheidung sofort bereuen. Trotzdem wollte sie ein Stückchen gehen. Hätte sie doch nur Shorts und T-Shirt angezogen.

Kaum vierzig Schritte war sie gegangen, da kam vor ihr eine Frau in grauem Kostüm ins Stolpern. Ihre Aktentasche fiel zu Boden, Papiere flatterten heraus. «Mist», hörte Bridget sie mit englischem Akzent sagen. Niemand machte Anstalten, der Frau zu helfen, oder nahm auch bloß Blickkontakt zu ihr auf.

Bridget war auf ihrer Höhe angelangt. «Kommen Sie, ich helfe Ihnen hoch», erbot sie sich.

Die Frau drehte sich überrascht zu ihr um. «Danke.»

Bridget las die Papiere auf.

«Danke», wiederholte die Frau. «Ein freundliches Gesicht in dieser vermaledeiten Stadt. Und eine irische Stimme dazu. Erinnert mich an zu Hause. Danke.» Sie lächelte, und Bridget erwiderte es beinah automatisch. Das mit der irischen Stimme hatte sie verwirrt.

«Ich glaube, der Absatz ist gebrochen», meinte die Frau.

«Oje», sagte Bridget.

«Nein», stellte die Frau mit prüfendem Blick fest, «alles noch dran. Glück gehabt.» Sie sah sich um. «Sie wüssten nicht zufällig, wo ich mich hier einen Moment ausruhen kann? Raus aus dieser Hitze? Ich glaube, ich hab mir den Knöchel verstaucht.»

«Oh, nein, tut mir leid», sagte Bridget, besann sich jedoch gleich. «Was rede ich da? Mein Hotel ist gleich da hinten.»

«Ach, prima. Könnten Sie mir wohl helfen? Wie wär's mit

einer Tasse Tee? Ich lade Sie ein. Auch zu etwas Stärkerem, wenn Sie möchten.»

Bridget trug die Akten, und die Frau humpelte mit ihr zum Hotel. Sie setzten sich an einen Ecktisch in der Lobby, wo die Gestürzte sich den Knöchel rieb und erneut den Absatz inspizierte. Bridget legte die Papiere auf den Tisch.

«Danke», sagte die Frau. «Ich heiße übrigens Sarah.»

Zum ersten Mal besah Bridget sich die andere genau. Sie war etwa so alt und groß wie sie, leicht übergewichtig und schien sich in dem schicken Kostüm und der dunklen Strumpfhose unwohl zu fühlen. Ihr Haar war sorgfältig geföhnt, und Bridget fand sie etwas übertrieben geschminkt.

«Bridget.»

«Sehr erfreut. Schön, in dieser Stadt einen hilfsbereiten Menschen zu treffen. Alle sind immer so beschäftigt. Natürlich sind sie nicht mit Absicht unfreundlich. Das macht eben die Stadt. Hier geht es rund um die Uhr bloß ums Geschäft. Also, was trinken Sie, Bridget?»

«Gerne einen Tee.»

«Da bin ich dabei. Ich gehe nur mal eben aufs Klo, um mich ein bisschen sauberzumachen. Unterwegs greife ich mir einen Kellner.»

Beim Aufstehen verzog Sarah leicht das Gesicht, dann humpelte sie zur Toilette. Bridget blieb allein zurück. Beiläufig fiel ihr Blick auf die Papiere. Offenbar hatten sie mit einem Geschäftstreffen hier in Singapur zu tun, doch es wäre ungehörig gewesen, genauer hinzusehen.

Sarah kam zurück. Sie hatte sich das Haar gebürstet und ging wieder normaler. Aus irgendeinem Grund war sie Bridget vom Fleck weg sympathisch.

«Geht schon wieder», sagte Sarah. «Gott sei Dank. Ich habe eine wichtige Woche vor mir.»

«Sind Sie beruflich hier?»

«Ja. Ist das erste Mal, dass man mich ins Ausland schickt. Ich wurde gerade befördert, und der Chef meinte, ich solle zu diesem Meeting. Wenn ich da jetzt angehumpelt komme und nicht liefern kann … Ach, egal.» Sie lächelte.

Bridget sah sie höflich fragend an.

«Egal», wiederholte Sarah, «reden wir nicht über meine Arbeit. Je weniger Worte man über die Herstellung verzinkter Kleinbauteile verliert, desto besser, wenn Sie mich fragen. Sind Sie auch geschäftlich hier?»

«Nein, wegen einer Hochzeit.»

«Oh, schön. Wäre mir auch lieber. Morgen will ich mir aber ein wenig die Stadt ansehen.»

«Sind Sie Irin?»

Sarah blickte sie fragend an.

«Na, weil Sie sagten: eine irische Stimme …»

«Ach so, klar. Na ja, ich sehe mich gern als Irin. Vermutlich bekäme ich auch den Pass. Meine Eltern sind als Teenager nach England gegangen.»

«Aus Irland?»

«Ja. Sind zusammen durchgebrannt. Klingt romantisch, aber es lag daran, dass mein Vater Protestant und meine Mutter Katholikin ist. Weder seine noch ihre Eltern waren einverstanden.»

«Dann sind Sie auch Irin. Wenn Sie wollen.»

«Ich weiß nicht recht, ob ich überhaupt irgendwas sein will. Ich bin stolz auf meine Herkunft – auch wenn ich meine Verwandten nur selten sehe –, aber ich weiß auch, was für Ärger solche Unterscheidungen mit sich bringen. Am Ende bin ich wohl einfach Engländerin.»

«Wo sind Sie denn aufgewachsen?»

«In einem Kaff bei Manchester. Mein Vater fand da einen Job

in einer Brauerei. Meine Eltern hielten sich nur mühsam über Wasser. Aus Irland zu kommen war definitiv kein Vorteil. Also musste ich so englisch wie nur möglich sein – eine brave kleine Engländerin, wie meine Mutter meinte. Als Studentin fuhr ich mit ein paar Freunden übers Wochenende nach Dublin und war hin und weg. Bis dahin hatte ich kaum je einen Gedanken an Irland verschwendet, aber seit ich es besser kenne, sehe ich es schon irgendwie als meine Heimat. Sie haben Glück, dass Sie dort leben.»

«Ich weiß ja nicht.»

«Doch, haben Sie. Sicher, der Konflikt und so. Aber davon abgesehen ...»

Der Tee wurde gebracht, und Sarah schenkte den beiden etwas umständlich ein.

«Ich frage mich, wieso die mich überhaupt befördert haben», sagte sie. «Wahrscheinlich sollte ich das besser für mich behalten, aber ich bin kein bisschen ehrgeizig.»

«Warum sollten Sie das für sich behalten?»

«Ach, ich weiß nicht. Vermutlich, weil Ehrgeiz eben erwartet wird. Besonders von Frauen. Die Männer warten doch nur darauf, dass man auf die Nase fällt. Oh.» Sie lachte.

Bridget war einen Moment verwirrt, dann lächelte sie auch. «Ah, ja», sagte sie. «Verstehe.»

«Tja, den Gefallen hab ich denen wohl getan. Zum Glück sind Sie die einzige Zeugin. Sie verraten mich doch nicht?»

«Verraten? Natürlich nicht.»

«Danke. Sagen Sie mal, der Tee ist ja ganz wunderbar, aber mir wäre doch nach was Stärkerem. Haben Sie Lust auf einen kleinen Gin Tonic?»

«Und Ihr Meeting?»

«Ich hab noch jede Menge Zeit. Und es kann nicht schaden, sich etwas Mut anzutrinken. Was meinen Sie?»

«Einverstanden.»

Aus dem einen Gin Tonic wurden am Ende drei. Dann verabschiedete sich Sarah, und Bridget kehrte mehr als beschwipst aufs Zimmer zurück. Zuvor hatte sie allerdings zugestimmt, Sarah am nächsten Vormittag zu treffen. Das Zimmer war aufgeräumt, und Bridget nahm wieder ihren Platz auf dem Bett ein. Sie stellte den Fernseher an, um die Klimaanlage mit angenehmeren Geräuschen zu übertönen. Sie schlief ein und wachte um acht ziemlich angeschlagen auf. Vor dem Fenster hatte sich mit der Dämmerung feuchter Nebel zusammengebraut, der das Zimmer verdunkelte. Sie kramte ihr Buch hervor und las, begleitet vom Wummern und Blitzen des Musiksenders. Irgendwann war klar, dass Francis nicht zum Abendessen zurück sein würde. Noch einmal bestellte sie etwas beim Zimmerservice und fühlte sich ganz allein auf der Welt. Aber keineswegs bedrückt.

Erst um Mitternacht löschte sie das Licht. Schnell fiel sie in tiefen Schlaf und ließ sich von Francis' Rückkehr gegen fünf Uhr morgens kaum darin stören. Eine Weile stolperte er im Zimmer herum, dann spürte sie, wie er aufs Bett fiel. Sein Atem roch nach Rauch und Schnaps. Sonst nahm sie nichts weiter wahr. Um acht Uhr wachte sie auf.

Die Russen hatten dafür ein Wort, das wusste er aus seinem Kurs in den H-Blocks. Seine Kameraden hielten sich dort zumeist an naheliegende Fächer wie Politik oder Soziologie. Er aber hatte sich für ein Modul über Russische Literatur entschieden. Warum, das wusste er nicht mehr, vielleicht nur aus Jux. So wie die Typen bei dieser Quizshow, *Mastermind*, die sich irgendein Thema reinpaukten, nur um zu beweisen, dass sie es konnten. Bloß dass es bei ihm um einen richtigen Kurs gegangen war. Den er bravourös bestanden hatte. Nur um dann, genau wie die *Mastermind*-Typen, wieder alles zu vergessen. Oder zumindest das meiste.

Das Gefängnis hatte er allerdings nicht vergessen. Vorher, selbst noch in der U-Haft, war er zuversichtlich gewesen. Musste man eben durch, würde er schon verkraften. Eine Runde im Maze Prison zu drehen, kam einer Auszeichnung gleich. Seine Ankunft dort als Schock zu beschreiben, drückt jedoch nicht einmal im Ansatz aus, wie tief seine Überzeugungen erschüttert wurden.

Dieses Elend. Die Grausamkeit, die schiere, gebündelte Härte der Schließer. Die zermürbende Routine. Der Gestank und der Dreck. Die Prügel. Die tatsächlichen Gitter, Zäune und Schlösser sowie die metaphorischen und doch zugleich realeren, die seine Seele einsperrten.

Sicher, er war zu einer besonders schweren Zeit dort gewesen. Der Disput über den Sonderstatus für politische Gefangene eskalierte gerade zum *Dirty Protest*. Auch Francis schmierte seinen Kot an die Wände und ließ sich nicht waschen. Auch er verrichtete sein Geschäft auf seine Wolldecke und hüllte sich dann darin ein, statt die Sträflingskluft zu tragen, klammerte sich ans nackte Leben in einer von stinkenden, teils frischen und feuchten, teils vertrockneten und ausgebleichten Exkrementen besudelten Zelle, alles in der Hoffnung auf jenen himmlischen Status als politischer Gefangener. Welche Zweifel er oder seine Mitgefangenen an der Strategie auch gehabt haben mochten, sie äußerten sie nicht, sondern wahrten militärische Disziplin – eine Lektion, die ihm danach draußen oft von Nutzen gewesen war. Tolstoi, Gogol und vor allem Dostojewski hatten ihm ein wenig Kraft gegeben, doch vor allem hatte ihn sein Hass das alles durchstehen lassen.

Auch den Hungerstreik hätte er mitgemacht, wäre er nicht eine Woche, bevor der Erste damit anfing, entlassen worden.

So viel Leid und Tod, und dann winkte Thatcher am Ende doch noch alles durch.

Da waren Francis' Zweifel jedoch schon wie weggeblasen. Die H-Blocks waren eine harte Schule, aus der er mit frischem Antrieb und nur noch entschlossener hervorgegangen war.

Zapoi. Das war das Wort. Ein Besäufnis ohne Pause. Francis seufzte.

Am Vormittag hatte er Alfie getroffen, den kleinen Großkotz aus London mit den blonden Stehhaaren, und der hatte ihn kurzerhand mit in seinen Club genommen. Der Schuppen befand sich in einem Hochhaus und war genau so eingerichtet, wie man sich diese Londoner Gentlemen's Clubs vorstellt. Zum Einstieg tranken sie Champagner, wechselten aber bald zu Black Velvet, einem Cocktail aus Schampus und Guinness, weil Francis schließlich Ire war. Dann gingen sie zum harten Zeug über, verkosteten die Auswahl irischer Whiskeys. Inzwischen hatten sich diverse Freunde von Alfie zu ihnen gesellt, und die Türsteher sahen sie bereits schief an. Irgendwer flüsterte irgendwem etwas ins Ohr, und ehe Francis sich's versah, standen sie wieder draußen in der Hitze. Da musste es etwa elf Uhr gewesen sein. Alfie war ausgelassen. Seine Krawatte war verschollen, sein Hemd stank – ob vor Schweiß oder Alkohol, konnte Francis nicht unterscheiden.

Jemand hatte eine Idee, und bald waren sie in drei Taxis Richtung Hafen unterwegs zu einer völlig anderen Art von Club. Frauen hopsten zu wummernder Musik vor ihnen herum, was Francis egal war, und es gab harten Alkohol, was ihn schon eher interessierte. Am Nachmittag schwappten sie wieder hinaus ins dünne Tageslicht und machten sich an das, was Alfie den «Pub-Crawl der Millionäre» nannte, eine Tour durch die schicksten Fünf-Sterne-Hotelbars. Zuerst war natürlich das Raffles an der Reihe. Die Regel lautete, dass man erst ging, wenn man vom Sicherheitspersonal dazu aufgefordert wurde. Sosehr es Francis auch in den Fingern juckte, sich mit diesen muskelbepackten Hampelmännern anzulegen, obsiegte doch ein Rest Vernunft. Irgendwann tauchte Tony auf, und die beiden tanzten in irgendeinem Nachtclub wie zwei fünfzehnjährige Mädchen zu Soft Cell. Dann war Tony auch schon wieder verschwunden.

Irgendwann, es war schon spät, rückte Alfie Francis auf die Pelle. Durch den vielen Alkohol klang sein Londoner Akzent noch pöbelhafter.

«Was für 'n Drecksloch, dieses Irland. Großbritannien überhaupt, eigentlich. Aber bei euch … Die Arschritze vom Universum. Nix wie raus, wenn du mich fragst. So wie Tony. Der hat's doch geschafft, oder? Komm doch auch her. Tony kümmert sich schon um dich. Oder ich. Du gefällst mir, weißte? Wieheißdunochgleich?»

«Francis.»

«Genau! Bist 'n guter Typ. Da willst du doch nicht leben. Versteh mich nicht falsch, ich hab nix gegen mein Land. *Rule Britannia* und so weiter. Nie aufgeben. Nieder mit der IRA. Aber das geht doch alles in den Arsch. Da hält man's nicht aus. Hau ab, solang du kannst. Bevor dich einer von den IRA-Wichsern erwischt. Lass die Alte sitzen. Mir geht's bestens hier, das kannst du mal glauben.»

Francis blieb ruhig. «Und wenn ich dir sage …»

«Was? Wenn du mir *was* sagst?»

«Ach, nichts. Ist nicht so leicht, wie du denkst.»

«Klar ist's nicht leicht. Nix ist leicht. Andererseits ist auch nix schwer. Musst's nur tun. So heißt's doch, oder? *Just do it*, Mann.»

Statt dem Impuls nachzugeben, den Britenschnösel sofort auf die Bretter zu schicken, hatte Francis nur gelächelt und die nächste Runde Tequila Slammer bestellt.

Jetzt ging es ihm hundeelend. Er wälzte sich im Bett herum und blickte auf die Uhr. Viertel nach zehn. Bridget war fort, wohin auch immer. Francis war das einerlei. Vermutlich diese Sightseeing-Sache mit den anderen Frauen.

Zwecklos, liegen zu bleiben. Im selben miesen Zustand hatte er sogar schon Einsätze erledigt. Gut, vielleicht nicht ganz so mies. Trotz seines Versprechens, Alfie um halb zwölf in der Lobby zu treffen, hatte er bestimmt nicht vor, den ganzen Tag mit ihm zu verbringen. Vielleicht würde er es später zumindest auf einen Sprung zum Junggesellenabschied schaffen. Womöglich auch ein wenig länger.

Er quälte sich auf die Beine und ging ins Bad, wo er sich unter Schmerzen entleerte. Die Dusche drehte er so stark und heiß auf, wie er es nur aushielt. Dann trank er die Literflasche Wasser aus der Minibar, zog sich Shorts und T-Shirt an und ging in die Lobby.

Beim Concierge erkundigte er sich nach Tagesausflügen. Johor Bahru wurde erwähnt, und ohne groß darüber nachzudenken oder auch nur zu begreifen, wovon die Rede war, hatte Francis sich schon angemeldet.

Rechtzeitig vor seiner Verabredung mit Alfie verließ er das Hotel. Noch einen Tag mit den Engländern würde er nicht ertragen, und besoffen wollte er ihn auch nicht verbringen. Er hielt nicht mehr so viel aus wie früher und brauchte etwas Zeit für sich.

Er döste vor sich hin, während der Reisebus sich durch Sträßchen und Staus schlängelte, hinaus aus dem glitzernden Zentrum und durch um einiges schäbigere und weniger künstliche Vorstädte, bevor er Singapur ganz hinter sich ließ.

An der Grenze stieg Francis mit den anderen Passagieren aus, während die Formalitäten geklärt wurden. Von einer Anhöhe blickten sie über den Fahrdamm hinweg auf eine Stadt, die Francis das genaue Ebenbild von der zu sein schien, die sie verlassen hatten.

Schließlich setzte man sie in einem seelenlosen Einkaufszentrum ab, wo sie in vier Stunden wieder abgeholt würden. Das war ganz und gar nicht, was Francis erwartet hatte, und schon nach einer Viertelstunde langweilte er sich. Ziellos streifte er zwischen den klimatisierten Läden herum, holte sich nur ab und zu einen Kaffee oder eine Cola. Ein weiterer Absturz mit Alfie und seinen Kumpels wäre ihm doch lieber gewesen. Wenigstens würde er in diesem lauten, grellen Treiben ein wenig zum Nachdenken kommen. Seine Schlüsse waren kalt: Sein Einsatz für die Bewegung, all seine Erfolge waren nutzlos. Wie viel näher waren sie einem vereinten Irland gekommen? Wie kurz vor der Kapitulation standen die Engländer? Wann würden die Prods sie als Menschen anerkennen, von gleichwertig ganz zu schweigen? Völlig umsonst hatte er gelitten. Er war mindestens so tüchtig wie Tony und könnte dieses hohle, aber komfortable Leben mühelos selbst führen. Vielleicht war er deshalb gekommen: um zu sehen, was hätte sein können.

Oder aber diese Grübelei war die Strafe dafür, sich von der Wirklichkeit entfernt zu haben. Dieses Gefühl, in einer Traumwelt zu schweben, rieb ihn auf. Er brauchte dringend festen Boden unter den Füßen, bevor er völlig aus den Fugen geriet. Die ganze Reise war wohl doch ein Fehler gewesen; vielleicht nur ein Symptom dafür, wie seine Bindungen sich lockerten. Zu viel Theorie, ermahnte er sich. Er war kein Träumer. Es gab eine ganz einfache Erklärung: Kater und Flüssigkeitsmangel, die lösten das alles aus. Reiß dich zusammen, Mensch.

Als der Bus wieder die Grenze erreichte, war Francis bereit für den Junggesellenabschied. Die Passagiere wurden gebeten auszusteigen, um zur Einreise nach Singapur ihre Papiere vorzulegen. Am Schalter dachte Francis gerade darüber nach, wie viel Alkohol er sich am Abend wohl erlauben konnte, als plötzlich zwei kleine Männer in makellosen blauen Uniformen und Schirmmützen vor ihm auftauchten. Einer hielt seinen Reisepass in der Hand.

«Mr. O'Neill. Würden Sie bitte mit uns kommen?», sagte er.

4

Sie trafen sich vor dem Botanischen Garten und betraten ihn durch das Tanglin Gate.

«Ein bisschen wie Schule schwänzen», sagte Sarah. «Ein Genuss, aber man fühlt sich auch schuldig.»

«Ich habe nie geschwänzt», antwortete Bridget, fürchtete jedoch gleich, streberhaft zu wirken. «Hätt ich aber gern.»

«Je weiter man von der Arbeit weg ist, desto unwichtiger kommt sie einem vor. Alles, worüber man sich dort den Kopf zerbricht, wirkt plötzlich klein und nichtig.»

«Wenn Sie meinen», sagte Bridget.

«Finden Sie nicht?»

«Früher oder später müssen Sie wieder hin.»

«Sicher. Trotzdem erscheint einem alles weniger aussichtslos. Zumindest ein Weilchen. Wollen wir?»

Sie gingen los, zuerst Richtung See. Die Sonne brannte gnadenlos, und die Luft war feucht.

«Orchideen», sagte Sarah. «Die möchte ich sehen.»

Sie zahlten den Eintritt zum National Orchid Garden und bewältigten den steilen Anstieg zur Burkill Hall, dem 1866 erbauten Kolonialbungalow. Von dort schlenderten sie weiter, sogen die unfassbar süßen Düfte inmitten des schwülen Dunstes ein.

«Wundervoll, nicht?», freute sich Sarah.

«Ja.»

Sie setzten sich auf eine Bank. Es fing an zu regnen, ein feiner, warmer Schleier. Keine der beiden rührte sich.

«All der … Kram, der da draußen passiert. Kaum zu glauben, dass es dort eine Welt gibt, so still ist es hier.»

«Ja.»

In Wahrheit bildete das Geschnatter der durch die Gärten flanierenden Touristen eine ganz eigene Geräuschkulisse. Die unterschied sich jedoch deutlich von der pausenlosen mechanischen Betriebsamkeit der Stadt. Vögel zwitscherten.

«Wollen wir weiter?», schlug Bridget vor.

«Ja, los.»

Sie gingen langsam, waren fast allein.

«Sind Sie verheiratet?», wollte Sarah wissen.

«Ja. Und Sie?»

«Nicht mehr. Hat nicht funktioniert. Seine Karriere. Mein Job. So sah er das. Und sprach es auch ganz offen aus. Jetzt ist aus meinem Job eine Karriere geworden. Wer hätte das gedacht? Kinder?»

«Nein.»

«Ich auch nicht. Hat sich nie ergeben. Wird's wohl auch nicht mehr. Wie stehen Sie dazu?»

«Meistens denke ich nicht dran. Nein, das ist nicht wahr.» Sie verstummte.

«Entschuldigen Sie, das war unverschämt», sagte Sarah. «Aufdringlich. So bin ich leider. Wenn mir jemand sympathisch ist, rede ich einfach über alles. Viele Leute schreckt das ab. Schamlos bin ich aber nicht, ehrlich.»

«Schon in Ordnung», beschwichtigte Bridget. «Ich bin nur nicht dran gewöhnt zu reden. Am wenigsten über mich. Egal, mit wem. Ich versuche, nicht so viel daran zu denken, aber ich wollte immer Kinder. So sieht es aus. Und nicht nur, weil man das erwartet. Ich liebe Kinder.»

«Was hält Sie ab?»

«Es ergab sich einfach nicht.»

«Will Ihr Mann denn keine?»

«Wir haben nie richtig darüber geredet.»

«Ist schwer, ich weiß. Das war einer der Punkte, an denen meine Ehe gescheitert ist.»

«Also wir sind aber nicht …»

«Entschuldigung. Nein, das meinte ich nicht. Es ist nur wirklich schwer.»

«Ja.»

Der Erwartungsdruck auf Bridget war immens, obwohl er nicht von Francis ausging. Seit der Fehlgeburt – von der sie dieser fremden Frau sicher nicht erzählen würde – waren sie stillschweigend einig, dass es für sie keine Kinder gäbe. Was es nur schwerer machte. Vielleicht wäre es leichter gewesen, wenn er sie angeschrien und sie sich schließlich seinem Willen gebeugt hätte, was immer der auch war. Doch wie so vieles andere war auch dieses Thema offenbar tabu und würde es wohl ewig bleiben. Unterdessen waren es, neben gelegentlichen galligen Spitzen ihrer Mutter, vor allem die Blicke der anderen Frauen, wenn sie von ihren eigenen Kindern erzählten und dabei eher mitfühlend als verächtlich – wie Bridget wenigstens hoffte – auf ihre Reaktion achteten. Nie würde sie ihnen von ihrem Kind erzählen, sie wollte sich nur immer tiefer in sich selbst zurückziehen. Doch auch das war unmöglich. Die Zuwendungen dieser engen Gemeinschaft abzuweisen, wäre als feindselig aufgefasst worden. Bridget ließ die anderen einfach in dem Glauben, sie und Francis könnten keine Kinder haben, und ließ sich von ihnen bemitleiden.

In einem kleinen Café am See aßen sie zu Mittag. Sarah setzte es auf ihre Spesenrechnung.

«Dieser Businesskram macht mir eigentlich gar keinen Spaß», verriet sie beim Kaffee. «Lange Arbeitstage, endlose Meetings mit fremden Leuten. Oft will ich einfach nur schreien oder lachen. Manchmal träume ich davon, was Nützliches zu tun, unterrichten oder so. Dann wünschte ich, ich hätte das nie angefangen. Sie sind wirklich zu beneiden.»

Bridget sah sie verdutzt an. «Ich glaube kaum, dass es da viel zu beneiden gibt.»

«Ach wo. Das einfache Leben, in dieser malerischen Landschaft. Ohne das Gezeter all dieser … Leute. Keine Termine. Nicht dauernd mit irgendwelchen Idioten reden müssen. Seien Sie froh, Bridget.»

«Gut, ein paar Vorteile gibt es wohl», antwortete sie nachdenklich. «Wir kommen zurecht. Aber es ist schwer. Sehr schwer, manchmal.»

«Inwiefern? Wenn ich fragen darf?»

«Es sind eben schwere Zeiten. Mit Francis lebt es sich nicht gerade leicht.»

«Wieso denn nicht?»

«Er hat viel Druck. Sehr viel. Es ist bestimmt nicht einfach für ihn.»

«Für Sie aber auch nicht.»

«Stimmt. Manchmal.»

«Geht es ums Geld? Was arbeitet er denn?»

«Er ist Mechaniker», sagte sie schnell. «Nein, am Geld liegt's nicht. Wir haben keins, aber das ist nicht das Problem. Wo wir herkommen, geht das allen so. Wir haben genug, das heißt, es bringt das Essen auf den Tisch. Meistens jedenfalls.»

«Was dann? Der Konflikt?»

«Ach. Es ist eben schwer. Ich bin viel allein.»

«Und was tun Sie dann?»

«Ich lese. Die meisten Bücher in der Bücherei hab ich schon durch. Gute und schlechte, Schund und Klassiker. Ich weiß, was mir gefällt, aber ich lese trotzdem alles. Wissen Sie, als ich noch klein war, wollte ich wirklich was tun.»

«Etwas tun?»

«Ja. Nicht unbedingt Irland verlassen, nicht mal unser Dorf, aber trotzdem etwas tun, auf das ich stolz sein kann. Keine Ahnung, was. Ins Kloster hätte ich wohl gehen können.» Sie erlaubte sich ein kurzes Lächeln.

«Aber?», hakte Sarah nach.

«Es kam nicht in Frage. Vermutlich wusste ich immer, dass mir der Glaube fehlte. Und jetzt … jetzt glaube ich wohl gar nicht mehr an Gott. Meine Güte, was für ein Geständnis.»

«Ich weiß. Meine Mutter hat mich katholisch erzogen. Erst nach Jahren habe ich begriffen, dass die wenigsten von uns tatsächlich gläubig sind. Kaum einer der Priester, würde ich meinen. Ist das nicht schrecklich, so was zu sagen? Aber die Rituale lassen einen nicht los. Und auch nicht …»

«Die Schuld.»

«Genau.»

«Ein Klischee, ich weiß, aber es stimmt eben», erklärte Bridget. «Ich hab das Gefühl, das Falsche zu tun, und zerbreche mir den Kopf, wie ich's wiedergutmachen kann. Dann sehe ich ein, dass es nicht geht, und sorge mich noch mehr. Ich fühle mich … ungenügend, in den Augen der anderen und dieses Gottes, an den ich gar nicht glaube. Ich fürchte eine Hölle, die es meiner Ansicht nach gar nicht gibt.»

Wieso, fragte Bridget sich, war sie nur so offen zu dieser Fremden, fühlte sich ihr derart nah?

«Ich weiß nicht, ob das wirklich nur uns Katholiken so geht», merkte Sarah an. «Auf jeden Fall sind wir ziemlich gut darin. Aber Schuld sollte man auch empfinden. Zumindest, wenn man ein Moralbewusstsein hat.»

«Moralbewusstsein?»

«Ja. Ich weiß auch nicht genau, was ich damit meine.»

«Jedenfalls, dann kam Francis, und die Sache war erledigt.»

«Liebe auf den ersten Blick.»

«So was in der Art. Es stimmte einfach, von Anfang an.»

«Und?»

«Na ja, wir haben geheiratet und … Wollen wir umkehren?»

Sie verbrachten den Nachmittag zusammen, spazierten durchs Gewusel der Orchard Road, tranken unterwegs einen Kaffee. Vor dem Abendessen in einem Restaurant, das man Sarah empfohlen hatte, zogen sie sich in ihre Hotelzimmer zurück. Als Bridget wieder aufbrach, wurde ihr bewusst, dass sie den ganzen Tag kaum einen Gedanken an die Hochzeit oder Francis verschwendet hatte. Wo mochte er wohl stecken? Vermutlich wieder auf einem Besäufnis. Wahrscheinlich hatte der Junggesellenabschied schon am Nachmittag begonnen. Sie selbst war froh, dem weiblichen Pendant zu entgehen, und ohnehin sicher, dass höchstens Cheryl ihr Fehlen bemerken würde. Wenn überhaupt. Falls nötig, würde sie sich eben auf den Jetlag herausreden.

Sie jammerte über die Hochzeit.

«Ich habe nur ein Kleid mit», klagte sie. «Das hier. Ein besseres habe ich nicht. Ich hatte es bei der Party an, und morgen muss ich's wieder tragen. Alle werden sich aufbrezeln, und ich sehe aus wie ein Hausmütterchen.»

«Welche Größe haben Sie?»

«38.»

«Ich habe 40. Als es hieß, ich solle hierherfliegen, dachte ich, ich bräuchte etwas, falls es einen Empfang gibt. Also hab ich ein Cocktailkleid im Schlussverkauf erstanden. Größe 38. In der Umkleide hat's noch gepasst, aber wem will ich was vormachen? Auf meinem Zimmer hab ich's noch mal probiert. Ich sehe in dem Ding aus wie, na ja, wie eine Übergewichtige mit Größe 40, Tendenz 42, die sich in Größe 38 quetscht. Wenn Sie möchten, leihe ich's Ihnen.»

«Das kann ich nicht annehmen.»

«Klar können Sie. Ich zieh's sowieso nicht an. Geben Sie's mir hinterher einfach zurück.»

«Aber wir fliegen gleich nach der Feier nach Hause.»

«Na, wir sehen uns bestimmt mal wieder. Geben Sie's mir dann zurück. Oder auch nicht. Ich passe sowieso nie mehr in dieses blöde Teil.»

«Aber was wird Francis sagen?»

«Fällt ihm das auf? Wirklich?»

«Auch wieder wahr.»

In Sarahs Hotel probierte Bridget das Kleid an. «Es ist toll», sagte sie. «Wunderschön.» Ihr ging auf, dass sie ihre neue Freundin gerade zum vorerst letzten Mal sah. Der nächste Tag stünde ganz im Zeichen der Hochzeit, um Mitternacht säßen sie schon im Flugzeug nach Europa. Im Handumdrehen wäre sie wieder zu Hause.

Sarah schlug vor, Telefonnummern auszutauschen, doch Bridget zögerte. «Ich weiß nicht. Francis ist da manchmal komisch.»

«Komisch? Inwiefern?»

«Komisch eben. Er will mich vor allem beschützen.»

«Na, was er nicht weiß, macht ihn nicht heiß, oder? Ich kann Sie ja von der Arbeit aus anrufen. Sagen Sie mir einfach, wann ich Sie tagsüber gut erreiche. Wenn Francis abnimmt, behaupte ich, ich hätte mich verwählt oder sei von der Bank oder so.» Sie kicherte. «Aber passen Sie auf meine Nummer auf. Vielleicht lernen Sie sie besser auswendig, falls Sie sich Sorgen wegen Francis machen. Geben Sie mir Ihre auch?»

«Ich … Ja, gut.»

«Danke. Sehen Sie mich ruhig als Freundin an. Das bin ich nämlich, wissen Sie. Wirklich eigenartig, wie man sich mit jemandem auf Anhieb so gut verstehen kann. Ich bin Ihre

Freundin. Ehrlich. Wenn was ist, bin ich für Sie da. Ich tue, was ich kann. Sie dürfen nicht zulassen, dass er …» Ernst blickte sie Bridget an und legte eine Hand auf ihre, dann lächelte sie. «Außerdem müssen Sie mir ja irgendwann das Kleid zurückgeben.»

Auf dem Rückweg zum Hotel kam Bridget sich naiv vor. Einfach so neue Freundschaften zu schließen, war ganz und gar nicht ihre Art. Distanziertheit war ein notwendiger Schutz. Wie also hatte das passieren können? Vielleicht, weil sie so weit weg von zu Hause war, gleichzeitig eingeschüchtert und berauscht. Und vielleicht, nur vielleicht, weil Sarah ihr gar nicht so unähnlich war.

Polizeiwachen waren auf der ganzen Welt mehr oder weniger gleich. Die neonbeleuchteten Flure, durch die man am Ellbogen geschoben wurde. Die schwatzenden Cops, die verstummten und einen ansahen, als wäre man eine unappetitliche Tümpelkreatur. Die Art, wie sie einem das Verderben an den Hals zu wünschen schienen, wie alles immer viel zu schnell ging, wie die Gummisohlen auf dem Boden quietschten, und die Angst, die Angst …

Trotz aller Ähnlichkeiten war Singapur ein Fortschritt. Die Böden waren mit hellgrauem, glänzendem Linoleum ausgelegt. Die Beamten, die ihn eskortierten, waren penibel höflich, die anderen Cops standen aufrecht da, statt sich übermüdet an die Wand zu lümmeln, und die Wände selbst waren strahlend weiß. Das hier war nicht Castlereagh. Doch die Angst, die war dieselbe.

Man führte ihn in einen vertrauten Raum; auch der war zwar weniger heruntergekommen, aber ebenso fensterlos und stickig vom Muff zahlloser Verhöre – beziehungsweise Befragungen, wie sie das nannten. Dazu ausgelegt, einem den Mut zu rauben. Schmucklose Behördenmöbel – ein Tisch, zwei

Stühle –, festgeschraubt, um Gewaltausbrüche des Befragten zu verhindern.

Zu Francis' Überraschung saß sein Widersacher bereits auf einem der Stühle. Er hätte erwartet, dass man ihn noch ein paar Minuten allein schmoren ließ, damit er darüber brüten konnte, was sie wussten und mit ihm anstellen würden. Er hätte erwartet, dass man ihm Zeit ließ, sich an die H-Blocks zu erinnern, an die Prügel für jeden winzigen Verstoß oder, wie so oft, ohne jeden Grund. Er hätte erwartet, seinen Gedanken an Paddy nachhängen zu können, ausgelöst durch das zischelnde Flüstern vor der Tür: «Sie sind der Nächste.»

Paddy war sein großer Bruder. Gewesen. Patrick Shane O'Neill. Ein Wirbelsturm von einem Jungen, der zu einem Wirbelsturm von Mann herangewachsen war. Dunkle Locken, wie seine Ma. Groß und breit, zerzaust, immer ein Lächeln auf den Lippen, aber kämpferisch. Zumindest wenn er provoziert wurde – soll heißen, wann immer er Engländer roch. *Fee! Fie! Foe! Fum!*, machte er böse verzückt, wenn sie auf einen Einsatz fuhren.

Paddy ging direkt nach der Schule zur RA, gut vier Jahre vor Francis. Zum Anführer taugte er nicht, er war ein williger Gefolgsmann. Im Gegensatz zu Francis hatte er nie zu Joe Geraghtys Jungs gehört, war jedoch mutig wie ein Löwe. Er stach eben nicht so hervor wie Francis, das war alles. Ja, er gab selbst fröhlich zu, er habe mehr Muskeln als Hirn. Schon in ihrer Kindheit war Francis der Liebling der Eltern gewesen, doch Paddy nahm das niemandem krumm. Sean und Marie setzten große Hoffnungen in Francis, kleinere in Paddy, den sie dennoch liebten, und gar keine in Liam, den schwächsten Welpen im Wurf. Als unerschrockener Mann fürs Grobe war Paddy den Jungs allemal nützlich. Ab und an waren die beiden Brüder gemeinsam in West Belfast unterwegs. Sie gingen lachend aus dem Haus und lachten noch lauter, wenn sie von ihren Einsätzen zurückkehrten.

1986 geschah es dann. Paddy war auf einen Einsatz geschickt worden. Donnerstagabend erhielt Mary den Anruf. Francis sollte zu Joe Geraghty kommen, der sich um Mitternacht noch Zeit für ihn nehmen wollte – aus Respekt für die O'Neills, wie er sagte.

«Hinterhalt der SAS», erklärte Joe mit aschfahlem Gesicht. «Keine Chance.»

Francis erkundigte sich nach der Mission.

«Die RUC-Wache bei Tyrone. Sah immer aus wie ein leichtes Ziel. Vielleicht war sie doch eher ein Köder. Euer Paddy und sechs andere. Einfach niedergemäht. Paddy fuhr den Laster mit der Bombe. Ist den Heldentod gestorben, falls euch das ein Trost ist. Möchtest du einen Whisky?»

Statt irischen Whiskeys trank Joe ausschließlich Scotch. «Jameson's! Ich werf den Prods doch nicht mein Geld hinterher!», sagte er immer. Francis hatte nie angemerkt, dass die meisten schottischen Brennereien ebenfalls von Protestanten gegründet worden waren. Joe wies man besser nicht auf Denkfehler hin. Francis hatte es ihm beim Whisky einfach gleichgetan. Jetzt aber nicht. Er lehnte ab.

«Die wussten eindeutig Bescheid», sagte Joe. «Wie, das kriegen wir raus. Wir finden den Scheißkerl.»

Joe war einer der Sargträger gewesen, hatte sich Tränen abgewischt, Marie tröstend in den Arm genommen, ein paar düstere Worte mit Sean gewechselt und ein kleines Bier mit den Trauernden getrunken, dann hatte Kenny gehüstelt und ihn zum Führungsstab chauffiert.

Den Spitzel hatten sie nie entlarvt.

Francis brauchte kein Stichwort, kein boshaftes Flüstern, um sich an jenen Abend klar und deutlich zu erinnern. Die

Worte hallten ihm so oder so durch den Kopf, als er den Vernehmungsraum betrat: «Du bist der Nächste.»

Der milde dreinschauende Mann in knittrigem Anzug blickte von seinen Akten auf, als wäre er unerwartet gestört worden.

«Hallo, Mr. O'Neill», sagte er höflich lächelnd und deutete auf den freien Stuhl. «Schön, Sie endlich persönlich kennenzulernen. Ich heiße Richard.»

Francis setzte sich. Vernahm er da ein leichtes Zittern in dieser gönnerhaften Engländerstimme?

«Ich bedaure, dass wir uns unter solchen Umständen kennenlernen. Ich versuche schon seit Ihrer Ankunft, Sie in, ähm, angenehmerer Umgebung zu erwischen. Leider bleibt uns nun bloß das hier, zumal Sie morgen ja den ganzen Tag eingespannt sein werden.»

Francis ließ den Blick sinken. Ihm war heiß, er spürte seinen Hals rot werden und das linke Bein rhythmisch auf dem Boden wippen. Er versuchte, damit aufzuhören, doch kurz darauf wippte es erneut.

«Sicher weckt das hier Erinnerungen», fuhr der Mann fort. «Aber es ist nicht, wie Sie denken. Zunächst mal bin ich kein Polizist. Dafür könnte man mich vermutlich ohnehin kaum halten.» Er lächelte, als hätte er einen Witz gemacht.

Spion also, dachte Francis.

«Ich bin also nicht verhaftet?», fragte er.

«Aber nein. Sagen wir –»

«Dann gehe ich jetzt mal.»

Er stand auf, und die Wache an der Tür trat vor ihn.

«Nein, nein», winkte der Mann die Wache zurück. «Das wird nicht nötig sein.» Und zu Francis: «Sie können gehen, sobald wir uns kurz unterhalten haben. Ganz inoffiziell. Ich habe keine Mühen gescheut, um zu garantieren, dass niemand von unserem Gespräch erfährt. Auch deshalb musste ich so lange warten. Sie haben sich amüsiert. Kaum eine Bar ausgelassen, wie es scheint. Hatten Sie Spaß?»

Francis dachte einen Moment nach und nahm wieder Platz. Besser, er saß das aus. Könnte schlimmer sein.

«Tat bestimmt gut, mal rauszukommen. All der Druck. Wie ein Dampfkochtopf. Bisschen die Seele baumeln lassen. Und jetzt das.»

Er blickte erwartungsvoll und fuhr dann munter fort, als hätte er Francis' stures Schweigen nicht bemerkt: «Gut. Ich beeile mich. Sie wollen sicher zurück zur Feier. Morgen Abend nehmen Sie die Spätmaschine, wie ich sehe. Wie war's heute in Malaysia? Viel erlebt?»

Francis ließ erneut den Blick sinken.

«Erster Tag allein. Endlich mal raus, was?»

Francis zuckte die Achseln. Mehr würde der andere nicht bekommen.

«Bloß Sightseeing? Oder hatten Sie eine Verabredung?»

Francis blickte auf. Wie daneben konnten die eigentlich liegen? Ein Grinsen spielte ihm um die Mundwinkel.

«Nein», sagte der Mann. «Dachte ich auch nicht. Musste nur die Möglichkeit ausschließen. Damit ich zu Hause berichten kann, ich habe alles bedacht. Dieses Treffen hier –»

Francis schnaubte.

«Dieses Treffen hier ist eine große Chance für Sie.» Eine Pause. «Ich will Sie nicht für dumm verkaufen, Sie wissen Bescheid. Sie kennen die Schwundquote unter den Freiwilligen. Sind kein Jungspund mehr. Denken daran, was danach kommt. Wenn es ein Danach gibt, zumindest ...»

Francis sah ihn fragend an.

«Sie denken an Ihre Familie, Ihre Frau. Wünschen sich ein bisschen finanzielle Sicherheit. Wollen nicht enden wie ...»

«Soll das eine Morddrohung sein? Geht's darum? Ihr bringt

mich um, wenn ich euch nicht helfe?» Francis riss die Augen auf, versprühte Feindseligkeit. Er rutschte auf dem Stuhl herum. Seine Angst war nicht gespielt.

«Nein, nein, wo denken Sie hin! So was tun wir nicht –»

«Könntet ihr euch nämlich in den Arsch schieben. Kann ich jetzt gehen, oder was?»

«Gleich, gleich. Gleich.» Beim dritten Mal sprach er das Wort langsam, tröstlich aus. «Was ich sagen will, ist, dass ich Ihnen einen Ausweg bieten kann.»

«Im Sarg, meinen Sie.»

«Nein. Einen guten Ausweg. Mit Geld. Einer sicheren Bleibe. Wo Sie ein neues, ein normales Leben anfangen könnten. Weg von alldem. Das wollen Sie doch, oder?»

Wieder blickte Francis zu Boden und lauschte auf das rhythmische Tappen seines linken Fußes auf dem Linoleum.

«Ich will Ihnen helfen.»

Francis lachte ätzend. «Helfen. Ja, klar.»

«Bleiben wir doch vernünftig. Lassen Sie uns das mal ganz in Ruhe durchsprechen.»

Francis grinste, sagte aber kein Wort.

«Sie haben den Punkt erreicht, wo Sie nicht mehr weitermachen wollen. Aber Sie stecken in der Falle. Ohne Hilfe kommen Sie nicht raus. Ohne *meine* Hilfe. Früher oder später ist es ohnehin aus. Das wissen Sie. Und dann lassen die Sie hängen. Ich nicht. Ich kümmere mich um Sie. Die Alternative: Sie werden geschnappt und wandern in den Bau. Ich weiß schon», winkte er ab, «Sie sind ein großer Kerl. Ein bisschen Sitzen macht Ihnen nichts aus. Diesmal wäre es allerdings länger. Sie sind gut. Aber irgendwann geht's schief. Das wissen Sie so gut wie ich. Ihre Bosse verlangen immer größere, tollere Aktionen. Für die sind Sie Kanonenfutter. Früher oder später schnappt man Sie, sperrt Sie ein und wirft den Schlüssel weg. Das wissen Sie genau.»

Erneut zuckte Francis die Achseln.

«Sie müssen mich nicht mögen, das erwarte ich gar nicht. Erst recht erwarte ich nicht, dass Sie gut finden, wofür ich stehe. Aber zusammen können wir einen Ausweg finden. Sie sind eigentlich kein übler Kerl, das weiß ich. Sie stecken nur fest. Sie wollten das Richtige tun, für Ihre Landsleute, doch jetzt kommen Ihnen Zweifel. Das ist Ihre Chance. Greifen Sie zu, eine andere bekommen Sie womöglich nicht.»

Francis blickte zu Boden.

«Sie sagen nichts? Das Spiel kann ich auch. Wir können hier einfach sitzen, während Sie überlegen, was das Beste für Sie ist – und für Ihre Leute. Gönnen wir uns einen Moment Ruhe.»

Francis blickte Richard – oder wie er sich auch nennen mochte – in die Augen. Er wirkte jünger als er, aber schlechter in Form. Blass, hängende Wangen. Schlaff saß er auf seinem Stuhl. Allein ihn anzusehen, war sonderbar ermüdend. Sein Haar war zu lang, um als gepflegt durchzugehen, und fiel ihm regelmäßig vor die Augen. Immer wieder streifte er die Strähnen hinters linke Ohr, während er tat, als läse er in seinen Akten.

Francis hatte sich angewöhnt, in Verhörräumen die Sekunden zu zählen. Das war eine gute Ablenkung, während die einem mit sprühendem Speichel ins Gesicht schrien oder unauffällig in die Nieren boxten. Hier in der klimatisierten Stille zu sitzen war ein Kinderspiel. Nach etwa zwei Minuten zweiunddreißig Sekunden betrachtete Francis seine Hände. Weitere circa sechseinhalb Minuten vergingen, bevor der Mann auf seine Uhr sah. Neun Minuten sind eine lange Zeit, wenn man in einem geschlossenen Raum stumm seinem Erzfeind gegenübersitzt.

«Also gut», seufzte der Mann. «Sie müssen dann wohl mal wieder.»

Er zog eine Visitenkarte aus der Tasche und legte sie vor Francis auf den Tisch.

«Vielleicht haben Sie ja doch noch eine Chance», sagte er. «Das ist meine Nummer, nur für den Fall.»

Er legte den Zeigefinger auf die Karte. Francis sah ihm in die Augen, dann ließ er den Blick auf die Karte sinken. Nichts außer einer handgeschriebenen Telefonnummer.

«Nehmen Sie sie ruhig, die Karte. Ich würde aber davon abraten. Besser, Sie merken sich die Nummer. Rufen Sie jederzeit an.»

«Sind wir fertig?», fragte Francis.

«O nein. Das glaube ich kaum, Sie etwa? Noch lange nicht. Aber Sie können natürlich gehen. Das würde ich Ihnen sogar raten, sonst wundert man sich noch, wo Sie stecken.»

Francis stand auf.

«Ach, eins noch», sagte der Mann. «An Ihrer Stelle würde ich Ihren Bossen nichts erzählen. Ich weiß schon, das ist eigentlich Vorschrift, aber erfahrungsgemäß ist es nicht die beste Lösung. Der Verdacht bleibt kleben. Sie wissen ja, wie's ist. Besser als ich, vermutlich.»

Er nickte dem Wächter zu, der die Tür öffnete und Francis höflich wie ein Hotelportier hinauskomplimentierte.

Richard Mercer blieb sitzen. Seine Akten, zuvor noch sauber geordnet, waren vergessen, lagen willkürlich vor ihm verstreut. Selbst seine Brille wirkte auf dem Tisch irgendwie ungeordnet. Er fuhr sich durchs Haar. Ekelhaft. Vor seiner Abreise aus London vor drei Tagen hatte er keine Zeit für den Friseur gehabt; heute hatte er nicht einmal mehr duschen können, ehe ihn im Hotel der Anruf erreichte, Francis O'Neill sei unterwegs. Allein. Gut fünf Stunden hatte er darauf gewartet, dass O'Neill wieder an der Grenze auftauchte.

Er legte die Arme auf den Tisch und den Kopf darauf. Trotz Klimaanlage schwitzte er. Womöglich brütete er etwas aus. Seine Brille fiel zu Boden, doch er hob sie nicht auf. Stattdessen stöhnte er. Wie leicht könnte er hier einfach einschlafen. Womöglich wäre all das dann vorbei.

Ein junger Mann mit großer Zukunft, so sah man Richard zu Hause. Charles machte das eifersüchtig.

«Ich war selber mal der Senkrechtstarter», hatte er vor ein paar Wochen bei Richards jährlicher Beurteilung angesäuert angemerkt. «Hör auf meinen Rat: Achte nicht auf die Sirenen. Die locken dich nur auf die Klippen.»

Man hatte ihn auf einen Metzgersgang geschickt – so nannte Charles das –, und er fühlte sich überfordert. Trotz aller Zuversicht kam er sich unsicher und unzulänglich vor, und der Jetlag tat sein Übriges.

Am Sonntag hatte Charles ihn in seinem Büro in Lisburn angerufen, er war dabei gewesen, Papierkram aufzuarbeiten.

«Schwing deinen Arsch her», befahl Charles. «Deinen Freund Francis O'Neill hat offenbar die Reiselust gepackt. Singapur, ausgerechnet. Pack für warmes Wetter, und nicht zu knapp. Könnte dauern. Alles Weitere hier.»

Richard eilte zum Packen nach Hause, nahm den ersten Flug nach London und verbrachte den Abend mit Francis' Akte. Am nächsten Morgen traf er Charles und hörte sich dessen Plan an.

«Aussichtslos, klar. Den holst du im Leben nicht an Bord. Der Mann ist ein Fanatiker. An die juristischen Schwierigkeiten gar nicht erst zu denken. Der steckt drin bis zum Hals. Trotzdem, unsere Brötchengeber bestehen drauf, dass wir's versuchen, sobald einer dieser Quälgeister den Kopf aus der Deckung streckt. Wo auch immer. Du kennst das Mantra. Also, viel Spaß. Wenn du Verstärkung mitnehmen willst, okay. Aber nur einen.»

Sollte die Sache subtil angegangen und O'Neill unter irgendeinem Vorwand becirct werden oder direkt mit einem – wörtlichen oder bildlichen – Koffer voll gebrauchter kleiner Scheine?

Charles winkte ab. «Deine Sache. Weiß auch nicht, wieso wir uns mit Samthandschuhen aufhalten. Alle aufknüpfen, sag ich. Na, eines Tages siegt vielleicht doch noch die Vernunft. Meine Güte, schon so spät?»

Am Ende bestimmten die Ereignisse selbst ihren Verlauf.

Nach dem Treffen mit Charles blieb Richard der Rest des Tages, um selbst einen Plan auszuhecken. Er sah die Sache optimistischer als Charles, doch es war auch nicht leicht, irgendetwas pessimistischer als er zu sehen, angefangen von Englands Chancen im Cricket bis zum Weltfrieden. Richard sprach mit ein paar Leuten, buchte die Tickets und klopfte erneut bei Charles, um ihm seinen Vorschlag vorzulegen.

«Nicht nötig, mein Lieber», sagte der. «Wird schon alles seine Ordnung haben.»

Also nahm Richard die U-Bahn zum Flughafen.

Die Leute in Singapur hatten Francis O'Neill seit gut drei Tagen beschattet und abgewartet, bis sie ihn allein zu fassen bekamen. Und jetzt, nach einer größtenteils schweigsamen Viertelstunde, war es vorbei.

Mein Gott, der doppelte Jetlag, der Papierkram, dachte Richard. Und dann noch die unausweichliche Befragung durch Charles. Er wusste schon, wie die abliefe.

«Und auf seiner Sauftour hast du's nicht versucht?»

«Zu unsicher. Er war nie allein.»

«Einen Hochzeitsgast hast du auch nicht angemustert? Oder besser noch, diese Freunde? Die hätten dir geholfen.» Anmustern war ein typisches Charles-Wort.

«Das kam mir falsch vor.»

«Falsch? Und dass der Dreckskerl einfach so davonkommt, das ist nicht falsch?»

«Das habe ich nicht gesagt.»

«Was dann? Bin ich schwer von Begriff? Hast du irgendwas erreicht? Hast du dem Bastard klargemacht, dass die SAS bei ihm anklopft, wenn er nicht mitspielt?»

«Nein. Natürlich nicht. Ich wusste ja nicht, dass das im Handbuch steht.»

«Im Handbuch? Du arbeitest im operativen Dienst. Da musst du selbst denken. Nicht im Handbuch blättern.»

«Das war ein Witz.»

«Kannst du laut sagen.»

«Hätte ich dir lieber sagen sollen, wo du dir deinen Job hinstecken kannst?»

Nein, ganz so würde das Gespräch natürlich nicht verlaufen. Stattdessen würde Richard Charles gelassen einen Brosamen anbieten: «Ein wenig weiter sind wir schon gekommen.»

«Ja, *sehr* wenig, scheint mir.»

Richard seufzte. Er setzte sich wieder auf, bückte sich nach der Brille und wischte sich das Haar aus der Stirn. Die Hand fühlte sich fettig an. Gott, wie ich rumlaufe, dachte er.

Das Team, das O'Neill beschattete, meldete, das Treffen habe ihn wohl ziemlich mitgenommen. Selbstgespräche führend, lief er im Kreis, wirkte verzweifelt. Er schien um Atem zu ringen. Vielleicht sollte ihn jemand sanft zum letzten Bus in die Stadt lotsen. Erstaunlich. Dabei galt er doch als harter Knochen. Armer Teufel. Francis O'Neills Angst, als er fragte, ob Richard ihn töten lassen wollte, war eindeutig echt gewesen. Ginge es nach Leuten wie Charles, wäre diese Angst womöglich begründet. Was für ein Schlamassel, dachte Richard.

Alles vorbei, abgesehen von der Schreierei, die größtenteils in London stattfände. Der geschniegelte leitende Beamte der Singapore Special Investigations mit der perfekten Aussprache und den perfekten Manieren würde Richard noch die Hand schütteln, ein paar tröstende Platituden murmeln und ihm ein Souvenir der Behörde überreichen, dann würde er abreisen.

Francis irrte ein paar Minuten am Grenzübergang herum, spähte über die Schulter, blitzte jeden an, der ihn beachtete. Am liebsten hätte er sich die Klamotten vom Leib gerissen, so unerträglich heiß war ihm. Ihm war bewusst, wie sonderbar er wirken musste, doch das störte ihn erst nach einer ganzen Weile. Als es so weit war, atmete er durch und brachte die schreienden Stimmen im Kopf zum Schweigen. Das Pochen ließ nach. In Gefahr war er allerdings noch immer. Wer wusste schon, was dieser Kerl ihm antun würde? Ein Unfall vielleicht? Mit dem Bus? Ein tiefer Sturz? Fragen würde niemand stellen. Sein grünes Inselchen interessierte hier keinen.

Reiß dich zusammen, mahnte er sich, der kann nicht das Geringste tun. Er glaubte dem Mann kein Wort, doch der gesunde Menschenverstand sagte ihm, dass sie ihn nicht einfach so beiseiteschaffen konnten. Nicht hier.

Genau in diesem Augenblick kam eine höfliche Singapurerin auf ihn zu und teilte ihm devot lächelnd mit, der nächste Bus in die Stadt fahre gleich ab.

Als er in der Nähe seines Hotels aus dem Bus stieg, konnte er vor lauter Aufruhr im Kopf noch immer nicht denken. Panik, das wusste er. Auch die Stimmen kannte er bereits, bisher hatte er sie jedoch immer erfolgreich erstickt. Diesmal fiel ihm das schwerer. Er hatte kein Auto voller Sprengstoff vor der RUC-Wache in Antrim abzustellen. Er lag nicht mit einer Kalaschnikow bewaffnet im nasskalten Gestrüpp von County Fermanagh und wurde auch nicht in der Kaserne Bessbrook verhört. Er war ganz allein an einem fremden, gefährlichen Ort. Denken musste er, nachdenken, nicht zuletzt auch darüber, was er zu Hause sagen würde. Nichts, beschloss er augenblicklich, wenn er nicht sein eigenes Todesurteil unterzeichnen wollte. Damit zumindest hatte der Kerl recht.

Er brauchte einen Drink und ließ sich in einer dunklen Ecke der nächsten Bar mit einem Whisky nieder. Das Brennen in der Kehle machte ihn gleichzeitig wacher und ruhiger, tötete etwas in ihm ab. So fühlte es sich wenigstens an. Seine Hand zitterte noch, doch der Kopf funktionierte wieder.

Er beschloss, eine Weile durch die Dämmerung von Bar zu Bar zu tingeln, sich auf sein Training zu besinnen, um die Lage zu peilen. Doch es war aussichtslos. In dem Gewimmel aus Farben, Menschen und Gerüchen würde er seine Verfolger niemals ausmachen. Die kannten sich hier viel zu gut aus. Dennoch ging es ihm mit jedem Drink ein wenig besser. Schließlich fand er, es sei an der Zeit, ins Hotel zurückzukehren. Was er als Nächstes vorhatte, brauchte nicht geheim zu bleiben. Er bat den Concierge zu überprüfen, ob es an diesem Abend noch Flüge nach Europa gab. Besser, er verschwand so schnell wie möglich. Es gab tatsächlich noch freie Plätze, doch nur mit saftigem Preisaufschlag, weshalb er es bei der Abreise mit der Spätmaschine der Lufthansa am nächsten Tag beließ.

Dann ging er aufs Zimmer. Niemand da. Bridget war wohl beim Junggesellinnenabschied. Francis hatte die Party der Männer ganz vergessen, verspürte nun jedoch noch weniger Lust darauf als auf die Hochzeit selbst. Er trank drei Bier aus der Minibar, dann schlief er in seinen Klamotten ein.

Am nächsten Morgen war Bridget bereits auf und hatte sich in Schale geworfen.

«Wir gehen nicht hin», sagte er.

«Was soll das heißen, Francis?»

«Dass wir nicht hingehen, verdammt. Wir fliegen nach Hause.»

«Aber wir sind extra hergekommen.»

«Denkst du, das weiß ich nicht? Du wolltest doch sowieso erst gar nicht.»

«Das war etwas anderes. Jetzt sind wir schon mal hier, da müssen wir auch hin.»

«Nein, müssen wir nicht. Nicht, wenn ich nicht will.»

«Aber warum, Francis? Wieso?»

«Ich hab eben keine Lust. Reicht das nicht?»

Sie gab keine Antwort, bedrängte ihn nicht, wofür er schon dankbar war. «Mir geht's nicht so gut», sagte er. «Ich will einfach so schnell es geht nach Hause.»

«Was hast du denn? Soll ich einen Arzt holen?»

«Nein. Mach bloß keinen Wirbel. Ich bleib einfach noch ein bisschen liegen. Sagst du denen Bescheid?»

Francis sah zu, wie Bridget auf der Bettkante saß und sich auf die Lippe biss, während sie überlegte, was sie sagen sollte. Sie nahm den Hörer ab.

«Besser, du erzählst, du wärst ebenfalls krank. Ich will auch nicht, dass du hingehst.»

«Aber ich dachte, wenn einer von uns –»

«Denk nicht so viel. Sag's ihnen einfach.»

Unter Francis' aufmerksamen Augen rief sie an.

Sie blieben auf dem Zimmer, er mürrisch, sie nervös, beide schweigend, bis sie am Abend den Flughafenexpress nahmen. Sie checkten frühzeitig ein, und der Flug ging pünktlich kurz vor Mitternacht. Zwanzig Stunden später, um 11.45 Uhr am Vormittag, landeten sie im kalten, nebligen Dublin. Bis sie zu Hause ankamen, war es fast vier. Bridget machte Feuer und packte die Koffer aus, während Francis wegfuhr, um etwas zu erledigen. Das Abenteuer war vorbei. Nun konnte sie nicht mal mehr davon träumen, eine starke, unabhängige Frau wie Cheryl oder Sarah zu sein. Sarah würde ganz bestimmt vergessen, sich zu melden, oder hatte das ohnehin nie vorgehabt, und damit war es vorbei. Aus und vorbei.

1991

5

Richard Mercer fühlte sich so minderwertig wie immer, wenn er militärisches Gelände betrat. Nicht völlig unfähig, aber doch ein wenig wie eine unterentwickelte Spezies, angesichts dieser Welt der Ordnung, Kontrolle und Disziplin, in der alles seinen Platz hatte. Alles und jeder.

Tatsächlich hatte Mercer von allen Anwesenden den höchsten Dienstgrad, gemäß den Tabellen, die solche Dinge quer über alle Behördengrenzen hinweg festlegten. Dennoch fühlte er sich unterlegen, er, der sich auf sein Bauchgefühl verlassen musste statt auf klare Vorschriften.

Die Kommandanten kamen und gingen; anfangs waren die jungen Majors dynamisch und tatfreudig, achtzehn Monate später reisten sie gehetzt um sich blickend ab. Vorausgesetzt, es gab davor keine größeren Katastrophen. Wenn doch, ersetzte man sie augenblicklich durch einen alten Recken, der das Schiff über Wasser hielt, bis der nächste diensteifrige Jungspund vom Fließband rollte. Der Posten war eine Art Durchgangsstation auf dem Weg zu Höherem; einer Stelle im Verteidigungsministerium vielleicht oder im Stab eines Brigadegenerals, ehe man ein richtiges eigenes Kommando erhielt. Aus irgendeinem Grund sah man es als erbaulich für eine Soldatenseele an, einmal diese verdeckte Einheit befehligt zu haben. Der Clou lag jedoch weniger darin, wirklich etwas zu bewirken, als keinen Bock zu schießen. Fortschritt war ohnehin unmöglich. Sofern sich nicht politisch etwas dramatisch änderte, war die Armee so machtlos wie alle anderen auch. Diesen ehrgeizigen jungen

Männern aber hatte das offenbar niemand verraten. Alle waren sie entschlossen, sich zu profilieren. Bis sie nach etwa einem Jahr begriffen, wie der Hase lief.

David Pope-Norton bildete da keine Ausnahme. Ein Mann ohne Ecken und Kanten, wenn man von seiner pedantischen militärischen Korrektheit einmal absah, der seine Worte mit viel Bedacht so wählte, dass er nichts als unerschütterliche Zuversicht ausstrahlte. So was lehrte man heutzutage auf der Akademie in Camberley und nannte es Führungsqualität. Richard war froh, dem Rat seines Berufsberaters an der Uni nicht gefolgt zu sein.

Pope-Norton entstammte einer bescheidenen Dynastie von Heeresoffizieren. Sein Onkel war Colonel, sein Vater immerhin Lieutenant Colonel gewesen. Die Brüder hatten sicher viel Spaß miteinander gehabt. Dem jungen David war damit jedenfalls die Messlatte gelegt worden. Letztlich war er jedoch ein netter Kerl, und die Zeiten änderten sich eben. Zweifellos hatten seine Vorgesetzten im Ministerium ihm ans Herz gelegt, den Stall sauber, das Ruder ruhig und den Kopf unten zu halten und was es sonst noch an Soldatenklischees gab. Ob er imstande war, wenigstens einen Teil des Mists mehrerer Jahrzehnte aus besagtem Stall zu schaufeln und alteingesessene Mammuts wie zum Beispiel Freddie Spencer loszuwerden, das war die große Frage. Aber ein netter Kerl war er allemal.

Richard wurde von einem uniformierten Unteroffizier mit schneidigem Schritt hineingeführt. Vier schlichte Sitzgelegenheiten standen um einen Kaffeetisch. Hätten sie auch nur einen Hauch Komfort geboten, man hätte sie wohl Sessel nennen können. Auf einem saß Pope-Norton, als Einziger in Uniform, im zweiten Freddie Spencer, seines Zeichens Captain im Ruhestand und operativer Berater, im dritten, in Jeans und Shetlandpulli, Geordie Smith, der Stabsunteroffizier, der bereits drei oder vier Posten in Nordirland bekleidet hatte und sich tatsächlich auskannte. Diese Unteroffiziere, mit denen Richard sich etwas wohler fühlte, hielten die Einheit in Wahrheit am Laufen.

Ein Blick zu Geordie verriet ihm, was ihn erwartete.

«Richard», grüßte Pope-Norton mit strahlendem Lächeln. «Wie geht's?»

«Danke gut, David, und selbst?»

«Prima. Phantastisch sogar.»

Pope-Norton war Anfang dreißig, jung geblieben und hatte volles, dunkelbraunes Haar. Bestimmt erwartete er bereits ungeduldig die nächste Beförderung.

«Freddie, Geordie», grüßte Richard.

«Richard», erwiderte Freddie Spencer, indem er langsam blinzelte, das von Brillantine glänzende Haar mit einer fettigen Hand glattstrich und blöde grinste wie immer. Ein entsetzlich feuerrot gepunktetes Taschentuch quoll aus der Tasche seines Haifischhaut-Zweireihers. Freddie hatte sich von ganz unten hochgedient – offenbar ohne dass dies Spuren hinterlassen hatte –, und aus seiner Zeit als Offizier kursierten zahlreiche Gerüchte über Beinahekatastrophen und idiotische Wagnisse, aus denen seine Männer ihn hatten rausboxen müssen. Er gehörte nicht zu jener Klasse von Offizieren, denen ihr Dienstgrad quasi in die Wiege gelegt worden war. Seine nasale Stimme und das unbeholfene Benehmen verrieten, dass er keine dieser schrecklichen Privatschulen besucht hatte und seine Wurzeln denen Richards vermutlich mehr glichen, als ihm lieb war. Weltanschaulich konnten die beiden allerdings verschiedener nicht sein. Freddie sah sich selbst als in Irland «angekommen», Richard bezweifelte, dass er das jemals sein würde. Freddie strebte danach, sich mit diesen Leuten zu identifizieren, Richard war dazu nicht imstande. Dennoch, etwas in jedem der beiden erkannte sich im jeweils anderen wieder und nickte ihm verächtlich zu.

«Sir», sagte Geordie Smith.

Sie warteten, bis ein nervöser Soldat den Tee brachte, in der üblichen, fast bis zum Verschleiß polierten Army-Edelstahlkanne und den dickwandigen Keramiktassen, die es sogar überstanden, wenn sie mal aus ungeschickten, dicken Fingern rutschten. Wie zu erwarten, war der Tee geradezu waffenfähig stark und rot wie die Wangen des jungen Soldaten. Erst mehrere Löffel Zucker machten ihn genießbar. David Pope-Norton schenkte allen ein, wie um zu demonstrieren, dass Hierarchien hier nichts zählten.

«Glückwunsch zur Beförderung übrigens», sagte er.

«Danke», antwortete Richard.

«Und was hat Charles Schönes in Aussicht?»

«Ach, Sie wissen schon. Neue Herausforderungen.»

«Schön, schön. Und wann werden Sie uns verlassen?»

«In etwa sechs Wochen, denke ich.»

«Zählen Sie schon die Tage?»

«Überhaupt nicht. Ich habe mich hier sehr wohlgefühlt.» Man erwartete, dass Richard das sagte, doch glücklicherweise stimmte es auch größtenteils.

«Genug Zeit, noch die Leichen aus dem Keller wegzuschaffen, was?»

«So was in der Art.» Richard lächelte höflich.

«Na», fuhr Pope-Norton fort, «wir haben hier was Hübsches. Wollten unbedingt mit Ihnen drüber reden. Hoffe, Sie finden Zeit, sich das mal anzusehen, bevor Sie nach London müssen. Wäre gut zu wissen, was Sie denken. Ihr Nachfolger ist bestimmt ein guter Mann, aber …»

«Ich weiß schon, was Sie meinen. Ich kenne das. Mein Nachfolger ist übrigens eine Frau.»

«Ach ja?» Das Gespräch stockte, während Pope-Norton sich mühte, das zu verarbeiten. Schließlich fuhr er fort: «Sie müssen uns unbedingt miteinander bekanntmachen, wenn sie ankommt. Aber: dieser Fall. Keine Ahnung, wie begeistert Sie sein werden. Ich hoffe sehr.»

Richard versuchte, angemessen gespannt zu wirken. Er konnte sich nicht erinnern, wann er hier zuletzt von irgendetwas begeistert gewesen war. Entsetzt, ja. Gelangweilt, sicherlich, das auch. «Ja?», fragte er.

«O'Neill», sagte Pope-Norton.

«O'Neill?»

«Genau. Ehemals Belfast, jetzt wohnhaft in South Armagh.»

«Der O'Neill mit den Einsätzen auf dem Kontinent», ergänzte Freddie Spencer trocken. «Oberschlitzohr. Staatsfeind Nummer eins. Sagt Ihnen was?»

«Sie haben Francis O'Neill rekrutiert? Ich bin beeindruckt.» Richard glaubte, ein leichtes Grinsen um Geordies Lippen spielen zu sehen. Freddie Spencer seufzte, verzog jedoch sonst keine Miene.

«Nein, nein», wehrte Pope-Norton ab. «Hätten wir uns an Francis O'Neill gewagt, würden wir uns grade wohl Zeitungen in die Hosenböden schieben, damit die Stockhiebe nicht so weh tun. Der ist uns eine Nummer zu groß.»

«Behaupten Ihre Vorgesetzten», warf Spencer ein.

«Der Bruder», sagte Geordie leise. «Liam.»

«Ah», machte Richard. «Ganzes Stück jünger, oder?»

«Bisschen grün hinter den Ohren, ja. Aber wir trauen ihm was zu, nicht wahr, Gentlemen?»

«Ja», bestätigte Spencer.

«Ja, Sir», pflichtete auch Geordie bei.

«Wie ist er so, menschlich gesehen?», wandte Richard sich an Geordie.

«Ein bisschen unreif, Sir, wie der Major schon sagte. Halsstarrig, wenn Sie so wollen.»

«Will ich nicht. Halsstarrig ist nicht gut. Und wie kam er dazu, mit Ihren Leuten zu sprechen?»

«Hat einfach rotzfrech die Zentrale angerufen», sagte Spencer. Richard hob die Augenbrauen. «Ja, das dachten wir auch. Haben alle Vorsichtsmaßnahmen getroffen. Bis jetzt lief alles gut.»

«Hmm», machte Richard. «Die RUC weiß Bescheid? Keine Einwände?»

«Selbstverständlich», sagte Pope-Norton. «Wir haben aus unseren Fehlern gelernt. Natürlich wurden unsere Freunde ausführlich ins Bild gesetzt. Alles in bester Ordnung.»

Richard blickte zu Freddie Spencer, in seiner aktiven Zeit einer der Hauptvertreter der operativen Arbeit nach dem Motto «Wird schon schiefgehen». Auch seine Nähe zu gewissen loyalistischen Paramilitärs war mindestens fragwürdig gewesen. Spencer verzog keine Miene.

«Und die nehmen's sportlich? Wollen nicht mitmischen?»

«Sagen wir mal, sie geben uns grünes Licht. Kann ich Ihnen schriftlich zeigen», antwortete Pope-Norton.

«Nicht nötig.»

«Offen gesagt, sind sie wohl etwas neidisch», fügte Pope-Norton hinzu.

«Verständlich», sagte Richard, und Geordie rutschte ein wenig auf seinem Stuhl herum.

«Aber sie lassen uns freie Hand.»

«Hm. Gut.»

«Jedenfalls», sagte Pope-Norton, «dachten wir, Sie könnten sich unseren jungen Aufsteiger mal ansehen. Ehe Sie Ihre neue Stelle antreten. Ihn einschätzen. Wären dankbar für Ihre Meinung.»

«Sollte ich mich nicht besser raushalten? Geordie kennt das Spiel ja. Arbeiten Sie mit ihm, dann schauen wir in einem halben Jahr noch mal.»

«Angesichts seiner Kontakte dachten Freddie und ich», fuhr der Major ungerührt fort, «O'Neill könnte womöglich sogar für Ihre erlauchten Kreise taugen.»

«Oh, David, ich würde Ihnen nur ungern die Informanten abspenstig machen. Das ist nicht meine Art.»

«Das verstehe ich und weiß es zu schätzen. Aber für die Sache? Für Königin und Vaterland? Würden wir doch verstehen, nicht wahr, Freunde?»

«Klar», riefen Freddie Spencer und Geordie Smith im Chor.

Auch Richard verstand. Die Anreize innerhalb des Militärs hatten sich verschoben. Man hatte begriffen, dass es zum eigenen Besten war, Nachwuchs für die hohen Tiere heranzuzüchten. Dass aus einfachen Informanten richtige Spione werden konnten und die beteiligten Soldaten dafür Anerkennung ernteten. Er musste höflich bleiben.

«Gut. Ich denke mal darüber nach. Könnten Sie mir wohl gelegentlich die Akten schicken?»

«Aber gern. Sie haben Sie im Handumdrehen auf dem Tisch.»

«Hervorragend. Lassen Sie mir ein paar Tage Zeit, dann melde ich mich wieder.»

Richard wusste schon, dass die nächste Besprechung mit Charles in der Zentrale knifflig werden würde.

«Hören Sie auf meinen Rat, Richard. Tun Sie denen den Gefallen», sagte Charles.

Leicht gesagt, wenn man in London nur noch seine Zeit absaß. Richard steckte in Belfast mittendrin.

«Das ist eine Sackgasse, Charles. Liam O'Neill hat sein kurzes Leben bisher damit zugebracht, möglichst keinen Finger krumm zu machen. Er hat mit der IRA nichts am Hut, wurde von ihr schon für kleinere Verbrechen abgestraft, ist neun Jahre jünger als sein Bruder und steht ihm nicht nahe. Außerdem führt er garantiert was im Schilde.»

«Tun wir das nicht alle, Richard?»

Richard sah ihn an.

«Es ist nun mal so, dass wir ein gutes Verhältnis zum Militär wahren müssen. Alles in allem sind die kein übler Haufen. Die haben einen schwierigen Job.»

Wenn Charles plötzlich verständnisvoll wurde, musste man sich in Acht nehmen.

«Haben wir den nicht alle, Charles?»

«Allerdings. Freddie Spencer hat nicht den besten Ruf, ich weiß. Aber letztlich ziehen wir doch alle am selben Strang.»

«Tun wir das?»

«Ach, die Gerüchte sind doch bestimmt völlig übertrieben.»

«Gerüchte? Was denn für Gerüchte?»

«Du weißt schon. Freddies Nähe zu gewissen Loyalistengruppen. Unklug, sicher, zumindest auf so indiskrete Weise. Aber ist es wirklich so verkehrt, auf Gleichgesinnte zuzugehen? Selbst wenn sie ein wenig übereifrig sind?»

«Ein wenig übereifrig?»

«Was immer unsere schönfärberischen Politiker und Vorgesetzten auch erzählen, am Ende geht's darum, die Mistkerle allezumachen – egal, wie, wenn du mich fragst. Der Zweck heiligt die Mittel. *Wir* können gut Samthandschuhe tragen, *wir* müssen sie nicht am wahren Leben schmutzig machen.»

«Oder am wahren Tod.»

«Wie bitte?»

«Egal. Aber was das gute Verhältnis betrifft: Kann ein Verhältnis gut sein, das auf Unaufrichtigkeit beruht?»

Diesmal machte Charles große Augen. «Deine Naivität ist wirklich allerliebst, Richard. Fand ich immer schon. Ich bewundere deinen jugendlichen Idealismus –»

«So jung bin ich auch wieder nicht.»

«Im Vergleich zu mir bist du's sehr wohl. Gedient hast du auch nie, oder?»

«Das weißt du doch, Charles», sagte Richard und stellte sich auf den üblichen Sermon über Charles' Erfahrungen bei den Guards ein.

«Die Army ist eine völlig andere Welt.»

«So wie die Vergangenheit?»

«Was?»

«Da hat man auch vieles anders gemacht.»

«Ähm, also … ja. Genau. Stimmt. Man macht vieles anders. Du glaubst, in der Army wird immer nur Tacheles geredet? Irrtum, mein Lieber, ganz und gar nicht. Bewerte einen Offizier schlechter als mit Bestnote, und du könntest gleich seine Entlassungspapiere unterzeichnen. So liegt die Sache auch hier. Zeigen wir uns nur im Geringsten unkooperativ, wird der Major gelyncht.» Er grinste, offensichtlich selbst beeindruckt von seinem Cowboyspruch.

«Also?»

«Also schaust du dir den Kerl mal an. Sagst ein paar nette Sachen. Dann schreibst du denen einen Brief: Ruft uns nicht an, wir rufen euch an, so was in der Art. So kommen wir aus der Nummer raus, und die können mit O'Neill anstellen, was sie wollen. Oder du übernimmst ihn und versuchst, aus einem Ackergaul ein Rennpferd zu machen. Zeitverschwendung, wenn du mich fragst, aber vielleicht hat dein weiches Herz ja Freude dran, ihn aus der Schusslinie zu nehmen. Und falls du denen in den Hintern treten willst, kannst du das immer noch tun, wenn du auf meinem Stuhl sitzt.»

Richard begriff, weshalb man Charles versetzte. Aber warum so wohlwollend?

«Bringt nichts, dagegen anzustrampeln», sagte Geordie, der neben Richard in der Dunkelheit im Auto saß. Unter ihren Wollmützen spotzten die Kopfhörer des Funkgeräts. Ein Probefunkspruch. «Der Boss glaubt, das wird seine große Stunde. Wenn Sie nicht übernehmen, versteht er das bloß als grünes Licht für uns.»

«Und was denken Sie?»

«Fürs Denken werd ich nicht bezahlt.»

«Fürs Atmen auch nicht, Geordie.»

«Interessiert aber keinen, was ich denke.»

«Mich schon.»

«Tja. Kann sein. Also, ich denke, es bringt nichts, zu strampeln, wenn man sowieso nicht weiterkommt. Wir wissen doch beide, was Sache ist. Die Kiste ist entschieden. Von meinen Bossen und wahrscheinlich auch von Ihrem.»

«Mal sehen. Auf meiner Seite stehe ich bald am Ruder.»

«Und dann? Wird dann alles anders?»

«Klingt ganz schön resigniert.»

«Wären Sie das nicht? Ein liebenswerter Hanswurst nach dem anderen läuft hier ein und sieht uns nur als Sprungbrett. Dazu der verschissene Freddie Spencer mit seinen Taschentüchlein im Jackett, als würde er sich auf dem Jahrmarkt Karnickel aus dem Arsch zaubern. Ein Riesenschlamassel ist das hier in Irland. War's schon, bevor ich herkam, ist's die ganze Zeit geblieben und wird's auch immer sein. Solange ich lebe zumindest. Warum wir nicht einfach abziehen und die sich gegenseitig die Köpfe einschlagen lassen, ist mir schleierhaft.»

«Wie lange noch?»

Geordie sah auf die Uhr. «Sechs», sagte er, und sie schwiegen einen Augenblick.

«Was halten Sie von dem Knaben?»

«An dem ist Hopfen und Malz verloren, aber das haben Sie nicht von mir. Werden's ja bald selber sehen. Großes Maul, nichts dahinter. Hört auf keinen. Glaubt, er kommt bald in einen Einsatztrupp. Tritt in die Fußstapfen seines Bruders. Liegt in der Familie, sagt er immer und zwinkert. Völlig unzuverlässig. Aber der Major glaubt an ihn.»

Auch im kalten Neonlicht wirkte Liam fast genauso wie zuvor, als Geordie erst an ihm vorbeigefahren war, ehe sie ihn mitgenommen hatten. Dürr und gebückt hatte er im Sprühregen gestanden, Kapuze auf dem Kopf, Zigarette im Mund.

Nachdem der Knabe auf dem Rücksitz Platz genommen hatte, war der Militärkonvoi losgebraust und sofort von der Hauptstraße abgefahren, hatte sich durch Landstraßen geschlängelt, wo Hecken im Scheinwerferlicht aufblitzten. Hätten sie das Spektakel vorher mit Plakaten angekündigt, wäre das auch nicht auffälliger gewesen. Doch das war bloß Richards Meinung. Schließlich waren sie in eine lange Auffahrt eingebogen.

Und hier waren sie nun. In diesem Unterschlupf, wo immer der sich auch befinden mochte. Es war nichts zu hören außer dem Wasser, das von der Jacke des Knaben aufs Linoleum tropfte. Eine Zigarette zwischen Daumen und Zeigefinger, saß er auf einem Plastikstuhl, breitbeinig, nach vorn gebeugt, und saugte das letzte bisschen Nikotin aus dem Glimmstängel. Eine Art Küche war das hier, billig eingerichtet, grell beleuchtet. Kein Ort, an dem man leicht jemandes Vertrauen gewann.

«Bisschen feucht da draußen, was?», sagte Geordie.

«Ach», sagte der Knabe, den Blick noch immer gesenkt. «Was Sie nicht sagen.»

«Das ist der Boss, von dem ich erzählt hab, Liam.»

Liam blickte kurz auf, dann wieder zu Boden.

«Hallo, Liam, ich bin Richard.» Und zu Geordie: «Kann man hier irgendwo gemütlicher sitzen?»

Geordie blickte über Liams gebeugten Rücken hinweg und schüttelte den Kopf. Richard seufzte. Liam zeigte keine Reaktion. Richard nahm sich einen Stuhl und setzte sich ihm gegenüber.

«Wollen Sie nicht Ihre Jacke ausziehen? Ich häng sie gerne für Sie auf», erbot sich Richard.

«Kalt», sagte der Knabe.

«Gleich wird's wärmer. Die Heizung ist an, man spürt es schon. Besser, Sie trocknen Ihre Jacke.»

Geordie brachte Tee. «Trink das», sagte er zu Liam.

Liam hob den Kopf und sah sie nacheinander an. «Kontrollbesuch?», fragte er Richard und grinste gequält sarkastisch.

«Ich wollte Sie kennenlernen. Das schien mir der richtige Moment zu sein.» Er ließ sich Zeit.

«Wie ich schon zu Mr. Smith gesagt hab, ich weiß so einiges. Über die RA, über meinen Bruder. Fragen Sie einfach. Was ich nicht weiß, kriege ich raus. Ich kann zu Francis gehen. Jederzeit. Ich komme rein, Familie und so. Sie müssen nur sagen, was Sie wollen.» Er zwinkerte.

«Ausgezeichnet. Ich bin sehr interessiert. Aber eins nach dem anderen, ja?»

Richard sah ihn an. Er war so jung. Vielleicht war es mit den Informanten ein bisschen wie mit Polizisten. Je älter man wurde, desto jünger kamen sie einem vor. Aus der Akte wusste er, dass Liam O'Neill zweiundzwanzig Jahre alt war, doch er sah aus wie ein Kind, hager und schlaksig, strähniges Haar, ständig verdächtig und gleichzeitig selbst misstrauisch, verkrampft und trotzig.

«Also, Liam, erzählen Sie doch mal. Wie kamen Sie darauf, sich bei uns zu melden?»

«Ich hab das Zeug, das Sie wollten», wandte Liam sich an Geordie. «Hab nicht viel Zeit, bin verabredet.»

«Vergiss, was ich wollte», sagte Geordie und setzte sich. «Das hier ist wichtig. Ich dachte, du hast heute Zeit.»

«Ja, hatte ich ganz vergessen. Soll später noch Gary im Pub treffen.»

«Nicht grade lebenswichtig, oder? Verpasst ja nicht deine eigene Herztransplantation, was? Ich hab dir gesagt, du sollst dir den Abend freihalten. Verstehen wir uns?»

«Denke schon.» Ein schneller Blick zu Richard, dann wieder zu Geordie. «Ja, Mr. Smith.»

«Wunderbar», sagte Richard. «Und warum sollten Sie Ihren Freund Gary treffen? Irgendwas Interessantes für uns?»

«Nee, ist bloß 'n Kumpel.»

«Und?»

«Ähm, er verkauft mir vielleicht 'ne Mikrowelle für meine Ma.»

«Na, vielleicht sprechen wir später noch darüber, was Sie ihm sagen könnten, ja?»

«Okay.» Wieder blickte er auf. «Sir.»

«Richard reicht völlig, Liam. Wollen wir dann zum Geschäftlichen kommen?»

«Wenn Sie möchten.»

«Ich möchte», sagte Richard ohne jede Feindseligkeit. «Also, wieso haben Sie uns angerufen? Lassen Sie sich Zeit.»

«Ich hatte die Schnauze voll. Irland geht den Bach runter. Der ganze Ärger. Und Francis steckt drin bis zum Hals. Ich dachte, ich kann ihn vielleicht schützen.»

«Verstehe. Sie sind also kein Freund der IRA?»

«Scheiße, nein. Sie vielleicht?»

«Was ich bin, ist nicht so wichtig. Mich interessiert, was Sie denken. Sie wollen also helfen, die IRA daran zu hindern, all diese schlimmen Dinge zu tun?»

«Wenn Sie so wollen.»

«Bitte, Liam, ich will Ihnen nichts in den Mund legen. Ich will mir nur ein Bild davon machen, was in Ihnen vorgeht. Sonst nichts. Kein Problem. Es gibt keine richtigen oder falschen Antworten. Sagen Sie einfach, was Sie denken.» Er lächelte aufmunternd.

«Na ja, stimmt schon so, wie Sie's sagen.»

«Gut. Schon mal Ärger mit der IRA gehabt?»

«Was meinen Sie?»

«Na, weil die sich in West Belfast für das Gesetz halten. Richter und Henker in einem. Haben die Sie mal wegen irgendwas einbestellt?»

Liam O'Neill sah Richard an und überlegte. Dann setzte er eine freundliche Miene auf.

«Ein-, zweimal, als ich jünger war. Nichts Wildes.»

«Ich weiß. Als Teenager machen wir alle Dummheiten. Hatten Sie mit jemand Bestimmtem zu tun?»

«Martin Dempsey, der hat mit mir geredet.»

«Mündliche Verwarnung, ja?»

«Bisschen mehr. Nichts Schlimmes.»

«Verstehe. Und was haben Sie gemacht?»

«Mit Francis drüber geredet.»

«Mit Francis geredet, so. Und wie hat der reagiert?»

Liam zuckte die Achseln. «Konnte nichts tun. Meinte, die in Belfast machen ihr eigenes Ding, und er kann denen nicht reinreden. Er war ja schon weggezogen.»

«Und wann mag das gewesen sein?»

«Vor drei, vier Jahren.»

«Verstehe. Aber er hat ihn doch sicher gekannt, diesen Martin … wie hieß er noch gleich?»

«Dempsey. Ja, den kannte er ganz gut.»

«Und trotzdem hat er ihn nicht mal beiseitegenommen. Waren Sie da nicht wütend? Ein kleines bisschen?»

«Nein. Er wird schon gewusst haben, wieso.»

«Sie wollen also niemandem was heimzahlen?»

«Nein, ich finde bloß …»

«Hm», machte Richard. «Aber natürlich werden Sie Geld brauchen, richtig?»

Liam sah ihn direkter an, und sein Gesicht erhellte sich. «Ich mach das nicht wegen des Geldes», sagte er.

«Nein, natürlich nicht. Dennoch würden wir darauf bestehen, Sie für Ihren Einsatz großzügig zu entlohnen. Falls wir uns darüber einig werden, wie dieser Einsatz aussehen könnte, selbstverständlich. Aber sagen Sie, haben Sie denn keine Angst, mit uns zu sprechen?»

«Eigentlich nicht. Sollte ich? Sie passen doch auf mich auf, oder?»

«Aber ja. Trotzdem staune ich, dass Sie so entspannt sind. Das ist ja ein großer Schritt, da macht man sich doch sicher allerhand Sorgen?»

«Haben Sie Angst, dass die mich angestiftet haben?»

«Überhaupt nicht. Und natürlich ist es umso besser, wenn Sie den Druck aushalten.»

«Da haben Sie's.» Wieder das bockige kleine Grinsen.

Richard verkniff sich ein Seufzen. «Ja. Da haben wir's. Gut. Wollen wir darüber reden, wie Sie uns helfen können?»

«Ich kann alles Mögliche machen. Mehr mit Francis rumhängen. Der kann mich in Belfast reinbringen.»

«Ich dachte, er mischt sich da nicht ein?»

«Aber ich hab jetzt sowieso ’nen guten Draht zu Martin Dempsey. Der findet schon was, was ich für die Jungs tun kann. Waffen schmuggeln oder so. Oder ich könnte mehr Zeit mit Francis verbringen. Rauskriegen, was er vorhat.»

«Hochinteressant. Ich wusste ja gar nicht, dass das so läuft. Bisher dachte ich, man müsse sich erst mal mit ödem Kleinkram beweisen. Dass man einfach so auftauchen und die Dinge in die Hand nehmen kann, war mir nicht bewusst. Oder dass Sie bei Francis einen solchen Stein im Brett haben.»

«Sie würden staunen, was ich alles für Sie tun kann.»

«Darüber haben wir doch schon gesprochen, Liam», warf Geordie ein. «Wir müssen das in Ruhe angehen. Schritt für Schritt. Dürfen nichts riskieren.»

«Ich weiß. Aber ich krieg das hin. Ich pass schon auf.»

«Bestimmt», sagte Richard.

Das Gespräch drehte sich noch ein Weilchen weiter in seinem sonderbaren Kreis. Irgendwann sagte Richard, ohne sich seine Verzweiflung anmerken zu lassen: «Sie haben uns einiges zum Nachdenken gegeben, Liam. Freut mich sehr, Sie kennengelernt zu haben. Aber jetzt sollten Sie wohl los zu Ihrer … Mikrowelle, richtig?»

Die Nachbesprechung hörte er sich geduldig an. Beim ersten Teil war das gesamte Team anwesend und wurde genauestens über die Vorbereitungen für die Treffen unterrichtet. Schlamperei kann man dem Militär nicht vorwerfen, dachte Richard. Erst nach Mitternacht zogen sie ab und ließen die Offiziere allein. David Pope-Norton, der zu Richards Ehren und voller Erwartung gekommen war, zog eine Flasche Whiskey aus seinem Aktenkoffer.

Geordie ging die praktischen Details durch. Liam O’Neill hatte dazugelernt: Dieses Mal war die Abholung viel glatter gelaufen. Seine Arbeitssituation war unverändert. Er lebte noch immer bei seinen Eltern. Seine Laune war blendend, und er freute sich nach wie vor seines Informantendaseins. Mit seiner Freundin hatte er Schluss gemacht, da er sie der Untreue verdächtigte. Er glaubte, sie sei schwanger, womöglich von ihm. Nächste Woche sollte er wieder mit derselben Tarngeschichte, laut der er sich für einen Gebrauchtwagen interessierte, in der Parkbucht an der Hauptstraße auf den angeblichen Verkäufer Geordie warten.

«Also?», fragte Pope-Norton, indem er sich – genau wie Freddie Spencer – Richard zuwandte. Geordie sah weg.

«Sehr interessant. Ein interessanter junger Mann. Hat allerhand los.» Richard rang sich ein schales Lächeln ab.

«Und?», drängte Freddie.

«Und ich finde, Sie haben hervorragende Arbeit dabei geleistet, ihn an Bord zu holen. Besonders Geordie.»

«Sie brauchen keine Rücksicht zu nehmen, Richard», sagte Pope-Norton. «Was halten Sie von ihm?»

«Nun.» Richard räusperte sich und holte Luft. «Wie gesagt, ein interessanter junger Mann. Alles in allem denke ich aber, Sie sollten sich weitere Mühen mit ihm sparen.»

Pope-Norton war bestürzt. Spencers Augen blitzten.

«Und wieso, wenn man fragen darf?», erkundigte sich Pope-Norton.

«Weil Sie bestimmt Besseres zu tun haben. Er weiß nichts. Wir wissen, dass die IRA ihn wegen kleinerer Vergehen abgestraft hat. Mit seinem Bruder hat er so gut wie nichts zu tun. Trotzdem ist er offenbar überzeugt, er könne in ein paar Wochen Einsatztrupps befehligen und uns haarklein erzählen, was in Francis' Kopf vorgeht.»

«Vielleicht ist er nur ehrgeizig, kann sich gut verkaufen. Natürlich wird es etwas dauern, bis er sich in eine Kampfeinheit gequasselt hat. Aber irgendwie finde ich das ganz gut. Unsere Aufgabe ist es, ihn zu zügeln. Damit er es nicht übertreibt. Richtig, Geordie?»

«Jawohl, Sir.»

«Selbstverständlich liegt die Entscheidung ganz bei Ihnen, David. Ich allerdings sehe einen jungen Mann, der für niemanden wirklich zugänglich ist. Seine Motive machen mir Sorgen, ich halte ihn für unreif und töricht. Er hat so gut wie kein Bewusstsein für die Gefahr, in die er sich begibt. Angsthasen können wir zwar auch nicht brauchen, aber Liam lebt in einer Phantasiewelt. Wenn er wirklich was wüsste oder sich ein Weg abzeichnete, wie er an Informationen gelangen kann, wäre ich womöglich anderer Meinung. So aber glaube ich nicht, dass wir ihn nehmen sollten.»

«Würde Charles das auch sagen? Oder sein Vorgesetzter?»

«Ich weiß nicht, was Charles sagen würde. Ich will Ihnen nur nichts vormachen. Was Sie tun, ist Ihre Sache.»

In Wahrheit wusste Richard ganz genau, was Charles sagen würde und später nur zu gern tatsächlich sagte. Richard zuckte die Achseln, fasste es schriftlich zusammen, schickte Pope-Norton einen höflichen, aber unzweideutigen Brief und hielt die Sache für erledigt. Es war ohnehin an der Zeit, dass er seine Sachen packte und nach London abreiste.

Ob die an O'Neill dranblieben, war allein deren Sache. Er hatte seine Schuldigkeit getan, sich selbst und seine Behörde abgesichert, alles Weitere ging ihn nichts an. Dieser Ort fraß alle Skrupel, trieb einem gründlich aus, die Konsequenzen seines Handelns abzuschätzen und Verantwortung zu übernehmen. Alles war viel zu schrecklich, und wenn man zu viel darüber nachdachte, bekam man gar nichts mehr hin. Einen Fuß blind vor den anderen setzen, mehr war in diesem Grabenkampf nicht drin.

6

Sarah rief an einem klammen Dienstagvormittag an. Das Klingeln des Telefons war an sich schon ein Ereignis. Es konnte nur sie sein. Seit Singapur hatte sie jeden Monat angerufen.

«Schön, dass ich dich erwische», sagte Sarah.

«Ich komme grade vom Einkaufen», antwortete Bridget. «Kannst du kurz warten, bitte?»

«Na klar.»

Bridget hängte den nassen Regenmantel an den Haken. Wasser tropfte aufs Linoleum. Das Kopftuch hängte sie gefaltet übers Treppengeländer. Dann strubbelte sie sich durchs Haar und nahm den Hörer wieder auf.

«Entschuldige. Es ist nass draußen. Ich musste meinen Mantel ausziehen.»

«Kein Problem. Hier in Birmingham regnet's auch.»

«Aber du rufst ja aus England an …»

«Macht nichts. Ich bin im Büro. Die merken das nie», flüsterte Sarah verschwörerisch. «Wie geht's dir denn so?»

«Gut, danke.»

«Störe ich? Ist Francis da?»

«Nein.»

«Und ist alles in Ordnung?»

«Ja, danke. Alles okay. Schön, dich zu hören. Wie geht's dir?»

«Bestens. Was gibt's Neues bei dir?»

«Ach, nichts Besonderes. Der Sommer steht vor der Tür. Ich hab mit dem Frühjahrsputz angefangen. Die Bäume schlagen schon aus.»

«Ich seh dich richtig vor mir, in deinem gemütlichen Häuschen mitten im Nirgendwo …»

«So idyllisch ist es auch wieder nicht.»

«Klar, bestimmt nicht», sagte Sarah.

«Und was treibst du so?»

«Ach, Arbeit, Arbeit, Arbeit. Wer hat bloß diese Meetings erfunden? Aber ich jammere schon wieder.»

«Nein, gar nicht.» Eigentlich schon, doch es tat gut, ihre Stimme zu hören.

«Du bist viel zu höflich, Bridget. Aber schön, mit dir zu sprechen. Hör mal, ich hab eine verrückte Idee.»

«Ja?»

«Ich würde dich wirklich gern sehen. Die haben mir einen Bonus gegeben. Viel mehr, als ich mir je erhofft hätte. Jedenfalls wollte ich diesen unverhofften Segen für ein langes Wochenende mit einer alten Uni-Freundin nutzen. In Südfrankreich. Die ist mir aber abgesprungen. Umso besser, denn ich würde viel lieber mit dir fahren. Meine anderen Freundinnen haben alle zu viel mit ihren Kindern um die Ohren und reden auch über nichts anderes, wenn sie mal weg sind von ihnen. Bitte sag ja. Sonst muss ich stornieren und das Geld ist futsch. Bist du dabei?»

«Wie bitte?»

«Südfrankreich. Charles Trenet im Autoradio. Ricard im Café trinken und die Reichen und Schönen beobachten.»

«Mit mir?»

«Mit dir.»

«Ich weiß nicht. Wann soll das denn sein?»

«Ach, sagte ich das nicht? Dieses Wochenende. Ist das ein Problem? Lässt dein Mann dich nicht fahren?»

«Der ist weg bis nächste Woche.»

«Spitze, dann ist ja alles gut.»

«Ich kann doch nicht einfach so wegfahren.»

«Warum nicht?»

«Na, die Leute. Die merken das doch.»

«Und das ist ein Problem?»

«Und ob. Wenn du wüsstest …»

«Ich kann's mir vorstellen.»

«Vielleicht auch nicht. Jedenfalls bin ich nicht wie du.»

«Bist du wohl. Das weißt du genau.»

«Ich mach so was nicht. Ich verreise nicht einfach spontan. Wie sollte ich überhaupt hinkommen?»

«Stimmt, das hab ich auch noch nicht gesagt. Ich habe eine vorläufige Buchung für einen günstigen Flug von Dublin nach Marseille. Sieh's als vorgezogenes Geburtstagsgeschenk. Aer Lingus wartet darauf, dass ich mit den Passagierdaten zurückrufe. Du kommst ganz einfach mit deinem Pass zum Flughafen, und schon geht's los.»

«Ganz einfach? Du hast ja keine Ahnung, wie schwierig das wäre.»

«Doch. Ich weiß, dass es nicht leicht ist.»

«Die Leute hier wissen alles über mich. Kriegen alles mit. Die haben mich im Auge.»

«Im Auge?»

«Nicht auf schlimme Weise. Manche Leute sehen mich eben dauernd. Die würden fragen, wo ich war.»

«Verstehe.»

«Und bei uns hier fährt man nicht einfach hopplahopp übers Wochenende nach Frankreich. Man fährt überhaupt nirgendwo einfach so hin.»

«Kannst du nicht behaupten, du besuchst deine Schwester?»

«Das könnte ich wohl. Ich besuche sie aber nicht oft.»

«Sag doch, sie sei krank oder habe irgendwelche Schwierigkeiten. Würde das jemand nachprüfen?»

«Glaube ich nicht.»

«Könntest du sie bitten, dich zu decken, falls doch einer fragt?»

«Ich denke schon. Sie würde wahrscheinlich glauben, ich treffe einen anderen Mann …»

«Wär das so schlimm? Na los, ruf sie an und erzähl ihr, es geht um irgendwas Medizinisches, über das dein Mann sich keine Sorgen machen soll, und bitte sie, dich zu decken.»

«Der spricht sowieso nie mit ihr.»

«Auch gut. Aber trotzdem, vorsichtshalber. Sag sonst nichts. Saug dir nichts aus den Fingern und sprich nicht darüber, was dir fehlt. Das kann sie sich selbst ausdenken.»

«Klingt, als machst du so was nicht zum ersten Mal. Geheime Stelldicheins oder dergleichen.»

«Ha. Kann man wohl sagen. Heutzutage kann man von Glück reden, wenn man nicht ab und zu mauscheln muss, und sei es nur für eine Freundin. Gefällt dir der Plan?»

«Ich … Ja, ich glaub schon», antwortete Bridget kleinlaut. Sie fühlte sich ein wenig überfahren.

«Super. In Dublin gehst du einfach zum Schalter und holst dein Ticket ab. Lass dich nicht verleiten, irgendwem was zu erklären.»

«Und wenn ich jemanden treffe, den ich kenne?»

«Darum kümmern wir uns, falls es passiert.»

Beim Auflegen herrschte in Bridget ein Wirrwarr der Gefühle: Angst, entdeckt zu werden, Sorge, wie sie ihre Abwesenheit erklären sollte, doch zugleich eine sonderbare Leichtigkeit.

Sie waren von der Autobahn abgefahren, sodass sie das Fenster herunterkurbeln und die Luft riechen konnte. Lavendel und andere, ihr unbekannte Düfte – vielleicht Kräuter – mischten sich in der Brise. Sie spürte die Wärme auf der Haut, ließ sich von ihr verführen. Genüsslich schloss sie die Augen.

Bridget hoffte, lang genug gezögert zu haben, die Einladung anzunehmen. Francis war unterwegs, und sie wusste weder, wo er war, noch, wann er zurück sein würde. Jedenfalls nicht vor nächster Woche. So oder so würde sie es ausnahmsweise einfach mal drauf ankommen lassen. Ihr Leichtsinn erschreckte und erregte sie zugleich. Dieses Wochenende war ein Wendepunkt, ganz klar. Pathos war ihr eigentlich fremd, und doch kam es ihr so vor.

Nervenaufreibend war das alles. Allein die Anreise hatte Bridget so viel Überwindung abverlangt, dass sie mehrfach kurz davorgestanden hatte, kehrtzumachen und wieder nach Hause zu fahren. Doch am Flughafen in Dublin fand sie wie durch ein Wunder wirklich den von Sarah angekündigten Schalter, und als sie der Frau mit dem glitzernden Lipgloss die wilde Mischung aus Buchstaben und Zahlen aufsagte, die Sarah ihr hatte zukommen lassen, erhielt sie anstandslos ihr Ticket. Einen Moment betrachtete sie es leicht benebelt, dann winkte die Frau sie mit einem Blick auf die Schlange hinter ihr weiter.

Als Nächstes kam der Check-in. Sie händigte Ticket, Pass und Koffer aus und dachte noch einmal ernsthaft über einen Rückzieher nach, als ihr bewusst wurde, dass es dafür nun zu spät war. Ihr Koffer wackelte auf dem Förderband davon, und sie war eingecheckt.

Zwar war sie bereits mit Francis nach Singapur geflogen, doch das hier war völlig anders. Damals hatte er die Zügel in der Hand gehalten. Heute schlafwandelte sie geradezu durch die Sicherheitskontrollen und Geschäfte. Sie fand einen Platz am «Gate», wie man das offenbar nannte, und schließlich wurden die Passagiere ins Flugzeug gebeten.

Bei jedem dieser Schritte hatte sie damit gerechnet, dass jemand sie aufhielt, doch nun war sie in Frankreich. Sarah hatte sie in Marseille erwartet, mit strahlendem Lächeln und offenen Armen, und alles hatte sich plötzlich richtig angefühlt. Während Sarah am Parkplatz nach Kleingeld kramte, sah Bridget sich um. Es war wirklich alles echt: der weite blaue Himmel, der Kerosingestank des Flughafens, all die französischen Schilder und Reklametafeln, voller *accents graves*, *aigus* und *circonflexes*, und die fließend elegante Aussprache, die sie noch von der Schule kannte. An Sprachen hatte sie immer Freude gehabt, doch das war alles vergessen. Die Gesprächsfetzen um sie herum klangen zwar sonderbar vertraut, waren ihr jedoch völlig unverständlich.

Sarah fuhr selbstsicher, aber mit Bedacht, ganz anders als Francis, wenn der ihren alten Ford über kurvige Landstraßen lenkte und pausenlos über Aufhängung und Fahrverhalten meckerte. Sie kamen zügig voran, aber doch langsam genug, dass Bridget diese neue, zauberhafte Welt unter der wohltuenden Sonne wahrnehmen konnte. Sie kamen durch kleine Städtchen, in denen Sarah sich besonders auf die Straße konzentrierte, während junge Männer in kurzen Hosen, Sandalen und ohne Helm auf Mopeds zwischen den Autos hindurchbrausten. Keine der beiden sagte viel; Bridget war schon froh, wenn sie nicht vergaß zu atmen. Was die nächsten Tage bringen mochten, wollte sie sich gar nicht ausmalen, nur, dass sie schön sein würden.

In einem kleinen Dorf hielten sie an. «Brot», sagte Sarah und ging zu einer Bäckerei. Kurz darauf stieg auch Bridget aus, streckte die Arme und wärmte sich in der Sonne.

Der kleine Platz war still und verlassen. Sie roch ölig-rauchigen Diesel, den süßen Hefeteig von frischgebackenem Brot und den Mief aus dem offenen Gully neben ihr. Die Sonne brannte nicht, sie strahlte. Bridget kniff die Augen zusammen.

Dort kam ein alter Mann aus dem Café, lächelte ihr zu, stieg auf ein uraltes Fahrrad und fuhr davon. Sie setzte sich auf die alte, gelbliche Steinmauer des kleinen Brunnens mitten auf dem Platz, tauchte die Hand ins klare Wasser und betrachtete das Kriegerdenkmal.

Immer noch kam ihr das alles völlig surreal vor, wenn auch auf schöne Weise. So ruhig, so weit weg. Frankreich. Sie war tatsächlich in Frankreich. Es tat gut, weg von zu Hause und von *ihm* zu sein, einen Augenblick lang frei, sich ihre Gefühle einzugestehen: Angst, wenn er zu Hause war, Abscheu, wenn nicht. Verzweifelt gefangen. Den anderen Frauen hätte sie das niemals sagen können – und bisher auch nicht Sarah. Sie staunte über die Macht dieser Gefühle, dann widmete sie sich wieder den Freuden des Hier und Jetzt.

Mit einem Baguette winkend, kam Sarah aus der Bäckerei.

«Du hättest mitkommen sollen», meinte sie. «Herrliches Brot! Und massenweise köstliche Croissant-Dinger. Ich dachte, du bist sicher müde nach dem Flug.»

«Nein, mir geht's gut», erwiderte Bridget. «Ehrlich. Sag mal, wer ist eigentlich dieser Charles Trenet?»

Gegen Mittag erreichten sie die Villa. Die blaugrauen Holzfensterläden waren gegen die Hitze geschlossen, und die beiden gingen gemeinsam herum, um die im Erdgeschoss zu öffnen. Drinnen war es kühl, still, rustikal und aufgeräumt. In der schlauchförmigen, gefliesten Küche stand ein grober Bauernhaustisch, dessen Platte der Gebrauch mehrerer Generationen glattgerieben hatte. Am einen Ende des Tischs befand sich ein offener Kamin, am anderen Herd, Spüle und Schränke. Im muffigen Esszimmer, das sie nicht nutzen würden, waren die Stühle so fein säuberlich am Tisch aufgereiht, als sollten sie abwesende Gäste symbolisieren, im großen Wohnzimmer führte auf jeder Seite eine Fenstertür hinaus in einen der beiden Hauptteile des Gartens. Drei alte, gemütlich zerknautscht wirkende Sofas umgaben den wuchtigen, von jahrhundertealtem Ruß geschwärzten Kamin, und am anderen Ende des Raums standen zwei Cocktailsessel vor wandhohen Regalen voller Bücher: Taschenbücher und gebunden, hauptsächlich Romane, die eine oder andere Biographie. Und allesamt auf Englisch, wie Bridget bemerkte.

Im Obergeschoss zeigte Sarah Bridget ihr Zimmer und das Bad. Blaue Zierkacheln, eine Dusche und eine freistehende Badewanne, fleckig und angeschlagen. Gemeinsam arbeiteten sie sich durch die oberen Zimmer und öffneten die Läden, ließen das Licht herein. Sarah hatte das zweitgrößte Schlafzimmer, auf der anderen Seite des Hauses.

Sie packten das Brot aus. Im Kühlschrank gab es Käse, und in einer Schüssel auf dem Küchentisch lagen unförmige, teils noch grüne Tomaten. Die habe sie heute Vormittag vor der Fahrt nach Marseille im Garten gepflückt, meinte Sarah.

Sie trugen das Essen über den knirschenden Kies in der Einfahrt und ein paar Stufen hinauf zu der großen Wiese hinterm Haus, neben dem Swimming Pool, wie sie es in den kommenden Tagen noch oft tun würden.

Sarah sprach weniger, als Bridget erwartet hatte. Offenbar verspürte sie keinen Drang dazu.

«Du wirkst entspannter», stellte Bridget fest.

«Du meinst wohl weniger geschwätzig», erwiderte Sarah. «An einem Ort wie dem hier wird einem bewusst, dass man nicht sein ganzes Leben auf hundertachtzig leben muss. Und auch nicht pausenlos plappern.»

«Ich lebe mein Leben nicht grade auf hundertachtzig. Und Reden ist derzeit wohl auch nicht meine Sache.»

«Du hast sicher auch deine Probleme. Das Leben ist für keinen leicht. Ich wette, sogar hier haben es die Leute oft schwer, auch wenn's nicht so aussieht. Es hat schon was, mal seinem Leben zu entkommen. Sich selbst, gewissermaßen.»

Sie räumten den Tisch ab und gingen nach oben, um sich Badesachen anzuziehen. «Mensch, Bridget, du siehst fabelhaft aus!», rief Sarah aus, als sie sich wieder trafen. «Dein Haar ist richtig schön, wenn du's offen trägst.»

Sie streckte die Hand aus, um es anzufassen, wobei sie Bridgets Schulter streifte. Einen winzigen Moment ließ sie die Hand dort ruhen, und die Frauen lächelten einander an. Das Kompliment war Bridget peinlich.

«Danke», sagte sie.

Sie lasen am Pool, schwammen ein Weilchen und ließen sich von der Sonne trocknen. Dann widmeten sie sich wieder ihren Büchern, bis es langsam abkühlte.

Am ersten Abend aßen sie in einem Restaurant, beschlossen danach aber, abends lieber zu Hause zu bleiben. So war das Ende des Tages nicht geprägt von der Hetze, sich zurechtzumachen, ins Auto zu steigen und das Restaurant zu suchen, und man ersparte sich die Anstrengung, hinterher den Heimweg durch die tiefe Nacht auf dem Land zu finden. Stattdessen aßen sie in der jeweiligen Stadt, die sie besichtigten, zu Mittag und fuhren dann nach Hause, um den Nachmittag in der Sonne zu verbummeln.

Drei Nächte hatten sie, mehr nicht, doch Bridget staunte, wie rasch sich eine heimische Routine einspielte, als blieben sie für immer. Wie Urlaub von der Wirklichkeit, dachte sie, doch Irland und Francis nagten zu sehr an ihr, als dass sie jene Wirklichkeit ganz hätte verdrängen können. Allerdings war ihr sehr wohl bewusst, dass diese Reise beeinflussen konnte, welchen Weg ihr wahres Leben einschlug.

Nein, wie ein Traum war all das nicht. Über die Jahre hatte

Bridget oft von einem anderen Leben geträumt, meistens im Schlaf, oft aber auch hellwach, während sie die Wäsche aufhängte, den altehrwürdigen Staubsauger über den welligen Teppichboden schob oder im Regen ins Dorf lief, um einzukaufen. Das hier war besser als ein Traum: eine alternative Wirklichkeit, unerreichbar, aber nicht vollkommen absurd, entfernt, aber nicht unermesslich weit von jenem Ort, wo man für jede Handlung, sei sie harmlos oder strafbar, geächtet werden konnte, wo nur blinde Gewissheit zählte, wo inmitten mutmaßlicher Normalität selbst die Unschuldigsten von einer Sekunde auf die andere brutal ums Leben kommen konnten.

Bridget empfand Sarah gegenüber eine Wärme, die sie zu unterdrücken suchte, doch auch eine Verbundenheit, welche sich nicht mehr leugnen ließ.

Am dritten Abend sprachen sie darüber. Bridget hatte bereits alles eingepackt, außer ihrem Kulturbeutel und frischer Kleidung für morgen. Sie mussten früh los, hatte Sarah gesagt.

Am Nachmittag war sie durch den – verglichen mit der sengenden Hitze auf der Terrasse – kühlen Flur gegangen und hatte sich im Spiegel gesehen. Ich bin hübsch, hatte sie da gedacht, oder wenigstens attraktiv. Eine angenehme Überraschung. Ob Francis wohl ihre frische Bräune bemerken würde? Wie sollte sie die erklären? Andererseits beachtete Francis sie ohnehin kaum noch, und bis sie zu Hause war, wäre die Farbe sicher schon verblasst.

Zurück auf der Terrasse, griff sie wieder zu ihrem Buch. Irgendwann schwammen sie eine Runde und machten sich *citrons pressés*, so bitter, dass sich die Lippen davon kräuselten. Es war, als wollte der Tag niemals zu Ende gehen. Bridget wollte weiterlesen, konnte sich aber nicht konzentrieren. Sie schaute zu Sarah, die offenbar ganz in ihr Taschenbuch versunken war.

Doch als Bridget selbst ihr Buch weglegte, blickte Sarah sie plötzlich ernsthaft an.

«Wir müssen reden», sagte sie.

«Ich weiß», antwortete Bridget.

«Ich will schon die ganze Zeit was sagen. Ich denke, wir wissen beide, was hier läuft.»

Bridget nickte.

«Wann hast du's gemerkt?»

«Weiß ich nicht genau. Es dämmerte mir nach und nach. Und auch da war ich mir nicht sicher.»

«Na, jetzt wohl schon.»

«Ja.»

«Du bist doch nicht auf den Kopf gefallen, Bridget. Hast du nicht schon in Singapur was geahnt?»

«Nein. Dass eine Fremde sich so für mich interessiert, war schon merkwürdig. Aber ich dachte wohl, anderen passiert so was ständig. Warum also nicht auch mal mir?»

«Es tut mir leid. Dieses Täuschungsmanöver …»

«Nein, lass nur. Ich verstehe schon, irgendwie. Du musstest …»

«Einen Weg finden. Ja. Hätte ich gleich die Karten auf den Tisch gelegt, wärst du …»

«Sofort über alle Berge gewesen. Ich bin noch immer nicht …»

«Darüber sprechen wir gleich», warf Sarah hastig ein. «Du bist mir also nicht böse?»

«Nein.»

«Weil ich ja – bis jetzt – nicht ehrlich zu dir war. Glaub aber bitte nicht, dass mir das Spaß gemacht hat.»

«Ich dachte schon, euch macht so was Spaß.»

«Nein. Mir nicht. Es ging bloß nicht anders.»

«Böse bin ich nicht. Eher …»

«Ja?»

«Besorgt. Hast du eine Ahnung, wie gefährlich das für mich ist? Ich muss verdammt aufpassen.»

«Ich weiß. Darum haben wir das ja so gedeichselt. Ich tat, was ich konnte. Dein Mann ahnt garantiert nichts.»

«Wer weiß denn davon?»

«Ich werde dich nicht für dumm verkaufen und so tun, als wäre ich die Einzige. Gerade zu deinem Schutz sind noch ein paar Leute nötig. Aber es wissen wirklich nur die Bescheid, die es unbedingt müssen.»

«Wie viele sind das denn so?»

«Sieben», sagte Sarah. Es kam wie aus der Pistole geschossen. «Das weiß ich genau, weil ich exakt darauf geachtet habe.»

«Sieben. Sieben Fremde, die mein Leben in der Hand haben. Wenigstens, wenn ich dir glaube.»

«Und tust du das?»

«Spielt das eine Rolle? Es ist, wie es ist. Aber ja», seufzte Bridget. «Ich denke, ich glaube dir.»

«Sieben klingt nach einer Menge Leute. Aber die sind voll und ganz vertrauenswürdig. Kollegen, in deren Hände ich mein Leben legen würde. In deren Hände ich es *lege.*»

«Also keine Polizei?»

«Nein.»

«Sicher?»

«Ja.»

Bridget überlegte einen Augenblick, dann sagte sie: «Es ist kalt. Lass uns reingehen.»

Natürlich war die Unterbrechung künstlich. Doch Bridget brauchte das Gespräch in Raten; alles auf einmal ertrüge sie womöglich nicht. Sarah schien das gelegen zu kommen.

Sollte sie sauer sein, weil man sie zum Narren gehalten hatte? Sarah hatte ihre Leichtgläubigkeit ausgenutzt und sie bewusst aufs Kreuz gelegt. Warum hatte sie überhaupt mit Sarah gesprochen? Warum hatte sie sich mit ihr hingesetzt, was ihr doch gar nicht ähnlich sah? All die Gin Tonics getrunken? Die Orchideen angeschaut? Sich das Kleid geliehen? Wo war der entscheidende Punkt gewesen? Ab wann hatte sie wirklich Bescheid gewusst?

In Wahrheit ließ sich ein solcher Punkt vermutlich nicht bestimmen. Die Einsicht war nach und nach entstanden. Im Nachhinein betrachtet, war Sarahs Geschichte äußerst dünn, absurd beinahe. Womöglich sogar mit Absicht. Wenn Francis je davon erführe, er würde sie verhöhnen. Das wäre allerdings ihre geringste Sorge.

Sie aßen schweigend, bis Sarah den Faden wieder aufnahm.

«Ich musste das tun», sagte sie. «Ich hoffe, du verstehst das.»

«Tue ich. Aber das macht es nicht leichter.»

«Wir kennen uns inzwischen, Bridget. Ich mag dich. Ich will wirklich nur dein Bestes.»

Bridget nahm einen großen Schluck Wein. «Ich nehme an, es geht um Francis.» Es tat gut, das Offensichtliche auszusprechen. Irgendwie wurde dadurch alles greifbarer. Wenn auch nicht ganz.

«Was du auch von ihm hältst, und ich verstehe deine Loyalität, er ist in Dinge verwickelt, die dir sicher nicht gefallen.»

Bridget blickte Sarah in die Augen. «Ich kenne meinen Mann. Ich weiß, was Francis ist.»

«Natürlich. Soweit ich weiß, will er das vielleicht alles gar nicht. Vielleicht steckt er bloß zu tief drin. Solche Dinge muss ich wissen.»

«Warum fragst du ihn nicht einfach selbst? Er weiß doch wohl am besten, was er denkt.»

«So naiv bist du nicht, Bridget. Natürlich rede ich mit dir, weil ich mit dir reden *kann.*»

«Ich weiß nicht, was er tut.»

«Aber du kannst mir helfen, ihn zu begreifen. Zu verstehen, was in seinem Kopf vorgeht.»

«Du täuschst dich, wenn du glaubst, ich hätte auch nur die geringste Ahnung. Aber warum glaubst du, ich würde es dir sagen, wenn ich's wüsste?»

«Weil du hier bist.»

«Das hat nichts zu bedeuten. Du hast mich reingelegt, das hast du selbst gesagt. Was willst du überhaupt wissen?»

«Einfach alles. Seine Gemütslage. Was er über den Konflikt denkt. Ist er enttäuscht? Wem traut er? Wem nicht? Was hat er vor, wo geht er hin?»

«Du hast wirklich keine Ahnung, oder? Glaubst du, ich weiß darüber irgendwas?»

«Fangen wir mit den Kleinigkeiten an. Jedes winzige Detail.»

«Du bist verzweifelt, was?»

«Ja.»

«Und wieso musst du das alles wissen?»

«Es ist mein Job, den Leuten das Handwerk zu legen, für die Francis arbeitet. Um das alles zu beenden.»

«Um das alles zu beenden? Und das soll ich glauben? Meinst du nicht ‹gewinnen›? Um uns zu besiegen?»

«Nein, meine ich nicht. Du kannst mir glauben, oder du lässt es sein. Liegt bei dir.»

«Und wenn nicht?» Bridget wünschte augenblicklich, sie hätte das nicht gefragt. Sie fürchtete die Antwort.

«Auch das liegt bei dir. Dann gehst du nach Hause, und das war's. Ich werde dich nicht weiter behelligen.»

«Woher weiß ich, dass du das, was ich dir sage, nicht benutzt, damit die SAS oder die Prods Francis umbringen?»

«Das weißt du nicht. Aber das meine ich ja. Du kannst gerne alles abtun. Ich lasse Francis nicht töten. Aber früher oder später kriegt er gewaltigen Ärger. Das weißt du so gut wie ich, vielleicht sogar besser. Wenn er Glück hat, kommt er mit einer langen Haftstrafe davon. Für seine Bosse ist er bloß ein Soldat wie jeder andere.»

«Und du lässt ihn nicht umbringen wie Paddy?»

«Nein. Der Einzige, der Francis in Lebensgefahr bringt, ist Francis.»

«Aber ins Gefängnis willst du ihn schon stecken?»

«Wenn nötig, ja.»

«Ganz schön direkt.»

«Ich will dir nichts vormachen. Du sollst wissen, woran du bist. Du willst Ehrlichkeit, du kriegst sie. Aber lüge dir auch selbst nichts vor. Francis ist in Dinge verwickelt, bei denen sich mir der Magen umdreht. Ich schätze mal, dir geht's ähnlich. Nichts wird ändern oder wiedergutmachen, was er schon verbrochen hat. Ich will ihn aufhalten und vor Gericht bringen, unbedingt. Diese Pille werde ich dir nicht versüßen. Aber töten lassen will ich ihn nicht. Das kriegt er selbst am besten hin. Es gibt keine richtige Entscheidung, bloß schlimme und weniger schlimme, aber eine musst du treffen.»

«Und ich? Was wird aus mir?»

«Lass mich dir zuerst ein paar Fragen stellen. Glaubst du irgendwie daran, was Francis und seine Leute tun?»

«Ich glaube an ein vereintes Irland, ja. Und die IRA verteidigt bloß ihre Landsleute. Auf die einzig mögliche Weise.»

«Aber die Dinge ändern sich. Das ist nicht mehr die einzige Weise. Nur Francis und seinesgleichen, die ändern sich nicht. Wenn die so weitermachen, wird die Gewalt nie enden. Zaubern kann ich zwar auch nicht, aber dir immerhin einen Ausweg anbieten, bevor es zu spät ist. Wir bringen dich weg, irgendwohin, wo du ein neues Leben anfangen kannst, weit fort von alldem.»

«Irgendwann in der Zukunft.»

«Besser als gar keine Hoffnung.»

«Und inzwischen trage ich das ganze Risiko. Hast du eine Ahnung, wie gefährlich das ist?»

«Ich glaube schon, ja. Ich tue alles, was in meiner Macht steht, um dich zu beschützen.»

«Und das soll ich glauben?»

«Du *sollst* gar nichts. Ob du mir vertraust, ist deine Sache. Aber ich mache das schon lange. Und ich bin gut.»

«Hast du eine Vorstellung, was die mit mir tun würden? Wie viele Leute mich die ganze Zeit im Auge haben und sich fragen: Ist sie sauber? Nicht nur Francis und die Jungs. Die anderen Frauen auch. Cathy, Anne-Marie, Patricia. Wie sollte ich denen die Stirn bieten?»

«Ja, habe ich. Und du wirst denen die Stirn bieten, weil du's kannst. Wenn ich nicht vollkommen danebenliege, bist du ein unglaublich starker, findiger Mensch.»

«Da könntest du sehr wohl danebenliegen.»

«Glaub ich nicht. Du hast schon so lange durchgehalten.»

«Willst du damit sagen, ich hätte schon –»

«Nein. Und falls du uns lieber nicht helfen willst, tun wir nichts, was dir schaden könnte. Aber du darfst niemandem etwas verraten. Auch nicht Francis.»

«So dämlich bin ich schon nicht.»

«Natürlich nicht. Und bestimmt auch nicht so dämlich, dass du hierhergekommen bist, ohne eine leise Ahnung zu haben, worum es dabei ging.»

7

Ausbildung. Ein Abstellgleis. Der Vorfall in Brügge war bedauerlich, zutiefst bedauerlich. Aber nichts weiter. Ein Rückschlag, ja, aber Missgeschicke passierten eben mal. Wo gehobelt wird, fallen Späne und so weiter. Die Führung sah das wohl anders. «Du Idiot, was habt ihr euch gedacht? Gott sei Dank waren das keine Amis», hatte Aidan Murphy, nominell Francis' Kommandant, gegeifert. «Was glaubst du, was ich mir jetzt von den Bossen anhören muss? Die scheißen mir von ganz oben auf den Kopf. Mal den Überblick verlieren, okay, kann passieren, aber dieses Timing ...»

Francis hatte die Zeitungen gesehen, auf beiden Seiten der Grenze. «Gräueltat» – *Irish Times.* «Unentschuldbar» – *Irish Independent.* «Schnappt die Schweine» – *Sun.* «Verrat an eigener Sache» – *Guardian.* Nur *An Phoblacht*, das Organ der Republikaner, schwieg. Man hätte wohl auch kaum etwas zu ihrer Verteidigung vorbringen können.

Das Ganze war Brians Schuld gewesen, und der war jetzt in Deutschland inhaftiert. Die Anwälte gingen davon aus, dass er bald freikäme – man hatte nichts Konkretes gegen ihn in der Hand.

Er hatte den Kundschafter gemacht. In aller Frühe war er oben in Rheindahlen gewesen, hatte gesehen, wie der grüne Opel mit vier Insassen die Kaserne verließ, und war ihm auf die Autobahn gefolgt. John Boy und Francis warteten im Haus, unsicher, was der Tag bringen würde. Da rief der atemlose Brian von einer Tankstelle an der Grenze an. Die beiden eilten zu ihm und machten Meldung in Dublin, wo Brian eine Nachricht hinterlassen hatte. Brügge also. Ziele unterwegs auf den Kanälen. Beeilung!

Nur hatte Brian leider die Opel verwechselt. Gott weiß, wohin der mit den Soldaten verschwunden war. Francis und John Boy trafen Brian in einem Brügger Café, in Sichtweite des falschen Opels. Kinderspiel. Bloß auf die Ziele warten – zwei Männer, mit zwei Frauen im Schlepptau –, fertig ist die Laube. Gegen vier Uhr nachmittags kamen sie zum Auto. Keine störenden Passanten in der Nähe, ein paar schnelle Schritte, Brian, der ihm Deckung gab. Tack, tack, beide Männer tot. Eine der Frauen spielte die Heldin, aber eine Ohrfeige schickte sie zu Boden. Und ab. Alles erledigt.

Dachte er. Was er nicht wusste, war, dass diese Leute Kanadier gewesen waren. Was hatte die bloß geritten, im gleichen Auto herumzufahren wie britische Soldaten? Zugegeben, es war nicht mehr so leicht wie früher, als man die Autos des britischen Militärs noch eindeutig identifizieren konnte. Trotzdem, Brian, was hast du dir dabei nur gedacht?

Als sie auf dem Weg zum Flughafen von ihrem Irrtum erfuhren, drehte Brian völlig durch. Plötzlich überzeugt, sie würden verfolgt, entsicherte er seine Pistole. Er rief John Boy zu, er solle schneller fahren, doch der blieb ruhig. Da fuchtelte er mit der Pistole herum und bedrohte andere Fahrzeuge, sodass sie von der Autobahn abfahren mussten, um ihn zu entwaffnen und mit einer Ohrfeige halbwegs zur Räson zu bringen. Francis und John Boy sahen einander übers Autodach hinweg an. Ließen sie Brian gehen, würde er sehr wahrscheinlich etwas Dummes tun und festgenommen werden. Derselbe unbehagliche Gedanke ging beiden durch den Kopf, keine Frage, doch schließlich beschlossen sie, das Unternehmen nicht noch weiter aus dem Ruder laufen zu lassen. Brian durfte am Leben bleiben,

Francis und John Boy nahmen in Düsseldorf die nächste Maschine nach Irland und drückten die Daumen. Brian wurde in der Nähe von Essen verhaftet, da er vor lauter Panik offenbar vergessen hatte, wo er das Auto eigentlich hätte abfackeln sollen. Zum Glück stand der Wagen da bereits in Flammen, was die anderen jedoch erst später erfuhren. Bis dahin warteten sie wochenlang schwitzend ab, ob sich darin noch Spuren fänden. Am Ende konnte man Brian nur Autodiebstahl und Brandstiftung vorwerfen. Francis hatte die Waffen in weiser Voraussicht kurz vor Düsseldorf in den Rhein geworfen, statt sie Brian anzuvertrauen. Verschwendung, aber so war es nun mal.

Nun versuchte Joe Geraghty, die Sache zu regeln. Aidan konnte er mit einem Blick zum Schweigen bringen. Sein Zögling Francis lag ihm am Herzen.

Gentleman Joe bevorzugte gewöhnlich leise Töne. Er war Francis' Mentor und erster Brigadekommandant gewesen, hatte ihn sanft – wenn man das so sagen kann – in die RA eingeführt. Trotz seiner freundlichen Art konnte er hart sein, wenn nötig. Zu seinen Jungs war er streng, manchmal brutal, und Francis hatte da keine Ausnahme gebildet.

Dessen Bewunderung für Joe war mit blanker Angst gewürzt. Mit Schrecken blickte er ab und an auf jene erste Zeit zurück. Damals hatte Joe darauf bestanden, dass Francis nach South Armagh zog. Er hatte langfristigere Pläne, für die er Francis' besondere Fähigkeiten brauchte. Die sollte er nicht damit vergeuden, in Belfast auf RUC-Streifen zu ballern.

Joe war einer der acht Köpfe der Bewegung. Mitglied des Army Council, unter anderem verantwortlich für Sicherheitsfragen. Vor drei Wochen hatte er Francis in dem Haus bei Roscommon besucht, wo John Boy und er ein Weilchen untertauchen sollten.

«Ich weiß, ich weiß», hatte Joe abgewiegelt, noch ehe Francis den Mund aufbekam. «Nicht dein Fehler. Was hat der sich bloß gedacht? Wenn er nicht sicher war, hätte er's euch sagen müssen. Hat er aber nicht, oder?»

«Nein, Joe. Kein Sterbenswort.»

Joe schüttelte nachdenklich den Kopf. Mit dem ordentlich frisierten grauen Haar, dem gutsitzenden Anzug und der schicken Krawatte glich er eher einem Anwalt als einem Mitglied des Führungskaders der IRA. Wie die meisten Leute auf beiden Seiten des Konflikts kannte Francis Joe Geraghty als fähigen Mann. Eine Niete hätte es auch nie so weit gebracht. Seine getragene Stimme, freundlichen Worte und die sanfte, selbstkritische Art erfüllten die Herzen fehlgehender Freiwilliger mit Angst und Schrecken.

«Natürlich lassen wir unseren Jungen nicht im Stich», erklärte er. «Wir kümmern uns sofort darum, dass ihm geholfen wird. Der deutsche Anwalt meint, die haben nichts in der Hand. Können ihm nicht mal den Autodiebstahl anhängen. Bloß das mit dem Feuer macht uns Ärger. Fürs Erste kommt er auf Kaution frei. Aber das ist ja nicht dein Problem, stimmt's, Francis?»

«Nein, Joe.»

«Wir kümmern uns um Brian. Euch wollte ich nur wissen lassen, dass ihr eure Arbeit gut erledigt habt. Weder ich noch sonst jemand, auf den es ankommt, machen euch irgendwelche Vorwürfe. Wir kennen das alle. Ärgerlich, aber wir müssen uns auf das Eigentliche fokussieren.»

«Aber Aidan –»

«Aidan ist ein Hitzkopf. Wir zwei, wir wissen Bescheid. Wir sehen das große Ganze. Um Aidan kümmere ich mich schon. Dich wollen wir lieber erst mal aus der Schusslinie nehmen. Bis Gras über die Sache wächst. Wir haben ganze Heerscharen an Nachwuchs, für die wir deine Hilfe brauchen.»

«Ich soll Kinder ausbilden?»

«Wenn du so willst. Wir brauchen die besten Leute, um die nächste Generation heranzuziehen. Schließlich sind die unsere Zukunft. Die werden zu dir aufschauen, Francis. Außerdem soll's ja nicht für lange sein.»

«Für wie lange soll's denn sein?»

«Genau kann ich das noch nicht sagen. Ein Weilchen, wer weiß. Jedenfalls garantiert nicht länger als nötig. Darauf achte ich schon. Du vertraust mir doch, oder, Francis?»

«Ja. Aber erwarte nicht, dass mich das freut.»

«Nein, mein Junge, das erwarte ich nicht», beschwichtigte Joe. «Ich weiß, du würdest am liebsten gleich wieder in den Sattel. So ist Francis nun mal, hab ich den anderen gesagt. Aber wir halten es so für klüger. Bis sich die Lage beruhigt. Verstehst du?»

«Ja, denke schon.»

«Na siehst du. Fahr doch erst mal eine Woche nach Hause zu deiner lieben Frau. Dann kommst du nach Donegal und hilfst dort mit den Neuen. Wie klingt das?»

Obwohl Aidan nach wie vor schlecht auf ihn zu sprechen war, hatte man im Pub von Silverbridge ein Willkommensessen für Francis organisiert. Der wirkte trotz des Vorfalls gut gelaunt. Nicht dass er Bridget davon erzählte oder sie ihn hätte danach fragen können. Sie hatte es sich bloß zusammengereimt, aus den Nachrichten, seiner Abwesenheit und den mitfühlenden Blicken der anderen Frauen. Vier Touristen, die laut Zeitung mit Irland nicht das Geringste am Hut hatten. Francis wäre da sicher anderer Meinung.

Es gab Steak, Fritten und spanischen Rotwein. Die Bosse hatten ein paar Jungs geschickt, um das Pub zu bewachen. Sechs an der Zahl, von denen vier draußen an den Ecken standen, nach verdächtigen Fahrzeugen Ausschau hielten, Gäste auf dem Weg ins Pub kontrollierten und sorgenvoll in die Ferne spähten. Die anderen beiden saßen für den Notfall in einem Auto bereit. Francis wurde begrüßt wie ein Filmstar, Bridget schwamm in seinem Kielwasser. Anfangs saßen die Männer neben ihren Frauen, doch nach dem Essen fingen Erstere ernsthaft an zu trinken, und Letztere rutschten an einem Tisch zusammen.

«Diese Belgiensache war einfach Pech», sagte Anne-Marie Shaw. Ein Blick von Aidans Frau Cathy brachte sie zum Schweigen.

«Habt ihr das von der armen Jackie Sullivan gehört?», fragte Patricia aus Forkhill. «Zur Befragung abgeholt.»

«Nein», antwortete Cathy. «Wirklich? Das wusste ich nicht.»

«Ja. Ein paar von uns sind runter zur Wache, aber die hatten sie schon nach Castlereagh gebracht.»

«Was werfen die ihr vor?»

«Gar nichts. Wollen sie nur befragen. Vermutlich dachten die, sie wüsste, wo Mikey steckt.»

«Die hat denen bestimmt was gehustet», meinte Anne-Marie. «Mistkerle.»

«Sie weiß ja nicht mal, wo Mikey ist. Hat ihn seit sieben Monaten nicht gesehen. Jedenfalls war der Anwalt gleich bei ihr. Heute früh kam sie raus, hab ich gehört.»

«Mikey kriegen die nie. Dafür sorgen die Jungs schon.»

«Im Süden ist der auch ADF. Überfall auf ein Postamt. Die Garda in Dundalk hat's Aidans Bruder gesteckt.»

«Die finden ihn nie.»

«Habt ihr das von dem Spitzel gehört, den sie in Derry erwischt haben?», fragte eine der anderen, die Bridget nicht kannte.

«Ja», sagte Anne-Marie. «Der wird ein schönes Exempel abgeben.»

«Oh, darauf kannst du wetten, Anne-Marie», pflichtete Cathy bei. «Joe Geraghtys Jungs sind dran, sagt Aidan. Die reißen dem Dreckskerl Arme und Beine aus.»

«Nur seine Frau, die tut mir leid», merkte Patricia an.

«Ach, Patricia, du und dein weiches Herz», lachte Cathy. «Soweit ich weiß, hat sie das Schwein selbst gemeldet. Sie kommt schon klar. Mit ihm hab ich kein Mitleid.»

«Noch jemand was zu trinken?», fragte Bridget und schnaufte an der Theke tief und langsam durch.

Als die Feier zu Ende ging, wurden Francis und Bridget in einem der Autos aus Belfast nach Hause gefahren. Das zweite fuhr hinterher. Rasant schlängelten sie sich durch die Kurven in die Nacht.

«Keine Eile, Jungs», lallte Francis lautstark. «Uns folgt schon keiner.»

Der Fahrer schwieg.

«Die wissen sowieso, wo ich wohne.»

Hier war er nun also, lag auf einem Feld mit diesen blauäugigen Nachwuchs-Freiwilligen. Zwei Jungs, ein Mädchen, neunzehn oder zwanzig, schätzte er. Ihre Namen wusste er nicht, doch einer der Jungs hatte eindeutig einen Akzent aus Derry. Der andere stammte von irgendwo aus den Six Counties, aber Francis konnte nicht genau sagen, woher. Das Mädchen kam aus dem Süden. Aus den Midlands, tippte er, aber mit den Akzenten aus dem freien Irland war er weniger vertraut. Sie alle hatten Decknamen erhalten – Alice, Brendan und Colin. Alberne Spielchen, fand Francis.

Und tatsächlich: Sie sahen zu ihm auf. Offiziell kannten sie ihn als Dave, doch sie hatten eindeutig große Ehrfurcht. Sich ein Weilchen im Heldenruhm zu sonnen, war jedoch nur ein schwacher Trost für die Zeit auf diesem Abstellgleis.

Er sprang hart mit ihnen um, härter, als sie es wohl je in der Hitze eines wirklichen Gefechts erleben würden. Dort wären alle hellwach, würden einander aber auch den Rücken freihalten, damit alle sich auf ihre Aufgaben konzentrieren konnten. Hier dagegen ging es schonungslos zu, von sechs Uhr früh bis neun Uhr abends, und es galt den ganzen Tag über höchste Alarmbereitschaft. Wenn da draußen irgendwas schiefging, würden sie diese körperliche und geistige Ausdauer brauchen. Alkohol war während der Ausbildung verboten. Zur Probe hatte Francis sie eines Abends mit ins Pub genommen, wo alle drei Softdrinks bestellt hatten. Francis war nicht sicher, ob er diesen Test in ihrem Alter selbst bestanden hätte, doch damals hatte «Ausbildung» auch noch bedeutet, sich nach Thekenschluss im Pub eine alte Lee-Enfield zu borgen und aus irgendeinem nahen Straßengraben auf ein paar Soldaten im Panzerwagen zu ballern.

Ihre Unterkunft befand sich in einem alten Stall auf einem abgeschiedenen Hof bei Buncrana, in der Republik, ausgestattet mit der nötigsten Sanitäreinrichtung und ein paar Feldbetten, zu denen jeweils ein von Schmutz und Schweiß früherer Freiwilliger starrender Schlafsack gehörte. Auf diesem Hof fand auch der Großteil des Schusswaffentrainings statt, während ein einheimischer Helfer nach der Garda oder sonstigen Neugierigen Ausschau hielt. Spionageabwehr trainierten sie hauptsächlich auf den Landstraßen von County Donegal, fuhren jedoch auch hin und wieder für eine Übung über die Grenze nach Derry. Zehn Tage arbeiteten sie nun schon, und Francis spürte, dass die jungen Leute am Ende ihrer Kräfte waren. Obwohl er das nicht sollte, fand er Gefallen an der Sache, stand jeden Morgen still und vorfreudig um fünf Uhr dreißig auf, um das karge Frühstück vorzubereiten, und stellte abends sicher, dass alles wieder gut verstaut war.

Heute Abend war eine Übung mit scharfer Munition angesetzt, im Norden, jenseits der Grenze. Die Aufgabe bestand darin, ein fiktives Waffenversteck instand zu setzen und dabei eine ebenso fiktive Ladung Semtex und Waffen zurück zur Basis auf den Hof zu bringen. Francis ließ seine Schüler scharfe Waffen tragen, damit sie die Anspannung kennenlernten, die das mit sich brachte, und weil im Norden nie ohne Verteidigungswaffen operiert wurde. Ein echter Schusswechsel war jedoch so gut wie ausgeschlossen; eher bestand die Gefahr, dass einer der Freiwilligen aus Versehen an den Abzug kam. Aber die drei waren gut, fleißig, linientreu, eher zu ernst bei der Sache, und Francis machte sich kaum Sorgen. Bald würden sie bereit sein.

Brendan gab den Countdown vor, während Francis diskret beobachtete. Er spielte ein normales Truppmitglied. Alice war die Teamführerin und würde Colin jeden Moment als Kundschafter vorschicken.

Es war kühl hier auf dem Boden neben der Hecke, wenn auch nicht so bitterkalt wie im Winter. Francis' Tarnhose feuchtete durch, doch das störte ihn nicht weiter. Die Nacht war pechschwarz, dicht bewölkt und totenstill, abgesehen vom Geraschel kleiner Tiere im Gebüsch. Dicht an dicht lagen die vier in dem kleinen Graben.

Gerade so konnte Francis das Handzeichen erkennen, das Brendan Alice gab. Trotzdem hätte es noch einen Tick unauffälliger sein können. Er merkte sich das für später. Alice berührte Colin sachte an der Schulter, und der setzte sich in Bewegung. Elegant, dachte Francis zufrieden. Wenn man auffiel, dann meistens am Anfang oder Ende. Colin hatte das gut gemacht und überquerte nun geräuschlos das Feld. Er kam vom Land und war perfekt geeignet für die Aufgabe.

Während sie warteten, kroch die Feuchtigkeit immer weiter

an Francis' Bein hoch, näherte sich bereits dem Schritt. Morgen, am letzten Ausbildungstag, würde er die andere Hose tragen müssen. Er hörte seine Atmung, nicht aber die der anderen. Mit Mühe konnte er die reglosen Umrisse von Alice und Brendan ausmachen. Und auch das nur, weil er genau wusste, wo sie waren. So weit, so gut.

Aus Francis' Kopfhörer ertönte das einzelne Klicken der Funksprechtaste, das anzeigte, dass der Weg zum nächsten Feld frei war. Alice gab Brendan und ihm das Signal zum Aufbruch. In einer Reihe schlichen sie los, erst Brendan, dann Alice, dann Francis, der nach hinten sicherte. Er spürte den Kitzel; das hier war echt und war es gleichzeitig auch nicht, es war merkwürdig, mal wieder die Nachhut zu spielen, statt das Team zu führen. Unter ihnen raschelte das Gras im Takt ihrer Schritte.

Dort vorn am Feldrand stand Colin. Das gab Punktabzug. Selbst in dieser Dunkelheit zeichnete seine Silhouette sich deutlich vor dem Nachthimmel ab. Da ertönten zwei Knackser im Kopfhörer. Francis blieb stehen.

«Bist du das, Yorkie?», fragte die Gestalt, die er für Colin gehalten hatte. Eine Männerstimme, eindeutig englisch. Die zwei Gestalten vor Francis verharrten geduckt. Francis antwortete müde: «Ja», erhob sich langsam und hustete, während er die Pistole entsicherte. Er schoss aus der Hüfte, unkontrollierter, als ihm lieb war, aber doch sicher über Alice' und Brendans Köpfe hinweg. Colin lag hoffentlich in Deckung. Seine Halbautomatik spuckte Kugeln. «Scheiße», ächzte der Engländer gequält, ging zu Boden und war still.

«Was zum …?», kam eine andere Stimme von rechts, vielleicht fünfzehn Meter entfernt, und die Hölle brach los.

Francis warf sich zu Boden, krabbelte flink zu Alice und Brendan. Mündungsfeuer blitzte aus den panisch abgefeuerten

Waffen der Soldaten. Sie hatten das Feld wohl diagonal durchquert, ehe sie auf Francis und seine Rekruten getroffen waren.

«Okay, wir müssen zurückschießen», flüsterte er, in der Hoffnung, dass die Briten ihn bei dem von ihnen fabrizierten Lärm nicht hörten. «Wo ist Colin?»

«Hier, Boss», flüsterte der Junge.

Ihr Vorteil war, dass sie zusammen waren und wussten, wo der Feind steckte. Ungefähr.

Eine befehlsgewohnte Engländerstimme drang durch den Lärm: «Feuer einstellen. Sofort.»

Stille legte sich über das Feld, gefolgt von Geraschel. Vermutlich sammelten die Briten sich zum nächsten Schritt. Francis und sein Team blieben reglos in Deckung.

Flüstern, ganz in der Nähe: «Sind sie weg, Sarge?»

«Still», kam die knappe Antwort. «Keine Ahnung. Wir müssen die Scheißkerle aufscheuchen.»

Sie waren näher, als die Briten dachten. Francis glaubte, eine Hand zu sehen, die Zeichen gab. Ihm blieben nur Sekunden für eine Entscheidung. Einfach liegen bleiben war aussichtslos, ein stiller Rückzug ebenfalls. In beiden Fällen wären sie nur leichte Ziele. Da zeichnete sich zu seiner Linken der massige Oberkörper eines knienden Mannes ab. Er tippte Alice an die Schulter und wies sie darauf hin. Sie nickte. Dann berührte er Brendan am Bein und bedeutete ihm, worauf er sein Feuer konzentrieren sollte. Colin blickte bereits abwartend. Auch ihm zeigte Francis seinen Feuerbereich an. Das Team war gehorsam, aufmerksam, geduldig. Die Ausbildung trug Früchte. Nun würde sich zeigen, wie viele.

Er spannte die Muskeln an und merkte, dass die anderen es ihm gleichtaten. Dann hielt er drei Finger hoch. Zwei. Einen.

Gleichzeitig standen sie auf. Alice schoss auf die kauernde Gestalt. Colin ballerte fast – aber nur fast – so blindlings wie die Briten in den Bereich zu ihrer Linken, Brendan und Francis feuerten in die Dunkelheit zu ihrer Rechten. Mehrere Schüsse trafen hörbar auf irgendetwas Festes, und jemand stöhnte, doch Francis konnte nicht sicher sein, ob sie ihre Ziele trafen. Unter normalen Umständen wäre das nur eine riesige Munitionsverschwendung, und obendrein zeigten sie allen genau an, wo sie waren. Aber das war keine gewöhnliche Situation, nicht mal für ein Gefecht, und wie es aussah, hatten sie die Briten überrumpelt. Ihr Feuer wurde nicht erwidert.

Zehn Sekunden, dann stellten sie ohne weiteren Befehl das Feuer so abrupt wieder ein, wie sie es eröffnet hatten. Sie rannten los, zuerst in Richtung ihres Trainingsziels, fort vom Auto. Francis kannte das Gelände, hoffte, dass die Briten sie verfolgten und sie selbst in weitem Bogen die relative Sicherheit des Fahrzeugs erreichen konnten. Wären die anderen keine Anfänger, hätte er die Gruppe vielleicht geteilt, um die Soldaten ebenfalls zur Aufteilung zu zwingen.

Stimmen. Sicher riefen sie Hubschrauber und Panzerfahrzeuge herbei, es blieb also wenig Zeit. Erneut fielen Schüsse, in Richtung der Hecke ein gutes Stück hinter ihnen. Umso besser. Der Sergeant gab das Kommando zum Rückzug. Francis nahm die Hand hoch, und sein Trupp blieb augenblicklich stehen. Sie konnten nichts sehen, hörten jedoch sich schnell entfernende Schritte.

Einen Moment warteten sie gespannt. Als die Briten nicht mehr zu hören waren, winkte Francis seine Rekruten zusammen und flüsterte: «Zurück zum Auto, schnell. Los!»

Rasch kehrten sie auf demselben Weg zurück, den sie gekommen waren. An dem Punkt, wo der Kampf begonnen hatte, hörte Francis ein Stöhnen.

«Bist du das, Yorkie?»

Der Soldat, den er als Ersten niedergeschossen hatte. Francis kniete sich neben ihn und suchte vorsichtig nach Waffen. Mit denen hätte der Kerl jedoch ohnehin nichts mehr ausrichten können. Reglos lag er da, blickte Francis verängstigt an wie ein Tier in der Falle. «Scheiße», ächzte er.

Höchstens achtzehn oder neunzehn, dachte Francis. Heller Flaum im Gesicht. Braune Augen. Darin die pure Angst.

Das meiste Blut kam aus dem Bauch, doch auch der rechte Arm war direkt über dem Handgelenk eindeutig gebrochen. Bestimmt stand der Junge unter Schock. Francis tastete den Kampfanzug des Soldaten ab und fand schließlich, was er suchte. Mit zitternden Fingern riss er das Verbandspäckchen auf und drückte die Kompresse auf die größte Schusswunde. Der Junge krümmte sich und ergriff mit der Linken Francis' Arm.

«Sch. Ganz ruhig», flüsterte Francis. «Fest draufdrücken. So fest du kannst. Genau da.»

«Lassen Sie mich nicht hier liegen», japste der Junge. «Bleiben Sie bei mir.»

Francis sah ihn an. «Die kommen dich gleich holen, Kleiner. Keine Sorge.» Doch er blieb noch einen Augenblick, hielt ihm die Hand und drückte die Kompresse in die warme, feuchte Wunde. Mehr, als ihm die letzten Minuten seines Lebens etwas zu erleichtern, würde das jedoch kaum nützen.

«Francis», drängte Brendan hinter ihm.

«Für dich immer noch Dave», gab er zurück, obwohl das ohnehin keine Rolle mehr spielte. Sanft zog er die Hand weg und wischte sie am langen, nassen Gras ab. Noch einmal blickte er den jungen Soldaten an, der die Augen nun geschlossen hatte, dann führte er den Trupp zum Auto.

Francis fuhr ohne Licht. Er kannte diese Landstraßen. In der Ferne schrappten Hubschrauber, kamen näher, und Francis trat das Gas durch, versuchte, dem Fahrzeug ein Tempo abzuringen, das es schlicht nicht bieten konnte. Niemand sprach, wofür er dankbar war. Sie mussten sich konzentrieren. Am Grenzübergang in Strabane gäbe es garantiert eine Kontrolle, also folgten sie der Urney Road nach Clady. Falls sich dort Ärger abzeichnete, würden sie noch weiter südlich über die engen Sträßchen rasen müssen, Richtung Castlederg oder gar Killeter. Das wäre übel. Doch in Clady schlief alles, und Francis bremste auf Schneckentempo ab. Im Leerlauf rollten sie über den River Finn in die Republik, in Sicherheit. Nicht mal im Eifer der Jagd würde die britische Armee oder das RUC ihnen jetzt noch folgen.

Endlich machte wieder jemand den Mund auf. «Alice hat's erwischt, Boss», sagte Colin. Die ganze Fahrt über hatte er sie stumm im Arm gehalten. Francis hielt an, und sie untersuchten Alice auf dem Rücksitz. Sie war bei Bewusstsein, doch Blut strömte ihr wie schwarze Tinte aus einer Brustwunde über die linke Schulter. Francis verfluchte sich dafür, nicht die übrigen Verbandspäckchen des Briten mitgenommen zu haben – der würde sie nicht mehr brauchen. Stattdessen stopfte er ein Taschentuch in die fleischige Schusswunde. Alice schrie auf.

Im nächsten Dorf rief Francis aus einer Telefonzelle seinen örtlichen Kontaktmann an. Der wollte einen Arzt organisieren. Treffpunkt vor dem Postamt in Letterkenny.

Als sie eintrafen, stand bereits ein korpulenter Mann mit Vollbart neben einem Auto. Francis hielt neben ihm an und kurbelte das Fenster herunter.

«Wenn Sie mir bitte folgen wollen», sagte der Mann und stieg in seinen Volvo.

Francis fuhr ihm nach, zu einem herrschaftlichen Haus am Stadtrand. Der Mann öffnete die Garage und winkte Francis hinein. Sie trugen Alice in die Küche und legten sie dort auf einen großen, mit Plastikfolie bedeckten Tisch.

«Ich habe hier im Haus meine Praxis», erklärte der Arzt.

«Aber das Sprechzimmer ist zu klein zum Operieren. Ab und zu muss die Küche für Notfälle herhalten. Gut, wie wollen wir die junge Dame nennen?»

«Alice», sagte Colin.

«Schön, dann also Alice. Was haben wir denn hier?»

Francis und seine beiden Kameraden assistierten dem Arzt, während er Alice sedierte, die Ein- und Austrittswunden reinigte und nähte und ihr eine Tetanusspritze gab.

«Sie kommt wieder auf die Beine», erklärte er Francis hinterher, «aber nicht von heute auf morgen. Wir stecken sie erst mal ein paar Stunden ins Bett, und Sie fahren mit Ihren Jungs nach Hause. Alice ist in guten Händen. In ein paar Tagen bringen Ihre Freunde sie unauffällig in ein Krankenhaus im Süden, wo sie sich auskurieren kann.»

Man befahl ihnen, fürs Erste auf dem Hof die Füße still zu halten. Die Ausbildung wurde abgebrochen, und sie spielten den ganzen Tag Karten. Er erfuhr, dass die Jungs Bobby und Kieran hießen. Sie waren neugierig auf seine Geschichten, doch er erzählte nichts. Abends brachte die Bauersfrau Bier und warmes Essen. Das Alkoholverbot hatte sich erledigt, und immerhin konnten sie nun etwas Schlaf nachholen.

Nach vier Tagen hielt ein kleiner Viertürer vor dem Hof. Wer ausstieg, konnte Francis nicht sehen, doch er hielt die Jungs zur Vorsicht an. Sie zogen ihre Waffen.

Der Bauer wurde geschickt, um Francis – und nur ihn – zu holen. In der Küche prasselte ein Kaminfeuer, das den vorzüglichen Schwefelduft brennenden Torfs verbreitete. Am Tisch saß in vornehmer Pose Gentleman Joe und trank Tee.

«Dank dir, Harry», sagte Joe, und der Bauer ging fort.

«Seine Frau ist in der Stadt unterwegs», erklärte Joe. «Kenny hält im Auto Wache. Wir können also in Ruhe reden.»

Einen Moment lang betrachtete er seine Tasse. «Es ist so, Francis –»

«Wenn's um die verbockte Aktion geht, dafür können wir nichts. War einfach Pech.»

«Nein, nein», wiegelte Joe ab. «Darum bin ich nicht hier. Das war ein Erfolg, wenn wir mal von der armen verwundeten Alice absehen. Ihr geht's übrigens gut. Vorerst haben wir sie in Killarney versteckt. Zwei Soldaten tot, einer schwer verletzt. Drei von fünf, nicht übel, finde ich. Habt euch wacker geschlagen. Wir sind stolz auf euch.» Er nippte an seinem Tee. «Möchtest du auch eine Tasse? In der Kanne ist noch welcher.»

«Nein, danke», sagte Francis.

«Nein. Darum geht es überhaupt nicht. Ich muss dir nur ein paar Fragen stellen.»

Francis wartete ab. Joes sanfte Höflichkeit machte ihn misstrauisch.

«Also, Francis», fragte Joe. «Hattest du in letzter Zeit viel mit den Sicherheitskräften zu tun?»

«Zu tun?»

«Genau», sagte Joe geduldig und sah ihn gütig an.

Francis dachte kurz an diesen Richard, vor fast zwei Jahren in Singapur, schob den Gedanken jedoch gleich wieder beiseite. Von dem Anwerbungsversuch hatte er nichts erzählt. Da zumindest hatte Richard recht gehabt: Jedes Wort darüber wäre glatter Selbstmord.

Joe war ausgesprochen gut darin, jeden Hauch von Lüge zu erschnüffeln. Wenn Francis sich selbst erfolgreich einredete, das Gespräch hätte nie stattgefunden, konnte er es auch vor Joe besser verheimlichen. Was aber, wenn – trotz der Versprechungen des Spions – etwas durchgesickert war, dank eines korrupten Cops oder eines dummen Zufalls? Oder wenn der Schlapphut jemandem absichtlich etwas zugespielt hatte? Sicher gab es Fotos oder Tonbänder, und auch wenn Francis das Angebot abgelehnt hatte, würde man ihn foltern und töten. Ihm blieb keine Wahl, als alles eisern zu leugnen.

«Überhaupt nicht», sagte er. «Keinerlei Kontakt.»

«Auch nicht außer Landes?», hakte Joe nach. «Sicher, dass sich in Frankreich oder Deutschland niemand an dich rangemacht hat?»

«Nein. Wenn doch, würde ich wohl kaum britische Soldaten abknallen.»

Joe sah ihn nachdenklich an. «Nein», stimmte er schließlich zu. «Wohl kaum. Andererseits sind die Mistkerle sich für keinen miesen Trick zu schade, stimmt's?»

«Die Antwort lautet trotzdem nein, Joe. Uns hat keiner verpfiffen. Kannst ruhig die anderen fragen. Wäre doch sonst alles abgeriegelt gewesen. Geht's hier um Brian?»

«Nein. Brian ist meines Wissens völlig sauber. Vielleicht nicht der Hellste, aber geredet hat er nicht. Oder weißt du was anderes?»

«Nein. Und ich hab auch nichts gesagt, Joe. Weder hier noch sonst wo.»

«Auch nicht in Singapur?»

«In Singapur?»

Joe fixierte ihn ausdruckslos. «Ja. In Singapur. Wo du natürlich nie gewesen bist, da waren wir uns ja einig.» Er wartete auf Francis' Antwort.

«Nein. Da war auch nichts.»

«Gar nichts.»

«Genau. Gar nichts.» Er sah Gentleman Joe in die Augen.

«Niemand hat während der Anreise was versucht?»

«Nein.»

«Oder auf dem Heimweg?»

«Nein. Wenn doch, hätte ich das schließlich melden müssen. Ich kenne ja die Vorschriften.»

Joe lachte leise. «Klar kennst du die, Francis», murmelte er dann. «Und es wollte sich auch niemand Verdächtiges an der Bar mit dir anfreunden? Ich weiß doch, dass du gern mal einen über den Durst trinkst.»

«Nein, Joe.»

«Keine zwielichtigen Timesharing-Angebote? Keine hübschen Damen, deren Zuhälter dir hinterher die Polaroids unter die Nase hielten? Keine charmanten Engländer? Mir kannst du's doch sagen. Musst du sogar, weißt ja.»

«Nein. Wofür hältst du mich, Joe?»

Joe lächelte. Das war's. Gleich würde er sagen: Ich denke, wir sollten das vielleicht mit ein paar anderen Jungs zwei, drei Tage irgendwo in Ruhe besprechen.

Doch stattdessen sagte er: «Ich muss das fragen, du verstehst. Ich darf mir nicht nachsagen lassen, dass ich irgendwen bevorzuge. Ist nun mal mein Job. Du verstehst es doch, oder?» Er klang fast ehrerbietig.

«Sicher.»

«Gut. Siehst du eigentlich oft deinen kleinen Bruder?»

«Liam? Nein.»

Francis war verwirrt. Liam wohnte zu Hause bei den Eltern in Belfast. Meistens lag er den ganzen Tag im Bett und hörte Musik. Wenn er doch mal herauskroch, dann für irgendwelche Gaunereien. Martin Dempsey hatte ihn des Öfteren ermahnt. Einmal hatten dessen Jungs Liam auch schon auf die Finger geklopft. Gentleman Joe war doch wohl kaum aus dem Olymp zu ihm herabgestiegen, bloß um ihm zu sagen, er solle seinen Bruder im Zaum halten?

«Steckt er mal wieder in Schwierigkeiten?»

«Na ja, jein», antwortete Joe gequält. «Möglich, dass er ein wenig in der Tinte sitzt, aber nicht wie sonst. Ach, ich kann dir auch einfach alles erzählen. Aber vorher muss ich dich noch ein, zwei Dinge fragen.»

«Schieß los.»

«Danke, Francis. Also, wie oft siehst du Liam so?»

«Gar nicht. An Weihnachten vielleicht, wenn ich meine Eltern besuche.»

«Nenn doch mal eine Zahl, sagen wir, in den letzten zwei Jahren.»

«Hm, drei, vier Mal?»

Joe sah ihn erwartungsvoll an.

«Okay, Moment. Weihnachten '89 hab ich ihn gesehen. Nach der Sache in Calais.» Joe nickte. «Da war er bei meinen Eltern. Am ersten Feiertag ging er irgendwohin, am zweiten fuhren wir nach Hause. Dann – letzten September muss das gewesen sein – hab ich ihn zufällig bei McLaughlin's getroffen, als ich in Belfast zu tun hatte.»

«Verstehe. Und sprichst du mit ihm über die Arbeit?»

«Im Leben nicht!»

«Und?»

«Seither hab ich ihn nicht gesehen. Warum?»

«Dazu kommen wir gleich. Weißt du was darüber, was er mit den Jungs zu tun hat?»

«Gar nichts. Oder? Hat ihn nie interessiert. Meine Eltern waren deshalb immer stinksauer.»

«Interessant. Würde es dich überraschen, wenn ich dir sage, dass er Martin seine Dienste in Belfast angetragen hat?»

«Und ob. Der wäre nur ein Klotz am Bein. Hat nicht das Rückgrat, selbst wenn er richtig überzeugt wäre. Soll ich mal mit Martin sprechen?»

«Nein, nein. Ich will nur die nötige Sorgfalt walten lassen, die Details abklopfen. Besser, das bleibt unter uns.»

«Auch gut.»

«Und Liam hat sich in letzter Zeit nicht bei dir gemeldet?»

«Nee.»

«Nicht angerufen, keine Nachricht geschickt?»

«Nein. Die Familie ist ihm egal.»

Joe nickte. «Könntest du mir einen Gefallen tun?»

«Sicher.»

«Falls dein Bruder sich doch mal meldet, sag mir doch bitte Bescheid, ja? Sofort. Auf dem üblichen Weg, vertraulich. Wir sollten das für uns behalten. Schließlich soll niemand voreilige Schlüsse ziehen, stimmt's?»

Joe wollte bereits gehen, als Francis fragte: «Du wolltest noch erzählen, worum es eigentlich geht?»

«Stimmt», sagte Joe lächelnd. «Glatt vergessen. Na ja, weißt du, eigentlich nur um eine Lappalie. Irgendwie habe ich nie mit was anderem zu tun, immer bloß mit Lappalien. Mit unwichtigem Quatsch. Ein paar Jungs haben Liam erwischt –»

«Erwischt?»

«Ja, na ja, die Wortwahl ist nicht so entscheidend. Jedenfalls ist Liam auf einmal so leidenschaftlich, was die Sache angeht. Und schwimmt in Geld. Und jetzt haben meine Jungs gesehen, wie er jemanden auf einem Parkplatz traf. Das muss eben geklärt werden. Ist nun mal meine Pflicht, mich darum zu kümmern, weißt du ja. Wahrscheinlich nur irgendein krummes Geschäft.»

Francis blieb stumm.

«Ich muss das untersuchen. Wie gesagt, eine Lappalie. Aber erzähl keinem davon.» Er klopfte Francis auf die Schulter.

1992

8

Liam O'Neill war verschwunden, hieß es.

Noch ehe das offizielle Telegramm mit der dringenden Bitte um Hinweise auf seinen Verbleib sämtliche Stellen erreichte, die über relevante Informationen verfügen könnten, rief Geordie bei Richard an.

«Liam O'Neill wird vermisst.»

«Vermisst?»

«Soll heißen: vermutlich entführt. Vermutlich tot. Verständlich genug?»

«Spielen Sie sich mal nicht so auf, Geordie. Wir waren beide beim selben Meeting.»

«Ich weiß. Jedenfalls geht dem Major der Arsch auf Grundeis. Die Beförderung kann er vergessen. Freddie war kreideweiß und ist abgetaucht. Nicht mal Gin picheln in der Messe sieht man ihn. Glaube kaum, dass er Liam auf eigene Faust rausboxen will. Also bleibt's an mir altem Griesgram hängen, die Scherben aufzulesen. Haben Sie was gehört?»

«Das hätte ich Ihnen sofort gesagt.»

«Klar. Aber wenn alle über die Reling springen und der Kapitän an Deck rumrennt und ‹Keine Panik› brüllt, kommt man ins Zweifeln. Geben Sie's weiter?»

«Natürlich.»

«Diskret?»

«Ja.»

«Für die Unkenrufer wird das ein Fest. Wenn die Cops das erfahren …»

«Von mir nicht, Geordie. Von *uns* nicht.»

«Mir tut bloß dieser arme Trottel leid.»

«Ja. Was haben die mit ihm angestellt?»

«Was meinen Sie?»

«Wie wurde er eingesetzt? Könnte einen Hinweis darauf bieten, wie die andern ihm auf die Schliche kamen.»

Geordie seufzte. «Nur Routinekram.»

«Sonst nichts?»

Geordie zögerte. «Worauf spielen Sie an?»

«Na ja, Francis eben.»

«Der Major war bloß scharf drauf, dass Liam sich bezahlt macht, sonst nichts.»

«Und Freddie hat immer noch seine alten Kontakte?»

«Dazu sag ich nichts.»

«Will ich vermutlich sowieso nicht wissen. Dachte, ihr hättet eure Lektion gelernt.»

«Bloß weil wir Kollegen sind, sind Sie und ich noch keine Freunde. Nur wegen Ihrer verdammten Neugier begehe ich sicher keinen Selbstmord.»

«Beruflichen Selbstmord, meinen Sie.»

«Sie haben schon verstanden. Was der Kerl wusste, war das Risiko nicht wert. Jetzt kümmern sich Gentleman Joes Jungs um ihn. Oder sind schon fertig, falls er Glück hat.»

«Sind Sie da sicher?»

«Dass die ihn entführt haben? Wer sonst? Aliens vielleicht?»

«Vielleicht ist er nur ein paar Tage abgetaucht.»

«Glaub ich nicht. Hab ein ganz mieses Gefühl. Armes Schwein. Sagen Sie Bescheid, wenn Sie was hören. Egal, was.»

Das auch noch.

Genau zu dieser Zeit gerieten die Dinge in Bewegung. Nicht gerade unmerklich, aber auch nicht besonders auffällig. Liams Verschwinden fiel mit Richards Einführung in das zusammen, was Charles den Führungszirkel nannte. Richard war gewiss nicht überrascht, dass diese Initiation für ihn bedeutete, die Hosenbeine hochzukrempeln, andere Mantras nachzubeten und neue Handschläge zu lernen.

Etwas offizieller, wenngleich noch immer hinter vorgehaltener Hand, sprach man vom «Channel». Richard wurde in Räume geschickt, in denen er geheime Einweisungen erhielt und Formulare unterschrieb, die ihn zu ewigem Stillschweigen verpflichteten. Charles, der auch bisher alle Weichen gestellt hatte, bürgte für ihn. Nun übernahm Richard den Staffelstab. Offenbar glaubte man ihn bei ihm in guten Händen.

Ob in jenen Jahren Ende der Achtziger und Anfang der Neunziger etwas in der Luft lag – oder im Trinkwasser war –, wagte Richard zu bezweifeln. Ob die Wiedervereinigung Deutschlands, das Tauwetter zwischen Ost und West und die Freilassung Nelson Mandelas einen geeigneten Kontext boten, war eine müßige Frage. Doch schien es Richard, als verspürten plötzlich und fast exakt zur selben Zeit sämtliche Protagonisten jener Tragödie namens Nordirlandkonflikt den Drang, die «Troubles» zu beenden.

Und mitten im letzten Akt – wann genau, konnte Richard später nicht mehr sagen – verschwand Liam O'Neill.

Endlich gaben sie ihm Wasser, doch das Schlucken fiel ihm schwer. Er würgte und krümmte sich, vergoss die Hälfte. Über ihm baumelte die nackte Glühbirne sachte in der Zugluft, die durch die Hütte ging.

Er hatte ihnen alles verraten, was er wusste. Daten. Orte. Namen. Telefonnummern. Wie die Treffen abliefen und die Autos aussahen, die ihn abholten. Wem er was berichtet hatte. Was die Engländer wissen wollten. Wer möglicherweise sonst noch für sie arbeitete. Er wusste, dass ihm das nicht helfen würde, doch die Angst trieb es genauso aus ihm heraus wie den Durchfall, der nun in seiner Unterhose klebte und sich mit jeder Bewegung noch weiter verteilte. Es stank, doch ihm machte das nichts mehr aus. Ihm machte gar nichts mehr etwas aus. Auch für die anderen gehörte das wohl einfach zum Geschäft.

Sie waren zu dritt. Die ganze Zeit hatten sie Sturmhauben getragen, immerhin. Schwere Arbeit musste das gewesen sein, wie sie ihn abwechselnd festgehalten und ihm einen Snookerqueue übergezogen hatten, auf Kopf und Oberkörper. Wie sie ihn getreten hatten, in den Schritt, den Hintern, in die Seite, als er am Boden lag. Wie sie seine Hand auf die Werkbank gelegt und ihm mit einem Zimmermannshammer einen Finger nach dem anderen gebrochen hatten. Keuchend, schwitzend; ohne den Gestank seiner eigenen Exkremente hätte er ihren Schweiß gerochen.

Sie hätten es auch leichter haben können. Hätten einfach nur fragen müssen. Er hätte sofort ausgepackt. Ein bitteres Grinsen spielte ihm um den Mund, doch da kam schon wieder der Husten, ein stechender Schmerz in der Brust, der ihm durch den Hals quoll und als blutiges Sabbern übers Kinn rann. Ein übler Anblick, garantiert. Er schmeckte Metall.

Die drei Jungs aber waren offenbar stolz auf ihre Arbeit. Vielleicht war es eine Glaubensfrage, dass ein gewaltlos erwirktes Geständnis nicht richtig zählte. Oder sie glaubten, sich ihren Freiwilligensold verdienen zu müssen. Oder es machte ihnen einfach Spaß.

Sie machten Pause. Seit Stunden waren sie am Werk gewesen. An der ruhigen Straßenecke, wo er Francis hätte treffen sollen, hatten sie ihn aufgegriffen. Vermutlich waren sie ihm gefolgt. Sie stießen ihn in den Laderaum eines Lieferwagens, rasten Gott weiß wie lang über kurvige Straßen, hielten irgendwo. Schlaf fiel ihm wie ein Vorhang vor die Seele. Dann ein

Schreck, als der Lieferwagen wieder anfuhr. Mehr Beulen, während er hin und her geschleudert wurde. Erneut Stille. Türen öffneten sich, Dunkelheit. Eine Hand, die ihn am Kragen packte. Ihn hinauszog und zu Boden fallen ließ. Der Geruch von Gras. Ein Hof. Er kämpfte sich auf die Füße, seine Hände waren gefesselt. Wann war das passiert? Geschubst und gezogen. Hier. Die Welt war zu einem dunklen Fleck aus Schmerz und Angst geworden.

«Hey», rief eine der Stimmen. Harsch, West Belfast. Wahrscheinlich kannte er den Mann, doch die Stimme sagte ihm nichts. «Aufpassen.»

Jemand packte ihn bei den Haaren und riss seinen Kopf hoch.

«Ach herrje», sagte eine sanftere Stimme. Liam kämpfte um Konzentration, um Hoffnung. Man setzte ihn auf einen Küchenstuhl mit angebrochenem Bein, der sein Gewicht gerade so aushielt. Er blickte auf, in ein hageres, aber freundliches Gesicht, das ihn besorgt ansah.

«Ach herrje», wiederholte der Mann. «Die hatten dich ganz schön in der Mangel, was, Liam?» Der Mann trug Anzug und Krawatte. Vielleicht sein Retter.

Die anderen hielten sich mit verschränkten Armen im Hintergrund.

«Aber du verstehst sicher, dass sie nur ihre Arbeit tun mussten, oder?»

Liam nickte unwillkürlich, war schon vorab mit allem einverstanden, was dieser Mann zu sagen hatte.

«Na, jetzt ist es ja vorbei.» Der Mann zog ein Taschentuch hervor, um sich behutsam und grazil zu schnäuzen. Er hatte die dürren, weißen Finger eines Pianisten. «Alles vorbei. Ich heiße Joe Geraghty, und ich verstecke mein Gesicht nicht. Schau mich an, Liam.»

Er gehorchte, wollte aufstehen. Sofort reagierten die vermummten Männer, machten sich bereit, ihn aufzuhalten. Doch ihm fehlte ohnehin die Kraft, und er sank zurück.

So gütig, dass Liam die Augen davon feucht wurden, sagte Joe Geraghty: «Du weißt, wo die Reise hingeht, Liam. Schade, dass es so weit kommen musste, aber so ist es nun mal. Das ist deine Chance, noch etwas Trost zu finden.»

«Mr. Geraghty, Sir, es tut mir leid …»

«Aber, aber, schon gut. Das braucht es nicht. Darüber sind wir längst hinaus. Was geschehen ist, ist geschehen, und wir müssen alle mit den Folgen leben. Du musst mir nichts erklären und auch nicht betteln. Ich weiß, wie du hier gelandet bist. Das Wichtige ist jetzt, dass du Frieden findest. Worte sind unnötig. In ein paar Minuten ist alles vorbei.»

Liam blickte in diese tröstlichen Augen. Es gab noch immer Hoffnung. Joe Geraghty strich ihm mit der linken Hand übers Gesicht und lächelte liebevoll. Dann beugte er sich vor und küsste Liam auf die Wange.

«Das mit den paar Minuten war nicht ganz wörtlich gemeint», sagte Joe und sah ihn ruhig und freundlich an.

Liam O'Neill hatte den Revolver nicht bemerkt, den Joe Geraghty geschickt aus der Tasche gefischt hatte und ihm nun an die Schläfe hielt. Er sah ihm noch immer in die Augen und fühlte sich geborgen.

An einem windigen Vormittag hängte Bridget gerade die Wäsche auf, als das Auto mit den beiden Männern vor dem Haus hielt. Einer blieb sitzen, der andere – ein älterer, vornehmer Grauhaariger – stieg umständlich vom Beifahrersitz.

«Ich werde auch nicht jünger», lachte er. «Habe ich wohl das Vergnügen mit Mrs. O'Neill?»

Einen Augenblick musterte sie ihn mit verschränkten Armen und unterdrückte ihre Aufregung. Dann sagte sie: «Genau.»

«Und ist Ihr lieber Mann zufällig zu Hause?»

«Das weiß ich nicht. Soll ich mal nachsehen?»

«Das wäre sehr freundlich.» Er lächelte wissend.

«Und Sie sind?»

«Joe ist mein Name. Joe Geraghty, Mrs. O'Neill.»

Bridget verzog keine Miene. Joe Geraghty. Sie kannte den Namen und seinen Ruf. Ein hohes Tier in der Bewegung. Gesehen hatte sie ihn nie, nicht mal auf einem Foto. Wieso er Gentleman Joe genannt wurde, war offensichtlich. Eitel wirkte er, mit dem schicken Anzug und der Silbermähne. Und manieriert.

«Gut, Mr. Geraghty, dann sehe ich mal nach.»

«Sehr nett von Ihnen. Und bitte, nennen Sie mich Joe.» Er sah sie freundlich an.

Als sie auf die Haustür zuging, kam Francis heraus.

«Joe», grüßte er den Gast.

«Francis. Was für ein schöner Tag.»

«Kommst du aus Belfast?»

«Wirklich schön hier. Die Einsamkeit. Das muss doch Balsam für die Seele sein. Schön, wenn man sich nicht pausenlos verstecken muss. In der Stadt sitzen einem andauernd die Bullen auf dem Pelz.»

«Hier nicht, Joe. Fast, aber noch nicht ganz.»

«Ach ja», antwortete Joe, «die Türme.»

«Darf ich Ihnen eine Tasse Tee anbieten, Mr. Geraghty?», fragte Bridget.

«Joe, meinen Sie. Aber ja, sehr gerne, wenn es keine Umstände macht. Recht herzlichen Dank.»

«Dann kommen Sie doch rein.»

Sie brachte den Tee ins Wohnzimmer und entschuldigte sich. «Falls ihr was braucht, ich bin in der Küche», sagte sie.

«Mrs. O'Neill», rief Joe, als sie schon gehen wollte. «Bis zur

Stadt haben Sie's ja recht weit. Das ist doch sicher beschwerlich zum Einkaufen?»

«Ach, das geht schon. Einmal die Woche laufe ich ins Dorf und nehme den Bus zum Supermarkt.»

«Zum Superquinn, in Dundalk?»

«Genau», antwortete sie. «Wir versuchen, so viel wie möglich dort zu kaufen. Wir meiden die britischen Läden.» Sie blickte zu Francis, doch der sah sie nicht an.

«Ausgezeichnet. Wissen Sie, draußen im Auto sitzt Kenny. Der könnte Sie nach Dundalk bringen, wenn Sie was zu besorgen hätten. Sonst sitzt er ja doch nur rum und wartet auf mich. Francis und ich brauchen sicher ein Weilchen.»

«Danke, Joe, aber das ist doch nicht nötig.»

«Es ist wirklich kein Problem», entgegnete Joe lächelnd, und Francis warf ihr einen Blick zu.

«Also gut, dann hol ich nur eben Tasche und Mantel.»

Als sie aus der Tür trat, ließ Kenny schon den Wagen an. Die Wocheneinkäufe hatte sie bereits gestern erledigt. Stattdessen würde sie irgendwo eine Tasse Tee trinken.

«Also, Francis. Du kannst dir sicher denken, weshalb ich hier bin. Hatten ganz schön weit zu fahren, von Donegal bis hierher. Beziehungsweise Kenny. Für mich war's nicht so schlimm, ich konnte auf dem Rücksitz schlafen. In Belturbet haben wir schön gefrühstückt. Trotzdem. Du kannst es dir sicher denken.»

«Ja.»

«Die Jungs haben ihre Arbeit gut gemacht, Francis. Keine Frage. Er hat alles gestanden. Den Namen seines Kontaktmanns, was er ihm erzählt hat, alles. Sämtliche Details stimmten. Liebend gern hätte ich ihn nach Hause zu deinem Vater gebracht und gesagt, er soll in Zukunft keine Dummheiten mehr machen. Oder lieber noch: die Uhr zurückgedreht. Aber …»

Er zuckte die Achseln. Francis blickte ihn an.

«Du weißt so gut wie ich, dass ich kein Auge zudrücken durfte, so gern ich gewollt hätte. So was können wir nicht tolerieren.»

«Nein.»

«Es ging nicht anders. Ich weiß, wie dir das zusetzen muss, aber du hättest dasselbe mit meinem Bruder getan.»

«Hätte ich, Joe. Ich verstehe schon. Hab kein Problem damit. Das hat Liam sich selbst eingebrockt.»

«Nicht ganz. Letztlich haben ihn die Briten auf dem Gewissen. Die haben ihn für dumm verkauft. Aber, Francis: Geschossen habe ich. Ich habe ihm in die Augen gesehen und abgedrückt. Es tat mir in der Seele weh, aber ich wusste, es muss sein. Ich dachte, du hättest es sicher so gewollt.»

«Das hätte ich, Joe. Was sag ich meinen Eltern?»

«Gar nichts. Das geht nur uns beide an. Weder an ihnen noch an dir bleibt etwas haften, da gibt's kein Vertun.»

«Danke, Joe.»

«Du brauchst sicher etwas Zeit. Lass mich wissen, wenn du so weit bist. Dann reden wir weiter.»

«Von mir aus jetzt gleich.»

«Nein, das hat keine Eile. Ich hab den Jungs gesagt, dass du erst mal aussetzt. Du bist vorerst vom Dienst befreit.»

«Nein, Joe», beharrte Francis. «Ich muss wieder ran. Das lenkt mich auch von Liam ab.»

Joe blickte ihn zweifelnd an. «Na, wenn du meinst. Es geht nach England.»

Bridget trank gerade ihren Tee aus, als Kenny sie durchs Fenster hinauswinkte. Er war bemüht, doch nicht sehr gesprächig. Auch er wirkte erschüttert.

«Zeit, nach Hause zu fahren, Mrs. O'Neill», sagte er.

«Schon?», fragte sie.

«Eben kam der Anruf», sagte er und hielt ziemlich selbstzufrieden ein Mobiltelefon in die Höhe.

Zu Hause verabschiedete Joe Geraghty sich hastig und stieg ins Auto.

Francis saß im Wohnzimmer auf dem Sofa. Er wirkte ausgelaugt, kaum wiederzuerkennen.

«Was ist los, Francis?», fragte sie. «Was wollte Mr. Geraghty von dir?»

Ruckartig sah er auf. «Was?»

«Na ja, du siehst besorgt aus.» Sie hatte gesprochen, ohne nachzudenken. Francis mochte es nicht, wenn sie Fragen stellte.

«Hm. Ach, es ist bloß –»

«Ja?»

«Nichts», sagte er. «Nichts, worüber du dir Sorgen machen müsstest. Kochst du uns jetzt mal Tee?»

Den ganzen Nachmittag saß er auf dem Sofa, schaute Pferderennen im Fernsehen und trank Bier. Das sah ihm gar nicht ähnlich. Er nahm eine Schachtel Zigaretten aus der Duty-Free-Stange, die er auf einem seiner Europaabenteuer erstanden und hinten im Kleiderschrank für seinen Vater versteckt hatte, und rauchte eine nach der anderen.

«Ich dachte, du rauchst nicht mehr», staunte Bridget.

«Hab wieder angefangen», raunzte er. «Stört's dich?»

«Natürlich nicht», antwortete sie und ließ ihn in Frieden.

Abgesehen vom hektischen Kommentar, der gerade noch aus dem leise gestellten Fernseher drang, und dem gelegentlichen Knarzen des Sofas, wenn Francis nach einer neuen Dose Bier griff, war es still im Haus, während sie ihre Hausarbeit machte. Ab und zu sah sie nach ihm. Abwesend starrte er auf den Fernseher und schüttete sich mechanisch Bier in den Mund. Von Bridget nahm er keinerlei Notiz.

Später liefen ihm Tränen übers Gesicht, doch Ausdruck und Pose blieben unverändert. Sie kniete sich neben ihn und strich ihm mit dem Handrücken über die Wange. Er schien das gar nicht zu bemerken.

«Francis, Schatz? Was hast du denn?»

Das leise Weinen wurde zu Schluchzen, das er grinsend und achselzuckend zu unterdrücken suchte, doch vergeblich. Er seufzte und blickte sie an. Verzweifelt sah er aus.

«Ich sitze wie die Maus in der Falle, Bridget», sagte er.

«Ach, Francis», sagte sie. «Es ist alles gut.»

«Was weißt du schon? Gar nichts ist gut», blaffte er und vergrub das Gesicht an ihrer Schulter.

Endlich schien er sich zu fangen, brach jedoch gleich wieder zusammen. Sie nahm ihn in den Arm, und er ließ es geschehen.

«Es geht um Liam», sagte er.

«Was ist mit Liam?»

«Mein Bruder. Mein eigener Bruder, verdammt.»

«Was hat er gemacht?»

Francis sammelte sich kurz. «Nichts. Nichts.»

Sie wartete.

«Dieses bescheuerte Arschloch», sagte er schließlich.

«Was ist los, Francis?»

«Dämlicher Idiot. Hätte nie …»

«Was hätte er nie?»

«Warum in Gottes Namen?»

«Francis, alles wird gut. Was er auch angestellt hat, du regelst das schon. Wir regeln das. Alles wird gut.»

«Nein, wird es nicht.»

Und er erzählte es ihr. Wie Liam für die Briten gespitzelt hatte. Ihn verraten wollte. Von den Jungs enttarnt wurde. Er erzählte ihr, wie Joe Geraghty in die Sache verwickelt worden war. Mit ihm, Francis, geredet hatte. Ihn gefragt hatte, ob er darüber etwas wisse. Er erzählte ihr, wie er – wahrheitsgemäß – jede Mitwisserschaft abgestritten, sich von seinem Bruder losgesagt hatte. Wie er Joe versprochen hatte, Bescheid zu geben, falls Liam sich meldete. Was Liam auch tat, worauf Francis es Joe gesagt hatte. Er erzählte, wie er sich mit Liam verabredet hatte, aber nicht erschienen war.

Und jetzt hatte er von Joe den Ausgang der Geschichte erfahren. Liam war fort, beiseitegeschafft, irgendwo im County Donegal. Joe hatte Francis geraten, das große Ganze im Blick zu behalten. So etwas gehörte nun mal zu ihrem Kampf. War ihre Bürde.

«O Gott», sagte Bridget. «Und du, Francis? Glaubt er, du …?»

«Er meinte, an mir bliebe nichts haften. Liam hat das ganz allein gemacht. Das hat er klipp und klar gesagt … Ich soll meinen Eltern nichts erzählen.»

«Vermutlich besser.»

«Und ich soll wieder …»

«Was, Francis?»

«Tun, was ich eben tue.»

«Und willst du das?»

«Ich weiß nicht. Wenn ich's nicht tue, werden sie vielleicht misstrauisch.»

«Warum sollten sie?»

«Du kennst die nicht, Bridget. Du weißt nicht, wie das läuft. Wenn du nicht spurst, kommen die ins Grübeln. Besonders, wenn dein Name schon beschmutzt ist.»

«Aber ich dachte, Joe hat gesagt –»

«Ich weiß schon, was er gesagt hat. Musste er. Und ich musste sagen: Ja, Joe, ich glaube dir. Stehe zu einhundertzehn Prozent hinter dir.»

«Aber wenn du nicht mit dem Herzen dabei bist?»

«Oh, mein Herz ist bestimmt nicht das Problem. Aber ich hab Angst, Bridget.»

«Dann müssen wir einen Ausweg finden.»

«Es gibt keinen.»

«Es muss einen geben. Irgendwas gibt es immer. Wie schlecht die Dinge auch stehen.»

«Wie? ‹Wenn die Nacht am tiefsten ist, ist der Tag am nächsten?›», höhnte er. «Da sieht man mal, wie wenig Ahnung du hast. Du müsstest mal in meiner Haut stecken.»

«Ich weiß, es klingt dumm. Was hast du vor?»

Er schwieg einen Moment. Er sah sie nicht an, war ganz woanders – vielleicht in seinem Kopf, aber sicher nicht bei ihr.

«Weiß Gott. Ich muss einfach weitermachen und tun, was die Jungs wollen, bis mir was Besseres einfällt. Vielleicht kann ich Joe nach dem nächsten Einsatz fragen, ob ich's hinschmeißen darf.»

«Ich bin für dich da, Francis. Du kannst dich auf mich verlassen.»

Überrascht blickte er sie an. Bridget kam es vor, als habe er sie eben erst bemerkt. «Kein Wort darüber», raunte er. «Zu niemandem. Weder zu deiner Mutter noch zu Joe, falls der noch mal hier auftaucht.»

«Das wird er doch nicht, oder?», fragte sie besorgt.

«Nein. Aber wenn doch, sei vorsichtig. Kein Wort.»

Es klopfte.

«Mach auf», befahl Francis.

Es war Anne-Marie. «Bridget, wie geht's dir?»

«Gut, danke. Und dir?» Sie lächelte.

«Ach, muss ja. Stevie und ich wollten nach Dundalk, was trinken.» Sie deutete auf das an der Straße wartende Auto. «Habt ihr vielleicht auch Lust, Francis und du?»

«Das wäre nett, Anne-Marie. Aber heute geht's leider nicht.»

«Schade.»

«Tut mir leid. Francis hat viel um die Ohren.»

«Und du? Du hast auch keine Zeit?»

«Ich spiel doch nicht den Anstandswauwau für euch …» Sie kicherte – hoffentlich nicht zu gekünstelt.

«Von den anderen Frauen sind auch welche da. Wir könnten ein bisschen schwatzen.»

«Nein. Ich bleibe besser bei Francis.»

«Na gut. Dann bis bald.»

«Mach's gut.»

Sie schloss die Tür und ging zurück ins Wohnzimmer. Es war, als hätte jemand in Francis einen Schalter umgelegt. Er saß aufrecht da, gefasst und wütend.

«Du dumme Kuh, wieso hast du das gesagt?»

«Was?»

«Dass ich viel um die Ohren habe.»

«Irgendwas musste ich doch sagen.»

«Und wenn Joe das hört? Der weiß doch, dass ich grade vom Dienst befreit bin. Oder wenn das Weibsstück mit den Bullen redet? Oder Stevie? Hast du daran mal gedacht?»

«Das tun die bestimmt nicht, Francis.»

«Woher willst du das wissen?» Er stand auf und verließ das Zimmer.

9

«Liam ist tot. Die haben ihn entführt.» Bridget merkte, wie verstört sie klang, ohne zu wissen, ob das Liam oder ihr selbst galt. Abstellen konnte sie es nicht.

«Was soll das heißen?»

«Das soll heißen, dass Liam umgebracht wurde. Was denn sonst?»

«Entschuldige. Wer hat ihn entführt?»

Sie wollte Zeit schinden. Verständlich, dachte Bridget, doch leichter machte es die Sache nicht. «Das kannst du dir doch denken», antwortete sie.

«Wir sollten uns treffen», sagte Sarah, und sie verabredeten sich.

Ein überstürztes Treffen in einem billigen Hotel. Vielleicht das erste von vielen, dachte Sarah. Nicht optimal. Wenn daraus mehr werden sollte, würden sie etwas Besseres finden müssen. Etwas Sichereres. Einstweilen sorgte sie sich um Bridget.

Ungeduldig wartend, betrachtete sie die Spinnweben unter der schmutzigen Fensterbank vor dem Bett, auf dem sie mit angespannt verschränkten Händen saß und nervös mit den Beinen wippte. Diese Schuhe sahen auch schon mal besser aus, dachte sie, doch nur, um sich abzulenken.

Liam O'Neills Tod würde im Großen und Ganzen keine Rolle spielen, außer wenn seine Mörder durch irgendeinen bizarren Zufall vor Gericht kämen. Joe Geraghtys Männer waren äußerst vorsichtig. Zwar war allen klar, dass sein Sicherheitstrupp den Mord begangen hatte, doch das tat nichts zur Sache: Es gäbe keinerlei Beweise. In der Geschichte Nordirlands war Liam O'Neill ein Niemand, bloß einer von zahllosen Verschwundenen, nicht einmal eine Fußnote wert. Solche Gedanken führten nur einen Schritt näher an die Unmenschlichkeit. Aber es war einfach so schwer.

Ein zaghaftes Klopfen. Das musste sie sein.

«Francis hat's mir erzählt. Liam wurde entführt. Francis war völlig durch den Wind, sonst hätte er nie was gesagt. Ich weiß, ich soll nicht vom Dorf aus anrufen, aber –»

«Immer mit der Ruhe, Bridget. Was ist passiert?»

«Francis war weg.»

«Wo?»

«Weiß nicht. Ist auch egal. Gestern kam Joe Geraghty zu uns. Danach war er völlig durcheinander. Er spricht sonst nie über *die*. Aber er hat gesagt, sie hätten Liam geholt.»

«Hat Joe Geraghty ihm das erzählt?»

«Ja. Anscheinend hat Joe Francis aufgetragen, sich mit Liam zu verabreden, aber nicht hinzugehen …»

«Und dann?»

«Dann kam Joe Geraghty zu uns und meinte, es sei vorbei. Liam wurde geschnappt und hat gestanden. Dann haben sie ihn umgebracht.»

«Was gestanden?»

«Dass er für die Briten gespitzelt hat.» Sie blickte Sarah an. «Hat er?»

«Das weiß ich nicht. Sonst noch was?»

«Joe meinte, er habe ihn selber umgebracht. Eine Frage der Ehre, hat er gesagt. Und dass Francis das vielleicht trösten würde. Hat Liam wirklich für euch gespitzelt?»

«Ich weiß es nicht. Ich kann es auch nicht erfahren. Das würde man mir nicht sagen.»

«Und steht mir das auch bevor? Ergeht's mir irgendwann genauso? Die schnappen mich und aus? Akte zu, Bridget tot?»

«Nein, Bridget. Natürlich nicht.»

«Wieso ‹natürlich nicht›? Warum sollte ich dir glauben?»

«Ich tue alles, um dich zu schützen. Wir müssen ganz vorsichtig sein.»

«Ach, meinst du?»

«Ich kann nichts garantieren, aber wir müssen uns daran halten, was wir ausgemacht haben.»

«Weil ich schon bis zum Hals drinstecke?»

«Nein. Wenn du nicht mehr willst, siehst du mich nie wieder.»

«Und wenn ich raus will? Weg? Hilfst du mir dann?»

«Ja. Aber es wäre viel besser, wenn du erst mal bleibst. Viel sicherer.»

«Wieso?»

«Sobald du wirklich wertvolle Informationen geliefert hast, können wir dir viel besser helfen.»

«Und das hier zählt nicht?»

«Doch, aber es hilft uns nicht, irgendwas zu verhindern. Wir brauchen mehr. Du musst die Sache mal aus unserer Perspektive sehen.»

«Aus eurer Perspektive. Warum? Weil es am Ende eben nur ein Tauschhandel ist?»

«Nein, es ist schon mehr. Aber einen gewissen Gegenwert brauchen wir trotzdem …»

«Gegenwert?»

«Ich habe keine Wahl.»

«Ich hab mich ohne Not mit euch eingelassen. Und jetzt setzt ihr mir die Pistole auf die Brust, stimmt's? Gib uns mehr, sonst helfen wir dir nicht raus aus dem Schlamassel.»

«Wenn du willst, kannst du sofort aussteigen, und alles wird wieder genau wie vor unserer ersten Begegnung. Und wenn du rauswillst, helfen wir dir natürlich. Du kannst jetzt sofort mit nach London kommen. Ich bin für dich da.»

«Für mich da. Was heißt das?»

«Alles in allem wäre es besser, du bleibst erst mal hier. Dann könnten wir dir viel besser helfen.»

«Du meinst, ihr müsst was sehen für euer Geld.»

Sarah schwieg.

«Ich sitze hier wie auf dem Präsentierteller, und je mehr ich riskiere, desto mehr bekomme ich. Eure ‹Hilfe› bemisst sich bloß daran, was ich euch erzähle. Und in der Zwischenzeit kann ich jederzeit mit einer Kugel im Kopf im Straßengraben landen.»

«Deshalb redest du doch mit mir, oder? Damit so was nicht mehr passiert?»

«Das ist deine Antwort?»

«Bridget, ich kann dir nicht versprechen, dass dir nichts passiert. Wie sollte ich? Aber ich tue, was ich kann. Und ich würde dir ehrlich sagen, wenn ich glaubte, du seist in Gefahr.»

«Nur würdest du das gar nicht wissen.»

«Nicht unbedingt, nein. Aber wir verlieren normalerweise keine Leute.»

«Irgendwer hat Liam verloren.»

«Was da los war, wissen wir beide nicht. Könnte was ganz anderes gewesen sein. Asoziales Verhalten. Loyalisten. Vielleicht nur ein Versehen. Keine Ahnung.»

«Und das Geständnis?»

«Die bringen jeden so weit, zu gestehen. Das weißt du doch. Schau, ich kann mir beim besten Willen nicht vorstellen, dass Liam was mit uns zu tun hatte.»

«Aber du findest es raus? Und sagst es mir?»

«Ich versuch's. Aber ich kann nichts versprechen. Wie war Liam so?»

«Fast noch ein Kind. Dachte nur an sich, aber ich mochte ihn. Ein Gauner. Kein übler Kerl, bloß unvernünftig. Ich kann mir nicht denken, wie er je an euch geraten konnte.»

«Ist er vielleicht gar nicht. Wäre nicht das erste Mal. Die IRA macht Fehler.»

«Aber nicht immer.»

«Ich weiß. Deshalb müssen wir ja auch so vorsichtig sein.»

Bridget ließ den Kopf sinken und schluchzte leise. «Francis hat jetzt schon zwei Brüder verloren. Der arme Kerl tut mir so leid. Bloß ein armer, kleiner Junge. Ich darf gar nicht daran denken, was die mit ihm gemacht haben.»

Die Rückkehr zur Normalität, das ganz bewusste Sichstürzen in betäubende Routine, gleichsam als Narkose für das, was ihr bevorstand. Es war ein Versuch, ihr vor Angst und Aufregung klopfendes Herz im Zaum zu halten, herauszufinden, wie so ein Leben auf Dauer wohl sein mochte.

Zu Hause kroch die Feuchtigkeit durch die Wände. Obwohl er nicht da war, hatte Francis ihr streng verboten, nach dem März noch Torf fürs Feuer zu verschwenden. Eine Zentralheizung gab es nicht, sodass sie auf Boiler und Heizlüfter angewiesen war.

Draußen war es eher wie an einem Vormittag im Herbst statt wie im Spätfrühling. Die feuchte Kälte fuhr ihr auf dem Weg ins Dorf noch durch den dicken Mantel in die Glieder, und das Tageslicht hing grau und schwer am Himmel. Regen war nicht in Sicht, aber auch keine Sonne.

Zu Fuß brauchte sie nach Carrickcloghan etwas mehr als eine halbe Stunde. Jetzt, wo so gut wie nichts mehr da war, wirkte das Dorf trostlos und ärmlich, als erwartete es grollend seinen endgültigen Tod. Vielleicht war es schon immer so gewesen, doch in ihrer Erinnerung sah es anders aus. Ohne besonderen Grund wäre wohl nie jemand hierhergekommen, doch gemütlich war es schon gewesen, wenigstens in ihren Augen. Vertraut, ruhig und sicher. Man hatte einander gegrüßt und kurz geplauscht. So hatte sie es in Erinnerung. Doch dann kam der Konflikt. Bridget kannte ihre Geschichte, welches irische Kind kannte die nicht? Die Briten waren unaussprechlich grausam und ungerecht gewesen, und man durfte ihnen nicht über den Weg trauen. Aber all diese Gewalt. Sie hatte keine Ahnung, wie sie die politischen Fragen bewerten sollte – sofern das überhaupt möglich war –, und schon gar nicht, wie sie den Kontakt zu Sarah erklären könnte. Im vollen Bewusstsein, wie egoistisch das war, verengte sie ihren Blick auf sich selbst, sah in der Sache nur die Chance, alldem hier zu entkommen. Dann wieder sah sie es als kleinen Schritt im Kampf gegen all das Elend und den Tod, als unfertigen Teil eines Ganzen, das sie nicht einmal ansatzweise begriff. Und schließlich blieb die simple Entscheidung zwischen zwei Menschen: Traute sie Francis und seinen Plänen mehr als Sarah und den ihren?

Das Dorf hatte nichts Idyllisches an sich. Britische Soldaten patrouillierten hier schon lange nicht mehr. Auch nicht die Polizei. Wenn die Sicherheitskräfte kamen, war das stets ein schwerbewaffneter, grimmiger, olivgrüner Zirkus. Komplett gepanzert richteten sie ihre Checkpoints ein und zielten mit ihren Gewehren auf einen, während man seine Papiere herauskramte. Und sie lagen auf der Lauer in ihren Außenposten, die überall entlang der Grenze aus dem Boden schossen: gut abgeriegelte Wachtürme, vollgepackt, so wurde gemunkelt, mit Kameras und Teleobjektiven, Infrarotsensoren und Videorecordern, Notizbüchern und Computern, in denen jede noch so kleine Bewegung jedes Einwohners aufgezeichnet wurde. Jeder Mann, jede Frau und jedes Kind hatten eine Akte, hieß es, egal, ob schuldig, unschuldig oder irgendwas dazwischen, und Bridget glaubte das sofort. Eine Unterdrückungsmaßnahme, behaupteten die von der Sinn Féin. Doch irgendwie ging trotz der Überwachung auch der Alltag weiter. Kühe wurden gemolken, und Brot wurde gebacken, Kinder gingen zur Schule und kamen nach Hause, Maschinen gingen kaputt und wurden repariert, Autos wurden gekauft und verkauft. Die IRA jedoch florierte weiter, sowohl trotz der Überwachung als auch wegen ihr. Recht und Ordnung lagen hier eher in den Händen der Freiwilligen als in denen der vermeintlichen Staatsgewalt.

Bridget bog in den schmalen, zerfurchten Pfad zum kleinen Häuschen ihrer Eltern. Es lag in der Mitte einer Reihe ähnlicher Behausungen, gebaut vor etwa neunzig Jahren. Schon als sie durch die unverschlossene Haustür ins Wohnzimmer trat, roch sie den Zigarettenrauch, das wohlige Aroma ihrer Kindheit. Ihr Vater saß in seinem Sessel, die Zeitung vor sich aufgeschlagen auf dem Schoß.

«Hallo, Dad», sagte sie.

Er knurrte.

Patrick McNeish war auf die Menschheit schlecht zu sprechen, seit er vor gut vierzig Jahren seine Arbeit in der Gießerei verloren hatte. Dank Sozialhilfe und dem, was seine Frau als Putzfrau schwarz verdiente, hielten sich die beiden über Wasser. Bridget konnte sich nicht erinnern, ihren Vater je anders erlebt zu haben, als mit grimmiger Miene und der Zeitung in der Hand in diesem Sessel sitzend.

Ihre Mutter schälte Kartoffeln in der Küche.

«Dein Brot lieg da drüben», sagte sie statt einer Begrüßung.

«Hallo, Ma», antwortete Bridget. «Tasse Tee?»

Seit Jahren daran gewöhnt, auf diese Frage keine Antwort zu erhalten, kochte sie einfach welchen. Mit heißem Wasser spülte sie die Kanne aus. Zwei Löffel Tee, ein dritter für den

Geschmack. Tasse und Untertasse für ihre Eltern, ein Kaffeebecher für sie. Ihrer Mutter waren diese Becher ein Gräuel. Sie verkörperten das Gegenteil von Stil, was immer man in Carrickcloghan mit Stil auch anfangen wollte.

«Dein Mann ist noch nicht zurück?», sagte ihre Mutter, eher als Feststellung denn als Frage. «Wo steckt er denn?»

«Er sucht Arbeit, Ma. Irgendwo im Süden, glaube ich.»

Dieses Märchen hielten sie aufrecht, um miteinander reden zu können, doch die Wahrheit kannten beide. Francis O'Neill sah man in diesem Haus nur selten, was sich größtenteils der Missbilligung Francis' durch Bridgets Eltern, teils aber auch umgekehrt seiner Verachtung für sie verdankte. Das lag weniger daran, dass er ein Freiwilliger war, obwohl Bridgets Eltern keine Republikaner, sondern Nationalisten waren. Nein, Francis war eben ein Zugezogener aus der Großstadt, hatte ihre Mutter einmal erklärt. Bridget wusste, was sie meinte. Großspurig bis zur Flegelhaftigkeit, grob und direkt: All die Eigenschaften, die ihre Eltern abstießen und die Bridget zu Francis hingezogen hatten.

«Hmpf», machte ihre Mutter, und das Gespräch war zu Ende.

Nahezu stumm tranken sie am Küchentisch ihren Tee, dann nahm Bridget ihr Brot und ging. Auf dem Heimweg machte sie kurz halt an dem Häuschen neben der Autowerkstatt, wo Stevie und Anne-Marie Shaw lebten.

«Trinkst du eine Tasse Tee mit mir, Bridget?», fragte Anne-Marie.

«Nein, danke. Ich hatte eben welchen bei meiner Mutter.»

«Ist dein Mann schon zurück?»

«Nein, noch nicht.»

Im Gegensatz zu Cathy Murphy mit ihrem feinen Getue, der Schminke, dem frisierten Haar und den schwarzen Lederstiefeln war Anne-Marie eine füllige Matrone. Ihre vier Kinder waren in der Schule, sie selbst werkelte in ihrer dampfigen Küche. Kräftig knetete sie den Brotteig durch, dann wischte sie die Hände an der Schürze ab.

«Wie geht's Stevie?», erkundigte sich Bridget.

«Gut, gut. Viel zu tun.»

Bridget fragte nicht weiter. Stevies Arbeit bestand darin, für die Jungs Fahrzeuge zu organisieren, auf Vordermann zu bringen und zu verstecken. Dass er ‹viel zu tun› hatte, wäre für Sarah sicher interessant, doch Bridget wagte nicht nachzubohren.

Reue keimte in ihr auf, gepaart mit Angst. Anne-Marie hatte ein gutes Herz, war eine arglose, treusorgende Ehefrau und Mutter. Die Briten hasste sie bedingungslos. Und jetzt war sie, Bridget, hier, sammelte jede kleine Information und berechnete bereits deren Wert für Sarah.

«Du bist beschäftigt», sagte sie.

«Nein, schon gut. Der Tee ist noch warm. Setz dich.»

«Nein, danke. Ich sollte mal wieder.»

Auf dem Weg zurück den Hügel hinauf fühlte sie sich müde wie eine alte Frau. Francis war unerwartet zu Hause. Der Ford stand in der Einfahrt.

Sie briet ihm Spiegeleier zum Mittagessen.

«Wo warst du denn?», fragte sie, kühner als früher.

Er hörte auf zu essen und sah sie an, einen Kanten Brot in der Hand. «Hier und da», sagte er und stippte das Eigelb auf.

Als er fertig war, nahm Bridget die Teekanne, und sie gingen gemeinsam ins Wohnzimmer.

«Hör mal, Bridget, das war eine schwere Zeit. Und ich muss bald weg.»

«Wann?»

«Weiß nicht. Bald.»

«Du wirst doch nicht … Es wird doch nicht gefährlich, oder?»

«Nein. Hatte ich jemals Ärger?», sagte er lächelnd.

«Gut. Du, wegen neulich …»

«Neulich?»

«Wegen Liam …»

«Ach so, ja, ich war nur müde. Hätte die Klappe halten sollen. Jetzt bin ich ausgeruhter.»

«Noch einen Schluck Tee?», fragte sie abwesend. «Ich glaube, ein bisschen ist noch drin.»

«Danke, nein. Jedenfalls geht's mir jetzt besser.»

«Schön. Warst du im Süden unterwegs?» Wieder blickte er sie stumm an, und sie sagte: «Was? Tut mir leid, dass ich gefragt habe. Soll ich nicht, ich weiß. Ich mach mir nur Sorgen um dich. In Dublin geht's oft so rau zu. Mir ist wohler, wenn du auf dem Land bist.»

Er wägte seine nächsten Worte ab. «Hm, ja, wir waren nur einen Tag in Dublin. Gab nichts zu tun, da sind wir weiter nach Wexford.»

«Und hast du da Arbeit gefunden?»

«Hab gar keine gesucht. Nur ein paar Leute getroffen. Ging um Politik, langweilt dich nur.»

«Ja, bestimmt. Tut mir leid, dass ich gefragt hab.»

Er knurrte.

«Entschuldige, Francis. Ich verstehe schon. Kommt nicht wieder vor. Ich mache mir eben Sorgen.»

Statt einer Antwort sagte er: «Wollen wir raufgehen?»

«Nein», erwiderte sie nach kurzem Zögern.

An irgendeinem Punkt dieses Gesprächs hatten sie eine Schwelle überschritten, nach der es kein Zurück gab.

«Wie du willst.»

Sie sah, wie er die Faust ballte und sie wieder öffnete. Doch er stand nicht auf. Schließlich ging er in die Küche, um ein Bier zu holen. Bridget hoffte, sie hatte genügend Dosen gekühlt. Sarah, schoss es ihr durch den Kopf. Sollte sie sich bei ihr melden? Wagte sie es?

Chief Superintendent George Donnelly war ein furchteinflößender Mann, fand Richard. Breitschultrig, doch lang wie eine Bohnenstange, dazu unpassend schwarzes, kurzes Haar, das – je nachdem, wie viel Glauben man den Gerüchten der jüngeren Kollegen schenkte – entweder von seinem eisernen Willen zeugte oder vom großzügigen Gebrauch von Färbemittel. Sein falsches Bein ließ ihn hinken, und auch der linke Arm war eine Prothese. Er neigte dazu, laut zu sprechen und einen aus den irgendwie spanielhaft braunen Augen stechend anzusehen. Von seinem Posten in der Sonderabteilung aus herrschte er grimmig entschlossen und gerissen über die RUC der Border Counties. Wie ein König. Der Zentrale beugte er sich nur, wenn es ihm passte. Seine Vorgesetzten fürchteten ihn fast so sehr wie die Verdächtigen, die in seinen Blick gerieten. Richard sah Donnelly als eine Art Freund und nahm an, dass dies auf gleichermaßen ambivalenter Gegenseitigkeit beruhte.

Die IRA hatte mehrfach versucht, George aus dem Weg zu räumen. Die künstlichen Gliedmaßen waren die Folge einer Autobombe, bei der er noch Glück gehabt hatte, wenn man das so sagen kann. An jenem Samstag war er ausnahmsweise selbst am Steuer gesessen statt auf dem Beifahrersitz, weshalb an seiner Stelle seine Frau ums Leben gekommen war. Über die Jahre war er milder geworden, doch nicht sehr.

Francis O'Neill, damals noch ein Neuling in der Gegend, war Donnellys Hauptverdächtiger für die Ermordung seiner Frau. War seine Verachtung für die IRA bereits persönlich, so war sein Hass auf Francis geradezu intim. Richard hatte nie klären können, ob Donnellys Verdacht auf Beweisen oder wenigstens ansatzweise glaubhaften Indizien beruhte oder ob Francis, der arrogante Terrorist, bloß das naheliegendste Objekt für seinen Zorn war. Donnellys Wunsch, die IRA zu zerschlagen, wurde bloß noch von seinem Eifer übertroffen, Francis O'Neill leiden zu sehen.

Nun saß Donnelly in Richards Büro.

«Und, Richard, in welchen schicken Fresstempel lädst du mich zum Mittagessen ein?», fragte er.

«Du wirst es mir schon verraten. Unterwegs Stadtführer gebüffelt, was? Wie lange bleibst du in London?»

Donnelly lachte. «Mindestens bis morgen. Wenn ich zwei Nächte rausholen kann, umso besser. Auf Charles war da immer Verlass. Aber du, du willst bestimmt gleich alles möglichst effizient erledigen. Weißt eben nicht so gut wie Charles, wie man uns einfache Iren um den Finger wickelt.»

Nun musste Richard lachen. «Lass uns ein Sandwich aus der Cafeteria holen. Wir quatschen ein bisschen, dann kannst du zu deinen Meetings gehen und deine Besorgungen machen. Ich hol dich, sagen wir, gegen sieben am Hotel ab, und wir gehen was Richtiges essen.»

«Ah, heute Abend wird mein Typ von der Londoner Polizei verlangt. Aber vielleicht willst du ja mitkommen?»

«Kann mir nichts Schöneres vorstellen», antwortete Richard. «Leider hab ich schon eine Verabredung mit einer Tiefkühlpizza und dem Fernseher, die ich höchstens für dich verschieben könnte.»

«Hältst wohl nichts mehr aus?»

«Hab ich noch nie. Falls ich je was vertragen habe, ist das lange her.»

Sie holten sich Kaffee und Sandwiches aus der Cafeteria und setzten sich wieder in Richards Büro.

«Also, Richard», fing Donnelly an. «Liam O'Neill.»

«Was ist mit ihm? Nicht ganz deine Baustelle, oder? Kümmert sich darum nicht Belfast?»

Donnelly prustete gespielt. «Klar. Sagen die. Aber ich tippe auf seinen Bruder. Jede Wette.»

«Kommt mir unwahrscheinlich vor. Sein eigener Bruder? Wo hat man ihn denn gefunden?»

«Unter der Autobahnbrücke, A5, südlich von Bready. Muss da schon ein paar Tage gelegen haben. Sah schlimm aus. Armer Teufel.»

«Und die Familie?»

«Will nichts damit zu tun haben. Kein Begräbnis, nichts. Von Francis war ja nichts anderes zu erwarten, aber die Eltern? Was denken die sich bloß?»

«Vermutlich schämen sie sich. Fürchten Repressalien.»

«Ich weiß. Aber der eigene Sohn … Jetzt kümmern sich die Beamten Ihrer Majestät um die Beerdigung.»

«Könnte auch ein krummes Ding dahinterstecken. Angeblich hatte er seine Finger ja in allen möglichen Sachen.»

«Dann bist du also informiert. Krummes Ding, als ob. Schau dir nur mal das Timing an. Ausgerechnet kurz nachdem deine Kumpels von der Army …»

«Die sind nicht meine Kumpels, George.»

«Natürlich nicht. Du hast ja keine.»

«Außer dir, versteht sich.»

«Ha! Wie fandest du ihn denn?»

«Wen?»

«Na, Liam. Sollen wir den ganzen Tag Ratespiele spielen?»

«Kommt drauf an, ob das hier eine offizielle Befragung ist.»

«Du weißt so gut wie ich, dass die Polizeigesetze auf meiner Seite der Irischen See nicht so gelten wie hier.»

«Dann bist du also der verantwortliche Ermittler?»

«Sagen wir mal, ich sage dem verantwortlichen Ermittler, was er ermitteln soll. Also, wie war Liam so?»

«Darüber darf ich nicht reden.»

«Nein, darfst du wohl nicht. Angeblich hieltst du ja nicht viel von ihm. Hast der Army geraten, sich an ihm nicht die Pfoten zu verbrennen. War denen natürlich egal.»

«Wieso fragst du, wenn du sowieso alles weißt?»

«Weil ich's lieber von dir hören würde. Ich mag einfach deinen Oxbridge-Akzent.»

«Ich war weder in Oxford noch Cambridge.»

«Was hältst du von den Gerüchten, dass Joe Geraghty sich um Liam gekümmert hat?»

«Von Gerüchten halte ich grundsätzlich nichts.»

«Na klar. Und wenn ich dir sage, dass ich einen streng geheimen Bericht gesehen hab, dem zufolge Gentleman Joe und seine Jungs sich Liam gegriffen haben?»

«Wäre nicht grade eine große Neuigkeit, was? Schließlich ist Geraghty nun mal für die Sicherheit zuständig.»

«Ich glaub's trotzdem nicht», sagte Donnelly. «Sicher, Gentleman Joe wusste bestimmt Bescheid. Aber er wäre anders damit umgegangen. Außerdem will Joe sich von der Front zurückziehen, wie ich höre. Hat andere Eisen im Feuer.»

«Interessant.»

«Politischere Eisen, erzählt man mir.»

«Und wer ist ‹man›?»

«Leute eben. Dachte, du weißt Bescheid. Kriegst doch so einiges mit.»

«Ich verweise meinen ehrenwerten Freund auf meine vorherigen Bemerkungen zum Thema Gerüchte.»

Donnelly seufzte. «Wie auch immer. Francis war Joes Schützling. Wenn Joe ihm gesagt hätte: Kümmere dich um den Dreck vor deiner Tür, hätte Francis das gemacht.»

«Möglich.»

«Aber nicht ‹*gut* möglich›, was? Du glaubst, du weißt es besser. Also, was sagen deine Leute?»

«Meine Leute?»

«Deine Spitzel. Agenten, oder wie du sie auch nennst. Die, von denen du uns nichts erzählst.»

Richard wirkte verletzt. «George», sagte er. «Ich hab dir nicht das Geringste anzubieten. Alle verfügbaren Berichte hast du schon durch die üblichen Kanäle erhalten.» Technisch gesehen, entsprach das der Wahrheit und mehr oder weniger auch den Tatsachen.

«Klingt nach Paragraphenreiterei.»

«Meinst du? Ich dachte, du bist inzwischen daran gewöhnt, wie wir verstockten Schreibtischhengste reden. Wie kommst du eigentlich darauf, Francis O'Neill hätte Liam entführt? Kommt mir unwahrscheinlich vor. Die würden doch so eine Sache kaum dem Bruder anvertrauen.»

«Alle verfügbaren Berichte hast du schon durch die üblichen Kanäle erhalten», erwiderte er. «Und wir reden hier von Irland.»

«Ah», machte Richard. «Okay.»

«Und was treibt Francis so in letzter Zeit?»

«Woher soll ich das wissen?»

«Du wirkst ziemlich gut über ihn unterrichtet.»

«Ach so? Und woher kommt dein Interesse?»

«Wir wollen doch nicht, dass dem armen Sankt Francis etwas zustößt, oder? Drei Brüder, das wäre doch wohl grob fahrlässig. Ist bloß freundliches Interesse. Weißt du übrigens, dass du die Angewohnheit hast, jede Frage mit einer Gegenfrage zu beantworten?»

«Wirklich?»

«Ha.»

Donnelly wirkte so genervt wie er, und sie hätten beide Besseres zu tun. Warum nur waren sie immer wieder gezwungen, diese dämlichen Spielchen zu spielen?

Kurz bevor Donnelly ging, sagte er: «Ein Vögelchen hat mir gezwitschert, Francis sei vor ein paar Jahren im Urlaub gewesen.»

«Ach ja?», antwortete Richard.

«Irgendwo in Ostasien, hieß es.»

«Wirklich? Da haben wir wohl eine Chance verpasst.»

«Es hieß auch, man habe dich zur selben Zeit in Heathrow gesehen, wie du auf einen Flug irgendwo in die Region gewartet hast. Hongkong, Bangkok oder so.»

«Das heißt es? Ehrlich?»

«Ich geb dir einen Rat: Bluffe niemals einen Bluffer. Also, arbeitet Francis O'Neill für euch?»

«Ich wünschte, ich könnte das bejahen. Unter uns, versteht sich. Kann ich aber nicht.»

«Dann ist er Freiwild?»

«Kommt drauf an, was das heißen soll. Aber was mich betrifft, brauchst du dich nicht zurückzuhalten. Im Rahmen der Gesetze natürlich.»

Donnelly grinste verächtlich.

«Natürlich.»

Erneut dachte Richard, dass George Donnelly ein furchteinflößender Mann war. Er hatte keine Ahnung, ob die Ermittlungen seines Gegenübers in Sachen Liam O'Neill – beziehungsweise das neueste Kapitel seiner Jagd auf Francis – von seinen Vorgesetzten abgesegnet waren. Bestimmt ein Fall von höherer Gewalt, und in der RUC gab es damals keine höhere als Donnelly.

Liam O'Neills Verschwinden war zum «Fall» geworden. Zu einem Fall wie jeder andere.

Dieser Mensch, dieses einstmals atmende, warme Wesen namens Liam: Wie war er wohl wirklich gewesen? Richard hatte ihn eigentlich ganz gern gehabt. Aus ziemlich miserablen Karten hatte er versucht, etwas zu machen, wie vergeblich und verfehlt seine Versuche auch gewesen sein mögen. Richard hatte ihn gemocht, weil er dermaßen … unbeachtet gewesen war.

Das würde er nun bleiben. Liam war hoffnungslos unfähig gewesen, in dieser Welt zu überleben. Und es war ihm auch nicht gelungen.

1993

10

Mit gesenktem Kopf schloss Bridget hinter sich das Gartentor. Die Einkaufstasche fest an sich gedrückt, bog sie von der Straße auf den Waldweg. Das war der kürzeste Weg ins Dorf, obwohl er nicht mit Kies bestreut, sondern schlammig und überwuchert war. Kaum jemand kam hier je vorbei. Bridget musste sich durchs Gebüsch schlagen und unter tiefen Ästen hinwegducken. Brombeeren rissen Laufmaschen in ihre Strumpfhosen, die Beine bluteten. Bestimmt sah sie furchtbar aus.

Gleich nach den beiden Anrufen war sie aufgebrochen. Einmal falsch verbunden, sechs Minuten später eine aufdringliche Schottin, die ihr eine Versicherung andrehen wollte. Das Signal. Sie hatte sich die Abläufe genau eingeprägt, jedoch nie geglaubt, sie einmal wirklich durchspielen zu müssen.

«Was du auch tust», hatte Sarah gesagt, «versteck's nicht zu Hause. Kennst du einen sicheren Ort?»

«Ja», hatte sie prompt geantwortet, und sie hatten sich darauf geeinigt. Optimal war es nicht, aber soweit sie wusste, ging Francis dort nicht mehr hin. Bridget hatte Sarah den Zweitschlüssel gegeben, und ihre Leute hatten ein Versteck eingerichtet. Nun stand Bridgets surreales zweites Leben mit Sarah kurz davor, mit der Wirklichkeit von Carrickcloghan zu kollidieren.

Sie erreichte den Pfad zum Haus ihrer Eltern, hielt kurz inne und ging dann weiter. Ständig blickte sie sich um, doch es war niemand zu sehen. Wurde sie beobachtet? Von Francis' Kameraden? Einem heimtückischen RUCler? Von Anne-Marie? Oder

Cathy oder Patricia? Oder war es nur die schiere Angst, an die sie sich langsam gewöhnte? Sarah hatte ihr geraten, ihrem Instinkt zu trauen, ihren Verstand aber nicht auszuschalten. Doch ihr Instinkt war zu aufgeregtem Herzklopfen zerflossen und ihr Verstand durch pochenden Kopfschmerz ersetzt. Endlich bog sie zügigen Schrittes in die Gasse neben dem alten Postamt und fühlte sich einen Moment zurückversetzt in glücklichere Tage. Sie sah sich praktisch vor sich, wie sie durch die Hintertür den Laden betrat, wo Mr. Kennedy in seiner ausgeleierten, senffarbenen Strickjacke stand, die Teekanne in der Hand, und darauf wartete, dass das Wasser kochte. Diese Träumereien währten jedoch nicht sehr lang.

Sie drehte sich um. Am Eingang der Gasse war nichts zu sehen. Es gab kein Zurück. Schon jetzt war sie entweder tot oder in Sicherheit. Die Tür gab beim ersten Drücken nach. Das vor vielen Jahren aufgebrochene Schloss war nicht ersetzt worden. Drinnen war alles zugleich vertraut und fremd. Staub bedeckte die Resopal-Arbeitsflächen und die Spüle. Die Möbel waren ausgeräumt worden, doch auf den schmutzigen Teppichfliesen zeichnete sich noch der Kühlschrankboden ab. Mr. Kennedy, ganz der stolze Witwer, hatte immer alles pikobello in Ordnung gehalten. Der Sessel vor dem Ofen, in dem er an kalten Winterabenden gesessen hatte, während Bridget die Abrechnung machte und die Einnahmen in den Tresor legte, war nicht mehr da. Auch das Tischchen und die Stühle waren weg. Das Hinterzimmer, wie sie es genannt hatten, war neben dem Laden der einzige Raum im Erdgeschoss und Bridget immer viel zu voll erschienen: Möbel, Kühlschrank, Herd, die schon in den Achtzigern altmodische Küchenzeile. Doch vor allem der Tresor, dieser bullige Fremdkörper, der dort in der Ecke hockte wie ein mürrischer Gorilla. Mr. Kennedy hatte ihn oft wehmütig ein Mahnmal des Irrsinns seines Vaters genannt.

Und da stand er noch. Woanders konnte er ja nicht hin. Um ihn ins Obergeschoss zu tragen, war er zu schwer, im Laden selbst hatte keiner der Kennedys ihn haben wollen. Bridget ging hinüber und berührte ihn, als bezweifelte sie seine Existenz. Fest und sicher stand er da, ohne eine Spur all der verstrichenen Jahre. Jenseits dieses Zimmers gab es nichts. Keine Soldaten oder Polizisten. Keinen Francis. Keinen Gentleman Joe. Sie zog den Schlüssel hervor. Mit dem leisen Klacken im Schloss brach für einen Augenblick die Außenwelt herein. Bridget sah sich um, doch offenbar hatte sie nichts aufgeschreckt, niemanden alarmiert. Die Tür öffnete sich mit einem vertrauten Knarren.

Ganz unten im Eck, verborgen im extra dafür eingebauten Geheimfach, lag, wie Sarah gesagt hatte, die Schachtel. Bedacht darauf, keine Spuren im Staub zu hinterlassen, holte Bridget sie heraus. Darin fand sie das Mobiltelefon und drei in Stoff gewickelte Akkus.

«Setz den Akku erst ein, wenn wir sprechen müssen», hatte Sarah sie angewiesen. «Und nimm ihn gleich nach dem Gespräch wieder raus. Das spart Strom. Bei jedem Treffen tauschen wir die alten Akkus gegen neue.»

Bridget setzte einen davon ein und schaltete das Handy an. Obwohl sie das mit Sarah geradezu lächerlich oft geübt hatte, erschien ihr der simple Automatismus nun ungeheuer kompliziert. Und jeder Augenblick, den sie sich hier aufhielt, bedeutete höchste Gefahr. Sie zwang sich zur Ruhe.

Der kleine Bildschirm leuchtete grün, und das Gerät vibrierte. Eine weitere erfolgreich genommene Hürde, wenn auch nur eine kleine. Ein weiterer Schritt auf dem Weg zurück in Sicherheit. Doch Sicherheit war relativ.

Sarah kam schnell zur Sache.

«Wo ist er?»

Die Aufregung war ihr deutlich anzuhören. «Ich weiß nicht», antwortete Bridget matt.

«Weißt du's wirklich nicht? Oder willst du's nicht sagen?»

«Ich weiß es nicht.»

«Entschuldige. Ich fürchte bloß, dass sich was zusammenbraut.»

«Ich glaube … ähm … Ich glaube, er ist auf deiner Seite vom Wasser.»

«Okay. Wie lang?»

«Er ist heute Vormittag los.»

«Wolltest du mich deshalb kontaktieren?»

Bridget zögerte. «Ich … ja.»

«In Ordnung. Gut.» Sarah rang merklich um Geduld. «Es ist bloß so wichtig, dass ich das erfahre. Jede Kleinigkeit.»

«Ich weiß.»

«Wir sollten uns treffen. Bald. Gibt es noch irgendwas, das ich gleich wissen sollte?»

«Nein.»

«Okay. Prima. Dann ist das alles. Ich kümmere mich drum. Sollen wir uns übermorgen treffen? Wie üblich?»

«In Ordnung.»

Bridget hatte sich die Abläufe genau gemerkt. Übermorgen hieß in Wahrheit morgen. Wenn sie das Haus verließ, würde sie eine Reihe vorher abgesprochener Dinge tun, deren Zweck ihr rätselhaft war, auf die Sarah allerdings bestand. Schließlich würde sie Sarah an dem Ort treffen, den diese ganz prosaisch «unser Büro» nannte. Nicht etwa «Versteck» oder etwas ähnlich Dramatisches. Sie würden reden, und dann, während Sarah zurück nach London flog, würde Bridget ihren beschwerlichen Heimweg antreten. Lästig, das gab Sarah zu, aber sicherer.

Sie nahm den Akku aus dem Handy, wickelte ihn in das Tuch, verstaute alles sorgfältig wieder in der Ecke, vergewisserte sich, dass man es nur fände, wenn man gezielt danach suchte, schloss so leise wie möglich die Tresortür, zog den Schlüssel ab und schlich sich hinaus in die Gasse. Gemächlich, wie sie es geübt hatte, ging sie die Straße entlang zu Anne-Maries Haus, wobei sie den Drang unterdrückte, sofort nach Hause zu eilen.

Ihre innerliche Unruhe hinter gezwungener, fast gezierter Gefasstheit verbergend, saß sie da, trank Tee und ging mit Anne-Marie gebetsmühlenartig die üblichen Themen des Alltags in Carrickcloghan durch. Wie geht's den Kindern? Ach, dieses Wetter. Hast du schon gehört, dass Barry Flynn verhaftet wurde?

Beiläufig erwähnte sie diffuse gesundheitliche Probleme – für die genauen gynäkologischen Details kannten die beiden sich noch nicht gut genug. So schuf man sich eine «Legende», wie das in den Spionageromanen hieß. Falls später jemand fragte, wo sie war, konnte sie ihre Ausrede daran festmachen. Das war sie nun also: eine Spionin. Immerhin klang das ein klein wenig besser als Spitzel.

Immer dasselbe, dachte Francis. Immer diese Warterei.

Sie saßen im Auto, im grünen Leicestershire, wo sie schon mehrmals zuvor gewesen waren. Das Haus kannten sie genau: Von jeder Straße aus hatten sie sich ihm genähert, waren daran vorbeispaziert, hatten heimlich Fotos davon geknipst. Draufgängerisch, wie er war, hatte Jonjo am Vortag einfach an die Tür geklopft, bewaffnet mit einer Räuberpistole darüber, die Einfahrt neu teeren zu wollen. Jene Einfahrt, die so praktisch zur Garage abfiel. Aufgemacht wurde allerdings nicht. Das hatten sie auch nicht erwartet. Die Bewohnerin war bereits am Vormittag in ihrem Kleinwagen weggefahren, um acht Uhr dreißig. Zur Arbeit, vermutlich. Interessierte die Männer nicht. Die Frau war ihnen egal. Auf den Beifahrersitz des in der Sackgasse geparkten Lieferwagens geduckt, hatte Francis sie beobachtet und dann Jonjo mit dem Handy herbeigerufen.

Manches war hier drüben schon leichter. Parkte man in Portadown einen Lieferwagen in einer Sackgasse in der Nähe des Hauses eines RUClers, fielen innerhalb von Minuten die Bullen über einen her. Würde man auf dem Stützpunkt Rheindahlen an eine Tür klopfen, nähmen die einen sofort ins Kreuzverhör. Aber das hier war England.

Andererseits, und das spielte letztlich die größere Rolle, war auch vieles deutlich schwerer. Unbemerkt ins Land zu kommen, zum Beispiel. Das Material mitzubringen. Fahrzeuge zu beschaffen. Sich im Land zu bewegen, im Wissen, dass man verdächtig ist, sobald man nur den Mund aufmacht. Man brauchte bloß ein Sandwich zu kaufen oder zu tanken und war überzeugt, sobald man weg war, würde der Trottel hinterm Tresen zum Telefon greifen.

Auch einen Unterschlupf zu finden war schwer. Sie hatten einen, dank irgendwelcher namenloser «Sympathisanten». Gott weiß, ob die verlässlich waren. Auf dem Kontinent war das viel leichter. Um Engländer scherte sich dort kein Mensch, und die Iren kannte man bloß als kesse Kobolde, die literweise Guinness soffen, vom Alkohol aber nur netter wurden. Noch besser war es zu Hause: Da konnte man ein, zwei Stunden nach dem Einsatz schon im eigenen Bett liegen.

Gott, wie die Engländer die Iren hassten. Aber nicht so sehr wie wir sie, dachte Francis.

Gestern hatte Jonjo Gelegenheit gehabt, das Gelände aus der Nähe zu beäugen. Auch wenn er nicht gerade mit dem Maßband zu Werke hatte gehen können, erlaubte ihm sein fachmännischer Blick doch rasch einzuschätzen, ob die Sache steigen konnte.

Konnte sie. Die Technik war alt, aber zuverlässig. Quecksilberauslöser. Das hatte '79 für Thatchers alten Stiefellecker gereicht und würde es jetzt auch für diesen Scheißkerl tun. Gut genug für einen RUC-Sergeant in County Antrim, gut genug für einen schmierigen Tory-Abgeordneten, der seine Frau betrog. Nach dem Erkundungsgang hatte Jonjo den ganzen Nachmittag gebraucht, um den Sprengsatz zusammenzusetzen, jetzt mussten sie nur abwarten. Ach, und Jonjo durfte sich nicht selbst in die Luft jagen, wenn er die Höllenmaschine einbaute. Aber auf Jonjo war Verlass, felsenfest.

Donnerstagabends, pünktlich wie ein Uhrwerk, hatte es geheißen. Gott weiß, woher die Information gekommen war. Francis dachte lieber nicht zu lange darüber nach, solange sie nur stimmte. Letzte Woche hatte sie das. Punkt acht war der Kerl in seinem protzigen BMW angesaust. Sie hatten um die Ecke im Auto gesessen, und Mikey war rübergegangen, um nachzusehen, ob der BMW stand, wo er stehen sollte. Dann gingen sie zu Abend essen. Um drei kehrten sie zurück. Das Licht war perfekt – soll heißen, es war praktisch stockfinster. Zwar gab es Straßenlaternen, doch das Laub des Ahornbaums an der Ecke beschattete die Einfahrt. Francis hielt mit dem Lieferwagen in der Sackgasse, John Boy fuhr das Auto vor. Jonjo stieg aus, schlenderte zum BMW, legte eine behandschuhte Hand darauf und kehrte grinsend zurück.

Heute Abend würde es genauso laufen. Bloß dass Mikey im Lieferwagen saß. Ihre Zielperson vergnügte sich bereits – wieder mal ein Tory-Bonze, der seine Frau betrog. Für kurze Zeit war der Typ Sicherheitsminister in Nordirland gewesen, hatte in den achtzehn Monaten dort aber keinerlei Spuren hinterlassen. Ein Süßholz raspelnder Hinterbänkler. Nicht mal persönlich bekannt mit dem Premierminister. Merkwürdig, dass gerade er ins Fadenkreuz geraten war. Vermutlich lag das nur an der guten Gelegenheit. Die Briten bewachten ihre Leute mittlerweile schärfer, und es gab nicht mehr so viele mögliche Ziele. Bestimmt hatte die Anschlagsflaute der letzten Zeit den Druck erhöht, irgendwas zu unternehmen. Francis O'Neill hatte sich darüber nicht den Kopf zu zerbrechen.

Der Abgeordnete jedenfalls war zum Abschuss freigegeben. Zweifellos stand ihm eine Leibwache zu, doch die würde er kaum dabeihaben wollen, wenn er auf Freiersfüßen unterwegs war. Genauso wenig wie die Boulevardpresse. Diskret musste er sein, auch wenn der pfauenblaue BMW schon ein wenig auffällig war.

Jetzt hieß es warten.

Francis' Aufregung wuchs. So war es immer. Je näher der Augenblick kam, je größer die Anspannung wurde, desto mehr verschwand alles andere aus dem Blick. Joe bewohnte ein anderes Universum, Liam war vergessen. Bridget hätte ebenso gut gar nicht existieren können. Es ging einzig und allein darum, die Sache durchzuziehen, und dazu musste man konzentriert sein bis in die Fingerspitzen, aufpassen wie ein Schießhund, ohne in Panik zu geraten. Keine Ablenkungen, kein Gedanke an die historische Bedeutung ihres Tuns, keine Spekulation darüber, ob es hier um einen Wendepunkt des Konflikts ging oder nur um einen weiteren unbedeutenden Politiker. Nur ein Job wie jeder andere. Was zählte, war Kontrolle, und die hatte Francis – über sein Team und über sich selbst.

Er erlaubte sich nicht, schneller zu atmen. Er zappelte nicht auf dem Sitz. Er sah sich nicht besorgt um und ließ sich nicht auf gekünstelte Albereien mit den Jungs ein. Still wie sie saß er da, während die Minuten vergingen und zu einer Stunde und mehr wurden. Bald würde er kommen, der unausweichliche Moment.

Warten.

Mikey meldete sich aus dem Lieferwagen.

Eine Pause, dann sagte Francis: «Okay, John Boy. Wollen wir?»

John Boy fuhr leise an, und Francis drehte sich zu Jonjo um: «Bist du bereit?»

«Klar», antwortete Jonjo, und Francis blickte wieder nach vorn. Jonjo war immer optimistisch.

Sie bogen auf die Hauptstraße, wo John Boy die Scheinwerfer anstellte.

Es war das Einfachste von der Welt. Knapp einen Kilometer fahren, dann rechts, dann wieder rechts in die Straße. Im Dunkeln halten. Jonjo leise aussteigen lassen. Aufpassen, während Jonjo tut, was er zu tun hat, und wieder einsteigt. Wegfahren. Das war's.

Ganz so leicht war es natürlich nicht. Möglicherweise wurde man bereits erwartet. Vielleicht hatte man, ohne es zu ahnen, nur noch wenige Minuten zu leben. Ohne den Kopf zu bewegen, blickte Francis nach rechts und links, während sie vorankrochen. Keine Streifenwagen, nichts. Francis drehte den Polizeifunk stumm. Nun war bloß noch der Motor zu hören: ein leises Brummen, John Boy übertrieb nie. Der Blinker. John Boy hielt sich kurz auf der Abbiegerspur und nahm dann elegant und leise die Abzweigung. Vermutlich hatte er kaum den Fuß auf dem Gas bewegt.

Francis spähte weiter. Bald gäbe es kein Zurück mehr. Bis zur nächsten Kreuzung konnten sie – theoretisch – jederzeit einfach davonfahren.

John Boy setzte erneut den Blinker und brachte das Auto zum Stehen, als wollte er sehen, ob jemand von links kam. Francis bemerkte seinen Blick, erwiderte ihn jedoch nicht. Dann setzte sich das Auto ruckend wieder in Bewegung. Es war so weit. Im Leerlauf und ohne Licht ließ John Boy das Auto vorbei an Mikeys Lieferwagen in die sanft abfallende Sackgasse rollen. Zwölf Häuser, am Ende ein großer Wendekreis. John Boy wendete in einem Schwung, ohne dabei Gas zu geben, und das Auto kam exakt unter dem riesigen Ahornbaum zum Stehen. Maßarbeit. John Boy stellte den Motor aus. Zog leise die Handbremse an. Mikey fuhr mit dem Lieferwagen davon.

Sie warteten einen Atemzug lang ab, doch es bedurfte keiner weiteren Anweisungen. Jonjo öffnete leise die Tür und glitt eher hinaus, als dass er ausstieg. Die Tür ließ er offen. Francis spähte in die Straße. Die fünf Häuser, die den Wendekreis umringten, erschienen ihm wie Zuschauer vor der Bühne eines Amphitheaters. Trotz der Wolken und des dünnen Sichelmonds waren sie ausgesprochen gut zu sehen. Doch in keinem der Häuser brannte Licht, und es war nichts zu hören.

Wieder warteten sie. Francis hielt weiter Ausschau, ließ den Blick über die oberen Fenster streifen. John Boy tat neben ihm bestimmt dasselbe. Keiner sprach; Francis hörte John Boy nicht einmal atmen, so konzentriert war er.

Francis zählte die Sekunden. Langsam fragte er sich, ob er beruhigt oder besorgt über den Umstand sein sollte, dass da draußen nichts war, überhaupt nichts, das die Ruhe dieser Nacht störte. Nicht einmal eine Katze kam auf ihren nächtlichen Geschäften vorbei, und keine Brise ließ die Blätter über ihnen rascheln. Nur mit Mühe hielt er seine Nerven im Zaum.

Endlich ein Geräusch. Jonjo stieg zurück ins Auto. Im Rückspiegel sah Francis, wie der kahlrasierte, grimmig dreinblickende Jonjo ihm den erhobenen Daumen zeigte. Er berührte John Boy am Arm. Der drehte den Zündschlüssel, ließ langsam die Kupplung kommen, und das Auto rollte los. Das Licht schaltete John Boy erst ein, als sie die Hauptstraße erreichten. Dann gab er nach und nach mehr Gas.

Sie waren auf und davon.

1994

II

An diesen Auftrag musste er denken, während er mit Mikey im Wohnzimmer über Fotos und Landkarten kniete. Wie geschmiert war das gelaufen. Als die Sache in den Nachrichten kam, waren sie schon auf der Fahrt vom Flughafen Dublin nach Hause. Der Abgeordnete musste verschlafen haben, denn es war schon halb zehn durch, als das Ding hochging. Natürlich waren sie da längst über alle Berge, waren nicht geblieben, um die Explosion mitzuerleben, den Blitz, den ohrenbetäubenden Donnerschlag, die kurze Verwerfung der Zeit, das verbogene Metall, die durch die Luft geschleuderten Gliedmaßen und Organe, den Regen aus Blut und Körperteilen, den Geruch von Feuer und Tod. Francis, John Boy und Jonjo hatten es leicht gehabt. Sie waren einfach zum Flughafen Luton gefahren, hatten das Auto abgestellt und die Schlüssel im Auspuff versteckt. Irgendwer würde es später abholen und verschrotten lassen. Mikey allerdings musste den Lieferwagen loswerden und einen Umweg nehmen: mit dem Zug nach Dover, mit dem Schiff nach Frankreich, zu Fuß in die Bretagne und per Fähre zurück nach Rosslare. All das, um die Sicherheitskontrollen der englischen Flughäfen zu umgehen. Sein Gesicht war einfach zu bekannt.

Angst, zu der – im Gegensatz zu einem klaren Bewusstsein für Gefahr inklusive ständiger Risikobewertung – immer auch eine gewisse Einschränkung des Denkvermögens gehörte, war Francis nicht gewöhnt. Doch nun war er schon seit geraumer Zeit nervös. Zwei Nächte hatte Mikey bereits bei ihnen verbracht. Er war in beiden Teilen Irlands ADF, sein Kontakt zu

Francis bekannt. Trotzdem gehe es nicht anders, hatte Joe gesagt. Mikeys Kontakten im Süden saß die Garda im Nacken, und er schlief sowieso fast jede Nacht woanders. Er hatte die Planungsunterlagen von ihrem letzten Besuch in England, lange vor dem Anschlag auf den Abgeordneten, bei sich, sie mussten die Sache endlich irgendwie in trockene Tücher bringen. Sicherer als bei dir zu Hause seid ihr nirgends, hatte Joe wie üblich lächelnd festgestellt, doch war ihm anzumerken, dass er über Francis' Zögern irritiert war. Daraus konnte leicht Misstrauen werden. Trotzdem, dachte Francis, das ist kompletter Irrsinn.

Seltsam. Joe war eigentlich vorsichtig. In all den Jahren hatte er mehr als einmal die bekloppten Pläne dickschädeliger Kameraden ausgebremst. Doch die Zeiten waren schwierig. Die RA stand ernsthaft unter Druck. Ein Freiwilliger nach dem anderen wurde verhaftet, besonders «drüben». Geld und andere Ressourcen waren knapp. Auch deshalb musste Francis ran, so Joe. Vielleicht kamen die Briten langsam in die Gänge. Die RA brauchte dringend verlässliche Leute. Auch den Luxus, nach Lust und Laune abgeschiedene Bauernhöfe im Süden für ihre Zwecke nutzen zu können, hatten sie nicht mehr. Sogar die Garda war hinter ihnen her, wo man sich früher noch auf alte Freunde vor Ort hatte verlassen können. So gesehen waren die Border Counties offenbar der naheliegendste Rückzugsraum, vermutete Francis. Und nun hatte man Mikey eingeschmuggelt, ohne die Jungs vor Ort zu informieren – nicht mal Aidan, Francis' offizieller Vorgesetzter, war eingeweiht.

«Das muss wasserdicht werden», mahnte Mikey.

«Brauchst du mir nicht zu sagen», erwiderte Francis.

England war verflucht haarig. So viele Unwägbarkeiten, so viele Aspekte zu bedenken. So viel hing von Leuten ab, die man nicht kannte. Besonders, wenn man etwas Großes plante.

Hastiges Klopfen an der Tür war zu hören. Bridget machte auf und kam sofort ins Wohnzimmer.

«Thomas, aus dem Dorf», sagte sie. «Muss mit dir reden, meint er. Mir wollte er nichts verraten, ist wohl dringend.»

Die Männer sahen einander an, und Mikey sammelte die Unterlagen ein. Sie schickten Bridget wieder in die Küche und entsicherten ihre Waffen.

Francis ging zur Haustür und spähte in den Garten, bevor er sich Thomas Smythe zuwandte, dem Sohn eines ihrer Helfer vor Ort. Der Teenager war sichtlich aufgeregt.

«Na, Thomas», sagte Francis, «was führt dich denn bei diesem Wetter zu uns?»

«'tschuldigung, Francis. Mein Dad schickt mich. Hat gesagt, die Bullen sind unterwegs.»

«Ach ja? Und wie kommt er auf so was?»

«Bernie hat angerufen, soll ich dir sagen.»

«Bernie?»

«Genau. Und ich soll deinen Besuch zu uns holen.»

«Meinen Besuch?»

«Ja. Weiß auch nicht, was er meint. Aber ich soll dir ausrichten, du sollst den Geburtstag seiner Ma nicht vergessen.»

«Ich soll was?»

«Den Geburtstag seiner Ma nicht vergessen.»

«Verstehe. Und hat er gesagt, das sei dringend?»

«Weiß nicht. Ich soll nur deinen Besuch mitnehmen, dann wollte er sich wieder melden.»

«Na gut. Macht's dir was aus, hier kurz zu warten? Dann seh ich mal nach, was es damit auf sich hat.»

Er schloss die Tür, ohne eine Antwort abzuwarten. Im Wohnzimmer fragte er: «Hast du gehört?»

«Ja», sagte Mikey. «Mas Geburtstag. Bernie. Das ist Joes Code?»

«Genau. Die suchen bestimmt nach dir. Die Jungs in der Gegend wissen jetzt wohl Bescheid.»

«Mhm.»

«Kann man nichts machen. Besser, du gehst mit.»

«Ich hol die Unterlagen.»

«Lass die ruhig hier. Ich finde schon ein Plätzchen.»

«Scheiße, Francis. Das ist verdammt riskant. Wenn die das finden –»

«Ich weiß, ich weiß. Lass das mal meine Sorge sein. Sie mitzunehmen, wäre riskanter. Vielleicht verbrenne ich sie einfach. Du solltest gehen.»

Mikey zog seine Jacke an, Francis ging zur Haustür. «Also, Thomas, sieht aus, als hätte ich wirklich einen Gast, der mit dir gehen will. Ihr passt doch gut auf ihn auf, oder?»

«Ja, Francis.»

«Wenn nicht, würde mir das nämlich nicht gefallen.»

«Natürlich, Francis.»

«Gut, gut. Kopf hoch, Thomas. Vielleicht kommt's gar nicht erst so weit. Ah, da ist er ja.»

Wortlos verließ Mikey mit seiner kleinen Tasche in der Hand das Haus und setzte sich auf den Beifahrersitz des verschlammten alten Autos. Thomas blinzelte.

«Fahr vorsichtig, Thomas», mahnte Francis und schloss die Tür.

«Bridget», rief er in die Küche.

«Ja, Francis?»

«Ich muss mal kurz weg.»

«Ist gut, Francis.»

«Könnte sein, dass Besuch kommt. Kein Wort.»

«Nein, Francis.»

Im Schlafzimmer zog er leise Bridgets Nachttischschublade auf. Darin lag der große, verschnörkelte Schlüssel, über den er sich immer lustig gemacht hatte. Er wusste nicht mehr, wann er zuletzt den Tresor gebraucht hatte – es musste Jahre her sein. Warum bewahrte sie das blöde Ding überhaupt auf? Um der alten Zeiten willen, hatte sie mal gesagt, und er hatte sie ausgelacht. Offenbar war ihre Vorstellung von einem aufregenden Leben immer noch, Briefmarken, Pensionen und Postanweisungen an die Klatschbasen aus dem Dorf auszugeben.

Doch hie und da hatte das Ding ihm schon genützt, das musste er zugeben. So wie jetzt. Damals hatte er manchmal Waffen und Funkgeräte darin versteckt. Mit solchen Kinkerlitzchen hielt er sich heute nicht mehr auf. Aber das Monstrum, das Francis stets an den halb misstrauischen, halb verängstigten Blick des alten Kennedy erinnerte, wenn er an die Hintertür geklopft hatte, um Bridget abzuholen, stünde bestimmt immer noch dort in der Ecke. Das Scheißding hatte sicher niemand weggeschafft.

Er sollte sich wohl beeilen. Jeden Moment würden sie hereinplatzen. Darum musste Bridget sich kümmern.

Francis eilte davon, eine Tasche unterm Arm. Bridget setzte sich und wartete. Sie wusste, was kam. Gut zwanzig Minuten dauerte es, bis sie die Hubschrauber hörte. In ein, zwei Minuten kämen die Autos, und Bewaffnete würden das Haus umstellen. Ihr schauderte. Diese Leute. Diese Männer.

Ihr Blick fiel auf Francis' Jacke an der Tür. Er war ohne sie losgegangen und fror nun bestimmt. Ohne groß zu überlegen, griff sie in die Taschen. Sie fand sein Handy, nahm es heraus und steckte es ein.

Da klopfte es auch schon an der Tür. Sie wischte sich die Hände an der Schürze ab und ging langsam darauf zu. Ein zweites, kräftigeres Klopfen. Sie machte auf.

«Guten Morgen, Mrs. O'Neill. Ist Ihr Mann zu Hause?»

«Wer will das denn wissen?»

«Mein Name ist George Donnelly. Chief Superintendent George Donnelly. Aber Sie können mich Mr. Donnelly nennen. Sie kennen mich bestimmt nicht, Bridget.»

Jeder in dieser Gegend hatte von Chief Superintendent George Donnelly gehört. Und jeder, der von ihm gehört hatte, fürchtete ihn, so hieß es, besonders die, die ihn noch nicht persönlich kannten. Er blickte Bridget aus hämischen, beinahe fanatischen braunen Augen an, gerahmt von langen, mädchenhaften Wimpern, und lächelte unablässig souverän.

«Und Sie können mich Mrs. O'Neill nennen», gab sie zurück.

«Oh, Verzeihung», sagte er. «Natürlich. Also, *Mrs.* O'Neill. Ist Ihr Mann zu Hause?»

«Sind Sie ein Freund von ihm?»

«Nicht ganz. Ich war nur in der Gegend und dachte, ich schau mal rein.»

«Und Sie haben Freunde mitgebracht.»

«Ja, so ungefähr. Nicht sehr diskret, ich weiß. Aber Sie und Ihr Mann werden das ja kennen, nicht wahr?»

«Na, jedenfalls: Nein.»

«Nein?»

«Nein, er ist nicht da. Wenn das dann alles wäre …»

«Nicht ganz, Mrs. O'Neill. Wir würden uns gern mal umsehen. Nicht wahr, Jungs?»

Drei mit SA80-Sturmgewehren bewaffnete Soldaten begleiteten Donnelly und seinen finster dreinblickenden Lakaien. Zwei sicherten die Umgebung, der dritte behielt Bridget im Auge, die Waffe schräg zu Boden gerichtet und den Finger am Abzug. Draußen auf dem schlammigen Hof holten drei Polizisten Gegenstände aus einem Ford Transit. An der Grundstücksgrenze standen weitere Soldaten.

«Das passt mir gerade leider nicht so gut, Mr. Donnelly. Ich habe eben angefangen zu putzen, und drin herrscht ganz schönes Durcheinander.»

«Ach, ein bisschen Unordnung stört uns nicht, stimmt's, Jungs?»

«Nein, nein, besser nicht. Haben Sie denn zufälligerweise einen Durchsuchungsbefehl dabei?»

«Zufälligerweise ja, Verehrteste. Aber wir wissen ja beide, dass ich laut Gesetz zur Bekämpfung des Terrorismus bla, bla, bla sowieso keinen brauche. Wollen wir dann also?»

Rasch schob Donnelly sich an ihr vorbei ins Haus. Sein Sergeant war weniger sanft. Er packte sie an den Schultern und schob sie hinein, drückte sie an die Wand und zischte ihr ins Gesicht: «Miststück.» Er schwitzte, roch aus dem Mund nach Tee. Die Angst, die sie bis jetzt in Aufsässigkeit hatte umwandeln können, brach sich nun beinah als Panik Bahn. Sie wusste, dass er ihr das ansah. Grinsend befahl er einem der Soldaten: «Lass sie nicht aus den Augen. Keine Sekunde.»

Über die Schulter sagte Donnelly: «Sergeant Peters ist ein wenig gröber als ich, müssen Sie wissen, Mrs. O'Neill. Billy, wir sollten dir wirklich Manieren beibringen. Sie, Mrs. O'Neill, halten besser still, denn der junge Mann mit dem Gewehr ist ausgebildet, bei Irenschlampen nicht lange zu fackeln. Ein falsches Zucken könnte ihn schon schießwütig machen. Also los, Jungs. Wir haben nicht den ganzen Tag Zeit.»

Reglos ließ Bridget die Polizisten und Soldaten an sich vorbeimarschieren. Der junge Soldat, der sie bewachen sollte, richtete das Gewehr auf sie und blickte ihr eindringlich in die Augen, als suchte er darin nach Sinn. Jung und zornig sah er aus, und doch auch so verängstigt. Sein Helm wirkte zu groß für ihn, als wäre er ein Kind, das Soldat spielte. Es musste schrecklich sein, hier mitten in feindlichem Gebiet zu stehen und zu fürchten, sein Leben könne jeden Augenblick in einem Kugelhagel enden. Kein Wunder, dass er nervös war. In Angst vereint, sahen sie einander an.

Das Gebrüll und Geklapper rings um sie dauerte viele Minuten, mehr, als Bridget zählen konnte. Endlich war die Suche vorüber, und die Männer zogen einer nach dem anderen ab.

«Leibesvisitation, Boss?», fragte Peters.

Donnelly wägte ab. «Nee, können wir uns sparen», antwortete er schließlich. «Den Spaß heben wir uns fürs nächste Mal auf. Ich fürchte, jetzt müssen Sie wirklich saubermachen, Verehrteste. Gut, Kleiner, raus mit dir.» Er winkte den jungen Soldaten fort.

Bridget stand mit Donnelly an der Tür. «Also gut, meine Liebe. Wo finden wir wohl Ihren Mann?»

«Keine Ahnung. Ich bin nicht seine Sekretärin.»

«Na schön. Aber Sie könnten uns doch bestimmt so allerhand erzählen über den guten Francis.»

«Und warum sollte ich, Mr. Donnelly?»

«Damit Sie nicht irgendwann mitten in der Nacht zu einer Befragung abgeholt werden. Damit nicht irgendein übereifriger Kollege Ihnen vor lauter Neugier weh tut. Damit Sie nicht ein paar Nächte in einer stinkenden Zelle bei uns in Castlereagh verbringen müssen. Vor alldem kann ich Sie bewahren. Ich kann für Ihre Sicherheit sorgen. Obendrein könnten Sie sich ein paar Pfund verdienen und wären nicht länger auf Ihren Haufen Scheiße von Ehemann angewiesen.»

«Das klingt ja alles sehr reizvoll, Mr. Donnelly, aber die Antwort lautet trotzdem nein.»

«Sergeant Peters hatte recht. Sie sind wirklich ein katholisches Miststück. Aber falls Sie's sich anders überlegen, hier ist meine Nummer.» Er warf seine Karte auf die im Flur verstreuten Papiere. «Und richten Sie Ihrem Mann aus, ich habe ihn im Auge wegen dieses Abgeordneten. Scharf im Auge. Und ich kriege ihn. Sagen Sie ihm das. Vielleicht flüstere ich auch nur mal ein, zwei Leuten was ins Ohr. Er sollte gut auf sich aufpassen, Mrs. O'Neill. Und Sie ebenfalls.»

Bridget schloss die Tür und sank auf die Knie. Es dauerte einen Augenblick, bis die Schluchzer kamen, und sie gestattete sich bloß einen oder zwei. Dann stand sie auf, zog die Schürze zurecht und durchquerte das von der Durchsuchung – oder besser dem Überfall – hinterlassene Tohuwabohu. In der Küche hatten sie das Besteck aus den Schubladen genommen und achtlos zu Boden geworfen. Im Wohnzimmer waren abgezogene Sofakissen verstreut. Der Fernseher lag umgekippt auf dem Bildschirm. Der Teppichboden auf der Treppe war weggerissen und nicht wieder repariert worden. Eine Bodendiele war herausgebrochen. Im Schlafzimmer lagen alle Kleidungsstücke auf dem Fußboden, zusammen mit dem Bettzeug. Und ihre Nachttischschublade stand offen – der Schlüssel fehlte. Den hätte aber kaum die RUC mitgenommen.

Die ganze Zeit über hatte sie sich gefragt, was sie wohl täten, wenn sie das Handy fänden. Jetzt zog sie es aus der Tasche und betrachtete es. Schon das Ding in der Hand zu halten, war gefährlich, ganz zu schweigen davon, es einzuschalten. Was sie auch tat, es würde in jedem Fall riskant sein. Nichts tun wäre freilich sicherer. Dennoch drückte sie den Knopf, und der kleine Bildschirm leuchtete auf. Die Entscheidung hatte sie bereits getroffen, während Donnelly und seine Schläger das Haus auf den Kopf stellten und sie diesem verängstigten Jungen in die Augen blickte. Die Nummer wusste sie auswendig, Sarah nahm fast augenblicklich ab. Nachdem sie aufgelegt hatte, rief Bridget Anne-Marie übers Festnetz an und lud sie ein, vorbeizukommen. Sie musste ihre Legende untermauern.

Francis rannte vom Haus fort, ließ allen Anschein von Gefasstheit fahren, sobald er in den Waldweg eingebogen war. Die ganze Zeit über drückte er die Tasche fest an die Brust. Was für ein Mist. Die Papiere würde er verbrennen, aber erst, wenn er sich die wichtigsten Details gemerkt und den Rest in winzigen Buchstaben auf Zigarettenpapier gekrakelt hätte, das man gut vor der Polizei verbergen konnte. Vor allem brauchte er die Karten, Listen, Adressen, Telefonnummern und Fotos. Es war keine Zeit, alles noch einmal auszukundschaften, wenn die Dokumente zerstört wären. Schlimmer wäre allerdings, wenn man sie entdeckte. Dann wäre er erledigt. Also musste er improvisieren, entgegen seinem Instinkt und allem, was Joe Geraghty ihm beigebracht hatte.

Ein Stück hinter ihm schrappten Hubschrauber wie ferne Maschinengewehre durch die Luft. Mit jedem Schritt schienen sie lauter zu werden, bis sie ganz dicht bei ihm waren. Er rannte weiter auf das Dorf zu.

Der Lärm wurde ohrenbetäubend. Über sich sah er die dunklen Helikopterbäuche auf sich niedersinken. Beine in Tarnanzug und Kampfstiefeln baumelten seitlich aus den fliegenden Ungeheuern heraus. Drei Stück waren es, die nun offenbar ganz in seiner Nähe zur Landung ansetzten. Hoffentlich würden sie ihn im Schatten der Bäume nicht sehen. Zum Verstecken blieb ihm keine Zeit.

Die Hubschrauber setzten auf, doch die Rotoren drehten sich weiter. Sie standen auf dem Feld gleich jenseits der Hecke. Francis hörte englisches Geschrei und roch das Kerosin. Er zog den Revolver aus der Jacke.

Langsam wurden die Stimmen leiser. Die Luft war rein. Sie kamen, um ihn zu holen, doch er war nicht zu Hause. Vielleicht würden sie nach ihm suchen, also musste er weiter. Da vorn war schon die Straße ins Dorf, gleich war er da. Er biss die Zähne zusammen und verzog keine Miene, versuchte, die ganze Welt auf diese ganz alltägliche Sache einzuschrumpfen. Nur ein kurzer Fußmarsch ins Dorf und zurück.

Auf der Straße war niemand zu sehen. Die Leute hier wussten schon, dass sie sich besser verkrochen, wenn die Briten und ihre Handlanger von der RUC anklopften. Rar machen lautete da die Devise.

Vor lauter Panik leichtsinnig geworden, schlüpfte er ohne sich umzublicken in die Gasse. Er stapfte zur Tür, warf sich dagegen und schloss sie hinter sich.

Tief Luft holend, sah er sich im Halbdunkel um. Er hätte eine Taschenlampe mitnehmen sollen. Würde Bridget merken, dass der Schlüssel fehlte? Niemals. Meistens lebte sie ohnehin in ihrer eigenen Welt. Solange er ihn zu Hause gleich zurücklegte, würde sie nichts merken, genau wie früher, wenn er ab und zu etwas im Tresor versteckt hatte.

Francis schob den Schlüssel ins Schloss, doch er ließ sich nicht drehen. Er zog ihn wieder heraus und betrachtete ihn irritiert. Im trüben Licht bemerkte er zum ersten Mal, dass die komplizierten Rillen und Furchen nicht symmetrisch waren. Er schob ihn andersherum ins Schloss und hielt den Atem an. Ganz sachte und langsam drehte er ihn, und diesmal ertönte das erhoffte leise Klacken. Francis zog die Tresortür auf und legte seine Tasche in das dunkle Innere. Dann schloss er wieder ab. Zur Sicherheit würde er die Tasche erst mal ein, zwei Tage dort lassen.

Nun galt es, Abstand zwischen sich und die Dokumente zu bringen. Er verließ das Dorf auf der anderen Seite und ging einen Feldweg entlang zu einer Scheune, wo er wartete, bis die Hubschrauber wieder abhoben.

12

Vor einer seiner Stippvisiten in sein ehemaliges Revier wurde Richard Mercer zu einem Meeting ins Northern Ireland Office einbestellt. «Falls Sie auf dem Weg zum Flughafen noch mal reinschauen könnten, würden wir uns freuen», hatte die muntere Stimme am Telefon gesagt.

Man führte ihn ins Büro des stellvertretenden Staatssekretärs. Sir John Treanor hatte den Posten noch nicht lange inne und sah ihn, so erzählte man, als Sprungbrett ins Kabinett, wenn auch als wackeliges. Dieses Meeting war ein ganzes Stück über Richards Lohnstufe. Sir John gegenüber an einem großen Konferenztisch aus Mahagoni saß ein Mann Anfang dreißig in Jeans und oben aufgeknöpftem Hemd.

«Ich glaube, wir kennen uns nicht», grüßte Richard freundlich, obwohl er genau wusste, wer der andere war.

«Simon Dewey», stellte der sich vor, mit kurzem Handschlag, doch längerem Blick. Dewey, seines Zeichens Sonderberater des Premierministers, war wohl ins Northern Ireland Office entsandt worden, um die Interessen seines Herrn und Meisters zu wahren.

Dewey legte den Stift weg und klappte sein Notizbuch zu. «Wir dachten, es wäre vielleicht hilfreich», hob er an, «unsere Aufzeichnungen abzugleichen. Uns etwas auszutauschen.»

«Prima. Worüber denn?»

«Über den Prozess. Die Modalitäten», antwortete Dewey. «Wir müssen wissen, wo die Reise hingeht. Ob Ihre Gesprächspartner uns wirklich etwas bieten werden.»

«Ich kann sie schlecht nach ihrer Schmerzgrenze fragen. Mir wurde ausdrücklich untersagt zu verhandeln.»

«Ja, sicher», sagte Dewey. «Aber wir müssen unsere Position bestimmen, unseren Umgang mit der Sache. Was sagen Sie als Experte? Ganz ehrlich? Sie wissen doch sicher mehr als wir Normalsterbliche. Bekanntlich lehnen wir uns hier ziemlich weit aus dem Fenster.»

«Hm», sagte Richard. «Die meinen es schon ernst. Aber ihnen flattern die Nerven. Sie könnten jederzeit einen Rückzieher machen. Es muss unbedingt klar sein, dass es uns ebenfalls ernst ist.» Er hielt inne. «Falls die daran Zweifel haben, falls sie glauben, wir halten sie nur hin, während die Falken zur Schlacht rüsten, gehen sie womöglich an die Öffentlichkeit. Das könnte ihnen intern Ärger machen, aber sie könnten der Meinung sein, für uns sei es schlimmer.»

«Wieso?»

«Wegen all der Beteuerungen, wir würden nicht mit Terroristen verhandeln.»

«Nun», warf Sir John ein. «*Wir* tun das ja auch nicht. Sondern Sie.»

«Natürlich», sagte Richard.

Das war alles, abgesehen von Sir Johns düsterem Gebrummel darüber, dass Richard und seinesgleichen so viel Zeit mit diesen irischen Mistkerlen verbracht hätten, dass sie so gut wie unter einer Decke mit ihnen steckten.

Richard entschuldigte sich, sagte, er müsse sich beeilen, um seinen Flug nicht zu verpassen. Ein Sekretär wurde aus dem Vorzimmer in das riesige Büro bestellt, um ihn hinauszugeleiten.

Den geplanten Flug verpasste Richard doch, weshalb er in Belfast der Uhr hinterherlief. Mick, der Leiter des Einsatzkommandos, holte ihn am Flughafen ab und führte ihn rasch zum Auto. Ihre Kollegen hatten keine Ahnung, dass sie in der Provinz waren – eine weitere Schippe Risiko auf dem ohnehin schon stattlichen Haufen. Wenn George Donnelly oder einer seiner cholerischen Kameraden erführe, was im Busch war, hätte das unvorhersehbare Folgen. Bestimmt ahnte er bereits etwas, wenn er nicht sogar schon Richard im Verdacht hatte. Vielleicht würde ja am Ende bloß ihre Freundschaft – wenn man ihr sonderbares, gespanntes Verhältnis so bezeichnen konnte – vor die Hunde gehen.

Auf der Fahrt sprach Mick mit Richard das bevorstehende Treffen durch. Eigentlich hätte Micks Team ihn im Hotel einweisen sollen: in den Anfahrtsweg, die Ausstiegs- und Rettungssignale sowie die Pläne für den kontrollierten Rückzug und – falls nötig – die Flucht. Letztere bestanden wie üblich im Wesentlichen darin, dass Richard in Deckung ging und möglichst unsichtbar blieb, während Mick und sein Team einen Kugelhagel niedergehen ließen, in dessen Schutz sie ihn in Sicherheit bringen konnten. Theoretisch zumindest. Weder Mick noch Richard war daran gelegen, es auszuprobieren.

Der Ort des Geschehens lag in County Tyrone. Für seine Sicherheit bürgte Dermot Quinn, ein kleinwüchsiger Professor aus Dublin, der als Mittelsmann fungierte, sich jedoch selbst lieber als Mediator bezeichnete. Es handelte sich um das Heim eines erfolgreichen katholischen Geschäftsmanns, der substanzielle Interessen im Süden verfolgte, jedoch im Norden einen Ruf zu verlieren hatte. Man ging davon aus, dass die Gegenseite nicht minder auf Vertraulichkeit aus war als Richard und sich mächtig ins Zeug legte, um für Sicherheit zu sorgen.

Die Tür des wunderschön erhaltenen georgianischen Hauses ging auf, und Dermot Quinn strahlte Richard an, als käme er zum Abendessen. Nervös allerdings. Sie traten ein. Eine imposante Treppe mit Endknöpfen aus poliertem Mahagoni führte in weitem Bogen aus der prächtigen Eingangshalle in den ersten Stock.

«Bitte hier entlang, Richard», sagte Quinn, indem er die Tür zu dem Zimmer öffnete, wo das Treffen stattfinden sollte.

Eine große, schlanke Gestalt erhob sich von ihrem Platz, an dem bereits eine Tasse Tee stand.

«Mr. Richard. Wie geht es Ihnen, alter Recke?»

«Nicht übel, danke, Mr. Geraghty. Und selbst?»

«Bestens, bestens. Und ich bin Joe, schon vergessen? Wie läuft es in der Welt der Sicherheitsbürokratie?»

«Es läuft. Und bei Ihnen?»

«Hm. Na ja. Man kommt schwer voran. Besonders bei dem Gegenwind, den Ihre Leute machen. Aber wir haben wohl beide unser Kreuz zu tragen.»

Richard antwortete nicht.

«Wollen wir dann zur Sache kommen?» Joe Geraghty deutete auf den Tisch.

«Das wäre mir sehr recht», murmelte Richard.

«Tee?», bot Dermot Quinn an.

«Ja, gerne», sagte Richard.

Sie holten ihre Unterlagen hervor und setzten sich einander gegenüber an den Tisch. Dermot Quinn nahm am Kopfende Platz wie ein Schiedsrichter.

«Ich wünschte, wir hätten diesen Mist schon hinter uns», sagte Geraghty.

«Ganz Ihrer Meinung», stimmte Richard zu. «Aber so ist es jetzt nun mal.»

«Eins muss ich wissen, Mr. Richard –»

«Richard reicht völlig.»

«Eins muss ich wissen, Richard: Ist es Ihren Leuten wirklich ernst?»

«Es sieht ganz danach aus, aber Sie müssten sie schon selbst fragen.»

«Liebend gern, aber solange wir noch in der Vorrunde stecken, geht das leider nicht. Ich frage mich nur, ob es die Mühe wert ist. Ob man uns nicht bloß hinhalten will.»

«Und was genau soll da hingehalten werden? Ihre Seite feuert im Augenblick doch aus allen Rohren.»

Geraghty ignorierte ihn. «Ich muss wissen, was Ihre Seite uns zu bieten hat.»

«Im Tausch für was?»

«Ha. Gute Frage. Aber ich denke doch, Sie sollten den ersten Schritt machen.»

«Vielleicht wäre es am besten, eine Art Position zu formulieren. Einen Vorschlag. Möglicherweise können wir dann die ‹Vorrunde› etwas verkürzen, Sie können mit Leuten sprechen, die was zu sagen haben, und ich wieder in Ruhe meine Arbeit machen.»

«Und ich meine.» Geraghtys Augen blitzten.

Richard verzog keine Miene.

«Sie werden doch wissen, was Ihre Regierung sich erhofft. Und was sie bereit ist anzubieten. Geben Sie uns doch mal einen kleinen Tipp.»

«Nein.»

«Nein? Und wieso nicht, verdammt? Soll jetzt alles den Bach runtergehen, nur weil ein kleinkarierter Schlapphut zu sehr an den Vorschriften klebt?»

«Ich bin genauso frustriert wie Sie. Es geht um Wichtigeres als die Frage, welche Härte die Bleistifte auf dem Verhandlungstisch haben sollen. Aber ich bin dafür der Falsche. Ich bin der Bleistifttyp. Ich bin bloß der Affe, nicht der Leierkastenmann.»

Geraghty schüttelte den Kopf. «Was haben die sich nur gedacht, ausgerechnet Sie zu schicken, Mr. Richard.»

«Ich gebe Ihre Beschwerde gerne weiter. Vielleicht sollte jemand anderer übernehmen. Aber …»

«Ja?»

«Wer immer das auch sein wird, Sie werden auch ihn überzeugen müssen, dass Sie wirklich reden wollen.»

«Danke für den Tipp.»

«Gern geschehen. Nur ein freundschaftlicher Rat.»

«Freundschaftlich, ja?» Er lachte.

«Genau.»

«Sie brauchen mir keine freundschaftlichen Ratschläge zu erteilen, Mr. Richard. Sie sollten lieber auf sich aufpassen.» Eine Pause. «Was Ihre Karriere angeht, meine ich natürlich. Nur ein freundschaftlicher Rat.»

«Natürlich.»

«Sind wir dann fertig?»

«Ich denke ja», sagte Richard.

Wie erwartet, dachte er, als er wieder ins Auto stieg. Waren sie nun zwei Schritte vorangekommen? Oder hatten sie einen zurück gemacht? Mit Gewissheit wusste er nur, dass er in ein paar Wochen wieder Joe Geraghty gegenübersäße, wenn nicht im selben Haus, so doch in einem ähnlichen, und ein beinahe identisches, aufgesetzt störrisches Gespräch mit ihm führen würde. So lief es nun mal, aber vielleicht bewegte sich dabei ja doch etwas.

«Gefällt mir ganz gut, der Mann», sagte Joe Geraghty im Auto zu Kenny. «Besser als das Milchgesicht, mit dem wir davor zu tun hatten. Doch, gefällt mir gut.»

«Klingt nach einem dicken ‹Aber›», erwiderte Kenny.

Joe seufzte. «Stimmt wohl. Für den Deal ist er kaum der Richtige. Er hat nichts zu sagen. Ist nicht gewieft genug, nicht link genug. Nicht so wie das andere Großmaul. Vermutlich nicht gierig genug. Seine Bosse, mit denen müssen wir reden.»

Sie fuhren in die Stadt.

«Sagst du bitte Francis Bescheid, Kenny? Ich muss ihn demnächst mal ein, zwei Stündchen treffen.»

«Klar.»

«Wir müssen den Bastarden mehr Feuer unterm Hintern machen. Francis soll sich beeilen.»

«Die große Nummer?»

«Ja. Diese Politisiererei ist ja schön und gut, aber am Ende verstehen die Briten doch nur Gewalt. Zeit, dass sie aufwachen. Timing ist alles.»

13

Er würde die Bedingungen diktieren. Als Erstes würde er Straffreiheit verlangen, und das war nur der Anfang. Die würden stöhnen, klar. Aber am Ende müssten sie nachgeben. Francis O'Neill war ein dicker Fisch. Da blieb ihnen nichts anderes übrig, als gute Miene zum bösen Spiel zu machen.

Darauf würde er aufbauen. Neue Identität, neuer Wohnort. Englischsprachig natürlich. Florida vielleicht, Australien hatte ihn auch immer gereizt. Schönes Haus, schickes Auto, dickes Gehalt. Würde er Bridget mitnehmen? Auf keinen Fall. Wenn Joe auf der Matte stand, konnte sie sich dumm stellen. Glaubhaft. Er hatte ihr nie etwas erzählt. Weshalb sollte er ihr jetzt auf die Nase binden, dass er sich absetzen wollte? Und wenn er es tat, warum sollte sie noch dabei sein? Sie käme schon zurecht, irgendwann.

Er hatte sich genau zurechtgelegt, was und wie er es sagen würde. Erst dieser Auftrag, dann, bröckchenweise, im Tausch für weitere Zugeständnisse die Geheimnisse seines ganzen Lebens. Wie beim Striptease. Am Ende stünde er splitternackt im Scheinwerferlicht. Freunde und Kameraden verkauft, der Kampf verraten, die Organisation zerschlagen. Als Letzten würde er Joe ans Messer liefern. Die würden ihn zerpflücken, und die Angst, die Francis in seiner Gegenwart verspürte, würde sich in Luft auflösen.

Er würde schon einen Weg finden, sich für den Anruf aus der zweifellos armseligen Wohnung zu schleichen. Laut Regel hatte ein einmal gebildetes Team rund um die Uhr zusammenzubleiben. Vor die Tür ging man zu zweit, besser zu dritt, aber niemals allein. Als Truppführer hatte er darauf stets bestanden, und dieses Mal wäre es nicht anders. Es war sinnvoll. Kurz vor dem Angriff, wenn die Mitglieder emotional am unsichersten waren, war auch die Gefahr am größten, dass einer nicht dichthielt. Francis würde auf seinen Rang pochen, behaupten, ein Notruf nach Hause wäre nötig, vielleicht etwas über Sorgen erzählen, sie würden verfolgt. Irgendeine Ausrede würde er schon finden: Dieser Haufen Nichtsnutze himmelte ihn derart an, dass es unter anderen Umständen eine wahre Freude wäre.

Der Kerl aus Singapur, der musste es sein. Die Telefonnummer hatte er sich gemerkt. Die ganze Zeit über. Mercer, oder wie auch immer er in Wahrheit hieß. Der war in Ordnung. Mit dem käme er zurecht. Nicht der naive Typ, offenbar ein Mann mit Prinzipien. Integer. Das war hilfreich. Er würde seinen Teil der Abmachung auch einhalten, wenn Francis das nicht tat. Francis musste nur auf das Kleingedruckte achten.

Während man hier im Auto wartete, den jungen Antony neben sich auf dem Beifahrersitz, ließ sich über so etwas gut tagträumen. Da ließ sich leicht ein anderes Leben ausmalen, in dem im Handumdrehen Milch und Honig flössen. Doch eine Stunde Judas spielen hieße, das ganze Leben einer bleiben zu müssen, seine Seele in einem Teufelspakt der Krone zu verschreiben. Den Traum wahr werden zu lassen, war etwas gänzlich anderes, als ihm hier nachzuhängen. Das war ganz und gar unmöglich. Die Vorstellung machte ihn schaudern. Außerdem, auch wenn alles um ihn herum in Scherben fiel, glaubte er noch immer an die Sache. Sie verlieh seinem Leben Sinn. Egal, was andere taten, was Liam, sein eigener Bruder, getan hatte, er würde sie nicht verraten. Würde seine Landsleute nicht verraten. Das ginge gegen alles, was ihn ausmachte.

Peter und Karl brauchten zu lang. Karl hatten sie wegen

seines englischen Akzents geschickt; Peter sollte den Mund halten, aber Karl anstupsen, wenn er drohte, sich zu verplappern. Noch war Francis nicht besorgt. Noch nicht.

Er blickte nach links, wo Antony gemütlich und selbstzufrieden vor sich hin träumte und aus trüben Augen durch die Windschutzscheibe blickte, ein blasses, dummes Lächeln auf den Lippen. Er ließ jede Achtsamkeit vermissen, diese Fähigkeit, die Francis besaß, stets die Umgebung im Blick zu behalten, egal, was er gerade tat. Solch unterschwellige Wachsamkeit war eigentlich angeboren, doch man konnte sie sich auch aneignen und Erfahrungen sammeln. Antony war noch ein Kind, da war das zu erwarten. Das war ein Großteil des Problems. Diese Bande. Gott, Francis konnte kaum erwarten, dass Jonjo zu ihnen stieß.

Er stupste Antony an.

«Was?», fragte der.

«Dauert ganz schön lang», sagte Francis.

Antony blickte sich hektisch um.

«Ruhig», mahnte Francis. «Ganz ruhig. Nerven behalten.»

«Was ist da los? Sollten wir abhauen?»

«Ein paar Minuten noch. Dann können wir uns Sorgen machen. Aber pass auf. Und dreh dich nicht dauernd um. Was glaubst du, wofür die Spiegel da sind?»

Francis kurbelte die Scheibe herunter und stellte den Seitenspiegel so ein, dass er die Kreuzung hinter ihnen besser im Blick hatte. Nicht dass das im Ernstfall sehr viel nützen würde. Die Briten wussten schon, wie so was ging. Musste man ihnen lassen. Antony und er würden sie gar nicht bemerken; sie würden blutend in der Gosse liegen, ehe sie reagieren konnten. Doch Antony brauchte das nicht zu wissen und sollte ruhig auf Draht bleiben.

Sie warteten weiter. Francis stellte den Polizeifunk an. Nichts.

Er überlegte, was zu tun wäre, falls Antony und er verduften müssten. Keine Anlaufstelle, keine Gewissheit über Peters und Karls Widerstandsfähigkeit bei Verhören. Keine Gewissheit über gar nichts. Er müsste einfach alles abblasen und einen panischen Antony bemuttern, bis sie zurück in Irland wären.

Die Ladentür ging auf, und Peter und Karl kamen heraus. Karl grinste, Peter nicht. Karl öffnete die rechte Hintertür, Peter ging vorne ums Auto herum.

«Verdammter Trottel», knurrte er durch Francis' Fenster, bevor er selbst hinten einstieg.

Francis ließ den Motor an und fädelte sich in aller Ruhe in den Verkehr ein, wie John Boy es getan hätte.

«So, die Herren, eine Bleibe hätten wir schon mal», verkündete Karl grinsend.

Peter sah geflissentlich aus dem Seitenfenster.

«Was hat da so lang gedauert?», fragte Francis leise.

«Hä?»

«Ich hab gefragt, wieso das so lang gedauert hat.»

«So lang war's doch gar nicht, oder? Der Opa hat von Kalkutta erzählt. Ich war da mal, vor ein paar Jahren, nachdem ich die Schule geschmissen hatte. Irrer Typ, der Alte.»

«Wir waren uns doch einig, dass ihr schnell macht.»

«Haben uns nur unterhalten. Damit er keinen Verdacht schöpft.»

«Der vermietet die Wohnung gegen Bares. Das ist von vornherein verdächtig. Jetzt erinnert er sich auch noch an dein Gesicht und eine Geschichte dazu.»

«Und an meins, verdammt», schaltete Peter sich ein.

«Du machst dir zu viele Sorgen, Kumpel», beschwichtigte Karl. «Bleib mal locker. Haben's doch geschafft.» Er hielt ihm den Schlüssel vors Gesicht.

«Wo ist es?»

«Dooley Street. An der nächsten Ampel links, rechts am Kreisverkehr, dann wieder links.»

«Links am Kreisverkehr, *dann* rechts», verbesserte Peter.

«Genau. Sag ich doch», sagte Karl.

Schweigend fuhren sie die kurze Strecke bis zur Wohnung. Als sie ausgestiegen waren, streckte Francis die Hand aus, und Karl reichte ihm grinsend den Schlüssel.

«Ihr wartet hier», wies Francis Karl und Antony an. «Und benehmt euch unauffällig.»

Er warf Peter einen Blick zu, worauf sie gemeinsam die Rückseite der verfallenen Ladenzeile ansteuerten. Drei der fünf Geschäfte waren geschlossen und mit Stahlrolladen verbarrikadiert. Die Gasse dahinter war voller Abfall. Unkraut schoss aus den Rissen im Zement. Aus einem großen Müllcontainer stank es nach faulem Fleisch. Der musste wohl zu dem Hähnchenimbiss unter ihrer Wohnung gehören. Francis blickte erneut Peter an, der nickte. Sie gingen zurück nach vorn und näherten sich der ramponierten Wohnungstür, gleich neben der Sicherheitsglastür des Imbiss. Francis klopfte, während Peter sich unauffällig umsah. Mit einer Antwort rechneten sie nicht. Francis spähte durch den Briefschlitz, dann schob er den dünnen, abgewetzten Schlüssel ins Schloss und drehte ihn langsam. Etwas blockierte die Tür. Ein Stapel Wurfsendungen hatte sich dahinter aufgetürmt, Werbung für Pizza, Sofaparadiese und Heimwerkergroßmärkte. Francis stieß ihn zur Seite und trat an den Fuß der Treppe, betrachtete den kackbraun gemusterten Teppichboden und atmete den schwachen Fettgestank lange vergessenen Fastfoods sowie den Muff der vernachlässigten, leerstehenden Wohnung ein.

Er winkte Peter, worauf dieser rasch an ihm vorbei die Treppe hinaufging. Einen nach dem anderen überprüften sie die Räume, öffneten Schränke und linsten unter Möbel. Die übliche Prozedur, wie albern sie auch sein mochte. Falls sie aufgeflogen waren, dann bereits seit langem. Sie beeilten sich und standen kaum fünf Minuten später wieder auf der Straße, um die anderen zu holen. Peter, Karl und Antony nahmen die Taschen aus dem Kofferraum, Francis parkte das Auto neben der Gasse, abseits von Hauptstraße und Haustür.

Als er zurückkam, stand Karl auf dem Bürgersteig.

«Was machst du hier?», fragte er.

«Nur die Ruhe», antwortete Karl. «Schau mich nur um. Das ist also Birmingham. Genauso scheiße wie überall sonst.»

«Rein», befahl Francis. Sein Ton machte Karl Beine.

Sie versammelten sich in der Küche.

«Antony, setz Wasser auf», verlangte Francis.

Peter blitzte Karl an. Schließlich konnte er sich nicht mehr bremsen. «Du Arschloch», blaffte er.

«Reg dich ab», erwiderte Karl. «Mach mal halblang. Ich weiß schon, was ich tue. Ich war in der Army, weißt du noch? Bin perfekt ausgebildet.»

Peter war mit zwei Schritten bei Karl und packte ihn am Kragen. Antony und Francis trennten die Streithähne.

«Lass gut sein, Peter», mahnte Francis. «Ist schwer, ich weiß, all die Veränderungen. Aber lass gut sein.»

«Aber dieser –»

«Peter, Ruhe jetzt. Das bringt nichts.»

«Genau, lass gut sein, Mann», sagte Karl.

Francis seufzte, dann wirbelte er herum und drückte Karl an die Wand, legte ihm die rechte Hand aufs Kinn und drückte ihm brutal den Kiefer zu.

«Du tust, was ich sage. *Genau* das, nicht mehr, nicht weniger. Du bist perfekt ausgebildet? Dann weißt du ja, dass dein Truppführer das Sagen hat. Du tust alles, was er verlangt, ohne Fragen, Zögern oder Ausnahmen. Richtig?»

«Ja, Francis.»

Francis sah die Angst in seinen Augen. «Ich weiß das, weil ich praktisch das Handbuch geschrieben habe. Und jetzt Schluss mit den Faxen, das ist kein Wochenendausflug. Sonst gehst du noch drauf und wir vielleicht auch. Kapiert?»

«Ja.»

«Ich sag's dir klar und deutlich: Wenn du den Scheiß nicht lässt, schleife ich dich ins Bad, pack dich gefesselt in die Wanne, schlitz dir die Pulsadern auf und sehe zu, wie dein Blut in den Abfluss läuft. Dann zerlege ich dich, nehm dich aus und werfe die ganze blutige Sauerei in den Container hinterm Haus.»

Er blickte ihn fragend an.

«Okay», sagte Karl. «Botschaft angekommen.»

Francis drückte noch einmal fester zu, grub ihm die Fingernägel ins Gesicht. «Botschaft angekommen? Was soll das verdammt noch mal heißen, Botschaft angekommen? Ich verschicke keine Botschaften. Tu einfach, was ich sage.»

«In Ordnung.»

«Also, was macht der Tee, Antony?», fragte Francis.

Man hatte sie angewiesen, das Telefon nur im Notfall zu verwenden. Das hier war einer, wie sie fand.

«Wo ist er?», fragte sie.

«Wieso?», fragte Sarah. «Weißt du was?»

«Nein. Er hat bestimmt was vor. Geht's ihm gut?»

«Das hatten wir doch schon. Dass du manche Dinge nicht weißt, ist nur zu deinem Schutz. So schwirren dir nicht lauter Details durch den Kopf, die du vergessen musst …»

«Ich weiß, ich weiß. Aber …»

«Wenn was Wichtiges passiert, lass ich's dich schnellstmöglich wissen. Ich will nur dein Bestes. Ich kümmere mich um dich. Mir ist klar, dass du's schwer hast, so ganz auf dich gestellt, aber je weniger Kontakt wir haben, desto besser ist das im Augenblick.»

«Hast du die zu uns nach Hause geschickt? War das deine Idee?»

«Nein.»

«Diese Männer, diese scheußlichen Männer. Wissen die Bescheid?»

«Überhaupt nicht.»

«Aber das sind die, mit denen du zu tun hast?»

«Nicht direkt, normalerweise. Von mir erfahren die bestimmt nichts über dich.»

«Ich mache mir Sorgen um ihn.»

«Ich weiß. Versuch, an was anderes zu denken.»

«Kannst du mir garantieren, dass ihm nichts geschieht?»

«Das hängt allein von ihm ab. Wir beide tun, was wir können, um es zu verhindern.»

«Was wird passieren?»

«Ich weiß es nicht. Aber ich weiß, dass es schwer ist. Dir bleibt nichts übrig, als mir zu vertrauen. Deine Sorgen kann ich dir nicht nehmen. Ich tue mein Möglichstes, um unsere Abmachung einzuhalten, und ich bin gut in meinem Job. Aber es gibt so viele Unwägbarkeiten. Das weißt du ja. Die öffentliche Sicherheit muss an erster Stelle stehen. Du musst durchhalten. Da haben wir keine Wahl. Die Warterei ist immer das Schwierigste. Halte dich nur an den Plan.»

«Ich muss dich treffen.»

«In Ordnung. Donnerstag?»

Unwägbarkeiten. Was für Unwägbarkeiten? Sie glaubte Sarah. Aber so vieles lag nicht in ihrer Hand. Nicht einmal annähernd. Sie hatte keinen Hehl daraus gemacht, dass es für Francis gefährlich würde – sehr viel weniger allerdings, als wenn er seiner Arbeit ohne ihrer beider Wissen nachginge.

Letzteres klang nun nicht mehr so überzeugend. Francis war klug, ging keine unnötigen Risiken ein. Er hatte das schon jahrelang gemacht, ohne geschnappt zu werden.

Andererseits: diese Leute. Wenn Francis tat, was er eben tat. Willst du das wirklich?, hatte Sarah gefragt. Natürlich wollte sie das nicht.

Armer Francis, dachte sie. Irgendwo verkrochen. Ohne einen Schimmer von alldem, ohne einen Schimmer, dass etwas nicht in Ordnung war und was ihm bevorstand. Zuneigung für ihn empfand sie keine mehr, doch darum ging es nicht. Ganz und gar nicht. Armer Francis. Sie würde es Sarah sagen. Schluss damit. Zu spät. Trotzdem, Schluss damit.

Antony saß am Steuer, Jonjo daneben. Francis behielt vom Rücksitz aus Antony und die Straße im Auge, die mit ihren drei Spuren und rumpelnden, riskant überholenden Lastwagen selbst zur besten Uhrzeit noch gefährlich war. Die Fußpassagiere waren als Erste von Bord gegangen, sodass die drei nun immerhin nicht in dem trägen Konvoi aus Lastern feststeckten, den die Fähre auf die Straßen spie. Selbst für einen Dienstag außerhalb der Saison war wenig Verkehr.

«Erzähl», wandte Francis sich an Jonjo.

«Keine Probleme. Lief alles glatt. Hab mir ein Schinkensandwich geholt und Zeitung gelesen.»

«Kontrollen hier drüben?»

«Nichts. Keiner wollte was.»

«Und an Land?»

«Nichts Großes. Das gute alte, verschlafene Cairnryan. Wie sieht's aus?»

«So weit in Ordnung», antwortete Francis in einem Ton, der Jonjo hoffentlich etwas anderes vermittelte. Sie mussten reden, aber nicht vor Antony. «Und drüben?»

«Alles bestens. Bauen das Ding zusammen.»

«Ist also alles angemischt?»

«Ja. Hab gute Leute daran sitzen. Muss nur noch die Drähte anschließen und das Teil scharfmachen.»

«Bleibt's bei Donnerstag?»

«Wie geplant. Gleicher Laster, gleiches Kennzeichen, gleiches Handy. Treffpunkt ist Charnock Richard?»

«Genau. Die wissen Bescheid?»

«Jepp. Warten in der Cafeteria, bis sie mich sehen. Kein Kontakt. Sie fahren los, wir begleiten sie die M6 runter und treffen sie in Frankley. Du sagst ihnen, wo sie parken sollen. Ist's da sicher?»

«Sicher genug. Wie lang brauchst du?»

«Ein, zwei Stunden sollten reichen.»

«Gut. Danach fährst du mit Antony zurück.»

Francis sah Antonys betroffene Miene im Rückspiegel. «Keine Sorge», tröstete er ihn. «Bist ein guter Kerl. Du kriegst noch deine Chancen. Wir sind auch ohne euch noch zu viele. Der Brei und die Köche, du weißt schon.»

«Ja, Francis.»

«Gut. Lasst uns was essen.»

Sie hielten an der nächsten Raststätte und setzten sich an einen Tisch. «Antony», sagte Francis, «besorg uns doch mal was zu beißen, ja? Besser, die hören hier nicht zu viele Iren. Einer reicht. Ich nehme den Frühstücksteller ...» Er blickte zu Jonjo.

«Ich auch. Und Tee. Danke, Antony.»

«Ach ja, für mich auch Tee.» Er gab Antony zwei Zehn-Pfund-Scheine und sah zu, wie er sich ohne Widerworte an der langen Schlange anstellte.

«Kein übler Kerl», sagte Francis.

«Wie läuft's denn so?»

«Eine Riesenscheiße. Nie im Leben hätte ich diese Nulpen

ausgesucht. Keine Ahnung, was Joe und die anderen sich dabei denken. Völlig grün hinter den Ohren. Und du, Peter und ich mittendrin. Wie ist das Team im Laster?»

«Komplett irre. Der Fahrer ist ganz in Ordnung, aber der andere ist vollkommen bekloppt. Gerry McCluskey. Sagt dir was?»

«Schon mal gehört. Aus Silverbridge?»

«Genau der.»

«Klaut Maschinenteile, oder?»

«Jepp. Keine Ahnung, wieso wir uns mit solchen Leuten einlassen.»

«Geht wohl nicht anders. Er kennt sich in England aus, hat Kontakte. So viele von uns sitzen hinter Gittern.»

«Jedenfalls hat er einen an der Waffel. Der Fahrer ist sein Cousin. Eher still. Aber Gerry: ein unfassbarer Schwätzer.»

«In Birmingham haben wir 'nen Engländer.»

«'nen Engländer? Ach du Scheiße.»

«Genau. Wartet dort mit Peter. Falls der ihm nicht den Hals umdreht, bevor wir da sind. Gehört zu irgendeiner linksradikalen Gruppe. Ein bekehrter Ex-Soldat, hat sich unserer Heimat verschrieben. Hat angeblich auch ein bisschen mit den Jungs trainiert. Nennt sich Karl. Eigentlich heißt er Derek, hab ich grade erst erfahren. Aber das klang ihm nicht revolutionär genug, darum Karl, nach Karl Marx.»

«Ach du Schande.»

«Was von Mikey gehört?»

«Soweit ich weiß, sitzt der noch in Castlereagh.»

«Den hätten wir brauchen können. Antony ist schon in Ordnung, aber …»

«Ja.»

«Und Peter ist ein Hitzkopf vor dem Herrn. Zusammen mit deinen zwei Clowns haben wir den Zirkus komplett. Wir zwei müssen das irgendwie zusammenhalten.»

«Ja.»

Sie blickten zu Antony, der sich langsam der Kasse näherte. Er grinste nervös zurück und winkte.

«Nicht zu fassen», sagte Jonjo.

«Jepp», sagte Francis.

Bridget und Sarah saßen auf zwei niedrigen Ledersesseln vor dem Panoramafenster mit Blick auf die Irische See, die an Tagen wie heute blau und einladend unter dem weiten Himmel lag. Den komfortablen Bungalow am Meer bei Downpatrick hatte Sarah organisiert. Den Nachbarn, vor denen sie nachdrücklich ihre irischen Wurzeln herauskehrte, hatte sie sich als Geschäftsfrau auf der Suche nach einem Rückzugsort vom hektischen Berufsleben vorgestellt. Der Konflikt schrecke sie keineswegs ab, hatte sie dem älteren Herrn von nebenan auf seinen erstaunten Blick hin versichert. Ihre Freunde meinten, die ganze Sache werde ohnehin nur aufgebauscht und Nordirland sei – abgesehen von den echten Unruheherden – eine der sichersten, ruhigsten Regionen mit guter Verbindung nach London. Darum habe sie für ein Butterbrot dieses Haus gekauft, das sie inzwischen als Zuhause ansah und sooft wie möglich aufsuchte. Im Herzen war sie schließlich Irin, auch wenn es ihr nicht anzuhören war.

Die Geschichte war dünn, aber Sarah und Bridget nutzten das Haus nun schon ein paar Monate für ihre Treffen.

Vor dieser Neuregelung war Bridget zu jedem Treffen mit einer Mischung aus Vorfreude und Angst aufgebrochen. Jede Zufallsbegegnung unterwegs konnte ihren Tod bedeuten; noch schlimmer war der quälende Gedanke, jemand aus Francis' Umfeld könnte sie ohne ihr Wissen erkennen. Dieses Gefühl der Bedrohung war mit der Zeit gewachsen. Der neue Treffpunkt machte es ihr leichter, genauso wie der Umstand, dass sie nun eine Ausrede parat hatte: jene diffusen Gesundheitsbeschwerden, die sie den anderen Frauen vorspielte.

«Geht's dir gut?», erkundigte sich Sarah.

«Was glaubst du denn?»

«Verständlich. Es ist schwer, besonders jetzt.»

«Am liebsten würde ich alles rückgängig machen.»

«Was meinst du?»

«Alles. Dich und mich. Das hier. Alles, was Francis mir angetan hat. Die Ehe mit ihm. Ihn je getroffen zu haben. Das ist das Problem. Ich wünschte, *nichts* wäre je passiert.»

Sarah schwieg.

«Ich weiß schon, das geht nicht. Aber, na ja …»

«Wir müssen das Leben nehmen, wie es kommt.»

«Das kann ich aber nicht.»

«Irrtum. Du bist so besonnen, hast in all den Jahren so viel weggesteckt.»

«Damals in der Vorschule, da war ich wahnsinnig schüchtern. Eines Morgens musste ich während des Unterrichts aufs Klo, aber hab mich nicht getraut, es zu sagen. Ich blieb einfach sitzen und hab mir in die Hose gemacht. Die Lehrerin warf mir vor der ganzen Klasse an den Kopf, wie dumm ich sei. Sie hatte recht, und ich konnte nichts tun. Alle wussten es, und ich konnte nichts tun. Genauso fühle ich mich jetzt. Und bald werden sie's alle wissen.»

«Stimmt nicht. Du tust das Richtige. Egal, wie falsch es dir vorkommt. Egal, was passiert. Und ja, klar *muss* ich das sagen. Dazu bin ich ausgebildet. Aber es ist trotzdem wahr.»

«Das Richtige für wen?»

«Für alle. Für dich. Für die, deren Leid du verhindern hilfst. Sogar für Francis.»

«Woher willst du wissen, dass Francis jemand umbringen wird?»

«Du weißt doch, was er tut.»

«Die töten nur zur Selbstverteidigung.»

«Polizisten? Einen Abgeordneten? Einen Zehnjährigen, der zufällig neben einer Mülltonne steht?»

«Gut. Natürlich nicht. Aber wessen Schuld ist das? Die von Francis? Er wehrt sich doch nur.»

«Ich kenne die Geschichte. Und die Slogans. Die Anklageschrift weiß ich auswendig, wie alle braven irischen Kinder. Ich habe meine eigene Meinung dazu. Aber am Ende zählt die nicht. Ich muss einfach mein Möglichstes tun, das alles zu beenden. Über die großen Zusammenhänge kann ich nicht entscheiden, dafür bin ich weder einflussreich noch schlau genug. Also tue ich eben, was ich tun kann.»

«Das ist ja ein hübscher Vortrag, aber ich komme damit nicht klar.»

«Musst du auch nicht. Nicht im Moment. Es läuft auch ohne uns. Wir beide können es nicht verhindern.»

«Ich könnte zu ihnen gehen. Denen erzählen, was passiert ist. Sie überreden, ihn zurückzuholen.»

«Ich glaube nicht, dass sie das könnten. Aber das würde ich dir sowieso nicht raten. Denk mal an die Folgen.»

«Vielleicht verdiene ich die. Vielleicht will ich sie. Vielleicht sollte ich an die Folgen gar nicht mehr denken.»

Doch das war gelogen, und auch Sarah war das garantiert bewusst. Sie blickte aufs Meer hinaus, dort unten, so weit weg, so still hinter dem Doppelglasfenster.

Auf dem Weg von der Bushaltestelle im Dorf nach Hause glaubte Bridget, ihre Torheit erstmals ganz klar zu durchschauen. Angefangen hatte alles, als sie sich seinerzeit von Francis O'Neill hatte becircen lassen. Das war wohl der Punkt gewesen, an dem der Stein ins Rollen gekommen war, der sie nun beide zermalmen würde. Sie war dumm, impulsiv, zu nichts zu gebrauchen. Sarah, die sie geradezu als ihre Erlöserin angesehen hatte, war letztlich nur jemand, mit dem sie reden konnte. Eigentlich nicht einmal das. Am Ende war sie bloß eine Britin. Bridget verdiente es nicht anders; allerdings kamen all diese Gedanken viel zu spät. Für sie und auch für Francis.

Als sie auf das Haus zuging, bemerkte sie vor der Tür eine Gestalt, die eine Zigarette in der hohlen Hand hielt, um sie vor dem Wind zu schützen. Sie wollte schon kehrtmachen und zurück ins Dorf eilen, doch das wäre zwecklos; er hatte sie gesehen, und andere lagen bestimmt schon auf der Lauer.

Es war Stevie, von der Werkstatt. Er winkte, und es kam ihr vor wie eine halbe Ewigkeit, bis sie ihn erreichte.

«Hallo, Bridget», grüßte er.

«Hallo, Stevie», erwiderte sie.

«Warst nicht da.»

«Ja, ich musste einkaufen.»

Er sah sie an. Sie hatte nur ihre Handtasche bei sich. «Ich brauchte eine neue Batterie für meine Uhr. Ist gestern stehengeblieben …» Nicht zu viel erklären, ermahnte sie sich. Nicht verstricken lassen.

«Und jetzt läuft sie wieder?»

«Ja.»

Er nickte. «Anne-Marie hat dich gesucht. War vorhin hier.»

«Da war ich wohl schon weg.»

«Heute früh.»

«Und?»

«Na jedenfalls, ich wollte zu Francis. Hab ein Auto, das ihn vielleicht interessiert.»

«Francis ist nicht da.»

«Unterwegs, hm?»

Sie sah ihn an, und er senkte den Blick, wusste selbst, dass die Frage unangemessen war. Oder war das nur ein Test gewesen?

«Gut, ich richte es aus», sagte sie knapp. «Danke dir.»

«Okay, er kann sich ja bei mir melden», antwortete er und ging zu seinem Auto.

Während sie die Haustür aufschloss, musste sie sich zwingen, sich nicht ängstlich umzusehen.

Am Abend zuvor wurde alles ruhig. Das Leben vereinfachte sich, nur noch Wesentliches zählte. Die Planung war vorbei: Jetzt kam nur noch die Ausführung. Er kannte das. Es war immer dasselbe. Das große Ziel trat in den Hintergrund, wurde sonderbar irrelevant; nur die Aktion zählte. Alle Menschen außer seinem kleinen Team verlor er aus dem Blick.

Er war müde, fix und fertig. Nervös wurde er schon lange nicht mehr, obgleich er wusste, dass das fiebrige Hin und Her zwischen Handeln und Abwarten am nächsten Vormittag allerhand Kraft kosten würde. Und dann, etwa dreißig Minuten vor dem großen Finale – also vor, nicht etwa nach der letzten Anstrengung –, würde ihn unweigerlich jene ebenso vertraute, aber ganz andere Welle der Erschöpfung übermannen, sich jedoch schlagartig verflüchtigen, wenn es darauf ankam.

Alles war bereit. Der Laster stand auf dem Fernfahrerparkplatz, Jonjo übernachtete zur Sicherheit im Führerhaus. Kurz war Francis versucht gewesen, das Fahrzeug unbewacht zu lassen. Falls die Polizei darauf stieß, konnte Jonjo das Unausweichliche kaum verhindern. Die Risiken dieser Mission waren beträchtlich, und Francis wollte nicht ausgerechnet Jonjo verlieren. Würde der Lastwagen jedoch von gewöhnlichen Kriminellen gestohlen, wäre die Hölle los. Obendrein war Jonjo so schon bei Morgengrauen einsatzklar.

Antony lag im zweiten Bett in Francis' Zimmer. Peter und Karl, zwischen denen vorläufig Waffenstillstand herrschte, schliefen im zweiten Schlafzimmer, die beiden Spaßvögel, die den Laster gebracht hatten, in Schlafsäcken im nach Bier und Fastfood stinkenden Wohnzimmer. Abgesehen vom Verkehrslärm auf der A41 und Antonys rhythmischem Schnarchen war alles still. Wie unschuldig und unbedarft diese jungen Kerle doch waren, dass sie in einer Nacht wie dieser schlafen konnten. Auch Francis würde irgendwann in leichten Schlaf fallen, doch das würde noch dauern.

Um 3.22 Uhr war er mit einem Schlag hellwach. Er merkte nicht mal, wie er aufwachte, so plötzlich war der Übergang zwischen Schlaf und Bewusstsein. Mit einem Blick auf die Digitaluhr tastete er unterm Bett nach seinem Revolver. Antony schnarchte weiter.

Schnell schlüpfte er aus dem Bett, schlich zur Tür und ging dahinter in Stellung. Ob die anderen die Stimmen auch gehört hatten? Oder hatte er sich die nur eingebildet? Während er vollends zu sich kam, versuchte er, das Gehörte einzuordnen. Eine Tür. Stimmen, weder hektisch, bestimmt, noch irgendwie um Heimlichkeit bemüht. Fröhlich, wenn überhaupt. Vorsichtig drehte er den Türknauf. Nur so weit, bis er die Tür einen Spaltbreit öffnen und auf den engen Flur spähen konnte, von dem sämtliche Zimmer abgingen. In der Dunkelheit stand bereits eine Gestalt. Peter. Karl linste aus der Tür. Francis winkte ihn ungeduldig zurück.

Aus dem Wohnzimmer drang Gekicher. Francis und Peter gingen vorsichtig auf die Tür zu, unter der Licht auf den Flur drang, und warteten einen Augenblick.

Gerry und Kevin, die Lastwagenfahrer, lümmelten auf den Sesseln, ein dritter Mann schlief auf dem Sofa.

«Was ist hier los?», fragte Francis.

«Sind im Pub hängengeblieben», antwortete Gerry.

«Ach ja?»

«Jepp. Ein irisches, keine Sorge.»

«Und wer ist das?»

«Das ist Pat.»

«Pat?»

«Genau. Auch einer von der Fähre. Feiner Kerl. Aus Kerry. Kenne ihn seit Jahren, total in Ordnung.»

«Und wie kommt Pat hierher?»

«Er wollte in seinem Laster schlafen. Aber wir dachten …»

«Ihr dachtet, ja? Hattet wohl auch ein paar Bier, hm?»

«Ein, zwei. Zu Hause in Silverbridge ist abends immer tote Hose», sagte Gerry.

«In Dundalk auch», fügte Kevin lachend hinzu und nahm einen Schluck aus einer Flasche.

«Super Abend, jedenfalls», fuhr Gerry fort. «Haben die ganzen alten Rebellenlieder gesungen und so.»

Peter schaltete sich ein. «Sind wir hier jetzt im Cabaret gelandet, oder was?»

«Genau, im Cabaret», gackerte Gerry.

«Im Cabaret!», johlte auch Kevin und hob die Flasche wie zu einem Toast.

Francis wandte sich an Peter. «Wir regeln das in Ruhe, ja, Peter? Morgen ist ein wichtiger Tag.»

«Heute, meinst du wohl», sagte Gerry.

«Sollten wir nicht abbrechen?», fragte Peter.

«Abbruch, Abbruch, Abbruch!», rief Kevin lachend.

«Darüber reden wir gleich. Bringen wir das hier erst mal in Ordnung.»

Kevin übergab sich großflächig auf die Sofalehne.

«Und das», sagte Francis. «Weck die anderen, ja?»

Peter öffnete den Mund, sagte jedoch nichts.

Als die anderen ins Wohnzimmer kamen, war Gerry bereits aufgestanden, und Kevin hatte mit Hilfe des Deckels einer Fastfood-Packung das Erbrochene in eine Plastiktüte gekratzt. Die beiden wirkten gedämpft, doch nicht beschämt. Der alte Mann lag noch immer komatös mitten im Zimmer.

Einen Augenblick lang schwiegen sie alle.

Karl sprach als Erster: «Ich hab gedacht, ihr seid so superdiszipliniert? Und jetzt dieser scheiß Kindergarten hier.»

Francis warf ihm einen hoffentlich hinreichend vernichtenden Blick zu. Doch er hatte nicht unrecht. «Das regeln wir später», sagte er ganz ruhig. «Zuerst müssen wir uns darum kümmern.» Er zeigte auf den Mann, der gerade zu stöhnen begann. Peter stieß Francis an und winkte ihn zum Flur. Draußen schloss er die Tür und flüsterte: «Der Alte.»

«Ja?», fragte Francis.

«Wir können den nicht einfach gehen lassen.»

«Was schlägst du vor?»

«Entweder wir brechen ab oder …»

«Oder bringen einen Landsmann um die Ecke? Weil er zur falschen Zeit am falschen Ort war? Nein. Lass den alten Sack abziehen und seinen Rausch ausschlafen. Morgen erinnert der sich an nichts mehr …»

«Aber –»

«Die ganze Sache ist schon längst eine einzige Katastrophe, Peter. Aber wir sind zu weit. Wenn wir jetzt den Schwanz einziehen, versohlen die uns zu Hause den Arsch.»

Sie gingen zurück ins Wohnzimmer. «Ihr drei werdet den Alten los», befahl Francis Antony, Peter und Karl. «Ich kümmere mich um Zwiddeldum und Zwiddeldei hier.»

«Wo, Francis?», fragte Antony.

«Keine Ahnung. Irgendwo.»

«Setzt den alten Trottel einfach vor die Tür», sagte Gerry.

«Nix da», widersprach Francis. «Ein paar Kilometer weg von hier. Anderes Ende der Stadt, scheißegal. Los.»

Peter und Karl stemmten den Alten hoch. «Auf geht's, Kumpel», sagte Karl. Antony hielt ihnen die Türen auf.

Als sie fort waren, wandte Francis sich an Gerry und Kevin. «So, Jungs. Fühlt ihr euch fit genug für heute?»

«Allzeit bereit», antwortete Gerry.

«Gut», sagte Francis ruhig und verpasste ihm eine Ohrfeige. Eine saftige, von der Francis die Hand brannte und die rote Striemen auf Gerrys Wange hinterließ. «Also», fuhr er fort, «machen wir keine große Sache draus. Nur ein paar Dinge müssen klar sein, den Rest regeln wir zu Hause. Und kommt bloß nicht auf die Idee, euch abzusetzen. Ihr steckt zu tief drin. Wenn ihr euch verpisst, wenn ihr auch nur einen falschen Schritt macht, seid ihr tot. Das meine ich wörtlich. Die Jungs finden euch überall. Kapiert?»

«Ja, Francis», sagten sie einstimmig.

«Hier geht's nicht um geklaute Laster. Ihr spielt jetzt mit den großen Jungs. Kannst du fahren?» Er sah Kevin an.

«Klar. Muss nur 'ne Runde pennen und was futtern. 'ne Grundlage schaffen.»

«Nimm mein Bett. Ich weck dich, wenn's losgeht.»

Als Kevin weg war, stand Francis im Zimmer und wusste zuerst nicht, was er tun sollte. Er schüttelte den Kopf, als wollte er den Nebel hinausschütteln, und kratzte sich am Kopf, wo sein Haar sich langsam lichtete. Gerry sah zu.

«Gerry, Gerry.»

Gerry zuckte. «Tut mir leid, Francis. Wollten nur ein schnelles Bierchen trinken. Dann hat der Wirt zugesperrt, und wir sind geblieben. Alles ein bisschen aus dem Ruder gelaufen. Du erzählst das doch nicht zu Hause, oder?»

«Fürs Erste erzähle ich keinem was», sagte Francis. «Dann

kommt's drauf an. Wenn das hier in die Hose geht, bleibt mir nichts anderes übrig. Nicht dass mich das juckt. Wenn du also keinen Ärger willst, sieh besser zu, dass alles glattläuft.»

«Okay, Francis.»

«Andernfalls reiß ich dir vielleicht noch selbst den Arsch auf, bevor du's überhaupt nach Hause schaffst. Also gib dir Mühe. Verstanden?»

«Verstanden.»

«Dann geh schlafen. Nimm Antonys Bett.»

Francis machte sich eine Tasse Tee, schaltete das Licht aus, blickte hinaus ins Morgengrauen und wartete darauf, dass Peter, Karl und Antony zurückkehrten. Vielleicht hatte Peter recht, und sie sollten die ganze Nummer abblasen, egal, wie viel Hohn ihnen das zu Hause einbrächte. Ohne dass Francis das wollte, hatte der Tag begonnen.

14

Als Peter, Karl und Antony zurückkamen, setzte Francis frischen Tee auf. Murmelnd tranken sie ihn, während Francis Anweisungen gab.

«Ihr zwei legt euch noch mal schlafen», befahl er Peter und Karl. «Um acht weckt ihr die anderen beiden. Dann geht's los. Macht hier sauber und gebt die Schlüssel ab, damit wir das nicht hinterher tun müssen.»

Sie hörten schweigend zu, und bald war Francis mit Antony allein.

«Wie spät ist es?», fragte er.

«Viertel vor fünf.»

Francis seufzte. «Na ja, bisschen früh, aber was soll's. Schlafen kann ich nicht, rumsitzen auch nicht. Nur schnell frischmachen, dann geht's los.»

Um halb sechs erreichten sie den Fernfahrerparkplatz. An einem Imbisswagen holten sie sich Kaffee und Sandwiches mit gebratenem Speck und Spiegelei. Sie schlängelten sich zwischen den Brummis hindurch, bis sie das rote Führerhaus mit dem markanten gelben Logo entdeckten. Die Ladefläche war mit einer schwarzen Plane abgedeckt, die nichts von der Ladung erahnen ließ.

Francis zog sein Handy heraus. Im Führerhaus klingelte es, und einige Sekunden später hörte Francis den verschlafenen Jonjo. «Ja?»

«Alles im Lot bei dir?»

«Mhm.»

«Wir sind draußen.»

Francis legte auf. Im Führerhaus wurde der Vorhang beiseitegezogen, und Jonjo tauchte mit verquollenen Augen auf. Die Schlösser klickten, und Francis und Antony stiegen auf Fahrer- und Beifahrersitz.

«Geschlafen?»

«Bisschen. Nicht mal schlecht.»

«Mehr als wir also.»

«Wieso? Was war los?

«Willst du nicht wissen, lange Geschichte. Ist aber wieder in Ordnung.»

«Sicher?»

«Muss ja, oder?»

Jonjo blickte ihn von der Rückbank fragend an.

«Egal», sagte Francis, «wir sollten uns beeilen.» Er hielt die Tüten mit den Sandwiches hoch. «Braune Soße oder Ketchup?»

Als die Sandwiches gegessen waren und Jonjo sich auf dem Klo gewaschen und rasiert hatte, schickte Francis Antony auf einen Kontrollgang rund um den Laster. «Aber unauffällig», mahnte er.

«Wo werden wir die Kiste los, falls wir abbrechen müssen?», fragte er Jonjo.

«Ist das dein Ernst?»

«So halb. Nein, eigentlich nicht. Nur theoretisch. Aber mit dieser Gurkentruppe halte ich alles für möglich.»

«Im Grunde geht das überall, solange das Ding noch nicht scharf ist. An 'ner Tankstelle vielleicht. Mit ein bisschen Dusel fällt er da ein paar Stunden keinem auf. Aber du müsstest es melden, sonst löst noch irgendein Zivilist den Rumms aus. So oder so wär's ein ziemlicher Schlamassel. Wir müssten die Beine ganz schön in die Hand nehmen. War noch nie auf 'nem Einsatz, der so spät abgeblasen wurde.»

«Ich auch nicht. Ist ja nur theoretisch, wie gesagt. Hoffentlich. Heute Abend sitzen wir alle zu Hause vor dem Fernseher.»

Jonjo warf Schlaf- und Rucksack auf den Vordersitz und schob die Matratze weg, um an die Abdeckung darunter zu gelangen. Er schraubte sie auf und nahm sie ab. Francis verrenkte sich auf dem Vordersitz, um besser zu sehen. Jonjo klemmte ein Lämpchen an die Decke und kniete sich über die Öffnung. Darin befand sich ein Gewirr aus Kabeln: ein heilloses Durcheinander, wie es Francis schien. Doch Jonjo kannte sich aus.

«Standard», urteilte Jonjo. «Die haben das ganze Chassis verkabelt. Viel geschweißt. Da merkt keiner was. Die Kabel kommen hier raus, musst nur den Zünder anschließen. Vorgestern haben wir den Stromkreis getestet, alles bestens. Jetzt liegt's an mir. Am besten lässt du mich in Ruhe machen. Hör einfach 'n bisschen Radio oder so. Ich geb Bescheid, wenn ich fertig bin.»

Er zog sich bis aufs Unterhemd aus und schloss den Vorhang. Francis hörte die Taschenlampe klicken und stellte das Radio an, suchte Radio 4, wo gerade Nachrichten liefen.

Um 7.30 Uhr linste Jonjo hinter dem Vorhang hervor.

«Okay. Fertig.»

Der auf dem Beifahrersitz dösende Antony schreckte hoch.

Francis blickte auf die Uhr. «Das ging ja fix. Antony, bringst du mal schnell den Müll weg, während Jonjo mir alles zeigt? Danach fahren wir.» Er reichte Antony die leeren Styroporbecher und fettigen Papiertüten, und der stieg aus.

«Dann lass mal sehen, Jonjo.»

«Ich würd lieber mitkommen, Francis.»

«Nicht nötig, Jonjo. Zu viele Köche, wie gesagt. Wir können nicht zu dritt im Laster sitzen.»

«Dann lass es mich machen.»

«Nein. Ich muss an Bord sein, wenn wir liefern. Ist mein

Job. Und wie du gesagt hast: alles Standard. Musst nur mein Gedächtnis etwas auffrischen.»

«Aber …»

«Ich versau's schon nicht, Jonjo. Nicht meine Art. Hätte ich Zweifel, wärst du dabei. Also, was muss ich tun?»

Jonjo richtete die Taschenlampe auf die Öffnung im Boden. «Kinderspiel, hast du ja geübt. Den Schalter da hab ich angeschraubt, siehst du?»

Er leuchtete hinab in das Loch, und Francis kniete sich auf den Sitz, um hineinsehen zu können.

«Ja.»

«Der schließt den Stromkreis. Einfach umlegen, dann ist sie scharf. Geht zum eingestellten Zeitpunkt hoch.»

«Okay. Und der Timer?»

«Schon gestellt. Zwölf Uhr dreißig, wie besprochen.»

«Aber wo ist er? Falls ich etwas ändern muss.»

«Hier drunter.» Jonjo griff unter den Rand und holte vorsichtig einen über zwei Kabel mit dem restlichen Geflecht verbundenen Digitaltimer hervor. «Pass auf, dass du die Verbindung nicht unterbrichst. Weißt du, wie man ihn stellt?»

«Das hoffe ich doch.»

«Falls du etwas ändern musst, darfst du das Ding erst danach scharfmachen.»

«Ja, ja, schon klar. Wird sowieso nicht nötig sein. Nur für den Fall.»

«Okay. Die Batterie im Timer ist ganz neu, brauchst du also nicht zu kontrollieren.»

«Und dann?»

«Wenn sie scharf ist, schraubst du die Platte wieder drauf. Siehst du die Kontakte da?» Er zeigte auf zwei gelötete Stellen auf der Abdeckung.

«Mhm.»

«Wenn die Platte festgeschraubt ist, berühren sie die beiden hier drüben ...» Er deutete auf zwei weitere Lötpunkte am Rahmen der Öffnung, von denen aus Kabel ins Dunkle führten. «Jetzt ist alles fertig. Das ist so gut wie unmöglich zu entschärfen. Aber schraub bloß nicht die Platte dran, bevor du den Schalter umlegst. Sonst bist du angeschissen. Noch mal aufmachen ist nicht. Dann fliegt dir alles um die Ohren.»

«Alles klar.»

«Kriegst du das hin? Würd's ja lieber selbst machen.»

«Na sicher», antwortete Francis, spürte jedoch den Schweiß im Nacken.

Nachdem Jonjo sich umgezogen hatte, brachte Francis Antony und ihn im Auto zum nächsten Bahnhof.

«Nehmt den nächsten Flug nach Dublin», wies er sie an. «Seht zu, dass ihr weg seid, bevor's hier rundgeht. Habt ihr genug Bargeld?»

«Klar», sagte Jonjo.

«Kann ich nicht bleiben, Francis?», bettelte Antony. «Ich wär echt gern dabei.»

«Nein. Wir sind sowieso zu viele.»

«Schick doch Peter zurück. Oder einen der anderen.»

«Nein, Antony. Du kriegst schon noch deine Chance. Jetzt los mit dir. Ich stehe im Halteverbot.»

Er sah ihnen nach, bis sie im Bahnhof waren, und stieg wieder ins Auto.

Bevor er den Zündschlüssel drehte, hielt er inne. Das war die Gelegenheit. Bald wäre er wieder mit dieser Chaosclique von Einsatzteam vereint und würde es bis Irland bleiben. Sofern er Irland überhaupt je wiedersähe. Also jetzt oder nie.

Er war vorbereitet, hatte Pfundmünzen gesammelt, mit denen er nun in der Hosentasche spielte. Hatte geprobt, was er sagen würde. Falls er wirklich glaubte, alles gehe in die Hose, konnte er einfach zu einer Telefonzelle gehen und diesen Mercer anrufen.

Die RA war seine Familie. Jahrhundertealte Freiheitsliebe und Hass auf das Joch der Engländer lagen ihm im Blut. Er war mit «der Sache» aufgewachsen, sein ideologischer Vater Joe Geraghty hatte ihm sämtliche Methoden und Zwänge des Kampfes beigebracht.

Familien befehdeten sich. Brüder betrogen einander. Das eigene Fleisch und Blut konnte so schlimm mit einem umspringen, dass man ins Grübeln kam. Man zweifelte an ihrer Fürsorge, an ihrem Verstand.

Aber nein, er würde diese Familie nicht verraten. Er war kein Spitzel wie Liam. So etwas konnte er einfach nicht. Er war integer. Er würde das hier durchziehen wie befohlen, egal, welche Folgen es für ihn hätte.

Er fuhr zurück zur Wohnung und verkündete: «So, dann mal ran an den Speck!»

Rasch waren sie auf der M1. Francis saß neben Kevin im Führerhaus des Scania. Die anderen fuhren im Auto abwechselnd voraus, um den Weg auszukundschaften, oder ließen sich zurückfallen, um nach Polizei Ausschau zu halten.

Kevins Draufgängertum war verflogen. Die Hände fest am Lenkrad, die Augen starr auf die Autobahn gerichtet, saß er angespannt da.

«Alles in Ordnung, Kleiner?», fragte Francis.

«Ja. Sicher. Will nur nichts falsch machen.»

«Du machst das gut. Nicht zu langsam, nicht zu schnell. Nur keine Aufmerksamkeit erregen.»

«Das Ding wird uns doch nicht unterm Arsch explodieren, oder?»

«Glaubst du, dann würde ich hier sitzen? Jonjo weiß schon, was er tut. Das ist Maßarbeit.»

«Wenn du's sagst.»

«Tu ich. Wo sind die anderen?»

«Ich seh sie im Spiegel. Da kommen sie.»

Der Vauxhall zog gemächlich an ihnen vorbei. Francis sah angespannt hinüber. Das vereinbarte Notsignal – ein kurzes Blinken der Warnleuchten – blieb aus. Das Auto beschleunigte und verschwand im einsetzenden Regen.

«Schade», sagte Francis. «So ein schöner Tag.»

Am Autobahnkreuz mit der M25 fuhren sie von der M1 ab Richtung Osten.

«Das ist doch Quatsch», maulte Kevin. «Einfach die M1 runter und auf die Nordumgehung wär viel schneller.»

«Das ist unsere Strecke», sagte Francis. «Wir halten an der Raststätte und warten.»

In South Mimms parkten sie so weit entfernt wie möglich von den anderen Fahrzeugen. Andere Lastwagen waren nicht da, nur Reisebusse. Es war kurz nach elf. Kevin brummte vor sich hin und blickte sich nervös um. «Nicht mehr lang», tröstete Francis. Das Auto mit den anderen war vorausgefahren, um ein letztes Mal das Ziel auszukundschaften, bevor Francis und Kevin dort in etwa zwanzig Minuten ankämen. Per Handy würden sie bestätigen, ob die Luft rein und die Straße halbwegs frei war. Erst wenn sie das Umspannwerk in Wembley erreichten, würde Francis die Bombe scharfmachen. Wenn alles erledigt und das Team schon wieder fast in Irland wäre, stünden Millionen Londoner ohne Strom da. Ein Großteil des Zugverkehrs und U-Bahnnetzes der Hauptstadt läge lahm. Im Umspannwerk gäbe es vielleicht ein paar Tote, aber das war unvermeidlich. Kollateralschaden. Wo gehobelt wird, fallen Späne. Laut den Berechnungen von Francis' Bossen könnte London über Wochen stillstehen. So weit die Theorie.

«Musst du noch mal aufs Klo?», fragte Francis.

«Nee, danke», antwortete Kevin.

«Ich schon. Mir platzt gleich die Blase. Bin gleich zurück.»

Als er ausstieg, sah er die Bestürzung in Kevins Gesicht.

Auch vor dem Pissoir nagte das Gefühl an Francis, das irgendwas nicht stimmte. Zunächst mal mit diesem Einsatz, aber auch insgesamt, mit Joe und der gesamten RA. Irgendetwas brachte alles durcheinander. Ein Schauder jagte ihm über den Rücken, ihm brach kalter Schweiß aus. Er versank so tief in Gedanken, dass er nichts mehr mitbekam um sich herum. Hau ab!, hallte es ihm durch den Kopf.

Doch nur für den Bruchteil einer Sekunde. Dann blickte er sich um, und alles war normal. Nur ein paar Kerle, die pinkelten und sich am Waschbecken anstellten. Auch er ging sich die Hände waschen.

«He, Sie», sagte jemand hinter ihm in einem dieser weinerlichen englischen Akzente.

«Ja?»

«Sind Sie damit bald mal fertig?»

Ein alter Mann mit Schiebermütze blickte ihm ungeduldig in die Augen.

«Ah, ja», antwortete Francis. «'tschuldigung.» Er trat vom Handtrockner weg, der gar nicht mehr lief, wie er jetzt bemerkte, und ging hinaus ins Gedränge zwischen den Restaurants und den Läden. Wie üblich an Raststätten wimmelte es von ungehobelten Idioten, die ausschließlich interessierte, was immer sie gerade anpeilten.

Schon wieder weiche Knie. Reiß dich zusammen, verdammt. Alles ist gut. *Alles* ist gut. Er murmelte leise vor sich hin. Fickt euch, ihr Wichser, dachte er, wobei er seinen Schritt beschleunigte. Wir ziehen das durch, und ihr alle seid schuld.

Er rannte die letzten Meter zum Laster, der immer noch einsam am Rand des Parkplatzes stand. Die dunklen Wolken hatten sich verzogen, er sah in alldem wieder einen Sinn. Er stieg aufs Trittbrett, doch zu seiner Überraschung war die Tür verschlossen. Als er gerade nach Kevin rufen wollte, packte ihn jemand von hinten und rang ihn nieder, drehte ihm die Arme auf den Rücken und presste sein Gesicht auf den Asphalt.

Jemand brüllte: «Polizei. Keine Bewegung.»

Francis saß auf dem Rücksitz des durch Kilburn rasenden Polizeiautos. Gefährliche Leute wie er landeten unweigerlich in Paddington Green. Er trug einen weißen Overall aus Papier und blaue Überschuhe und war mit Handschellen an einen ebenso gekleideten Detective gefesselt. Speichelproben und Fingerabdrücke hatte man ihm bereits vor Ort abgenommen. Auf dem Beifahrersitz, neben dem uniformierten Fahrer, saß ein weiterer Detective, der Vorgesetzte des stummen, stattlichen jungen Manns neben Francis. Über die andauernd eingehenden Funksprüche hinweg tauschten die beiden Männer auf den Vordersitzen sich leise über die Strecke aus. Vor und hinter ihnen bildeten weitere Polizeifahrzeuge einen Korso aus Blaulicht und Sirenen. Francis war erstaunlich gelassen. Fast ist's überstanden, dachte er.

Der ältere Detective drehte sich zu ihm um. «Wir bringen Sie nach Paddington Green, Sir.»

Sir? Hatte er wirklich ‹Sir› gesagt? Ja, ganz sicher.

Francis erwiderte nichts, er sah dem Polizisten auch nicht in die Augen. Entschlossen starrte er auf die Rückenlehne.

«Dort können Sie mit Ihrem Anwalt sprechen. Wie ich höre, ist schon jemand unterwegs. Vorher darf ich Sie nicht vernehmen. Allerdings darf ich Sie im Interesse der öffentlichen Sicherheit fragen, ob wir irgendetwas wissen sollten, um Tote, Verletzte oder Sachschäden zu verhindern. Haben Sie dazu etwas zu sagen?»

«Kein Kommentar», sagte Francis monoton.

«Der Sprengsatz im Laster. Unsere Leute meinen, er sei nicht scharf und vorerst ungefährlich. Ist das korrekt?»

«Kein Kommentar.»

«Ist die Schaltung mit Fallen versehen?»

«Kein Kommentar.»

«Gibt es sonst irgendetwas, das Sie uns sagen möchten? Als Beweis wäre das nicht zulässig, aber ich würde es dennoch ins Protokoll aufnehmen.»

Francis dachte einen Augenblick nach.

«Ja?», fragte der Polizist.

Francis dachte noch weiter nach.

«Kein Kommentar.»

15

Bridget erfuhr es aus den Spätnachrichten. Fünf Iren, festgenommen von der Antiterroreinheit. Offenbar hatte man eine riesige Bombe sichergestellt. Verwackelte Bilder eines Konvois, der im Eiltempo in die Polizeidienststelle Paddington Green einfuhr, mit Blaulicht und jaulenden Sirenen. Rasch zählte sie zwei und zwei zusammen. Es war endlich passiert, und er war in Sicherheit. Davon ging sie wenigstens aus. Laut den Berichten waren die Festnahmen friedlich abgelaufen, ohne Widerstand oder Verletzte.

Er ist sicher, sagte sie sich immer wieder. Was hatte sie getan! Er war sicher, darauf kam es an. Er würde viele Jahre im Gefängnis sitzen, und wenn er wieder herauskam, wäre er alt und gebrochen. Was hatte sie getan! Und was würde nun aus ihr? Ihre Hände zitterten.

Bald wäre sie weit fort. Sie hatte es getan, hatte ihn verraten, nun musste sie weg. Sie hatte ihre Wahl getroffen. Sarah hatte sie angewiesen, erst ein paar Tage stillzuhalten und sie nur im äußersten Notfall zu kontaktieren. Unmittelbar nach den Festnahmen würde niemand etwas unternehmen, und jedes ungewöhnliche Verhalten wäre gefährlich. Aber welches Verhalten, so hatte sie gefragt, wäre eigentlich normal? Darauf wusste Sarah keine Antwort. Falls sie sich in ernsthafter Gefahr glaubte, sollte sie die nächste Wache der RUC aufsuchen, und Sarah würde alles Weitere regeln. Das hatte Bridget jedoch nicht vor.

Alles würde laufen wie geschmiert, hatte Sarah versprochen. Und dann wäre es vorbei.

Sie würde diesem Haus den Rücken kehren. Sie würde sich nicht umdrehen, und nur mit Mühe würde sie ihre Schritte zügeln. Sie hatte keine Ahnung, was danach käme. Ein Auto mit getönten Scheiben, ein Privatflugzeug, ein Haus auf dem Land, überhaupt ein ganz neues Land? Schlafen würde sie bis dahin nicht. Mehrmals würde sie jede Nacht aus dem Bett springen, todsicher, dass Joe, Kenny und die Jungs unten auf sie warteten, um ihr zähnebleckend ihr Schicksal zu verkünden.

Sie warf einen Teebeutel in eine Tasse und ging nach oben, um eine Strickjacke zu holen, während das Wasser aufkochte. Ihr war so kalt. Als sie zurück in die Küche kam, bemerkte sie, dass sie den Wasserkocher gar nicht eingeschaltet hatte. Sie holte es nach. Die Strickjacke hatte sie irgendwo vergessen. Schon wieder auf der Treppe, fiel ihr auf, dass sie sie bereits anhatte. Als sie kehrtmachte, hörte sie ein Klicken und blieb wie angewurzelt stehen. Wurde ihr Verrat so schnell entdeckt?

Alles blieb still. Langsam schlich sie hinab, da fiel es ihr wie Schuppen von den Augen. Der Wasserkocher, er hatte geklickt. Sie ging in die Küche und goss das Wasser über, wobei sie wie irre kicherte. Plötzlich ging das Kichern in heftiges Zittern über. Im Wohnzimmer schaltete sie den Fernseher ein, vielleicht gab es ja Neuigkeiten.

Etwa eine halbe Stunde später hörte sie Schritte vor der Haustür. Jemand klopfte. Mit einem Satz war sie auf den Beinen, dann mahnte sie sich zur Ruhe: Wer immer das ist, was immer auch geschieht, benimm dich natürlich. Die würden sie holen, wie sie Liam geholt hatten. Den lieben, süßen Liam. Wenn's so sein soll, soll's eben so sein, sagte sie sich.

Sie goss den Tee, den sie nicht angerührt hatte, in die Spüle, dann öffnete sie die Tür. Es waren Stevie und Anne-Marie. Sie blickten ernst.

«Hast's schon gehört, wie ich sehe», stellte Stevie fest.

«Ja.»

«Tja.»

«War er …? Ich meine, ist er …?»

«Heißt es, ja.»

«Ist er in Sicherheit?»

«Was Genaues weiß keiner. Aber die glauben nicht, dass er verletzt ist.»

Anne-Marie sagte gar nichts.

«Die meinten, du sollst dir keine Sorgen machen.»

Sie lächelte dünn.

«Sollst Ruhe bewahren. Ich soll dafür sorgen, dass du alles hast, was du brauchst. Die melden sich demnächst. Du bist inzwischen sicher. Falls die Bullen kommen, verlangst du einen Anwalt. Die wollen bestimmt das Haus durchsuchen. Sag kein Wort.»

«Ist gut.»

«Bridget», begann Anne-Marie.

«Ich weiß», antwortete sie.

«Was soll ich sagen? Wir kümmern uns um dich. Man weiß nie. Vielleicht kommt er …»

«Ja.»

«Früher oder später kommt die Polizei», erklärte Stevie.

«Ich weiß.»

«Komm doch mit», schlug Anne-Marie vor. «Schlaf heute bei uns. Die Kleinen rücken zusammen, dann kannst du Ryans Zimmer haben.»

«Ich will euch da nicht reinziehen.»

«Wir stehen das gemeinsam durch. Seite an Seite. Komm mit.»

«Nein, danke, Anne-Marie. Ich muss hier sein, hier sind wir zu Hause. Ich muss auf ihn warten.»

«Aber …»

«Nein. So meine ich das nicht. Ich muss einfach hier sein.»

«Dann bleib ich bei dir.»

«Nein. Du musst dich um deine Kinder kümmern. Ist schon gut.»

«Vielleicht kommst du in ein paar Tagen. Wenn der erste Schreck verdaut ist.»

«Vielleicht. Ich dank euch sehr. Ich weiß das wirklich zu schätzen. Ich weiß, dass ihr euch um mich kümmert, und die Jungs auch.»

«Wir verstehen das schon, oder, Stevie? Ich komme morgen noch mal vorbei.»

«Danke. Das ist nett. Bestellt Cathy und den anderen liebe Grüße.»

«Tut mir echt leid, Bridget», sagte Stevie. «Falls wir irgendwas tun können …»

Und dann waren sie weg. Vom Wohnzimmer aus sah Bridget, wie sich zwei Schatten entfernten, hörte, wie das Tor klirrte und die Autotüren auf- und wieder zugingen. Wie festgenagelt stand sie da, ihre Miene vermied jede Regung, während die Autoscheinwerfer aufleuchteten und Stevie und Anne-Marie davonfuhren. Dann kam, in Wellen, das Zittern.

Harriet King wirkte überraschend vergnügt. Man hatte Francis eingeschärft, mit niemandem zu reden, ehe sie eintraf. Und auch danach nicht. Mit seinem Verteidiger sollte er ausschließlich in Harriets Beisein sprechen, und selbst dann hielte sie die Zügel in der Hand. Das, wie er gehört hatte, missfiel den Anwälten gehörig, doch sie mussten es hinnehmen, wenn sie die prominenten Fälle haben wollten. Harriet war die einzige von «denen», der man traute, und wenn die goldzüngigen Großmäuler beleidigt waren, weil sie sich einer einfachen Rechtsberaterin beugen sollten, hatten sie eben Pech.

Harriet King vermied alles Gewese um Berühmtheit – einschließlich der traurigen – und trug stets einfache Faltenröcke, weite Blusen und flache Schuhe, dazu eine schlichte Brille mit Metallgestell. Kein Make-up. Das dünne braune Haar war kurz geschnitten. Hätte er ein männliches Pendant so selbstverständlich nach dessen Äußerem beurteilt? Ganz bestimmt. Er war schon einigen geckenhaften Fatzkes mit gefärbten Vokuhilas, hohen Absätzen und Doppelmanschetten begegnet, die ein Vermögen dafür bekamen, jemandes Interessen zu vertreten – was zu tun sie immerhin behaupteten. Selbst jenseits der Irischen See fand man die zuhauf, im Norden wie im Süden.

Schärfe schien nicht zu Harriets Repertoire zu gehören. Dem Wachbeamten gegenüber war sie auf herzliche Art höflich, und bei der Eingangsbefragung, in die sie einwilligte, noch ehe sie unter vier Augen mit ihrem Klienten hatte sprechen können, scherzte sie vergnügt mit dem zuständigen Ermittler DCI Spence. Ihre Freundlichkeit wurde allerdings nicht erwidert. Die Befragung dauerte keine fünfzehn Minuten. Die Bullen hielten sich offenbar ans Protokoll und versuchten, Francis' Identität zu bestätigen, was wie zu erwarten zu einem sehr einseitigen Gespräch wurde. So würde es die nächsten Tage weitergehen. Endlich hatte Spence gesagt: «Tasse Tee? Und Sie, Ms. King, würden sich bestimmt gern mit Ihrem Klienten beraten.»

«Danke, Alan», hatte sie gesagt. «Für mich Earl Grey bitte, geht das? Keine Milch, nur etwas Zitrone.»

Nun waren sie allein. Harriet nippte an ihrem Tee, Francis trank Cola aus einer Dose. Selbst diesen Getränkewunsch hatte sein Rechtsbeistand übermittelt.

«Bisher haben Sie nichts gesagt?»

«Nein», antwortete Francis. «Nur ‹Kein Kommentar›.»

«Bleiben Sie dabei. Im Verhörraum, meine ich. Im Übrigen beschränken Sie sich auf praktische Dinge. Essen, duschen und so weiter.»

«Ich weiß Bescheid.»

«Gut. Ansonsten können – und müssen – Sie alles mit mir besprechen. Alles, was auch nur im entferntesten von Bedeutung sein könnte. *Nur* mit mir.»

«Ja, ich weiß. Wann klagen die mich an?»

«Hoffentlich gar nicht. Realistisch ist wohl, dass sie die vollen achtundvierzig Stunden ausreizen, um möglichst viel Zeit zu haben, Beweise zu sammeln. Mein Team und ich schauen denen genauestens auf die Finger. Beim kleinsten Verfahrensfehler sind wir zur Stelle.»

«Die machen bestimmt keinen.»

«Weiß man nie.»

«Vertreten Sie uns alle?»

«Meine Kanzlei, ja. Ich persönlich bin nur für Sie zuständig. Das sorgt für mehr Vertrauen zwischen uns. Und verschafft uns später vielleicht Spielraum.»

«Spielraum?»

«Sagen wir mal so: Ich möchte eventuelle Interessenkonflikte vermeiden. Falls man Sie tatsächlich anklagen sollte, will ich mich nicht von der Verteidigung ausschließen müssen.»

«Warum sollten Sie?»

«Falls sich ergäbe, dass einer der anderen Angeklagten nicht ganz nach denselben Noten singt wie Sie.»

«Falls uns einer verpfiffen hat, meinen Sie.»

«Das haben Sie gesagt. Wir wollen nur mögliche Interessenkonflikte ausschließen.»

«Wir? Wer ist ‹wir›?»

«Offiziell arbeite ich in Ihrem Auftrag. Aber Sie brauchen nicht zu glauben, ich sei ganz zufällig hier.»

Francis lachte bitter. «‹Zufällig› passiert doch so gut wie nichts.»

«Eben. Wir konzentrieren uns auf die Einsicht in die Beweisführung.»

«Um Verfahrensfehler aufzuspüren?»

«Ja, zum einen. Und um rauszufinden, welchem Umstand wir all das zu verdanken haben.»

«*Wem*, meinen Sie?»

«So ist es. Als Erstes hätte ich gern, dass Sie noch mal genau über die letzten Tage nachdenken. Kam Ihnen irgendjemand aus dem Team merkwürdig vor?»

«Alle.»

«Gut, aber war da irgendwas, bei dem Sie jetzt denken: ‹Ah, das war es also!›? Ich greife die Beweisführung von allen Seiten an, aber ich muss wissen, ob es Ihrer Ansicht nach irgendwas gibt, dem nachzuspüren sich besonders lohnen könnte. Falls da jemand dahintersteckt –»

«Ist es denn möglich, dass nicht?»

Sie dachte einen Moment nach.

«Unwahrscheinlich. Meistens ist es auf geradezu langweilige Weise vorhersehbar. Ziel der Übung ist aus unserer Sicht, die Wahrheit ans Licht zu bringen. Herauszufinden, was man uns verheimlicht.»

«Und das bringt mich hier raus?»

«Möglich. Manchmal geben sie auf, wenn der Druck zu hoch wird. Aber selbst wenn nicht …»

«… wollen die zu Hause Bescheid wissen.»

«Ja. Und Sie bestimmt auch.»

«Allerdings», sagte Francis mit Nachdruck. «Weiß meine Familie, dass ich verhaftet wurde?»

«Ich habe verlässliche Informationen, dass alles geregelt wurde. Man kümmert sich um Ihre Frau. Die sorgen für sie.

Aber jetzt denken Sie nach. Alles, was Ihnen seltsam vorkam. Ich muss wissen, wo ich ansetzen kann.»

Sie putzte das Haus von oben bis unten. Alles, um nur nicht weiter daran denken zu müssen. Alles, um, und sei es nur für einen Augenblick, die Angst zu vergessen. Mit einem wütenden Elan, den sie an sich gar nicht gekannt hatte, räumte sie die Kleiderschränke aus und fuhr mit dem Lappen in die finstersten Ecken, stieg auf eine Trittleiter, um all den oben angesammelten Staub abzuwischen. Sie nahm die Gardinen ab, die seit Jahren nicht gewaschen worden waren. Tagsüber verausgabte sie sich völlig, abends sank sie träge aufs Sofa. Sie aß so gut wie nichts und bekam immer noch kein Auge zu.

Leute besuchten sie, murmelten Mitfühlendes und überreichten ihr Töpfe voller Essen, das sie nicht anrührte, doch die Anstrengung, sich dazu verhalten zu müssen, und der Aufwand, die leidende, der Sache ungebrochen treu ergebene Freiwilligengattin zu spielen, setzten ihr noch mehr zu. Die Heuchelei drohte sie gänzlich zu zerbrechen und ihr Selbstwertgefühl aufzulösen. Und die Angst. Kam der Pfarrer nur, um sie weichzumachen, für die Jungs, die bereits unten an der Straße warteten? Was hatte dieser Blick von Cathy Murphy zu bedeuten? Hatte ihre Mutter Verdacht geschöpft, und war auf sie Verlass, falls die IRA bei ihr anklopfte?

Kenny kam aus Belfast zu Besuch.

«Joe wollte, dass ich nachsehe, ob man sich auch gut um Sie kümmert, Mrs. O'Neill. Hat mich persönlich geschickt. Kennen Sie mich noch?»

«Danke. Natürlich kenne ich Sie noch. Sie sind mit mir einkaufen gefahren. Wie geht's Ihnen denn?»

«Gut, Mrs. O'Neill. Joe tut das alles wahnsinnig leid. Er wär gern selbst gekommen, aber er hat so viel zu tun.»

«Das verstehe ich.»

«Er hätte Ihnen auch gern ein paar Zeilen geschrieben. Aber …»

«Schon in Ordnung. Das geht schlecht, ich weiß.»

«Sie bekommen jede Woche Geld, Mrs. O'Neill. Stevie aus der Werkstatt bringt es Ihnen. Falls es Probleme gibt, melden Sie sich einfach.»

«Danke, Kenny. Und wie soll ich mich melden? Auch wenn ich nicht glaube, dass das nötig sein wird.»

«Reden Sie mit Stevie. Der ruft mich an. Rufen Sie nicht bei ihm an. Überhaupt sollten Sie mit Ihrem Telefon zu Hause aufpassen.»

«Ist gut, mach ich.»

«Wir tun alles, um Francis rauszuboxen. Einfach wird das aber nicht.»

«Soll ich ihn besuchen?»

«Sagen Sie Stevie einfach Bescheid, wenn Sie so weit sind, dann regeln wir alles für Sie. Fahrkarten und so. Und jemand fährt mit Ihnen rüber und passt auf Sie auf.»

«Sie, Kenny?»

«Nein. Wahrscheinlich jemand anders. Jemand … Sie wissen schon.»

«Ja.»

«Und Sie wollten nicht bei Stevie und Anne-Marie wohnen? Und Anne-Marie auch nicht hierhaben?»

«Nein, ich will ihnen keine Umstände machen.»

«Wären bestimmt keine. Aber das müssen Sie wissen. Wir sind jedenfalls immer für Sie da. Denken Sie noch mal drüber nach.»

«Danke, das werde ich.»

«Wir kriegen raus, wie das passieren konnte.»

«Ja», sagte sie.

«Und wenn jemand den Mund nicht halten konnte» – er blickte sie ernst und eindringlich an –, «finden wir ihn, und er wird sich wünschen, er wäre nie geboren worden.»

Sie schwieg.

«Aber das braucht Sie nicht zu interessieren, Mrs. O'Neill. Machen Sie sich keine Sorgen.»

«Danke.»

«Joe wollte, dass ich Ihnen das hier gebe.» Er reichte ihr einen dicken Umschlag. «Zum Dank für Francis' ...»

«Danke», sagte sie. «Ich weiß das zu schätzen. Bitte richten Sie das Mr. Geraghty aus. Trinken Sie noch eine Tasse Tee, bevor Sie wieder fahren müssen?»

Sie trafen sich wie üblich in dem Bungalow in Downpatrick. Sarah hatte es eiliger als sonst – Bridget zuliebe, sagte sie.

«Du musst schnellstmöglich zurück. Bloß nicht zu lang unerklärt weg sein. Nicht jetzt. Wir müssen schnell entscheiden.»

Bridget fühlte sich zum Entscheiden gänzlich unfähig, egal, ob schnell oder langsam.

«Die haben dich also besucht?»

«Kenny kam vorbei. Mit Grüßen von Joe. Die wollen sich darum kümmern, dass ich Francis besuchen kann.»

«Keine Fragen?»

«Nein. Kommt aber noch, oder?»

«Wenn du bleibst, ja. Du musst aber nicht nach Hause gehen. Du könntest gleich verschwinden, von hier aus.»

«Wart ihr denn nur hinter Francis her? Ging es nur um ihn? Er ist nicht der Chef. Da gibt's dickere Fische.»

Sie hatte sich gehen lassen. Ihre Augen waren rotgeweint, und sie konnte kaum die Tasse halten, ohne alles zu verschütten. Wie schlecht sie aussah, konnte sie an Sarahs besorgtem

Blick ablesen, doch sie wusste es auch so. Seit Tagen hatte sie nichts gegessen, führte neuerdings Selbstgespräche. Sie war wütend auf alle, auf Francis, Joe Geraghty, Sarah, Kenny, Anne-Marie und die Frauen. Die hatten sie so weit gebracht. Sie wusste nicht mehr, vor wem sie größere Angst hatte: vor der RA, vor George Donnelly oder vor Sarahs Leuten. Sie blickte aus dem Fenster.

«Die werden sicher wieder mit dir sprechen wollen», sagte Sarah. «Möglicherweise sogar Joe Geraghty selbst. Das muss dir klar sein. Oder du kommst jetzt mit. Ich habe alles vorbereitet, du musst nur ja sagen.»

Bridget blickte noch immer aus dem Fenster, knetete die Finger.

«Andere werden auch kommen. Die Polizei will bestimmt mit dir reden.»

«Worüber?»

«Wo Francis so war. Was er gemacht hat.»

«Was soll ich denen sagen?»

«Keine Sorge, die erwarten gar nicht, dass du was sagst. Sie müssen nur alles abklappern. Sag ihnen einfach, was du gesagt hättest, wenn es mich gar nicht gäbe.»

«Dann hätte ich gar nichts gesagt.»

«Na also. Die wissen nichts von uns. Ich habe keine Ahnung, wer es sein wird. Höchstwahrscheinlich Leute von der Metropolitan Police, nicht von der RUC.»

«Muss ich vor Gericht aussagen?»

«Nein. Wenn der Richter verlangt, dass wir deine Identität preisgeben, lassen wir die Anklage fallen.»

«Und Francis kommt frei?»

«Ja.»

«Wissen die dann nicht, dass jemand geredet hat?»

«Anklagen werden aus allen möglichen Gründen fallengelassen. Aber so weit kommt es nicht. Bis der Fall verhandelt wird, bist du sowieso längst weg.»

«Wann kann ich gehen?»

«Sofort, wenn du möchtest.»

«Nein, noch nicht. Aber wann? Und wohin? Was mache ich da? Wer werde ich sein?» Die ganze Ungewissheit wurde ihr bewusst. Plötzlich kam ihr dieses neue, aufregende, völlig fremde Leben sogar noch furchterregender vor, als zu bleiben. «Ich brauche mehr Zeit.»

Was sie damit anfangen sollte, wusste sie auch nicht. Vermutlich würde sie nur völlig wahnsinnig werden. Auch in zehn Minuten, Tagen oder Monaten sähe sie nicht klarer. Und doch fiel ihr die Entscheidung noch zu schwer.

«Gut. Aber nicht zu viel. Schließ mich nicht aus, lass mich dir helfen. Werd jetzt nicht schwach, Bridget. Du musst möglichst bald weg. Hierzubleiben hätte schwerwiegende Konsequenzen.»

«Zu gehen auch.»

Sarah würde in ihre kleine Wohnung zurückkehren und sich um Bridget sorgen. Schlafen würde sie nicht. Hätte sie mehr Druck machen, sie einfach in einen Lieferwagen stecken und in Sicherheit bringen sollen? Bridget wusste ganz eindeutig nicht, was sie wollte, doch auch Sarah hatte keine Ahnung.

Vielleicht hatte Charles damals bei der Fallbesprechung recht gehabt, als er Richard die Leitung der Abteilung übergab. Er hatte über Sarah gesprochen, als wäre sie gar nicht da. «Darum sollte sich schleunigst jemand anders kümmern. Viel Potenzial seh ich da nicht, aber die Frau kapiert erst, was Sache ist, wenn sie weitergereicht wird. Und ein Mann tut sich leichter, die nötige Disziplin einzufordern.»

Er warf Sarah einen herausfordernden Blick zu, und sie

wandte sich ab. Seltsam, dass sie bei Außeneinsätzen so bestimmt sein konnte, im Büro aber gar nicht. Dort waren sämtliche Bezugsrahmen rein männlich.

«Mach dir keine Sorgen», hatte Richard gesagt, als sie aus dem Raum gegangen waren. «Um den brauchen wir uns bald nicht mehr zu kümmern. Den Atem können wir uns sparen. Wir beide wissen, was du draufhast. Charles erkennt eine gute Quelle nicht mal, wenn sie ihm auf dem Schoß sitzt. Da sind Argumente zwecklos. Bloß auf dein Urteil kommt es an.»

«Juckt mich nicht, was der sagt», behauptete sie, glaubte es jedoch selbst nicht.

Vielleicht hatte Richard recht, vielleicht auch Charles.

Nach ihrer Scheidung war die Arbeit zu etwas anderem geworden. Zuvor war sie nur ein Job gewesen – ein ungewöhnlicher, fordernder Job zwar, aber doch nur ein Job. Inzwischen kam es ihr immer mehr so vor, als hätte sie einen Geliebten: die verstohlenen Telefonate mit Kollegen, die heimlichen Treffen am Wochenende, während sie angeblich eine Freundin zum Mittagessen und Shoppen traf, die vorgetäuschten Verspätungen von Zügen oder Flügen, während denen sie Präsentationen perfektionierte.

Der Job war zu einer obsessiven Ehe geworden. Sie machte täglich Überstunden, nahm sich – dem Rumgealbere im Büro zum Trotz – jeden Rückschlag zu Herzen und träumte nachts von ihren Agenten, die sie in Gedanken «ihre Leute» nannte. Wenn sie mit Kollegen einen trinken ging, strengte sie sich an, nicht dauernd von der Arbeit zu reden, und doch kam jede Unterhaltung früher oder später darauf zurück.

Heute Abend würde sie spät nach Hause kommen, sich einen Teller Nudeln machen und im Wohnzimmer ein Glas Weißwein trinken. Abwesend würde sie vor dem Fernseher sitzen, während vor ihrem inneren Auge der von ihr ins Rollen gebrachte Wagen in Zeitlupe gegen die Wand fuhr. Dann würde sie ins Bett gehen und an die Decke starren.

Wer von ihnen konnte es gewesen sein? Francis wettete auf Karl, den Engländer. Jonjo und Antony hatte er vorerst ausgeschlossen. Die beiden Clowns, Gerry und Kevin, kamen ebenfalls in Frage. Peter? Kaum, aber ganz auszuschließen war es nicht. Von Anfang an hatten dem die Nerven noch stärker geflattert als sonst.

Immer mit der Ruhe. Könnten sie sich nicht einfach während des Einsatzes irgendwie verraten haben? Durch irgendeinen dummen Fehler oder Zufall?

Er wälzte sich im Bett. Die Gedanken hielten ihn wach, nicht das Licht und die Geräusche, die eine Haftanstalt noch mitten in der Nacht erfüllen. Nicht das Hallen einer in der Ferne zuschlagenden Tür, das Husten der auf den Gängen patrouillierenden Schließer, die huschenden Schatten unter den Türen. Nicht der Geruch von Männerschweiß, Kacke und Pisse, gemischt mit dem von gekochtem Gemüse und Bratfett. Das war gar nichts. Hier zu sein war leicht. Kein Vergleich zum Jammertal der H-Blocks. Er war von den anderen Insassen getrennt, und sein Hochsicherheitsstatus verschaffte ihm weitere Annehmlichkeiten, einschließlich einer feudalen Einzelzelle. Seine Wachen waren peinlich korrekt und höflich. Befehl von ganz oben, kein Zweifel; Harriet King würde sich sofort auf jedes Indiz für Misshandlung stürzen. Seine Mahlzeiten waren warm, essbar und kamen pünktlich. Im Maze hatte er buchstäblich Todesangst ausgestanden. Hier hatte er Ms. King als Schutzengel. Wenn man das so sagen konnte.

Nein. Das war alles viel zu glatt gelaufen. Mit Zufall hatte das nichts zu tun. Einer dieser Wichser war ein Spitzel.

Wieder ein Tag, wieder Befragungen. Kein Kommentar, kein Kommentar, kein Kommentar. Grinsen. Kein Kommentar. Eine Tasse Tee, Ms. King? Mr. O'Neill? Kein Kommentar. Die achtundvierzig Stunden verstrichen. Haben Sie …? Kein Kommentar. Waren Sie …? Kein Kommentar. Was haben Sie …? Kein Kommentar. Wo waren Sie …? Kein Kommentar.

Dann, endlich. Als Zeitpunkt der Festnahme war 11.52 Uhr am Vormittag angegeben worden. DCI Spencer betrat den Raum, zog das blaue Nadelstreifensakko aus, hängte es sorgfältig über die Lehne des freien Stuhls auf der anderen Seite des Tischs und setzte sich. Er krempelte die Ärmel hoch, während der Sergeant, der die Befragung in seiner Abwesenheit geführt hatte, sein Eintreten fürs Tonband zu Protokoll gab.

«Es ist jetzt», sagte Spencer mit einem Blick zur Wanduhr, «elf Uhr vierundvierzig. Gemäß Sprengmittelgesetz von 1883 klage ich Sie hiermit an, sich an einem Komplott zur Herbeiführung einer Sprengstoffexplosion beteiligt zu haben, das geeignet war, Leben, körperliche Unversehrtheit oder Eigentum zu gefährden, beziehungsweise ein Sprengmittel in der Absicht hergestellt oder mitgeführt zu haben, Leben zu gefährden oder Sachmittel schwer zu beschädigen. Sie müssen dazu keine Aussage machen, doch alles, was Sie sagen, wird protokolliert und kann vor Gericht als Beweis verwendet werden. Möchten Sie irgendetwas aussagen?»

Ein junger Anwalt aus Francis' Verteidigerteam führte Bridget zu ihm. Stumm und gehorsam ließ sie sich leiten, während der Anwalt emsig die bürokratischen Hürden der Haftanstalt Belmarsh nahm. Sie bekam kaum etwas mit, bis sie sich in einem großen, tristen, von Leuchtstoffröhren beleuchteten Raum wiederfand, der sie an eine Cafeteria erinnerte. Er war modern – das Gefängnis war ein Neubau. Die Wände waren strahlend weiß, der Boden mit Teppich ausgelegt. Tische und Stühle waren am Boden festgeschraubt. Ein Fenster, das sich über die gegenüberliegende Wand erstreckte, ging hinaus auf die Londoner Vorstadt, und es roch nach gekochtem Kohl. Alle Tische außer einem waren frei, und außer Bridget und drei Wächtern war nur eine Person anwesend: Francis.

Er blickte finster drein und knirschte mit den Zähnen. Als er aufsah, kamen ihr die Tränen. Sie räusperte sich, unterdrückte den Drang, zu ihm zu eilen. Er saß an einem Tisch, unter dem er unablässig mit den Händen rang.

«Alles gut?», fragte er.

«Alles gut», antwortete sie.

«Setz dich doch», sagte er, und sie gehorchte.

Sie sah ihn an. Offenbar hatte er sich zwei, drei Tage nicht rasiert, und jetzt gab er sich auch noch Mühe, gut gelaunt zu wirken. Wusste er, dass sie es gewesen war? Durchschaute er sie? Würde sie sich irgendwie verraten? Wieder nagte die Angst an ihr. Da sah er ihr in die Augen, und statt Misstrauen erkannte sie in seinem Blick nur einen verängstigten kleinen Jungen. Geradezu flehentlich sah er sie an.

Außer Platituden hatten sie einander nichts zu sagen. Also sagten sie sich eben Platituden. Möglich, dass tief unter den Klischees, ja unterhalb ihrer jeweiligen Absichten und für sie beide unsichtbar eine Bedeutung verborgen lag. Vielleicht entdeckte sie darin die Spuren der Erinnerung an den jungen Draufgänger, den sie gekannt, in den sie sich verliebt hatte.

Die Besuchszeit war schon fast zu Ende, als sie ganz unbedacht erklärte: «Ich halte zu dir. Egal, wie lang es dauert. Das weißt du.»

Er sah sie an.

«Ganz bestimmt», beharrte sie. Und das Sonderbare war, dass sie es sogar glaubte.

Das Wetter in Downpatrick war heute miserabel. Regenschwaden schlugen gegen das Panoramafenster. Nicht dass sie die Aussicht groß beachtet hätten, während sie ihren Tee tranken, die Hände um die wärmenden Tassen gelegt. Die Heizkörper erwärmten sich tickend.

«War's sehr schlimm?», fragte Sarah. «Die Befragung?»

«Nein. Die beiden waren ausgesprochen anständig. Eine Engländerin und ein Mann. Haben am Abend vorher angerufen und erklärt, was sie vorhatten. Ich kam mit dem Anwalt zur Wache, aber sie taten sowieso nur ihre Pflicht, ohne sich etwas zu erhoffen. Der Anwalt meinte, ich soll immer nur ‹Kein Kommentar› antworten. Die beiden waren sehr höflich. Fuhren mich hinterher nach Hause. Während ich weg war, hatten die das Haus durchsucht. Haben aber alles sauber und ordentlich hinterlassen.»

«Und hast du ihn gesehen?»

«Ja. Ich war in London.»

«Und wie war das?»

«Es war … in Ordnung.»

«Also –»

«Entschuldige, Sarah», unterbrach Bridget sie gefasst. «Darum bin ich nicht hier. Es war in Ordnung. Okay? Es ist nichts passiert. Nichts, das das, was wir getan haben, durcheinanderbringt. Zufrieden?»

Sarah sah sie an.

«Aber: Ich habe mich entschieden. Es ist vorbei. Ich bleibe. Ich kann das nicht. Ich kann nicht einfach alles aufgeben und irgendwohin, wo ich keinen kenne. Ich hab zu große Angst. Ich weiß, du hältst das für falsch, aber es ist meine Entscheidung.»

«Aha.»

«Es liegt nicht daran, dass ich Francis liebe. Das habe ich mal. *Sehr* geliebt haben wir einander. Aber Liebe hat nichts damit zu tun. Wir sind Mann und Frau, und so lebt man hier eben. Wie man sich bettet, so liegt man. Im Guten wie im Schlechten. Alles andere ist Spinnerei. Und damit muss Schluss sein.»

«Aber was passiert ist –»

«Was passiert ist, bestätigt das nur. Alles ist jetzt anders. Er braucht mich.»

«Aber –»

«Ich weiß. Mir wird übel beim Gedanken daran, was er getan haben soll. Beim Gedanken daran, was er ist. Und wenn er mich anfasst. Aber ich muss treu sein. Ich muss wiedergutmachen, was … Auch wenn das unmöglich ist.»

«Du hast nichts falsch gemacht, Bridget. *Er* ist hier der Schuldige. *Du* wolltest keine Bombe legen. Du schuldest ihm gar nichts. Du brauchst nicht zu warten. Du verdienst ein neues Leben.»

«Nein, verdiene ich nicht. Ich kann hier nicht weg. Hier bin ich aufgewachsen, das bin *ich*. Ich gehe nirgendwohin. Was immer du dir für mich ausdenkst, das bin ich nicht.»

«Ich denke mir nichts aus. Du musst an deine Sicherheit denken.»

«Du hast gesagt, es würde schon schiefgehen. Dass mit der Zeit bestimmt Gras über die Sache wächst.»

«Ich habe gesagt, die Chancen stünden nicht schlecht. Aber diese Typen sind unberechenbar. Du musst dir über das Risiko im Klaren sein.»

«Das nehme ich in Kauf. Vielleicht hab ich verdient, entdeckt zu werden. Vielleicht muss ich bestraft werden.»

«Unsinn. Du hast etwas Gutes getan, und das weißt du.»

«Es fühlt sich nicht gut an. Aber ob gut oder schlecht, ich hab's getan, und jetzt muss ich mit den Folgen leben.»

«Du willst es ihm doch nicht verraten? Oder denen?»

«Vielleicht sollte ich. Aber so mutig bin ich wohl nicht. Nein, meine Strafe wird darin bestehen, viele, viele Jahre, Tage und Stunden zu warten. Darauf zu warten, dass er freikommt und sie alles rausfinden.»

«Du willst dich also selbst geißeln?»

«Wenn du so willst.»

«Dafür, das Richtige getan zu haben?»

«So einfach ist es ja wohl kaum, meinst du nicht?»

«Aus meiner Sicht schon», erwiderte Sarah.

«Ich hab ihn gesehen, im Gefängnis. Da war er wieder so wie früher, stolz und übermütig, aber hinter der Fassade bloß ein kleiner Junge, der meinen Schutz braucht.»

«Er braucht keinen Schutz. Das ist bloß die alte Armer-Junge-Nummer. Die ziehen alle Männer irgendwann ab. Er verdient dich nicht. Du musst an dich denken, Bridget.»

«Nein. Wir sind fertig. Du hast, was du wolltest, jetzt kannst du mich vergessen.»

«Ich vergesse dich aber nicht. Ich will, dass du einsiehst, wie lächerlich du dich machst.»

«Ach so, lächerlich mache ich mich?»

«Na ja … ja. Ich war immer ehrlich zu dir. Also ja, lächerlich trifft es genau. Zugegeben, ich verstehe dein Verhalten. Es ist schwer für dich. Aber denk doch mal logisch. Angenommen, es war ein Fehler, mit mir zu sprechen – was ich keine Sekunde lang akzeptiere –, dann hast du ihn bereits begangen. Francis wurde geschnappt, und du kannst nichts dagegen tun. Wenn du bleibst, hilft das weder dir noch ihm. Stattdessen bringst du dich nur in Gefahr. In höchste Gefahr. Möglicherweise begehst du damit Selbstmord.»

«Vielleicht will ich das ja.»

«Glaub ich dir nicht. Hältst du wirklich für so falsch, was wir getan haben?»

«Nein, das nicht», sagte Bridget. «Es war nicht völlig falsch.

Nur … falsch für mich. Ich bin schuld. Nur mir selbst hab ich das vorzuwerfen.»

«Und wenn du bleibst, wird alles gut?»

«Weiß ich nicht. Aber ich sehe keine Alternative.»

Gleichzeitig nippten sie an ihrem Tee.

«Wenn ich daran denke, was ich riskiert habe», sagte Bridget, «wird mir ganz anders.»

«Ich hab so gut ich konnte auf dich aufgepasst.»

«Ich weiß.»

Sarah hielt inne. «Jetzt sollte ich wohl sagen: Okay, Bridget, in Ordnung. Deine Entscheidung, du bist erwachsen. Nichts für ungut, niemandes Schuld. Du warst spitze.»

Sie wartete, bis Bridget ihren Blick erwiderte, bevor sie fortfuhr: «Aber nein, du blöde Kuh. Du dumme, blöde Kuh. Das ist doch krank. Und egoistisch. Was soll der Scheiß: Ich muss für ihn da sein? Das ist meine Buße? Wohl eher: Ich muss das brave Frauchen spielen. Ich muss dahinschmelzen, weil der ach so tolle Francis O'Neill mit den Augen klimpert und 'nen Dackelblick aufsetzt. Ich muss die klassische unterdrückte, geschlagene Ehefrau spielen, weil – ha! – ich genau das ja auch bin. Das zieht einfach nicht.»

«Du bist sauer.»

«Sauer? Fuchsteufelswild bin ich! Und ich hab Angst. Davor, was mit dir passiert.»

«Du hast gesagt –»

«Ich weiß, was ich gesagt hab. Hat auch alles gestimmt. In meiner Branche bewerten wir Risiken. Die versuchen wir in möglichst akzeptablem Rahmen zu halten. Das Risiko, dass sie dir auf die Schliche kommen, ist … sehr gering? Vernachlässigbar? Vielleicht doch nicht ganz so klein. *Akzeptabel* allerdings ist manchmal nicht mal das. Ich würde dir am liebsten eine schmieren, Bridget O'Neill.»

«Tut mir leid, wenn ich dich enttäusche.»

«Herrgott, es geht hier nicht um mich. Und auch nicht um Francis. Sondern um dich. Ich meine das ernst, dass ich dir am liebsten eine schmieren würde. Um dich zu überwältigen und nach London mitzunehmen.»

«Das kannst du nicht.»

«Nein. Ich bin dem Willen einer Frau ausgeliefert, die ihr Leben in die Hand nehmen wollte, es sich jetzt aber leider anders überlegt hat. Ist ihr eben doch zu schwierig.»

«Bleiben ist auch schwierig.»

«Sag bloß. Darum ist das ja auch so verrückt. Du entscheidest dich bewusst nicht bloß für den falschen, sondern auch für den schwersten und gefährlichsten Weg.»

«Aus deiner Perspektive zumindest.»

«Dann beweis mir das Gegenteil. Erklär mir doch mal, wo ich überall falschliege.»

«Du liegst nicht falsch, im Grunde …»

«Im Grunde, hm? Du hast Stress, ich weiß. Bist durcheinander. Ich sollte mich für mein unprofessionelles Verhalten entschuldigen und in aller Ruhe das Für und Wider mit dir durchgehen. Aber verdammt noch mal, Bridget, schlag dir doch diese Flausen aus dem Kopf und tu, was ich sage.»

«Nein», sagte Bridget. «Ich habe mich entschieden. Und jetzt gehe ich.»

Der Gedanke durchfuhr ihn wie ein Blitz, wie eine Durchfallattacke. Seine Knie klappten weg, und er musste sich fast übergeben. Er wusste es.

Joe. Es musste einfach Joe gewesen sein. Die Jungs zu Hause sprachen ständig darüber, wie Joe taktierte und politisierte. Bloß Gerüchte, hatte Francis geglaubt, leeres Gerede. Bis jetzt. Trotz all seiner Vornehmheit war Joe ein Krieger, kaltblütig, in seiner ganzen Art. Seine schlanken Finger täuschten über eine ganz eigene Brutalität hinweg. Francis hatte sie als Kind erlebt, im Wechsel mit Joes Sanftmut. Zweifellos hatte er auch Liam, bevor er den Abzug betätigte, noch gestreichelt.

Diese kaltblütige Unbarmherzigkeit würde ihm bei Verhandlungen gewiss nützen. Sie half ihm, einige wenige für den höheren Zweck zu opfern. Die großen Zusammenhänge im Blick zu behalten. Dieser Mercer hatte damals schon geunkt, Francis wäre eines Tages entbehrlich. Vielleicht hatte er recht gehabt. Vielleicht wurde Francis – genau wie Liam vor ihm – nun nicht mehr gebraucht. Vielleicht glaubte Joe, er habe den Biss verloren, sei mürbe geworden. Am Ende seiner Kräfte. Also hatte er ihn drangegeben, im Zuge irgendeines irren Tauschhandels, den er sich schöngeredet hatte. So sah es in Joes Hirn eben aus. Vertrackt. Finster und voll verborgener Winkel. Es war nur zu gut möglich. Würde Harriet Kings Maulwurfsarbeit in den Akten das zutage fördern?

Francis saß mit ihr in dem Zimmerchen, während sie sich durch stapelweise Unterlagen wühlte: die Kurzfassung all der Kartons voller Dokumente, Tonbänder und Videos, die ihr von der Staatsanwaltschaft überstellt worden waren.

«Helfen Sie mir, Francis, helfen Sie mir», murmelte sie beim Suchen. «Irgendwo da drin … Irgendwo. Die haben gute Arbeit gemacht. Trotzdem, irgendwo muss etwas sein.»

«Müssen die Ihnen nicht alle Beweise vorlegen?»

«Fast. Sie wissen ja sicher Bescheid über Immunität zum Schutze des öffentlichen Interesses und Ex-Parte-Anhörungen. Die englischen Gerichte sind für uns dieselben Minenfelder wie die nordirischen.»

«Dann sind wir also am Arsch.»

«Nicht unbedingt. Manchmal schlampen sie. Ein winziges Fehlerchen kann genügen, damit der ganze Fall zusammenbricht. Aber hier sieht's danach nicht aus. Bis jetzt zumindest. Helfen Sie mir, Francis.»

«Die denken wohl, sie haben sowieso genug Beweise, auch ohne ihren Spitzel in den Zeugenstand zu holen.»

«Ja, offenbar. Wir greifen trotzdem an. Prüfen bei jedem Fitzelchen Information genau, woher sie stammt, achten auf Verfahrensfehler. Aber all diese Tonaufnahmen und Videobänder …»

Francis war klar, dass er Harriet King nicht allzu beflissen helfen durfte. Er konnte nicht riskieren, dass sein Gespräch mit Richard Mercer in Singapur ans Licht kam. Das erklären zu müssen, wäre mehr als heikel.

Er würde es selbst herausfinden müssen, was es auch kostete. Er würde seine eigene Spitzeljagd vom Gefängnis aus organisieren. Und irgendwann wüsste er Bescheid und bekäme seine Vergeltung. Das Wort gefiel ihm in diesem Moment ausgesprochen gut. Vergeltung. Biblisch klang das. Gerecht. Brutal.

«Klar ist», sagte Harriet, ohne aufzusehen, «dass die von Anfang an Bescheid wussten. Bis in die Einzelheiten. Was die da alles investiert haben! Die Tonbandgeräte und Kameras in der Wohnung in Birmingham. Dass sie den Lastwagen schon ab Irland verfolgt haben. Die Polizisten, die an der Raststätte auf der Lauer lagen. Die waren bestens vorbereitet. Irgendeine Idee?»

1995

16

«Also», sagte Kenny, lehnte sich zurück und lächelte. «Sie verstehen bestimmt, dass wir das gründlich untersuchen müssen.»

«Ja», sagte sie. «Darf ich Ihnen Tee nachschenken?»

«Nein, danke. Hab noch fast nichts getrunken. Nein, wir müssen rausfinden, was da falschlief. Darum müssen wir mit vielen Leuten reden. Den Ablauf rekonstruieren.»

«Verstehe.»

«Auch mit Ihnen, Bridget.»

«Oh.»

«Kein Grund zur Sorge. Ein paar Fragen, sonst nichts.»

«Na gut.»

«Nur, um alles abzudecken. Sie wollen sicher genauso gern wie wir die Wahrheit wissen. Rauskriegen, was Francis hinter Gitter gebracht hat.»

«Ja, sicher. Aber ich weiß ja gar nichts. Francis hat mir nie was erzählt …»

«Nein, natürlich nicht. So konnte er sie schützen.»

«Ja.»

«Ich will mir nur ein Bild davon machen, was vor und nach seiner Abreise so los war. Vieles ist sicher unwichtig, belanglos. Aber es könnte ins Puzzle passen und trotzdem weiterhelfen. Ist das in Ordnung, Bridget?»

«Denke schon.» Dann, verwegener: «Ja, natürlich.»

«Gut. Also. Mikey war ein paar Nächte bei Ihnen.»

«Das war merkwürdig. Vorher hat nie jemand bei uns übernachtet.»

«Worüber haben die beiden gesprochen?»

«Ich weiß nicht. Also, vermutlich über …»

«Die Arbeit?»

«Ja. Aber ich hab kein Wort gehört. Francis wollte, dass ich in der Küche bleibe, und das hab ich getan.»

«Zwei Tage lang?»

«Ja.»

«Und Sie haben nichts zufällig mitgehört?»

«Nein.»

«Sie waren nicht neugierig? Haben nicht mal kurz an der Tür gelauscht?»

«Nein. Francis sagte, ich soll nicht aus dem Haus gehen, also bin ich dageblieben. Ich hatte ja mein Radio. Und mein Buch.»

«Was gab's zu essen?»

«Zu essen?»

«Ja. Wenn Mikey so unerwartet kam, hatten Sie doch vielleicht gar nicht genug Vorräte im Haus.»

«Francis kam am Abend zuvor mit ein paar Tüten Tiefkühlzeug nach Hause. Hat gesagt, ich soll keinen Fuß vor die Tür setzen. Die Milch ist uns ausgegangen. Wir mussten den Tee schwarz trinken.»

«Und haben Sie mal telefoniert?»

«Nein.»

«Sie hatten also mit niemandem Kontakt? Auch keinen Besuch?»

«Nur Thomas, aus dem Dorf –»

«Dazu kommen wir gleich. Haben Sie mit Mikey gesprochen?»

«Ich hab bestimmt guten Morgen zu ihm gesagt. Und vielleicht ein paar Worte, wenn ich Tee oder Essen brachte.»

«Wo hat er geschlafen?»

«Im Gästezimmer. Wir haben nur die zwei Schlafzimmer.»

«Haben Sie das mal betreten?»

«Nein. Erst, als er weg war.»

«Hat er irgendwas liegenlassen?»

«Nein, überhaupt nichts.»

«Haben die Jungs mal einen getrunken, Bridget? Francis genehmigt sich ja gern mal einen. Vielleicht ein Bier zum Feierabend?»

«Nein. Es war nichts im Haus, und Francis hat nichts besorgt.»

«Was hat Francis gesagt, was Mike und er zu tun hatten?»

«Nichts. Darüber spricht er nie.»

«Sie waren doch sicher neugierig.»

«Nein. Und selbst wenn, hätte ich ihn nicht fragen können.»

«Kein Wort über eine große Sache?»

«Nein.»

«Über einen Ausflug auf die andere Insel?»

«Nichts.»

«In Ordnung. Was haben Sie sich denn für einen Reim darauf gemacht, Bridget?»

«Einen Reim?»

«Was glaubten Sie, was die beiden tun, Francis und Mikey?»

«Gar nichts. Ich hatte keinen Schimmer.»

«Sie müssen sich doch gefragt haben, was los ist?»

«Wie gesagt: Ich bin seit Jahren mit Francis zusammen. Da hab ich gelernt, keine Fragen zu stellen …»

«Hm. Na gut. Und was ist später passiert?»

«Als die Polizei kam?»

«Genau.»

«Thomas aus dem Dorf hat geklopft. Ich ging hin, Francis sprach mit ihm. Es wurde ein bisschen hektisch.»

«Hektisch?»

«Ja. Thomas hat draußen gewartet, Francis überlegte, was

zu tun war. Er ging ins Wohnzimmer, und ich hörte Stimmen.»

«Francis und Mikey? Haben Sie was verstanden?»

«Nein.»

«Haben die beiden gestritten?»

«Ich glaube nicht. Aber sie klangen aufgeregt.»

«Kriegte Thomas davon was mit?»

«Glaub ich nicht. Der stand ja vor der Tür.»

«Erzählen Sie weiter.»

«Irgendwann kam Francis mit Mikey raus. Mikey holte seine Tasche und ging mit Thomas weg. Francis schickte mich wieder in die Küche. Ein paar Minuten später hat er gesagt, er müsse was erledigen, und ich solle mich auf Besuch einstellen.»

«Und Sie wussten, was das hieß?»

«Ja. Polizei.»

«Was ist dann passiert?»

«Francis ist gegangen.»

«Hat er was mitgenommen?»

«Ich weiß nicht. Es ging alles so schnell.»

«Und wann kam er zurück?»

«Etwa vier Stunden später.»

«Hat er gesagt, wo er war?»

«Nein.»

«Und während er weg war?»

«Na ja, Sie wissen schon …»

«Nein. Erzählen Sie's mir.»

«Die sind gekommen, dieser Mr. Donnelly. Hat nach Francis gefragt. Ich hab gesagt, dass ich nicht weiß, wo er ist.»

«Wollten die sonst noch irgendwas wissen?»

«Wo er in letzter Zeit gewesen war, mit wem er sich traf, was er grade machte. Ich hab immer nur gesagt, dass ich's nicht weiß, da haben sie nicht mehr gefragt.»

«Was hielten Sie von diesem Donnelly?»

«Ich mochte ihn überhaupt nicht.»

«Wollte er noch was anderes?»

«Was meinen Sie?»

«Wollte er Sie noch mal treffen? Hat er nach Telefonnummern gefragt?»

«Nein.»

«Gut. Und das war alles?»

«Abgesehen von der Durchsuchung. Das waren ganz schön viele, Polizisten und Soldaten. Haben alles auf den Kopf gestellt.»

«Und haben sie was gefunden?»

«Ich glaube nicht. Aber sie hielten mich ja in der Diele fest.»

«Und haben die sich danach noch mal gemeldet?»

«Nein.»

«Sonst auch niemand?»

«Nein.»

«Und Sie haben die nicht kontaktiert?»

«Nein. Warum auch? Kürzlich hat mich die Londoner Polizei befragt.»

«Wissen wir. Ihr Anwalt war dabei?»

«Ja.»

«Und seither?»

«Was meinen Sie?»

«Anne-Marie Shaw war ein paarmal hier.»

«Ich weiß. Ich hab abgesperrt und mich oben verkrochen. Ich wollte einfach niemanden sehen.»

«Wann war das?»

«Keine Ahnung. Ich lag die ganze Zeit im Bett, kam nur zum Essen runter. Das Zeitgefühl hatte ich komplett verloren.»

«Jemand hat Sie an der Bushaltestelle gesehen.»

«Ich musste zum Supermarkt.»

«Schließen Sie uns nicht aus, Bridget. Wir wollen helfen.»

«Ich weiß.»

«Fällt Ihnen sonst noch was ein? Irgendwas, das wichtig sein könnte?»

«Nein, ich wüsste nicht, was.»

«Na gut. Tut mir leid, dass ich Sie so löchern muss. Bestimmt fragen Sie sich, was das überhaupt soll.»

«Nein. Sie tun nur Ihre Pflicht.»

«Wir müssen gründlich sein. Als Nächstes gehen wir alles haarklein durch, dann müsste ich vielleicht noch mal ein paar Einzelheiten mit Ihnen klären. Wäre das in Ordnung?»

«Aber sicher.»

Schuldig. Es war absehbar gewesen. Ein englisches Gericht mit all seinen Vorurteilen. Aus deren Sicht war er tatsächlich schuldig; angesichts der schieren Masse an Beweisen ließ sich das schwer abstreiten. All die aufgezeichneten Gespräche in der Wohnung. Das Video vom Treffen mit Jonjo in Cairnryan. Die Tonbänder aus dem Auto. Sie hatten sogar aufgezeichnet, wie Jonjo ihm den Sprengsatz erklärte. Oder wie Kevin und er über die Route stritten. Tag für Tag standen sie vor Gericht wie die letzten Trottel da. Karl, der vor der Wohnung herumstolzierte. Die Aussage des asiatischen Ladenbesitzers über Karls sonderbares Benehmen beim Abholen des Schlüssels. Videoaufnahmen von Antony im Auto, wie er sich hektisch umsah. Die Episode mit dem alten Säufer. Eine wahre Seifenoper für die Boulevardpresse, und er war der unglückselige Anführer dieser Bande von Versagern. Sie waren Clowns. Aber schuldige Clowns.

Trotzdem, einundvierzig Jahre. Die Urteilsfindung hatte keine zwanzig Minuten gedauert. Sittenwidrige Eile, hatte sein

Verteidiger vor dem Gerichtssaal gesagt und Berufung angekündigt. Warum die Jury überhaupt beraten lassen, wenn doch ohnehin schon alles klar ist?

Worte, sonst nichts. Aber einundvierzig Jahre. Francis war darauf eingestellt gewesen, es war die übliche Dauer, aber als der Richter es aussprach, konnte er es doch nicht glauben. Wenn er rauskäme, wäre er weit über siebzig. Jede Menge Zeit, um über der Frage zu brüten, wem er das verdankte. Er würde es herausfinden, auch von hier drinnen aus, und es die zu Hause wissen lassen.

Harriet King besuchte ihn am Tag nach der Urteilsverkündung.

«Tut mir leid, Francis», sagte sie, ganz ohne ihr aufgesetztes Lächeln.

«Schon in Ordnung», antwortete er.

«Hier ist eine Nachricht von Joe Geraghty», sagte sie und reichte ihm einen Zettel.

Die üblichen Platituden. Aufgeopfert blabla, kümmern uns um deine Frau blabla, tun alles für dich blabla, deine Familie ist stolz blabla. Joe war nicht derjenige, der einundvierzig Jahre Knast vor sich hatte.

«Ich bräuchte das dann wieder», sagte Harriet, als er den Zettel gelesen hatte.

Er reichte ihn zurück. «Verstehe.» Das tat er wirklich.

Jetzt saß er in seiner Zelle in Whitemoor, fand sich in eine Routine ein, die sich die nächsten vier Jahrzehnte nur minimal verändern würde. Die Zelle war komfortabel, immerhin, und doch blickte er ohne Hoffnung in die Zukunft.

In seinem Kopf drehte sich alles immer weiter. Mikey war praktischerweise zwei Wochen vor dem Einsatz von der RUC aufgegriffen, jedoch schon nach der ersten Anhörung wegen eines Formfehlers entlassen worden. Von einem Gericht in

Belfast. Angeblich war er noch am selben Tag Richtung Süden geflitzt. Er war's. Mikey hatte mit den Briten geredet.

In dem Gefängnis in Cambridgeshire besuchte sie ihn nur ein einziges Mal. Nach und nach gewöhnte sie sich ans Alleinsein. Ohne ihn, ohne Sarah. Mit dem Bus fuhr sie zum Flughafen nach Dublin, von wo aus sie einen Billigflug nach Stansted gebucht hatte. In England nahm sie den Zug vom Flughafen bis March, dann ein Taxi zum Gefängnis. Der Taxifahrer war anfangs gut gelaunt und machte Witze. Doch als er ihren irischen Akzent bemerkte, verstummte er und blitzte sie beim Bezahlen böse an.

In der Anstalt fertigte man Bridget auf eine Weise ab, die sie fast glauben ließ, in England gelte Sippenhaft, besonders wenn man die Frechheit besaß, den Übeltäter auch noch zu besuchen. Sie nahm in einem Wartebereich bei einigen anderen, ihr unbekannten Besuchern Platz. Keiner sprach. Der Raum war trostlos, die Stühle hart. Junge Frauen mit langem, strähnigem Haar senkten den Blick und zupften sich an den Spitzen herum. Ältere Männer saßen steif da und kneteten nervös ihre Tweedmützen. Kinder gähnten.

Nach vierzig Minuten kam eine streng blickende Aufseherin mit einem Klemmbrett herein und machte Häkchen auf einer Liste, während die Leute missmutig an ihr vorbeischlurften und ihre Namen murmelten. Bridget wurde durchsucht. Alles, was man auch nur ansatzweise für verboten oder gefährlich halten konnte, wurde ihr abgenommen, und man händigte ihr eine Liste mit Verhaltensregeln aus. Diese Liste las die Aufseherin laut vor, als traute sie ihr nicht zu, selbst lesen zu können.

Francis waren besondere Haftbedingungen auferlegt worden, weshalb Bridget eine Leibesvisitation über sich ergehen lassen musste. Die wurde von einer anderen Aufseherin in einer Kabine durchgeführt – nicht wirklich brutal, aber doch so grob, dass Bridget vor Scham knallrot wurde. Dann wurde sie endlich vorgelassen.

Francis saß an einem Tisch und wippte mit dem linken Fuß. Er starrte zu Boden. Sie setzte sich zu ihm und lächelte. Er blickte auf, ohne ihre Herzlichkeit zu erwidern.

«Gut hergefunden, ja?», fragte er.

«Ja», antwortete sie leise. «Wie geht's dir, Francis?»

Er sah sie fassungslos an, und sie rechnete fest mit einer Schimpftirade. Stattdessen senkte er wieder den Blick und sagte: «Geht schon. Den Umständen entsprechend.»

«Ich hab dir ein paar Sachen mitgebracht, aber die haben sie mir abgenommen. Müssen sie erst überprüfen. Dann kriegst du sie, haben sie gesagt.»

«Mhm», machte er.

«Meine Eltern lassen grüßen.»

Er unterdrückte ein Lachen. «Ja, klar.»

«Joe hat seinen Jungen zu mir geschickt –»

«Sprich nicht von Joe», zischte er. «Die hören mit.»

«Entschuldige, Francis.»

«Schon gut. Kein Grund zur Aufregung.»

«Ich komm zurecht. Ist seltsam, so allein. Francis?»

«Ja?»

«Ich will dich sooft wie möglich besuchen. Warum verlegen die dich nicht nach Irland? Nach Maghaberry?»

«Um uns das Leben möglichst schwerzumachen. Damit ich leide. Rachsüchtig sind sie, diese Engländer.»

«Ja. Das sind sie wohl.»

«Aber ich will sowieso nicht, dass du mich besuchst. Du sollst nicht herkommen, du sollst mich nicht sehen.»

«Aber –»

«Nein.»

«Dann komme ich nur ab und zu. Ein-, zweimal im Jahr. Zu deinem Geburtstag und zu Weihnachten.»

«Nein. Ich muss das allein durchstehen.»

«Aber Francis, es –»

«Glaubst du, ich weiß nicht, wie lang das dauert? Du sollst nicht kommen. Mach lieber was aus deinem Leben. Such dir einen anderen. Zieh woanders hin.»

«Warum sollte ich so etwas tun? Ich werde dir schreiben, in ein paar Monaten siehst du das sicher anders. Dann besuche ich dich wieder. Inzwischen kann ich sparen.»

«Nein.»

«Francis, auch wenn du mich nicht sehen magst, ich warte auf dich. Was anderes kommt für mich nicht in Frage.»

Er schüttelte den Kopf.

Wenige Tage nach ihrer Rückkehr nach Irland stand Kenny wieder vor der Tür.

«Joe hätte Sie liebend gern besucht», sagte er.

«Das ist nett. Aber ich weiß ja, dass er viel zu tun hat.»

«Stimmt wohl. Trotzdem würde er Sie gerne sehen. Und zufällig …»

«Ja, Kenny?»

«Er ist heute in der Gegend. Muss jemanden treffen. Ganz in der Nähe.»

«In der Nähe?»

«Mit dem Auto etwa eine Stunde von hier. Wenn Sie ihm den Gefallen täten, mit mir hinzufahren, würde er sich bestimmt freuen. Nur, falls Sie Zeit haben, versteht sich.»

«Na ja …»

«Wenn Sie beschäftigt sind, versteht Joe das natürlich. Nur ein Schuss ins Blaue. Ich könnte Sie gleich hinfahren, und wir wären im Handumdrehen zurück.»

«Nein, Kenny, ich komme gern. Ich freue mich, Joe zu sehen.»

«Na, dann mal los.»

So lief es also. Ein paar Nettigkeiten, eine kleine Lüge, Tür zu und fertig. Kein Abschied, kein Anruf bei Sarah, keine Schauspielerei, kein Gezeter und Gestrampel, während man sie in einen Lieferwagen zerrte. Bloß das Klacken des Türschlosses, das sie schon tausendmal gehört hatte, und Kennys schickes Auto. Schon war man verschwunden.

«Wie ich höre, haben Sie Francis drüben besucht?», fragte Kenny auf der Fahrt.

«Ja, stimmt.»

«Wie geht's ihm denn so?»

«Ach, wissen Sie ...»

«Bestimmt schwer für ihn.»

«Ja. Da hab ich's noch leicht. Man kommt zurecht. Geht ja nicht anders.»

«Trotzdem. Bestimmt nicht einfach.»

«Nein. Aber so ist's eben. Ich muss tun, was ich tun muss.»

«Ja, da haben Sie recht.»

Das Ziel der Fahrt lag irgendwo hinter Monaghan. Mehr konnte Bridget nicht sagen, nach all den Kurven und engen, von dunklen Hecken gesäumten Sträßchen. Es kam ihr vor, als habe ihre Gefangenschaft bereits begonnen.

Dass keine anderen Häuser in der Nähe waren, überraschte sie nicht. Trotz diverser Wirtschaftsgebäude deutete nichts darauf hin, dass der Hof noch betrieben wurde. Das Bauernhaus selbst war groß und aus rotem Backstein. In der Auffahrt standen keine Autos.

«Da wären wir», sagte Kenny.

Die Haustür war nicht abgeschlossen.

«Hallo», rief Kenny munter in die große Diele mit Parkettboden.

«Hier drin», ertönte Joe Geraghtys Stimme.

Sie traten in ein großes Esszimmer mit dunklen, alten Möbeln. Durch die Gardinen drangen Sonnenstrahlen.

«Hallo, Bridget», sagte Joe Geraghty. «Wie geht es Ihnen? Es tat mir so leid, das von Francis zu hören. Er ist für mich wie ein kleiner Bruder, wissen Sie.»

«Ja, Mr. Geraghty. Ich komme zurecht.»

«Aber, aber, Bridget. Ich heiße Joe, das wissen Sie doch. Kann ich Ihnen noch was bringen, ehe wir uns unterhalten? Ein Tässchen Tee? Oder Kaffee?»

«Nein danke, Joe.»

«Also gut. Kenny?»

«Ja, Joe?»

«Lässt du uns ein paar Minuten allein? Sorgst dafür, dass wir nicht gestört werden? Und vielleicht bringst du uns beiden ein Glas Wasser.»

«Wird gemacht.»

Joe Geraghty lud Bridget ein, sich ihm gegenüber an den Tisch zu setzen.

«Ich hoffe, es stört Sie nicht, wenn ich ein bisschen mitschreibe, Bridget», sagte er, indem er einen A4-Block aufklappte. «Mein Gedächtnis …»

«Natürlich nicht.»

«Ich mache das nur ungern. Das wird dann so unspontan. Lieber hätte ich einfach nett mit Ihnen geplaudert. Aber ich brauche das alles ganz genau, verstehen Sie?»

«Schon in Ordnung.»

Er lächelte. «Ihnen ist sicher bewusst, wie ernst wir alle das mit Francis nehmen?»

«Ja.»

«Wir wollen das unbedingt aufklären. Normalerweise kümmere ich mich um so was nicht mehr persönlich, aber diesmal mache ich eine Ausnahme.» Er warf einen Blick in seine Notizen. «Am Ende ist es womöglich nur eine Lappalie. Natürlich nicht für den armen Francis, der da drüben hinter Gittern sitzt, aber vielleicht war es trotzdem einfach Pech. Bloß ein Fehlerchen, irgendwo. Ein Versprecher. Ein kurzer Aussetzer, irgendwas in der Art.»

Er verstummte. Die ganze Zeit über hatte er sie mit festem Blick angesehen.

«So was kommt vor. Sollte aber doch was Schlimmeres dahinterstecken, müssen wir uns darum kümmern. Da sind wir uns sicher einig.»

«Absolut, Joe.»

«Wollen wir dann loslegen?», sagte er.

Einen Moment herrschte Stille, während er zwei weitere Blätter aus seiner Ledermappe nahm und eingehend betrachtete. Dann blickte er sie an.

«Das hier sind Kennys Notizen. Wir müssen akribisch genau sein. Justizirrtümer überlassen wir lieber den Briten.» Ein grimmiges Lächeln. «Also, mal sehen ...» Damit begann er, Kennys Bericht Satz für Satz durchzugehen und Bridget jeweils fragend anzusehen, ehe er sie bat, zu bestätigen, zu korrigieren oder zu erläutern. Mit dem grauen Haar und den tränenden Augen hätte sie ihn fast für einen gütigen alten Richter halten können.

Zum ersten Mal bemerkte sie die schöne Standuhr in der Ecke. Still und leise vergingen der Nachmittag und ihr Leben in diesem entlegenen, gemütlichen Winkel der Welt.

Es stimmt schon, was man sagt, hatte Sarah einmal festgestellt. Im Grunde sind wir Menschen doch recht simpel gestrickt. Wir lügen mit dem Mund und verraten uns woanders. Gesichtsmuskeln und -ausdruck haben wir in der Regel ausreichend unter Kontrolle, um die Täuschung zu stützen. Schwerer wird es weiter weg vom Kopf. Vorsicht, nicht mit den

Füßen wippen! Hände ruhig halten, am besten im Schoß! Keine Angst davor, nervös zu wirken! Warum sollte man auch nicht nervös sein?

Dass es einmal so weit käme, hatte Bridget nie geglaubt, auch wenn ihr, seit Sarah in ihr Leben getreten war, die Angst rund um die Uhr im Nacken saß.

Joe Geraghty schritt gemächlich voran, ohne jede Hast und ohne eine Miene zu verziehen, abgesehen von einem Seufzer hier und einem Stirnrunzeln da, die er bestimmt ganz bewusst einsetzte.

Schließlich zeigte die Uhr fast sechs. Geraghty seufzte offenbar zufrieden auf und lächelte. «Gut, Bridget», sagte er. «Damit haben wir wohl alles abgedeckt. Sie haben mir sehr geholfen.»

«Danke.»

«Nein, nein. Ich habe zu danken. Sehr hilfreich. Gibt uns viel zu denken. Sie haben ein hervorragendes Gedächtnis, sehr umfassend und detailliert. Ich glaube nicht, dass ich von Ihnen noch mehr brauchen werde. Francis kann von Glück reden, dass er Sie hat. All die Jahre standen Sie ihm bei. Das war bestimmt nicht leicht. Und jetzt das.»

«So schlimm war es gar nicht.»

«Sie sind zu bescheiden. Ich kann mir denken, welche Opfer Sie bringen mussten. Sie hatten nie Kinder, Sie beide.»

«Nein.»

«Gab es dafür einen bestimmten Grund?»

«Das würde ich lieber für mich behalten.»

Er schien kurz nachzudenken. «Hm. Na, was in dieser Hinsicht zwischen Mann und Frau geschieht, ist wohl Privatsache. Soll Kenny Sie jetzt nach Hause bringen?»

«Ja, gern. Wenn Sie sicher sind, dass …»

«Andererseits würde ich Sie nur ungern noch einmal belästigen. Kenny und ich sind heute Abend unterwegs, um noch ein paar Befragungen durchzuführen. Wenn es Ihnen recht ist, könnten Sie hier übernachten. Morgen früh sind wir zurück, dann hätte ich vielleicht noch ein, zwei Fragen. Mrs. Lomax, die Haushälterin, kümmert sich um Sie.»

«Eigentlich würde ich lieber nach Hause, Joe. Sie können mich gern jederzeit anrufen.»

«Das ist sehr freundlich. Aber es käme mir doch sehr entgegen, wenn Sie blieben. Ich habe so viel um die Ohren und würde das gern schnellstmöglich erledigt wissen. Dauert morgen bestimmt nicht mehr lange. Ein Stündchen vielleicht. Dann sind sie frei wie ein Vogel. Wäre das möglich?»

«Natürlich. Aber ich habe gar nichts mit.»

«Mrs. Lomax kann Ihnen sicher alles geben, was Sie brauchen. Und ein leckeres Abendessen kocht sie auch, das kann ich Ihnen sagen. Wäre das wirklich in Ordnung?»

«Ja, Joe. Selbstverständlich.»

«Braves Mädchen. Ganz wunderbar. Ich muss los. Bis morgen früh.»

Die Männer nippten Scotch.

«Und?», fragte Kenny. «Holen wir die Lügendetektoren aus Donegal?»

«Das ist nicht zum Lachen, Kenny. Hier geht's um eine ernste Sache.»

Jimmy Lafferty und sein Team waren von Joe gründlich in der Kunst geschult worden, widerwilligen Gesprächspartnern Geständnisse zu entlocken. Sie waren es auch gewesen, die sich vor Joes Gnadenschuss Liam gewidmet hatten.

«Ich weiß schon, Kenny», fuhr Joe fort. «Galgenhumor. War ein langer Tag. Jimmy und seine Leute zu rufen ist ein großer Schritt. Stehen die denn bereit?»

«Auf Abruf. Ich müsste Bridget nur hinbringen.»

«Wissen die, mit wem sie es zu tun haben?»

«Nein.»

«Und wir könnten sie auch wieder stoppen?»

«Sie wissen Bescheid.»

«In Ordnung. Was hältst du denn von ihr?»

«Schwer zu sagen. Alles, was sie sagt, passt ins Bild. Aber man weiß nie.»

«Stimmt wohl. Glaubst du, sie weiß von dem Handy?»

«Kann ich mir nicht vorstellen.»

«Hm. Vielleicht frage ich sie mal. Was mag es damit überhaupt auf sich haben, mit diesem Handy?»

«Keine Ahnung. Wen hat er wohl angerufen?»

«Das ist die Frage.»

«Die angerufene Nummer gehört zu einem Eircell-Handy. Gekauft in einem kleinen Laden in Limerick. Keine Ahnung, von wem.»

«Könnte Mikey damit telefoniert haben?»

«Nein. Francis meint, er hatte das Handy immer bei sich.»

«War ja auch sein Einsatzhandy. Haben wir ihn wegen des Anrufs gefragt?»

«Nein. Könnte er mit den Bullen geredet haben?»

«Wie hätte das zugehen sollen, Kenny? Glaube ich nicht. Aber vielleicht warten wir mal ab, was Bridget dazu sagt. Was ist mit Stevie Shaws Frau? Die wollte sie doch besuchen?»

«Bridget behauptet, sie war im Schlafzimmer.»

«Und?»

«Kann ihr nicht das Gegenteil beweisen.»

«Tja. Klingt plausibel. Vermutlich nur Lappalien. Hast du ein Bauchgefühl?»

«Nein. Du?»

«Das ist es ja. Normalerweise ja, und meistens liege ich damit richtig. Aber diesmal nicht. Was tun wir also?»

«Ich weiß es nicht.»

«Wenn irgendwer geredet hat, müssen wir den Scheißkerl finden. Also?»

«Bringen wir sie zu Jimmy? Sonst zerbrechen wir uns ja doch nur ewig den Kopf.»

«Ja, das könnten wir schon tun», antwortete Joe. «Aber was brächte das? Wenn Jimmy und seine Jungs loslegen, sagt sie entweder, was die ihrer Meinung nach hören wollen, oder streitet alles ab. So oder so bringt uns das nicht weiter. Gesteht sie, wissen wir nicht, ob's stimmt, gesteht sie nicht, verdächtigen wir sie weiter. Als würde man eine Hexe in den Fluss werfen.»

«Vielleicht sagt sie was, das sich überprüfen lässt.»

«Möglich. In jedem Fall wäre es ihr Todesurteil. Hätten wir auch nur den kleinsten Beweis, wäre mir das gleich. Aber so, nach diesen Gesprächen … Ich bin einfach nicht sicher. Vermutlich muss ich improvisieren. Mal sehen, was morgen passiert. Wenn mein Bauchgefühl sich meldet, lassen wir die Jungs ran.»

«Glaubst du, sie könnte es gewesen sein?»

«Nein, eigentlich nicht. Aber man weiß nie. Verdammte Engländer. Das Dumme ist, irgendwen müssen wir finden. Sonst ziehen die anderen nicht mehr mit. Die kommenden Jahre werden ohnehin schwierig. Falls wir gar nicht schlau aus der Sache werden, muss Bridget vielleicht herhalten. Ihre Familie ist nicht republikanisch, das sagt schon einiges. Sie war all die Jahre mit Francis verheiratet, aber können wir ihr wirklich trauen? Womöglich müssen wir das Bäumchen einfach mal ein bisschen schütteln und sehen, ob was runterfällt. Mit Jimmy warten wir besser noch. Aber wir machen ihr weiter Druck. Wer weiß, was es bringt. Die Jungs sollen sich bereithalten.»

«Guten Morgen, Bridget, gut geschlafen?»

«Nicht übel, Joe.»

«Schön. Und gestern Abend, was haben Sie da gemacht?»

«Mrs. Lomax hat uns was Schönes gekocht, und wir haben ferngesehen.»

«Ein netter, ruhiger Abend vor dem Fernseher. Was kann es Angenehmeres geben? Kenny und ich mussten leider eine Nachtschicht einlegen.»

«Das tut mir leid.»

«Ach, ist schon in Ordnung. Ich will das klären, unbedingt. Also, wo waren wir? Ach ja. Was machen Sie denn so, wenn Francis unterwegs ist, Bridget?»

«Was ich mache? Nichts.»

«Irgendwas müssen Sie doch tun.»

«Na ja, das Übliche. Ich gehe einkaufen, putze, höre Radio, sehe fern, lese ein Buch. Aber das tue ich auch, wenn Francis da ist.»

«Sonst nichts? Ist doch bestimmt einsam da draußen?»

«Nein. Ich bin dran gewöhnt. Ich bin gern allein.»

«Und Freundinnen haben Sie nicht?»

«Nein. Nur Anne-Marie, Cathy, Patricia und die anderen Frauen.»

«Ihre Eltern sind nicht gerade begeistert von Francis, nicht?»

«Sie kommen schon mit ihm zurecht.»

«Aber *uns* mögen sie nicht sehr, oder? Die RA?»

«Politik interessiert sie einfach nicht besonders.»

«Ich hätte gedacht, wo Sie herkommen, interessiert die einen automatisch. Besetzt von der Kolonialmacht, keine zehn Kilometer vom sogenannten Freistaat entfernt. Aber das müssen Ihre Eltern wohl selbst wissen. Mich interessiert nur, ob sie mit jemandem reden würden.»

«Bestimmt nicht. Außerdem wissen sie sowieso nichts über Francis. Noch weniger als ich. Ich erzähle nie was.»

«Ich könnte ja mal mit ihnen sprechen.»

«Das könnten Sie wohl, Joe. Das könnten Sie wohl.»

«Wahrscheinlich haben Sie recht, Bridget. Warum die alten Leute behelligen? Und was halten Sie von unserer Sache?»

«Ihrer Sache?»

«Von unserem Kampf. Was denken Sie darüber?»

«Ich stehe dahinter, Joe. Zu hundert Prozent. Ich habe Francis all die Jahre den Rücken freigehalten.»

«Wohl wahr. Und Sie hatten niemals Zweifel?»

«Nein. Von Politik verstehe ich nichts. Aber die Sache unterstütze ich.»

«Und Sie haben sich nie um Ihren Mann gesorgt? Vor all diesem Ärger, meine ich?»

«Doch, Joe. Aber er hat das Richtige getan. Für uns gekämpft. Und ich würde keinem was von ihm erzählen.»

«Das behauptet ja auch niemand», beschwichtigte Joe.

Sie erwiderte seinen Blick. «Aber das wollen Sie doch rausfinden, nicht wahr? Wer wem von was erzählt hat?»

«Oh, mir geht es ausschließlich um die Fakten, Bridget. Beunruhigt Sie das? Fühlen Sie sich bedroht?» Er lächelte.

«Nein. Oder doch, ja. Ich will genauso die Wahrheit erfahren wie Sie. Aber was diese Fragen sollen, verstehe ich nicht. Ich weiß von nichts.»

«Natürlich, Bridget. Gehört wohl leider zu meinem Beruf, dass ich ab und an jemandem auf die Füße trete. Nehmen Sie's mir nicht zu krumm. Es tut mir jedenfalls leid. Wenn wir den Verantwortlichen finden, gibt es keine Gnade, das verspreche ich Ihnen. Aber so weit sind wir noch nicht. Lassen Sie uns doch noch mal genau durchsprechen, wie das war, als Thomas bei Ihnen klopfte.»

«Da weiß ich nicht mehr viel. Es ging alles so schnell.»

«Ich weiß», beruhigte er sie. «Erzählen Sie mir nur, was Sie noch wissen. Und nicht nachträglich ausschmücken, ja?

Also, Thomas stand vor der Tür. War er nervös? Durcheinander?»

«Ja. Aber das ist wohl nicht erstaunlich. Sie glauben doch nicht ...»

Geraghty lachte. «Ich glaube gar nichts, Bridget. Wie gesagt, ich sammle nur Fakten. Erst wenn ich die beisammen habe, mache ich mir meine Gedanken. Thomas steht also draußen. Francis und Mikey sind im Wohnzimmer, Sie sind in der Diele und hören die beiden nicht. Die beiden kommen raus, Mikey holt seine Tasche von oben und geht mit Thomas weg. So weit richtig?»

«Ja.»

«Jetzt sind Sie also mit Francis allein. Was nun?»

«Er sagte, es käme Besuch, und ich wusste, dass er die Polizei meinte. Dann holte er seine Jacke und ging.»

«Hat er was mitgenommen?»

«Was denn?»

«Ich weiß nicht. Eine Tasche vielleicht?»

«Ich kann mich nicht erinnern. Das ist alles irgendwie verschwommen.»

«Verstehe. Waren Sie in Sorge?»

«Ja, war ich. Die Polizei sieht man bei uns auf dem Land nicht oft. Als die dann mit all den Autos, Hubschraubern und Gewehren anrückten ...»

«Ich weiß. Das haben Sie ja Kenny schon erzählt. Ich will keine alten Wunden aufreißen. Nur eins. Was hielten Sie von George Donnelly?»

«Kennen Sie ihn etwa?»

«Schon eine halbe Ewigkeit. Ich wohne in Belfast. Theoretisch sollten Donnelly und ich uns niemals in die Quere kommen. Aber er mischt sich gern ein.»

«Ich mochte ihn nicht.»

«Das denke ich mir. Den mag kaum jemand, nicht mal seine eigenen Leute. Jagt ihnen eine Heidenangst ein. Besser, man geht ihm aus dem Weg.»

«Ja. Aber falls Sie meinen, ob ich –»

«Nein, nein. Bestimmt nicht. Und wenn doch, würden Sie's mir kaum erzählen, was?» Er lächelte freundlich, wie um zu signalisieren, dass die Frage keiner Antwort bedurfte. «Nein, natürlich nicht. Wegen Chief Superintendent George Donnelly mache ich mir keine Sorgen. Kein Stück. Sie wären garantiert nicht so dumm, diesem Halunken auch nur die Uhrzeit zu verraten. Ich will nur möglichst exakt nachvollziehen, was passiert ist. Mikey, Thomas, Francis, wer war wann wo? Gut, Bridget, dann bliebe noch das Telefon.»

«Welches Telefon?»

«Das Handy.»

«Ich weiß nichts von einem Handy.»

«Oh, ich dachte, Sie hätten Kenny von einem Handy erzählt. Egal. Sie haben nicht zufällig Mikey mit einem gesehen? Oder Francis?»

«Nein. Ich wusste gar nicht, dass die welche hatten.»

«Ganz klein. Dunkelgrau. Passt in eine Handfläche. Sogar in eine hübsche kleine Hand wie Ihre, Bridget. Sagt Ihnen das irgendwas?»

«Das wüsste ich bestimmt noch.»

«Ja, bestimmt. Denken Sie noch mal scharf nach. Sie tun niemandem einen Gefallen, wenn Sie Details aussparen, am allerwenigsten Francis.»

«Nein. Ich habe kein Handy gesehen», sagte sie bestimmt.

«Na schön. Auch gut. Einen Versuch war's wert. Vergessen Sie's. Dann bringen wir Sie besser mal nach Hause, was? Ich sage Kenny, er soll das Auto holen.»

«Danke, Joe.»

«Oh, ich danke Ihnen, Bridget. Sie waren sehr geduldig. Und das in solch schweren Zeiten.»

Bridget holte ihre Handtasche aus dem Schlafzimmer. Kenny wartete bei laufendem Motor im Wagen, während sie sich von Joe verabschiedete.

«Wenn ich irgendetwas für Sie tun kann, können Sie mich jederzeit über Kenny erreichen.»

«Danke, Joe. Und wenn Sie mal in der Nähe sind …»

«Das ist nett. Ich käme liebend gern mal auf ein Tässchen Tee vorbei, aber ich bin unheimlich beschäftigt. Bitte nehmen Sie es mir nicht übel.»

«Aber nein.»

«Nur ein Ratschlag noch, Bridget. Schließen Sie uns nicht aus. Wir sind eine Familie. Wir halten zusammen.»

«Ich weiß, Joe.»

«Die Leute kommen noch auf falsche Gedanken.»

«Keine Sorge, Joe.»

«Gut. Ach, wie war's denn in Singapur?»

«Bitte?»

«In Singapur. Eine Hochzeit, oder?»

«Was meinen Sie?»

«Schon gut. Francis bat mich vorher um Erlaubnis. Freunde von Ihnen, richtig?»

«Richtig. Aber das ist Jahre her.»

«Francis musste mir versprechen, niemandem davon zu erzählen. Das sollte nur zwischen uns beiden bleiben. Zwischen uns dreien, ab jetzt.»

«Verstehe.»

«War also schön?»

«Ich war vorher noch nie im Ausland gewesen. Es war aufregend, aber jetzt kommt es mir ewig her vor.»

«Waren viele Leute da?»

«Es war ein großes Fest, ja. Aber ich hielt mich raus. Ich hab nicht gern so viele Leute um mich.»

«Und Francis?»

«Ach, Sie kennen ihn ja. Er musste die üblichen Junggesellengeschichten mitmachen.»

«Ha. Feuchtfröhlich, vermute ich.» Er lachte. «Ging's ihm gut?»

«Ja, sicher.»

«Hat sich nicht merkwürdig benommen?»

«Nein, er war wie immer.»

«Prima. Also konnte er mal etwas ausspannen.»

«Ja, ich denke schon.»

«Darum ging es mir, als ich ihm erlaubte zu fahren. Mal etwas Ruhe vor der Polizei. Die haben Sie doch nicht aufgehalten, oder? Beim Hin- oder Rückflug?»

«Nein.»

«Hat er jemanden getroffen?»

«Eine Menge Leute.»

«Jemand Bestimmten? Hat er mit irgendwem mehr Zeit verbracht als mit den anderen? Von irgendwem erzählt?»

«Nein. Er hatte einfach seinen Spaß.»

«Schön. Und Sie, Bridget?»

«Ich?»

«Haben Sie Freunde gefunden? Jemanden kennengelernt, mit dem Sie noch Kontakt haben?»

«Nein, Joe. Ich habe mich ziemlich abseits gehalten. Ehrlich gesagt war ich froh, als wir wieder zu Hause waren. Dieser Trubel ist nichts für mich.»

«Natürlich. Gut, dann will ich Sie mal nicht länger aufhalten. Kommen Sie gut zurück.»

Zwei Tage später stand erneut die Polizei vor der Tür.

Keine Hubschrauber diesmal, nur ein kleiner Trupp nervöser englischer Soldaten sowie George Donnelly und sein Sergeant.

«Wie kann ich Ihnen helfen, Mr. Donnelly?»

«Sie könnten mich zum Beispiel reinbitten. Und mir ein Tässchen Tee anbieten. Bitterkalt hier draußen.»

«Ach, die letzten Tage war's schlimmer.»

Sergeant Peters brummte etwas vor sich hin.

«Aber, aber», mahnte Donnelly. «Wo sind Ihre Manieren? Wenn die Dame uns nicht reinbitten möchte, tun wir unsere Arbeit eben auf der Schwelle. Sind ja alle gut eingepackt. Alle außer Ihnen, Bridget.»

«Mrs. O'Neill», blaffte sie.

«Natürlich. Bitte entschuldigen Sie. Wollen Sie sich nicht was zum Überziehen holen? Sie sehen ja ganz durchgefroren aus.»

«Ich werd's überleben.»

«Na gut, Mrs. O'Neill. Wie geht es Ihrem Mann?»

«Gut. Was er bestimmt nicht Ihnen zu verdanken hat. Er hat da drin nichts verloren. Er ist unschuldig.»

«Ihre Meinung steht Ihnen natürlich zu. Wie ich höre, will er keinen Besuch?»

Bridget schwieg.

«Wirklich schade, finden Sie nicht? So, wie Sie zu ihm stehen, könnte er Sie doch wenigstens hin und wieder zu sich lassen. Oder planen Sie, sich zu verändern?»

«Ich halte zu Francis.»

«Eine lange Zeit. Wirklich ausgesprochen lang. Eine Frau wie Sie hat doch alle Möglichkeiten … Aber gut, ich bin ja nicht hier, um über Sie und Ihren Mann zu plaudern, was?»

«Keine Ahnung. Warum sind Sie denn hier?»

«Wir sprachen über Besuch. Hatten Sie denn in letzter Zeit welchen?»

«Meine Mutter kommt manchmal vorbei, wenn sie jemand im Auto mitnimmt. Ist nicht mehr so gut zu Fuß. Besonders bei dem Wetter. Und ab und zu sieht der Pfarrer nach mir.»

«Und hatten Sie auch … besonderen Besuch?»

«Außer Ihnen nicht, nein, würde ich nicht sagen.»

«Ganz sicher, Mrs. O'Neill? Denken Sie nach.»

«Nein, niemand.»

«Es heißt, Gentleman Joe sei kürzlich in der Gegend gewesen.»

«Gentleman Joe? Was soll das denn für ein Name sein?»

«Eigentlich Joe Geraghty», sagte Donnelly freundlich. «Groß. Etwa mein Alter, bisschen älter vielleicht. Graues Haar, macht was her.»

«Und wieso interessiert Sie das, Mr. Donnelly?»

«Mich interessiert jeder Atemzug von Joe Geraghty, Mrs. O'Neill. Ein hohes Tier oben in Belfast, dieser Gentleman Joe. Und wie ich höre, war einer seiner Jungs hier unten bei Ihnen. Wenn Mr. Geraghty sich in meinem Revier rumtreibt, interessiert er mich besonders. Dann gehört er mir.»

«Von wem hören Sie denn so was?»

«Ach, das ist meine Sache. Worüber haben Sie denn gesprochen?»

«Na, das wiederum ist ja wohl meine Sache, oder? Oder werfen Sie mir irgendwas vor?»

«Also war Geraghtys Mann wirklich bei Ihnen? Angeblich hat er Sie im Auto mitgenommen. Zu Geraghty?»

«Von mir erfahren Sie nichts.»

«Ich will mich doch nur höflich mit Ihnen unterhalten, Mrs. O'Neill.»

«Sehr höflich kommt mir das aber nicht vor, Mr. Donnelly. Eine unschuldige Frau der Lüge zu bezichtigen. Oder gehört das zu Ihrem Job?»

Donnelly schüttelte den Kopf. «Offenbar bin ich hier nicht länger willkommen.»

«Nicht doch», erwiderte Bridget. «Ist doch nett, hier an der Tür zu plaudern.»

«Früher ging es hierzulande auch mal gastfreundlicher zu.»

«Meinen Sie, ja?»

Donnelly und seine Leute stiegen in ihre Fahrzeuge und fuhren davon.

Bridget zog den Vorhang an der Haustür zu. Sie wartete noch eine gute Stunde, dann schlüpfte sie in ihren Wintermantel, schnappte sich die Einkaufstasche und ging ins Dorf. Auf dem Weg zu ihrer Mutter schaute sie bei Anne-Marie in der Werkstatt vorbei.

«Die Polizei war da. Sagst du Stevie Bescheid, damit er's Joe Geraghty ausrichtet?»

Joe saß mit Kenny in seinem Büro im Obergeschoss eines gutbeschützten Reihenhauses an der Falls Road.

«Hm», machte er. «Könnte schon Francis selbst gewesen sein. Irgendein Deal mit den Briten, der in die Hose ging. Ergibt aber keinen Sinn.»

«Ich weiß. Immerhin ist es Francis, der jetzt einundvierzig Jahre abzusitzen hat.»

«Hm. Mein Gott, langsam geht mir das auf die Nerven. Haben wir genug in der Hand, um Mikey ein paar Fragen zu stellen?»

«Glaub schon, Boss.»

«Du glaubst, Kenny? Du glaubst?»

«Nein. Ich bin sicher. Ich meine, also, die Verhaftung.»

Joe Geraghty seufzte. «Das gefällt mir nicht. Ganz und gar nicht. Aber gut. Dann hast du wohl einen kleinen Ausflug nach Süden vor dir. Jimmy soll sich bereithalten. Zwei Lieferwagen. Morgen fährst du. Weißt du, wo Mikey steckt?»

«Ja, der ist bei –»

«Muss ich nicht wissen, Kenny. Sieh nur zu, dass alles rechtzeitig fertig ist. Wir machen das in Donegal, wie immer. Du fährst schon mal hin, während die anderen Mikey holen. Und, Kenny …»

«Ja?»

«Keine voreiligen Schlüsse. Jimmy soll nett sein. Ich will nicht, dass Mikey was passiert. Sprich selbst mit ihm und erstatte mir Bericht. Dann sehen wir weiter.»

2000

17

An Francis O'Neills letztem Abend im Maze goss es wie aus Kübeln. Sechs seiner einundvierzig Jahre hatte er abgeleistet. Windböen peitschten Regentropfen an sein Zellenfenster wie Kieselsteine. Regen prasselte auch auf das Flachdach des Containerbüros neben dem Haupttor, in dem unter Wahrung eines Mindestmaßes an Höflichkeit die letzten Formulare zu Francis' Entlassung ausgefüllt wurden. Ohne jede Herzlichkeit allerdings, ohne wohlmeinende Abschiedsworte oder reumütige Scherze, ohne jeden Hoffnungsschimmer, alles könnte vielleicht endlich vorbei sein.

Als sie für immer fortfuhren, trommelte der Regen aufs Autodach. Die Scheibenwischer kämpften gegen das endlos strömende Wasser, die Reifen bahnten sich spritzend ihren Weg durch die Fluten auf der M1. Durch das Fenster, das Francis Wind und Wetter zum Trotz aufließ, roch es dumpfig. Der Himmel war düster, das weiße Scheinwerferlicht verwischte im Wetter.

Jetzt, wo er auf seinem Bett lag, schlug der Regen in rhythmischen Wellen aufs Dach, und die Traufen liefen über.

Statt sich einem lärmenden Willkommen im Felons Club auszusetzen, war er lieber nach Hause gefahren. Zum Feiern wäre später noch genug Zeit. Fürs Erste musste er das Leben im Gefängnis nachahmen, um sich an die Freiheit zu gewöhnen. Bei geschlossener Tür lag er auf dem Bett, genau wie dort auf seiner Pritsche, und starrte an die Decke, auch wenn es nun eine andere war. Zu Hause.

Bridget war unten. Geschirr klapperte, und er hörte sie umhergehen. Eine ganz andere Geräuschkulisse als das metallische Scheppern im Gefängnis, die Stiefelschritte in der Nacht. Außer ihr und dem Regen war nichts zu hören. Er befand sich jenseits des Lebens, jenseits der Zeit.

Vermutlich sollte er nach unten gehen. Ewig konnte er es nicht aufschieben. Er stand auf und strich sich durchs Haar. Es war kalt im Haus, und er fühlte sich irgendwie verwundbarer als im Gefängnis. Ihm fehlte seine heimelige Zelle, ihre hermetische Sicherheit. Alles, was er brauchte, hatte er gehabt und über die Jahre ordentlich in dem beengten Raum eingerichtet: seine Bücher, das Radio, den kleinen Laptop, der ihm neuerdings gestattet worden war, seinen Stuhl.

«Möchtest du eine Tasse Tee?», fragte sie, als er in die Küche kam. Dank des Ofens war es hier unten wärmer. Sie wischte sich die Hände an der Schürze ab. «Ich hab gebacken. Einen schönen Früchtekuchen. Ist noch warm. Soll ich dir eine Scheibe abschneiden?»

«Nein, danke», sagte er. «Kein Hunger.» Er blickte sie an. «Oder doch, ja. Gib mir ein Stück.»

Sie setzten sich an das Tischchen, das ausgeklappt fast die ganze Küche einnahm. Ohne Tee und Kuchen zu beachten, starrte Francis aus dem Fenster in den verwilderten Garten.

«Regnet immer noch», sagte er.

«Ich hab mich gefragt, was du wohl gern zu Abend essen würdest. Ich habe Lammkoteletts gekauft. Die mochtest du doch immer so gern.»

«Mhm. Ist in Ordnung.»

«Wie war das Essen da drin?»

«Es ging.»

«Nicht wie zu Hause, was?»

«Nein.»

«Bist du froh, dass du raus bist?»

«Was soll die Frage? Natürlich bin ich froh.»

«Braucht sicher etwas Zeit.»

Statt zu antworten, nahm er einen Schluck Tee.

«Der ist jetzt bestimmt schon kalt. Soll ich dir frischen kochen?»

«Nein. Ich glaube, ich lege mich noch mal hin.»

«Ist gut. Soll ich rufen, wenn das Abendessen fertig ist?»

«Mhm.»

Anfang 1999 hatte man ihn aus England ins Maze verlegt. Was folgte, war absehbar gewesen. Zu Beginn hatte er an seinem Besuchsverbot für Bridget festgehalten, schließlich aber nachgegeben. Weshalb, das war ihr nicht ganz klar. Möglicherweise hatten die zu ihm ins Gefängnis entsandten Berater ihn überredet. Der Erfolg seiner Resozialisierung hing zum Teil von seiner seelischen Gesundheit ab, davon, dass er mental auf ein Leben jenseits der Haft, jenseits der «Troubles», eingestellt wäre. Soweit Bridget wusste, mochte das sogar eine Bedingung für seine vorzeitige Entlassung gewesen sein.

Einmal im Monat hatte sie ihn besucht. Es war stets wieder aufs Neue frustrierend gewesen, bei ihrem Mann zu sitzen und seinem Schweigen zu lauschen, während er mit leicht geneigtem Kopf, beinahe neugierig, an ihr vorbei durchs Fenster in die Hügel starrte.

Aufgrund seines hohen Strafmaßes wurde Francis als einer der Letzten entlassen. Welchem Hirn waren bloß die nüchternen Formeln entsprungen, die solche Dinge regelten? Hatte Joe Geraghty irgendeinem britischen Apparatschik gegenübergesessen und mit der Lebenszeit der Häftlinge geschachert? Vermutlich. So wurden derlei Angelegenheiten wohl geklärt. Kompromisse und Schummeleien, gründlich verklausuliert in

Akten, die in Dubliner und Londoner Staatsarchiven vergraben waren, in Kopie bei Joe Geraghty und Kollegen, allesamt ordentlich unterschrieben und penibel eingehalten, während die Jahre ins Land gingen.

Ein Vorteil von Francis' später Entlassung bestand in dem nun mangelnden öffentlichen Interesse. Die ersten Entlassenen hatten zweifelhafte Berühmtheit erlangt, als die irischen Republikaner jubelten und johlten, während die rechte Presse Englands empört aufschrie. Francis war trotz seiner früheren Schlagzeilen unbemerkt herausgeschlüpft.

Seit fast fünf Monaten war er nun zu Hause. Bei der unvermeidlichen Willkommensfeier in Belfast war er Bridget ungewöhnlich gedämpft erschienen. Sicher, zu Schulterklopfen und spendiertem Bier hatte er nicht nein gesagt, doch hatte er in diesen Tagen etwas geradezu boshaft Ruhiges an sich.

Zu der Ruhe gehörte ein düsterer Blick, der ihr oft Angst einjagte. Die Angst, die sie immer schon vor diesem Mann verspürt hatte, war nun anders gefärbt: unterschwelliger, weniger direkt. Die ersten drei Monate nach seiner Entlassung hatten sie in getrennten Zimmern geschlafen. Gebeten hatte er darum nicht, doch sie war davon ausgegangen, dass er Abstand brauchte, um sich zu erholen und ins Leben zurückzufinden.

Dann schlug sie vorsichtig vor, er solle doch aus dem kargen Gästezimmer, das sonst kaum jemand nutzte, wieder in ihr gemeinsames Schlafzimmer umziehen.

«Ist dir das Gästezimmer nicht zu klein?», fragte sie.

«Reicht schon», brummte er.

«Da ist doch nichts drin als ein Stuhl und ein Bett.»

«Was brauch ich denn sonst?»

«Willst du nicht wieder ins Schlafzimmer kommen? Ich dachte, du möchtest vielleicht ein Weilchen allein sein. Aber es ist so lange her.»

Sein achselzuckendes Einlenken besorgte sie noch mehr, als wenn er sich gesträubt oder sie angeschrien hätte. Seither schliefen sie im selben Bett, und sie spürte ihn neben sich schlaflos vor sich hin brüten. Stocksteif lag er da, den Rücken zu ihr, und atmete leise. Inzwischen bereute sie, seine verstörende Stille in ihr Bett gebeten zu haben. In *ihrer beider* Bett, verbesserte sie sich.

Meistens blieb er im Haus. Anfangs hatte sie das dem winterlichen Wetter und dem Umstand zugeschrieben, dass er nicht mehr daran gewöhnt war, vor die Tür zu gehen. Vor seiner Haft – selbst nach den früheren kurzen Aufenthalten im Maze – hatte er stets voll Tatendrang gesteckt. Wenn er nicht mit den Jungs unterwegs gewesen war, hatte er gern am Auto herumgeschraubt oder im Gemüsebeet hinter dem Haus gegärtnert. Heute lehnte Bridget in seinem Namen sämtliche Einladungen in die Pubs von Forkhill und Crossmaglen ab. Anne-Marie schlug ständig vor, sie solle doch ohne ihn kommen, aber sie wollte nicht.

«Das geht vorbei», prophezeite Anne-Marie.

«Ja», sagte Bridget. «Hoffentlich.»

Er blieb zu Hause, las seine Science-Fiction-Romane mit den knallbunten Umschlagbildern und sah fern, mit starrem Blick und ohne jede Gemütsregung. Seit dem Besäufnis in Belfast hatte er keinen Tropfen mehr getrunken. Er sprach kaum ein Wort. Ihr Bleiben hatte ihm nichts genützt. Sie bedeutete ihm genauso wenig wie zuvor.

Beim Frühstück sprach Francis zum gefühlt ersten Mal seit einer halben Ewigkeit. «Morgen fahre ich für ein paar Tage nach Belfast. Meine Eltern und ein paar Leute besuchen.»

«Ach so?», fragte sie. «Soll ich mitkommen?»

«Nein», erwiderte er rasch, aber nicht scharf. «Du würdest dich nur langweilen.»

Am Abend packte er seine Tasche, bügelte so gut er konnte ein weißes Hemd und seinen alten Hochzeitsanzug auf. Die Hose spannte an den Nähten, das Jackett ließ sich nur mit Mühe zuknöpfen, doch es musste reichen. Er putzte seine besten Schuhe und packte auch sie in die Tasche.

Um sechs Uhr fuhr er los und erreichte schon vor dem Frühstück das Haus seiner Eltern. Seine Mutter besorgte im Laden an der Ecke die Zutaten für ein großes nordirisches Frühstück. Sein Vater hob belustigt die Brauen.

«Das macht sie für mich nie, Francis.»

«Sei nicht albern, Sean», sagte seine Mutter. «Francis besucht uns eben nicht alle Tage. Gibt's denn einen besonderen Anlass?»

Er tunkte ein Stück Kartoffel und Sodabrot in strahlend gelbes Ei und knallrotes Ketchup.

«Schmeckt großartig, Ma», sagte er. «Jetzt kann der Tag beginnen. Denkt ihr eigentlich manchmal noch an Liam?»

Sein Vater verzog das Gesicht; seine Mutter stellte behutsam die Tasse auf den Unterteller und senkte den Blick.

«Francis», mahnte sein Vater. «Das Thema lassen wir lieber. Deine Mutter ...»

«Nein, Sean, ist schon gut. Ja, ich denke an ihn. Oft. Ich frage mich, wie ich so einen Jungen zur Welt bringen konnte. Was wir falsch gemacht haben. Natürlich bin ich traurig. Aber er hat getan, was er getan hat. Und gewusst, was darauf steht.»

Francis sah ihr in die Augen. «Ganz sicher, dass du das so siehst, Ma? Die Nachbarn hören nicht zu.»

In seiner Stimme lag eine Sanftheit, die sie überraschte.

«Natürlich bin ich sicher, Francis. Da spiele ich keinem was vor. In gewisser Hinsicht gebe ich nicht mal ihm die Schuld, sondern diesen britischen Soldaten. Die haben Liam auf dem Gewissen, genau wie Paddy.»

«Das ist alles vorbei, Ma. Die RA gibt's nicht mehr.»

Ein paar Augenblicke lang war nichts zu hören als das Ticken der Uhr auf dem Kaminsims und das Kratzen von Besteck, während Francis und sein Vater ihr Frühstück beendeten.

«Ich werde mal bei ein paar Leuten vorbeischauen», sagte Francis schließlich. «Vielleicht haben die was für mich zu tun. Freunde von früher. Irgendwas muss es doch geben.»

«Bestimmt, mein Junge. An was denkst du denn?»

«Weiß nicht. Im Gefängnis hab ich viel gelesen. Hatte viel Zeit nachzudenken. Irgendwas kann ich sicher tun. Ein Haufen andere sind schließlich auch schon umgestiegen.»

«Ja», sagte seine Mutter. «Und wir wären stolz auf dich, wenn du das auch schaffst.»

Er machte ein paar Anrufe, verabredete sich mit alten Kameraden zu einer Tasse Tee oder einem Pint. Die meisten schüttelten nur den Kopf und zogen Luft durch die Zähne.

«Schwierig», sagte jeder. «Er hat ja so viel zu tun.»

«Sag ihm einfach Bescheid. Für mich hat er Zeit.»

Schließlich hatte er die tatsächlich. Eines Abends wurde Francis aus dem Haus seiner Eltern einbestellt. Bevor er losging, zog er Anzug und Krawatte an. Man fuhr ihn zu dem Haus in der Falls Road, wo im Obergeschoss noch Licht brannte. Mit dem Knaben an der Tür, Barry, war er früher zusammen in der Belfast Brigade gewesen. Inzwischen musste er wie Francis auf die vierzig zugehen. Barry hatte ordentlich zugelegt, sein Bürstenschnitt passte zur Rolle als Wachmann. Sie grinsten und scherzten, und Francis ließ die Durchsuchung widerstandslos über sich ergehen.

«'tschuldige, Francis. Keine Ausnahmen, Befehl von oben.»

Im Vorzimmer stand Kenny neben einer jungen Frau vor einem Computer. Sie tippte, er diktierte. Kenny sah auf.

«Ach, wen haben wir denn da?», rief er sichtlich erfreut aus. «Gehst du also auch mal wieder vor die Tür?»

«Ja», sagte Francis.

Kenny umarmte ihn, und Francis ließ es geschehen. Die menschliche Nähe tat gut.

«Was macht deine Frau? Bridget, richtig? Ein Goldschatz. Geht's ihr gut?»

«Ja, sicher.»

«Hat all die Jahre zu dir gestanden. Tolle Frau.»

«Jepp.»

«Pressemitteilung», erklärte Kenny mit einem Blick zu der tippenden Sekretärin. «Damit schlagen wir uns heutzutage rum.» Er klang leicht belustigt, nicht verbittert. «Der Boss freut sich auf dich. Geh einfach rein.»

Francis betrat Joe Geraghtys Büro. Abgesehen vom schwachen Licht der Tischlampe, die nur die auf dem Schreibtisch verstreuten Papiere beleuchtete, war es dunkel. Joe war erst gar nicht zu sehen, doch dann erhob er sich von einem Ledersofa und begrüßte ihn.

«Na, wenn das nicht Mr. Francis O'Neill höchstpersönlich ist», sagte er. «Schön, dich zu sehen.»

Sie gaben einander die Hand.

«Geht mir auch so, Joe. Siehst gut aus.»

«Danke, Francis. Du aber auch. Hast ein paar Pfund zugelegt, aber das ist verständlich. Nach dem, was du durchgestanden hast, solltest du dir ruhig was gönnen. Wie bekommt dir das Landleben?»

«Ganz gut, Joe.»

«Und deine liebe Frau?»

«Der geht's gut.»

«Wir haben uns nach Kräften um sie gekümmert, während du sitzen musstest. Tun wir immer, aber ich hab dafür gesorgt, dass sie besonders gut versorgt wird.»

«Danke, Joe.»

«Keine Ursache. Trinkst du einen Schluck, zur Feier des Tages?» Er hielt eine Flasche Scotch hoch.

«Nein, danke. Ich trinke nicht mehr.»

«Wie bitte? Bist du jetzt Abstinenzler?»

«Nein. Das nicht. Schmeckt mir nur nicht mehr.»

Joe Geraghty schüttelte den Kopf. «Das ist ja was. Glaube nicht, dass mir das je passieren könnte.»

«Wie läuft denn alles, Joe? Die Politik und so?»

«Ach ja. Die Macht soll wieder aufgeteilt werden. Die Protestanten und die Briten wollen, dass wir uns auflösen, aber wir haben noch ein paar Asse im Ärmel. Wird schon. Wir lassen uns nicht verschaukeln. Nicht nach all den Opfern.»

«Nein.»

«Die Welt hat sich verändert, Francis. Wir kommen zurecht, aber es ist schon seltsam. Muss man sich dran gewöhnen. An diese Leute und ihre Methoden. Westminster, Dublin, alle dieselben.» Er hielt inne. «Andererseits darf man sich denen nicht zu sehr anpassen. Der Kampf muss weitergehen, bloß auf andere Weise.»

«Bestimmt nicht einfach.»

«Nein, wirklich nicht. Auch keine Katastrophe, versteh mich nicht falsch. Aber manchmal meine ich, früher war es leichter. Wir hatten eine Aufgabe und packten sie gemeinsam an. Klare Hierarchien. Taten statt Worte. Heute ist es, als würde man in Sirup schwimmen. Doch wir müssen das Ziel im Auge behalten.»

«Da hast du wohl recht.»

«Aber wie geht's dir denn, Francis? Ich hab viel an dich gedacht, weißt du. Die Jungs sagen, sie kriegen dich kaum noch zu Gesicht.»

«Wird schon wieder, Joe.»

«Das ist gut. Kann ich was für dich tun? Oder wolltest du nur mal Hallo sagen?»

«Ich hab mich gefragt, ob ich wohl wieder einsteigen könnte. Mich nützlich machen.»

«Woran dachtest du denn?»

«Weiß ich nicht. Ich würde nur gern helfen. Vielleicht für dich arbeiten, Sicherheit oder so.»

«Kenny und die Jungs haben das ganz gut im Griff. Aber wenn er jemanden brauchen sollte, denken wir bestimmt an dich. Natürlich stand er immer etwas … sagen wir: weniger im Rampenlicht als du.»

«Wie wär's mit was Politischem?»

«Zum Beispiel?»

«Ich will natürlich den zweiten Schritt nicht vor dem ersten tun. Vielleicht stellt ihr mich als Stadtrat auf, hab ich gedacht, unten in Armagh oder Monaghan.»

«Da unten gibt's Jungs, die das schon seit Jahren machen. Du kannst nicht erwarten, dass wir einen von denen für dich abschieben.»

«Ich arbeite auch schon seit Jahren für dich, Joe.»

«Ja, sicher. Aber es ist schwierig.»

«Ich hab was auf dem Kasten, Joe.»

«Hab nie das Gegenteil behauptet.»

«Ich kenne mich mit der Theorie aus. Hab viel über die Politik gelesen. War ja mehr als genug Zeit. Mir ist klar, dass ich unten anfangen muss.»

«Na, dann tritt doch erst mal in deinen Ortsverband ein. Vielleicht ergibt sich ja was.»

«Du kannst mir doch sicher die Steigbügel halten.»

«Geht's dir um Geld, Francis? Als Stadtrat bekommst du grade mal deine Unkosten erstattet. Für eine undankbare Aufgabe.»

«Nein, mit Geld hat das nichts zu tun.»

«Bekommst du deins denn rechtzeitig? Wenn du willst, sehe

ich mal, ob du nicht ein bisschen mehr kriegen kannst. Vielleicht auch einen kleinen Bonus. Als Anerkennung, sozusagen ...»

«Nein. Wie gesagt, es geht mir nicht ums Geld. Ich will mich nur nützlich machen. Viele andere sind doch auch umgestiegen.»

«So wie ich, meinst du? Das sehe ich dir doch an, na klar. Kann ich dir nicht verübeln. Aber das war damals, und heute ist heute. Die Zeiten haben sich geändert.»

«Soll das heißen, du traust es mir nicht zu?»

«Ganz und gar nicht, Francis. Aber es gäbe Probleme.»

«Was für Probleme?»

«Du warst ein hochrangiger Freiwilliger, inhaftiert in England. Du bist berüchtigt.»

«Na und? Ihr aus dem Army Council wart doch früher alle bei der kämpfenden Truppe. Jetzt seid ihr Politiker. Willst du sagen, die Engländer hätten was dagegen?»

«Dann ist da noch die Sache mit Mikey.»

«Die Sache mit Mikey?»

«Deine Anschuldigungen.»

«Na, wenn er's nicht war, wer dann?»

«Ich weiß es nicht, Francis. Aber das spielt jetzt keine Rolle mehr.»

«Mikey hat geredet, das schwör ich dir.»

«Hat er nicht.»

«Wieso haben die Briten ihn dann gehen lassen, hm? Doch bestimmt nicht ohne Grund.»

«Mikey war kein Spitzel.»

«Wie kannst du da so sicher sein? Die RUC verschlampt keine Beweise. All die Spuren, die ihn mit der Sache in Verbindung gebracht haben. Formfehler? Das glaubst du doch selbst nicht.»

«Das waren wir, Francis», sagte Joe Geraghty sanft.

«Was soll das heißen?»

«Dass wir das waren. Sagen wir, wir hatten jemanden mit gutem Kontakt zur Sonderabteilung. Die hatten die Spuren nicht in die zentrale Asservatenkammer verbracht, sondern nur mit schlecht protokollierten Duplikaten gearbeitet. Die Originalspuren von mehreren Fällen lagen bei der Sonderabteilung. Wir sind da rein und haben uns alles geschnappt, einschließlich der Beweise gegen Mikey. Die Briten haben's totgeschwiegen. Und vor Gericht von einem Formfehler gesprochen.»

«Das glaubst du im Ernst? Das war doch ein abgekartetes Spiel!»

«Ja, Francis, das glaube ich. Hab's selbst überprüft. Und Mikey ist gar nicht glücklich. Wir tun alles, um ihn unter unserem Dach zu halten.»

«Unterm Dach? Ist das Politikerjargon?»

«Na, jedenfalls wollen wir nicht, dass er uns von außen reinpinkelt.»

Francis schwieg.

«Pass auf, Francis. Ich werde mal sehen, was ich tun kann. Spreche mit ein paar Leuten, ziehe ein paar Strippen. Überlass das ruhig mir. Vielleicht komme ich demnächst mal bei Bridget und dir vorbei, und wir reden drüber. Jetzt allerdings wird Kenny schon ungeduldig, wie ich sehe. Ich muss los. Schon wieder so ein leidiges Meeting.» Er lächelte müde.

«Also, was halten wir von dem armen Francis?», fragte Joe.

«Ziemlich schlecht beieinander, was?»

«Keinerlei Boden unter den Füßen, würde ich sagen. Will in die Politik, meint er.»

«Was hast du gesagt?»

«Ich musste ihm erklären, wie der Hase läuft. Manche dieser Grünschnäbel würden ihn bei lebendigem Leib auffressen. Gefällt ihm nicht, aber er weiß, wie die Dinge liegen. Mehr Sorgen mache ich mir um die Sache mit Mikey.»

«Scheiße.»

«Genau. Ich strample mich ab, um Mikey unter Kontrolle zu halten, und Francis zerreißt sich das Maul über ihn. Passt mir überhaupt nicht in den Kram. Spricht irgendwas dafür, die alten Ermittlungen noch mal aufzunehmen?»

«Wozu? Die kämen nur wieder zum selben Ergebnis. Soll heißen: zu keinem. Und gleichzeitig würden sie Mikey vors Schienbein treten.»

«Francis würde das wohl gefallen. Aber nein, du hast recht. Dumme Idee. Mikey könnte es doch nicht gewesen sein, oder?»

«Klar könnte er's gewesen sein. Aber solange er's nicht zugibt, bringt uns das nicht weiter. Ich kann's mir aber eigentlich kaum vorstellen. Hätte er für die Briten gearbeitet, würde er doch jetzt nicht Francis an die Gurgel wollen. Dann würde er die Füße stillhalten.»

«Außer, das sind alles leere Drohungen. Theater.»

«Draußen klingt es nicht so.»

«Ich glaub's ja auch nicht, Kenny. Ich will bloß Antworten, verdammt. Was machen wir jetzt mit Francis?»

«Ich hab nicht die geringste Ahnung.»

«Was ich zu sagen habe, wird dir nicht gefallen», sagte Joe drei Wochen später, mit nichts als Mitgefühl in den Augen.

«Du hast nichts für mich gefunden. Willst mich nicht zurück.»

Joe seufzte. Die beiden saßen einander in dem kleinen Wohnzimmer gegenüber. Bridget war in der Küche zugange, ein vierschrötiger, Francis unbekannter Mann in dunklem Anzug und mit Knopf im Ohr wartete unauffällig in der Diele. Die Tür war zu, und Joe sprach leise.

«Was soll ich sagen? So in etwa sieht es aus. Obwohl es keine Frage des Wollens ist. Bloß die Realität.»

«Es steigen doch dauernd Leute um. Und ich bin beliebt hier in der Gegend.»

«Bewundert vielleicht. Und ein wenig gefürchtet. Schau, jeder respektiert, was du getan hast. Aber beliebt? Da bin ich nicht so sicher, Francis. Da muss ich schon ehrlich zu dir sein. Und was den Umstieg betrifft, der ist schwer. Das geht nicht so schnell. Ich hatte damals selbst so meine Schwierigkeiten, und leichter ist es seither nicht geworden. Du musst einen ganz klaren Schnitt machen.» Er schlug mit der Handkante auf den Tisch, um das zu demonstrieren. «Und momentan ist kein guter Zeitpunkt.»

«Du hast doch auch keinen klaren Schnitt gemacht.»

«Stimmt. Aber mir blieb keine Wahl. Irgendwer musste ja alles zusammenhalten. Und ich habe mich vor allem um meine Jungs gekümmert. Um dich zum Beispiel. Dafür gesorgt, dass die besten Leute die besten Jobs bekamen. Das konnten sie mir nicht abschlagen. Das war mein Preis für den Umstieg in die Politik. Aber damals war noch alles anders, das sage ich ja dauernd.»

«Du hast mich und andere weiter an die Front geschickt.» Francis sprach leise, eher resigniert als wütend.

«Das ging nicht anders, Francis. Das ist dir doch wohl klar? Wir mussten Druck machen, um sie an den Verhandlungstisch zu zwingen. Dafür brauchten wir unsere besten Männer. So wie dich. Meine Hoffnung war, dass du dich nicht erwischen lässt, bis wir was ausgehandelt haben.»

«Aber irgendwer hat uns verpfiffen.»

«Lass uns bitte nicht wieder davon anfangen.»

«Irgendein Wichser hat für die gespitzelt.»

«Du musst das endlich gut sein lassen. Vergiss es.»

«Vergessen? Du hast leicht reden.»

«Tja. Deine Meinung steht dir natürlich zu. Ich bleib bei meiner, ob leicht oder nicht. Sei nicht dumm, Francis. Wir müssen unsere guten Leute auf der rechten Bahn halten.»

«Und das heißt?»

«Nichts weiter, Francis. Ich werfe nicht mit leeren Drohungen um mich. Schon gar nicht gegenüber meinen Jungs. Aber wir müssen uns zusammenreißen, Irland zuliebe. Diszipliniert sein. Was mich zum Thema Mikey bringt.»

«Ach ja?»

«Ja. Mikey ist gar nicht glücklich über all die Anschuldigungen, die da kursieren.»

«Ich hab keine Gerüchte in die Welt gesetzt.»

«Nein, hast du nicht. Nicht in letzter Zeit. Aber mit dir fing es an. Du hast den Stein ins Rollen gebracht. Wir haben Mikey befragt, weißt du. Ihm ein bisschen auf den Zahn gefühlt. Er hat's gut überstanden. Sauer war er, ja, aber letztlich hat er's eingesehen. Allerdings bekamen andere mit, dass wir mit ihm gesprochen haben. Seither brodelt die Gerüchteküche. Den Makel wird man schwer wieder los. Als du rauskamst, flammte das von neuem auf. Außerdem passt ihm die veränderte Situation nicht. Nein, er ist wirklich ganz und gar nicht glücklich, unser Mikey.» Er schüttelte den Kopf.

«Also?»

«Also, Francis, zuallererst ist er mit dir nicht glücklich. Da ist er schlicht nicht zu beruhigen. Würde mich nicht überraschen, wenn er bald vor eurer Tür stünde.»

«Wär mir nur recht. Soll ruhig kommen.»

«Uns allerdings wäre das gar nicht recht. Interne Streitereien, Gewalt. Sähe nicht gut aus. Wir wollen, dass Mikey aufhört, uns auf den Sack zu gehen. Wir wollen ihn wieder richtig auf unserer Seite haben.»

«Warum legt ihr ihn nicht einfach um?»

«Ach, Francis, wenn du wüsstest. So was machen wir kaum noch. Das mit der ‹Normalisierung› gilt auch für uns. Außerdem wollen wir Mikey nicht zum Märtyrer machen. Er hat eine Menge Freunde.»

«Und?»

«Und: Dein Besuch hat mich zum Nachdenken gebracht. Ich muss was für dich tun. Ich denke, ein Neuanfang wäre für alle Beteiligten das Beste.»

«Ein Neuanfang?»

«Ja. Wir finden, du solltest aus der Schusslinie verschwinden. Wir helfen dir natürlich. Suchen dir ein hübsches, ruhiges Plätzchen, irgendwo im Süden. Finden Arbeit für dich, das kriegen wir alles geregelt. Du wärst außerhalb von Mikeys Reichweite, falls er ungemütlich wird. Aus den Augen, aus dem Sinn. Wir würden dir den Rücken freihalten. Und ab und zu könntest du deine Eltern in Belfast besuchen. Du musst nur ja sagen, dann kümmern wir uns darum.»

«Was habe ich für eine Wahl?»

«Ich verstehe dein Dilemma, Francis. Genau dasselbe habe ich mich auch gefragt. Was hat Francis überhaupt für eine Wahl?»

18

Am Ende lief der Umzug eigentlich recht unproblematisch. Kenny rief an, um ihnen mitzuteilen, in County Kildare stünde eine Wohnung für sie bereit, und sie sollten schon mal packen. Die Jungs nähmen alles Weitere in die Hand. Demnächst kämen sie abends vorbei. Wann genau, wusste er nicht. Von Bridgets Eltern sollten die beiden sich nicht verabschieden. Bridget könne sie irgendwann besuchen, aber erst nach dem Umzug und nur unter gewissen Bedingungen. Kein Wort zu irgendwem. Jemand in der Stadt würde Francis' Eltern Bescheid geben, jemand anderes mit Anne-Marie, Stevie und den anderen aus der Gegend sprechen.

Ihre neue Bleibe gehörte zu einer auf einem Hügel gelegenen Sozialsiedlung voll identischer Häuser. Jemand im Stadtrat hatte das gedeichselt, ohne dass Francis je erfuhr, wer. Die Jungs kamen eines späten Abends und luden all ihre Habseligkeiten auf einen Laster. Viel war es nicht. Das Auto sollten sie zurücklassen; Stevie würde es verkaufen und ihnen den Erlös zukommen lassen. Ein paar Jungs, die Francis nicht kannte, brachten sie in einem schicken deutschen Auto nach Süden. Über Umwege durch Kells und Mullingar fuhren sie durch die Nacht, um Dublin zu umgehen. Erst nach ein Uhr morgens kamen sie an. Der Fahrer händigte Francis die Hausschlüssel und eine Karte aus, auf der eine Telefonnummer notiert war.

«Das ist euer Sorgentelefon», sagte der andere trocken. «Wenn was ist, ruft da an. Fragt nach Dessie.»

«Sind Sie Dessie?», fragte Bridget.

«Kasper gefrühstückt, hm?», erwiderte er. «Nein. Jedenfalls: Einfach da anrufen. Egal, ob ihr eure Familie besuchen wollt oder sonst irgendwas braucht. Kapiert? Kann sein, dass die Garda mal reinschaut. Keine Sorge, die tun euch nichts. Joe meint, wir sollen uns gut um euch kümmern. Im Haus findet ihr alles, was ihr braucht. Euer Kram kommt morgen. Macht's gut.»

Der schwarze Mercedes brauste davon.

Sie trugen ihre Reisetaschen zur Haustür, und Francis schloss auf. Der Strom war an, das Haus war geheizt und hatte Teppichboden. Immerhin. In der Küche gab es einen Wasserkocher und zwei Tassen, im Kühlschrank stand Milch. Auf der Theke stand ein Plastikbehälter voller Teebeutel. Oben hatte jemand zwei Klappbetten mit sauberem Bettzeug bezogen. Im Bad fanden sie ein paar abgenutzte Handtücher und ein halb aufgebrauchtes Stück Seife.

Auf dem Esstisch lag ein Umschlag. Er enthielt eine Sozialversicherungsnummer für Francis sowie die Adresse der Fabrik, in der man ihm eine Stelle besorgt hatte. Übermorgen sollte er anfangen. Krankenversicherungskarten für Bridget und ihn waren auch dabei. Er hob den Telefonhörer ab. Nicht angeschlossen. Die Handys hatten die Männer ihnen abgenommen, also mussten sie morgen wohl in die Stadt und sich darum kümmern. Jetzt aber war er müde und musste sich hinlegen.

Das war nun also ihr Zuhause.

Bridget fehlte weder das kleine Haus noch der Alltagstrott all der Jahre dort. Noch weniger fehlten ihr ihre Eltern, obgleich sie sich verpflichtet fühlte, sie früher oder später zu besuchen. Aber ihr war schleierhaft, weshalb sie überhaupt fortgemusst hatten, und dann auch noch bei Nacht und Nebel. Sie stellte keine Fragen, und Francis erklärte nichts von sich aus.

Das neue Haus mit der Nummer 1700 fand sie furchtbar.

Seelenlos und seelenraubend wie alle in der Siedlung auf dem Hügel vor der Stadt. Statt sich um eine zentrale Hauptstraße anzuordnen, verliefen die Straßen hier kreuz und quer, als sollten sie einen absichtlich verwirren. Die Häuser drängten sich um große, zugige Grünflächen, wo Pferde angebunden waren und Kinder jeden Alters spielten. Keine Klettergerüste, keine Fußballtore: nur zertrampelter Rasen, auf dem die Kleineren aufgeregt herumwuselten, während Teenager gelangweilt rauchend zusahen.

Der Lärm. Einerseits der allgemeine, aus nächtlichem betrunkenen Geschrei auf dem Rasen bestehende Lärm, rund um die Uhr aufheulende Motoren – ab und an hinterließ ein Rennen schlammige Reifenspuren auf dem Rasen –, berstendes Glas sowie das gelegentliche Wiehern der armen Pferde, das Bridget sonderbar tröstlich fand. Und dann der speziellere Lärm: die streitenden Nachbarn zu beiden Seiten, elterliche Schimpftiraden, laute Musik, zuschlagende Türen. Rund um die Uhr, Tag für Tag.

Und es stank. Das alte Haus hatte einen ganz eigenen Geruch gehabt, der ihr vor ihren ersten Ausflügen niemals aufgefallen war. Bei der Rückkehr aus dem noblen Hotel in Singapur oder aus Sarahs zentralbeheiztem Bungalow in Downpatrick war ihr stets der Rauch in die Nase gestiegen, der generationenalte Duft von Torf. Behaglich, auf seine Art. Hier stank es nach verbranntem Essen, Urin, Exkrementen und den chemischen Dämpfen der verschiedensten Drogen, die in Bad und Küche angerührt worden waren.

Gemütlich, antwortete sie Francis, wenn der mal fragte. Er beharrte darauf, sie würden umziehen, sobald sie Fuß gefasst und etwas Besseres gefunden hätten, doch ihr war völlig klar, dass es dazu niemals käme.

Nur spätabends erwachte er zum Leben. Urplötzlich verlangte es ihn wieder nach körperlicher Nähe. Zu ihrer Überraschung handelte es sich dabei nicht um die enttäuschte, halbherzige Intimität des matten, kahl werdenden Durchschnittsmannes im mittleren Alter, sondern um heftige, fiebrige Ausfälle eines wieder voll im Saft stehenden Kerls.

«Hast du mich verraten?», fragte er mitten in dunkelster Nacht.

«Was redest du da, Francis?»

«Beantworte die Frage. Hast du?»

«Mein Gott, nein! Ich habe all die Jahre zu dir gestanden. Wofür hältst du mich?»

«Für gar nichts. Du hast mit niemandem geredet? Ganz sicher?»

«Natürlich nicht!»

Er knurrte, dann schwieg er eine Weile. Vielleicht ist er eingeschlafen, dachte sie.

«Damals», sagte er plötzlich.

«Wann damals?»

«Als Mikey bei uns war. Da kam die Polizei.»

«Ja.»

«Hast du denen was erzählt?»

«Nein. Das hatten wir doch schon.»

«Mein Handy.»

«Welches Handy?»

«Ich hab's im Haus gelassen. Das weiß ich genau.»

«Ich hab keins gesehen. Joe Geraghty hat auch danach gefragt.»

«Was hast du ihm gesagt?»

«Dasselbe wie dir. Ich weiß nichts von einem Handy. Könnte die Polizei das gefunden haben?»

«Als ich zurückkam, war's in meiner Jackentasche.»

«Und?»

«Vorher war's da nicht gewesen.»

«Bestimmt nicht? Vielleicht hast du's übersehen?»

«Ich weiß nicht», sagte er. Er klang auf einmal unsicher. «Es war so ein Durcheinander.»

«Durcheinander gibt's bei mir nicht.»

«Hat die Polizei es vielleicht gefunden? Und dann irgendwie in deine Tasche geschummelt?»

«Scheiße, wie oft denn noch? Ich weiß es nicht!»

Im fahlen Licht der Straßenlaterne, das durchs Fenster fiel, sah sie seinen angestrengten Blick. Sie erwiderte ihn mit gespielter Zärtlichkeit. Es war, als suche er bewusst nach einem Grund, sie zu beschuldigen, zu schlagen, zu töten.

Vielleicht war es das. Irgendwie hatte George Donnelly von Mikeys Anwesenheit erfahren und heimlich Francis' Handy ausgetauscht. Mehr hätten sie nicht gebraucht: sein sauberes Handy, das er extra für den Einsatz erworben hatte und hinterher wegwerfen wollte. Aber wie? Er musste es bei sich gehabt haben. Die Erinnerung an die Ereignisse verblasste langsam, oder wenigstens die einstmals felsenfeste Gewissheit, dass sie richtig war.

Nein. Es war nicht das Handy gewesen. Sondern Mikey. Er war's gewesen, keine Frage. Oder auch nicht. Vielleicht doch der Engländer. Aber der hatte zu wenig gewusst.

Er kam nicht darüber hinweg. Indem er neuerlich die dunkle Ahnung abschüttelte, Mikey sei womöglich doch nicht der Verräter gewesen, wählte er die Nummer und verlangte unter seinem Decknamen Raymond nach Dessie.

«Ja?», meldete sich jemand knapp. «Wie geht's?»

«Gut. Alles in Ordnung.»

«Aber?»

«Ich muss mit jemandem sprechen.»

«Mit jemandem? *Irgend*jemandem? Wir sind hier nicht die Samariter.»

Die Stimme war Francis nicht vertraut. «Nein, mit jemand Bestimmtem. Mit …»

«Ja?»

«Nicht mit *ihm*. Das geht wohl nicht. Aber mit seinem Kumpel.»

«Seinem Kumpel?»

«Der für ihn arbeitet.»

«Sprich mal Klartext, Mann.»

«Es ist wichtig.»

«Na sicher.»

«Soll ich den Namen aussprechen? Am Telefon?»

«Was glaubst du denn?»

Francis hätte zu gern gewusst, wer dieser Knabe war, nur zu gern wäre er im selben Raum mit ihm gewesen, um ihm die Stimmbänder aus dem Hals zu reißen.

Ein Seufzen am anderen Ende der Leitung. «Ich schau mal, was ich tun kann. Ruf morgen wieder an.»

Francis legte auf.

Irgendwann bekam er sein Gespräch. Irgendwann. Nach mehreren Anrufen, bei denen Mittelsmänner ihn abzuwimmeln versuchten, hörte er Kennys müde Stimme.

Am Ende sagte Kenny: «Ich komme runter zu euch.»

«Schon gut», erwiderte Francis. «Ich komme rauf.»

«Nichts da», wehrte Kenny ab. «Auf keinen Fall.»

«Dann auf halber Strecke, in der großen Stadt. Deine Jungs können alles vorbereiten, und irgendwer hier gibt mir Bescheid.»

«Nein», beharrte Kenny leicht gereizt. «Du bleibst, wo du bist. Kann noch nicht genau sagen, wann. Vorher anrufen werde ich nicht. Irgendwann abends.»

«Soll ich mich noch mal melden, falls du nicht innerhalb der nächsten Woche auftauchst?»

«Hab mal ein bisschen Vertrauen, Raymond», mahnte Kenny. «Ich komme schon. Weiß nur nicht, wann. Viel zu tun. Ruf ja nicht noch mal an. Ich komme, glaub's mir. Dir brennt schließlich nicht der Hintern, oder?»

Es dauerte etwa zehn Tage. Als sie gerade beim Abendessen saßen, stand Kenny vor der Tür. Ein großes Auto parkte am Bürgersteig, zwei Schergen bewachten es vor den neugierigen Kindern. Kenny trug Anzug. Francis schickte Bridget zum Bügeln in die Küche.

«So unauffällig, Kenny?», spottete Francis.

«Ging nicht anders. Du wolltest mich treffen. Ich habe in Dublin zu tun, hab Zeit für dich freigeschaufelt. Wenn dir meine Klamotten nicht passen, fahre ich wieder ins Hotel.»

«Meiner Tarnung nützt das nicht grade.»

«Dein Problem. Du wolltest ja unbedingt. Worum geht's?»

Kenny hörte übertrieben geduldig zu, während Francis erzählte. Er hatte nachgedacht. Jonjo und Antony konnten es nicht gewesen sein. Jonjo war verlässlich, Antony wusste zu wenig. Ein besserer Trittbrettfahrer. Man hatte sie beide in Birmingham am Flughafen geschnappt. Jonjo hatte als Bombenbastler eine dicke Strafe kassiert. Und der Engländer, Karl? Schon möglich. Francis hatte ihn nie leiden können, doch seine persönlichen Vorlieben hatten in der Sache nichts verloren. Karl war von Anfang an unzuverlässig gewesen, komplett unprofessionell. Die beiden Witzfiguren Gerry und Kevin jedoch auch, und die waren besser informiert als Karl. Ging nicht anders. Andererseits, von der Wohnung in Birmingham wussten sie nichts. Peter, das unbeschriebene Blatt. Vor dem Einsatz hätte Francis ihm bedingungslos vertraut, aber er war noch nervöser und reizbarer als üblich. Nein. Er konnte es nicht gewesen sein. Allerdings wurden ihnen allen lange Haftstrafen aufgebrummt. Am Ende führte alles immer wieder zu Mikey. Dem Einzigen, der ungeschoren davongekommen war.

Kenny sah ihn an. «Ich verstehe ja, dass dich das umtreibt, Francis», erklärte er. «Aber du musst das gut sein lassen. Quäl dich nicht so. Das ist vorbei, Geschichte. Vielleicht gab's überhaupt keinen Spitzel. Womöglich hatten die Briten einfach Dusel.»

«Dusel? Wie denn das?»

«Keine Ahnung. Sag du's mir.»

«Was soll das? Warum wimmelt ihr mich ab? Das mit dem Dusel glaubst du doch selber nicht.»

«Wir haben gründlich ermittelt. Joe war selbst dabei, er hat alles beaufsichtigt. Aber da war nichts. Überhaupt nichts. Wir haben Mikey befragt, der war blitzsauber. Wir hatten das doch schon x-mal. Lass es doch endlich stecken.»

Francis dachte nach.

«Und was ist mit Liam?», fragte er dann.

«Mit Liam?»

«Der hat der Army ein paar Krümel aufgetischt, und ihr habt ihn nach allen Regeln der Kunst ans Kreuz genagelt. Jetzt hängt so ein Schwein uns alle dran, und ihr kehrt das unter den Teppich.»

Kenny seufzte. «Das war damals, heute ist heute. Eine andere Situation. Liam hat sich erwischen lassen, Joe blieb keine Wahl.»

«Warst du dabei?»

«Nein. Ich hab im Auto gewartet. Joe war ganz schön fertig deswegen. Aber er tat, was er tun musste. So ist er eben. Die Jungs haben Liam mit seinem Kontaktmann gesehen, in Portstewart. Haben ihn verfolgt. Martin Dempsey fand ihn suspekt, also stimmte Joe zu, ihn zu beschatten.»

«Erzähl mir mehr. Hast du ihn auch beschattet?»

«Nein. Ich musste mich um Danny kümmern. Aber Pat war dabei. Hat mir alles erzählt, nachdem Joe mit Liam fertig war. Du kennst diesen Parkplatz, direkt am Ufer? Stürmte wohl ganz schön an dem Tag. Liam stand am Geländer. Dann kam dieses Auto, ein Ford Granada, und ein großer Vauxhall hinterher. Sobald die Tür aufging, wusste Pat Bescheid.»

«Wie das?»

«Laut Pat ging die Beifahrertür auf. Er stand ganz hinten auf dem Parkplatz und wurde nervös. Es gibt da zwei Ausfahrten, und er stand dicht bei einer davon, aber die anderen waren bestimmt bewaffnet. Also rührte Pat sich nicht vom Fleck, damit sie ihn nicht bemerkten und wer weiß was passierte. Jedenfalls taucht da dieses Bein aus der Beifahrertür auf. Der Typ ist nicht gleich ausgestiegen, sondern sprach noch mit dem Fahrer oder so. Pat konnte nur das Hosenbein erkennen. Jeans. Aber gebügelt, mit Falte, messerscharf. Sah man über den ganzen Parkplatz hinweg. Braune Halbschuhe. Das hat Pat schon gereicht. Ein Ire hätte niemals eine Bügelfalte in der Jeans. Aber das war nicht alles. Zwei weitere Typen stiegen aus dem anderen Auto und stolzierten auf dem Parkplatz rum. So schnurrbärtige Machokerle. Da ging der Bügelfaltentyp rüber zu Liam, und sie stiegen zusammen in den Granada. Alle fuhren weg, der Granada voraus. Offensichtlicher ging's nicht.»

Francis stand auf und ging zum Fenster, zog den Vorhang zurück. Das schwarze Auto stand immer noch vor dem Haus, die beiden Wachen blickten finster drein.

«Gib's auf, Francis. Wir kriegen nie raus, was da in England schieflief.»

«Du hast leicht reden.»

«Ja, stimmt. Aber wir müssen an die Zukunft denken.»

«Und Joe? Denkt der an die Zukunft?»

«Wie meinst du das?»

«Er kam nicht schlecht weg. Hat geschaut, wo er bleibt.»

«Sag so was nicht. Könnte gefährlich sein.»

«Ist das eine Drohung?»

«Mein Gott, nein! Wie lange kennen wir uns schon, Francis? Ich meine bloß, wenn die Gerüchteküche erst mal brodelt … Du warst einer von Joes Jungs. Er würde alles für dich tun.»

«Keine Ahnung, Kenny. Wir wissen ja beide, wie's ist, einer von Joes Jungs zu sein.»

«Hör auf, Francis. Ich warne dich. Spar dir das, das bringt nichts.»

«Du vergisst es also einfach?»

«Natürlich. Natürlich vergesse ich es. Was haben wir für eine Wahl? Vielleicht ist es zu viel, um es zu vergessen, aber anders geht es nicht.»

2005

19

Richard Mercer war schon vor langer Zeit mit anderen Angelegenheiten als irischen Terroristen betraut worden. Es gab neue existenzielle Bedrohungen. Doch im März veranlassten ihn zwei kurz aufeinanderfolgende Anrufe, sich vier Tage freizunehmen, sein Büro aufzuräumen und gründlich nachzudenken. Nicht etwa berufliche Verpflichtung – bestimmt nicht, denn man hätte ihm das nie genehmigt –, sondern persönliches Pflichtgefühl zwang ihn, noch einmal in die Welt von Francis und Bridget O'Neill zurückzukehren. Der zweite Anruf hatte nahegelegt, dass sie in Gefahr waren.

Einige Stunden brütete er über Landkarten, bis er sicher war, sie aus dem Effeff zu kennen. Aus dem Lagerraum, wo er den Großteil seiner alten Ausrüstung aufbewahrte, besorgte er sich eine alte Jeans und eine abgewetzte Jacke.

Er packte die Klamotten und ein Paar abgelatschte, aber noch brauchbare Schuhe in einen alten Koffer. Gute Schuhe waren ein Muss: Man wusste nie, wann man plötzlich weglaufen musste.

Am Wechselschalter der Bank hob er eine völlig absurde Summe in Euro ab – alles, was sein Sparkonto hergab.

«Langer Urlaub?», fragte der Kassierer, bestimmt ganz unschuldig, nur um Konversation zu machen.

«So was in der Art», antwortete Richard lächelnd.

Am nächsten Vormittag flog er nach Dublin.

Schon als Richard ihm in den Achtzigern zum ersten Mal begegnet war, hatte Terry Cochrane diesen dauerverängstigten Gesichtsausdruck gehabt. Damals hatte er für einen Gebrauchtwagenhändler in der Seven Kings High Road gearbeitet, später dann ein Stück die Straße runter einen eigenen Laden eröffnet. Richards Arbeit erforderte regelmäßig schäbige Autos.

Nach Dublin hatte Terry eigentlich nie zurückgewollt. Doch dann kam die Scheidung, und seine Mutter wurde krank. Dass sie nach London zog, kam nicht in Frage. Also hat er alles verkauft, ein ähnliches Geschäft in Tallaght eröffnet und sich eine vergleichbare Wohnung in Howth genommen.

Richard traf ihn am Flughafen von Dublin. Im Taxi fuhren sie zu einem nahen Hotel und bestellten in der Lobby einen Kaffee, wobei der Kellner Richard schief ansah.

«Läuft nicht mehr so gut bei dir, was?», fragte Terry.

«Wieso?»

Grinsend hob Terry die Augenbrauen. «Na, dein ganzer Aufzug. Der Dreitagebart.»

«Ach so. Das muss sein, für das, was ich vorhabe.»

«Will ich gar nicht wissen.»

«Nein, willst du nicht. Das Auto?»

«Hinten auf dem Parkplatz. Wie du wolltest. Alles legal und technisch einwandfrei. Hab's gestern Abend noch mal durchgecheckt, nach deinem Anruf. Nur die Karosserie ist 'ne Katastrophe. Darum werd ich's auch nicht los.»

«Hat es genug Power?»

«Power, hm? Klar, der Motor tut's schon, wenn nötig. 2,5 Liter, sechs Zylinder und schnurrt wie eine Katze. Reifendruck ist topp. Für 'ne Verfolgungsjagd sollte alles stimmen.» Wieder grinste er.

«Dazu kommt's hoffentlich nicht.»

«Falls es Ärger gibt, weiß ich von nichts. Dann behaupte ich, es sei gestohlen worden. Die Mühle stand schon über einen Monat auf dem Platz, würde keiner merken, wenn die fehlt.»

«Alles klar.»

Terry überreichte ihm die Schlüssel und verabschiedete sich. Richard trank seinen Kaffee aus und ging zum Parkplatz. Der alte BMW war leicht zu finden. Der rote Lack war verblasst. Früher war das Ding der ganze Stolz irgendeines betuchten Dubliner Geschäftsmanns gewesen, jetzt war es praktisch schrottreif. Der Motor sprang jedoch sofort an und ließ brummend das Chassis erbeben. Es würde reichen.

Richard übernachtete in einem billigen Hotel in Bray, hier würde er nicht auffallen. Die engen Flure waren schwach von kahlen Glühbirnen beleuchtet, im Zimmer gab es nur ein Einzelbett sowie ein Waschbecken. Der Wind von der Irischen See rüttelte am Fenster, und Richard schlief voll bekleidet unter rosa Polyesterlaken – beziehungsweise lag wach, dank der rasselnden Leitungen, die sich durch die Außenwand zogen, und der Straßenlaterne, die durch den hauchdünnen lila Vorhang schien. Am nächsten Morgen zahlte er bar.

Nach einem fettigen Frühstück brach er auf und fuhr um Dublin herum nach Westen. Der Berufsverkehr war in die Gegenrichtung unterwegs, sodass er schnell vorankam. Vom Zentrum der kleinen Stadt aus fuhr er zur Siedlung auf dem Hügel, um sich zu vergewissern, dass dort alles der Karte im Internet entsprach, die er am Vortag studiert hatte. Tat es. Ein ungeheures Labyrinth aus abgelebten Sozialwohnungen, deren ehemals weiße Fassaden nun grau und elend waren. Der Regen kam und ging, und zu dieser öden Tageszeit zwischen Arbeitsbeginn und Mittagspause waren das einzig Lebendige hier die angebundenen Klepper, manche schwarz gescheckt, andere matschweiß, die zufrieden grasten.

Er riskierte es, zweimal am Haus vorbeizufahren. Vermutlich konnte er sich das erlauben. Aber wer wusste schon, wer hier alles aus dem Fenster spähte und nach Fremden Ausschau hielt? Drogendealer auf der Hut vor der Garda, adleräugige Rentner oder gelangweilte Hausfrauen? Er fuhr zurück in die Innenstadt und von dort ohne Halt weiter nach Westen. Bis nach Portlaiose, wo er im besten Dubliner Akzent, den er zustande brachte, eine Fleischpastete und eine Dose Cola bestellte und wartete.

Schließlich war die Zeit gekommen.

Er fuhr zurück in die Stadt und auf den Hügel. Die Tage wurden langsam länger, doch ab halb sechs brauchte er die Scheinwerfer. Jetzt aßen die beiden wohl zu Abend. Der Regen hatte sich verzogen, und eine Brise wehte lange Wolken durch den grauen, dämmerigen Himmel. Während er die unzähligen Häuser passierte, musste er an die Siedlungen im eisigen Nordosten denken, in denen er großgeworden war. Die Pferde fraßen unbeirrt. Kleine, schmuddelige Kinder spielten barfuß am Bordstein, stocherten hochkonzentriert mit Stöcken in Gullis. Ältere saßen rauchend auf einer Mauer, blickten seinem Wagen gleichzeitig nervös und angriffslustig hinterher.

Das Auto kam langsam zum Stehen. Richard blickte sich um, wollte das jedoch nicht zu lange tun. Drei schlaksige Teenager beobachteten neugierig, wie er ausstieg und abschloss. Zögerlich klopfte er an die Haustür. Teilweise, um der Rolle als harmloser, ungepflegter Mann in völlig unwichtiger Mission zu entsprechen, aber hauptsächlich, weil er wirklich zögerte. Noch könnte er gerade so zurück zum Auto gehen und verschwinden. Doch da ging die Tür auf, und er musste es durchziehen.

Francis O'Neill riss die Augen auf, Richard sah, wie er erschrocken zurückwich.

Richard hob die Augenbrauen, es war klar, er wollte in Hörweite der Jungen nichts sagen. Auf Francis' stummes Nicken hin trat er durch die Haustür in eine Wolke aus Schinkenduft. Sein Magen knurrte. Francis führte ihn den engen Flur entlang und raunzte: «Küche.» Richard glaubte erst, er meine ihn, doch hinter Francis' massigem Körper huschte eine schmächtige Gestalt davon.

Sie waren allein in dem kleinen Wohnzimmer. Zwei Sessel und ein Fernseher standen auf der einen, ein Tisch und zwei Stühle auf der anderen Seite. Von irgendwo roch es nach Katzenpisse, Zigaretten oder beidem. Francis hatte etwas zugelegt, um es höflich auszudrücken. Man könnte auch sagen, er war adipös. Der magere, herbe junge Mann von den ersten Fahndungsfotos hatte sich sehr verändert. Auch geistig war er offenbar nicht mehr sehr beweglich. Richard sah sich einem mittelalten Mann gegenüber, der nicht mehr mit dem getriebenen Eifer des Revolutionärs zu Boden starrte, sondern mit der verängstigten Miene des Zermürbten. Einen Augenblick lang glaubte er fast, Francis kämen die Tränen, dann wurde ihm klar, dass dessen Augen nur blutunterlaufen waren. Das übrige Gesicht war fahl und aufgedunsen. Zu viel Alkohol und ein Körper, der dessen Auswirkungen wohl nicht mehr so leicht wegsteckte.

Francis stapelte die Teller achtlos aufeinander und schob sie beiseite, ehe er Richard einen Stuhl anbot. Gesagt hatte er noch immer nichts. Ohne den Blick vom jeweils anderen zu nehmen, nahmen beide gleichzeitig Platz.

«Tja», sagte Richard.

«Was wollen Sie hier?» Schon besser, dachte Richard. Die Zeit im Süden hatte die Streitlust in Francis' Stimme kaum gemildert.

Richard ließ ein, zwei Augenblicke verstreichen. «Ich weiß. Sie haben kein Interesse an einer Zusammenarbeit …»

«Worauf Sie einen lassen können. Hatte ich nie, werde ich

nie haben. Ich hab Ihnen nichts zu bieten, Sie mir auch nicht. Außer Sie wollen mir aus reiner Menschenliebe eine Million Euro schenken.»

«Nein, das nicht, nein.»

Unbeirrt sah er Richard in die Augen. Schließlich fragte der: «Und? Was haben Sie dann hier verloren?»

«Ich musste Sie sehen, Francis. Ihnen etwas sagen.»

«Ach ja?»

«Ja. Etwas Wichtiges. Zur Warnung.»

«Zur Warnung? Drohen Sie mir schon wieder?»

«Nein. Ganz im Gegenteil.»

«Und warum haben Sie nicht einfach angerufen?»

«Das hätte ich wohl tun können. Es kam mir aber falsch vor.»

«Aha.»

«Es hätte riskant sein können.»

«So, riskant also. Und hier vor den Augen sämtlicher Nachbarn reinzuschneien, ist nicht riskant?»

«Ich verstehe Sie ja. Aber ich habe Vorsichtsmaßnahmen getroffen.»

«Ach, Sie verstehen mich? Wie wär's mal mit Klartext?»

«Tut mir leid. Die Zeit drängt, also komme ich zur Sache.»

«Gute Idee.»

«Mikey Sullivan.»

«Mikey? Was ist mit dem?»

«Er hat's auf Sie abgesehen.»

«Das hat er schon seit Jahren. Drum bin ich ja hierhergezogen. Mit dem werd ich schon fertig, aber den Ärger erspare ich mir lieber. Mikey ist kein Problem.»

«Ich glaube aber schon. Ich bin hier, weil ich gehört habe, dass er weiß, wo Sie sind. Exakt wo. Diese Adresse. Und er will daraus was machen.»

«Warum sollte ich Ihnen das glauben?»

«Warum nicht? Ich erwarte nichts von Ihnen.»

«Und von wem wollen Sie das gehört haben?

«Sie werden kaum erwarten, dass ich das verrate.»

«Wann?»

«Ich habe es vor ein paar Tagen erfahren. Angeblich plant Mikey Sullivan, in den nächsten zwei Wochen was zu unternehmen.»

«Meine Leute passen schon auf mich auf.»

«Schön, dass Sie sich da so sicher sind. Leider kann ich diese Zuversicht nicht teilen.»

Das war der schwierige Teil. Richard konnte Francis O'Neill schlecht auf die Nase binden, dass Joe Geraghty zugestimmt hatte, Mikey Sullivan diese Information zuzuspielen. Als Beruhigungsmittel, sozusagen. Mikey sollte gebändigt und davon abgehalten werden, sich weiterhin mit Dissidentengruppen einzulassen. Er sollte bezüglich Francis seinen Willen bekommen und sich dann zur Ruhe setzen. So weit wohl die Theorie. Eine ziemlich wacklige, wie Richard fand.

Francis kam sichtlich ins Grübeln. «Und was soll ich jetzt tun?», fragte er. «Wieder alles aufgeben und umziehen?»

Richard hob abwehrend die Hände. «Ich weiß nicht. Das liegt bei Ihnen. Ich wollte das nur nicht auf dem Gewissen haben. Sie zu warnen, kam mir richtig vor.»

Richard sah zu, wie Francis überlegte, wo der Haken war. Er blitzte ihn an wie ein schlechter Pokerspieler. Jetzt kam der wirklich knifflige Teil des Besuchs.

«Das war's also», sagte Francis schließlich. Es klang wie eine Frage, war aber eigentlich keine. «Sie haben Ihr Sprüchlein aufgesagt, jetzt können Sie gehen.»

«Ich dachte, Sie könnten vielleicht etwas Starthilfe gebrauchen.» Richard legte einen Umschlag auf den Tisch. «Hier sind zehntausend Euro. Das sollte für den Anfang reichen.»

Richard starrte auf den Umschlag.

Die Küchentür ging auf. Richard war Bridget O'Neill noch nie begegnet. Nun stand sie vor ihm und sah ihn an. Francis drehte sich erst um, als er Richards Blick bemerkte.

«Scheiße», entfuhr es ihm.

Er hatte es nicht für möglich gehalten, doch nun fiel es ihm sichtlich wie Schuppen von den Augen.

«Sie sind also Richard», murmelte sie.

«Genau.» Richard gab sich Mühe, unverkrampft zu wirken, stand jedoch innerlich unter Hochspannung. Er war unbewaffnet, und das hier konnte furchtbar schiefgehen.

«Scheiße», wiederholte Francis.

«Sie sind ganz sicher?», fragte Richard unnötigerweise.

«Ja», sagte Bridget, ohne den Blick abzuwenden.

«Und Sie sind so weit?»

«Es hieß, ich soll nicht packen –»

«Das meinte ich nicht.» Er sagte es so sanft wie unter den Umständen nur möglich. «Wir sollten los.»

«Ich bin so weit, ja», sagte sie und trat den kurzen Gang von der Küchentür zum Flur an, wo Richard nun stand.

Richard war gefasst darauf, dass Francis versuchte, Bridget festzuhalten. Doch sie bewältigte die Strecke ungehindert, ging an Richard vorbei zur Haustür und wartete. Ohne Handtasche oder sonstigen Besitz. Richard blickte noch einmal zu Francis, der ihn relativ gefasst ansah. Dann scharrte der Stuhl. Francis stand auf. Bridget erschrak. Francis wurde puterrot, ballte immer wieder die Fäuste. Jetzt kam es drauf an.

Auf Richards Zeichen hin öffnete Bridget die Haustür. Gemeinsam traten sie hinaus, gingen unter den bohrenden Blicken der versammelten jungen Männer zum Auto. An einen Ort wie diesen verirrte man sich nicht durch Zufall, Fremde waren hier nichts Alltägliches. Richard hielt Bridget die Beifahrertür auf und stieg dann selbst ein. Sie schnallten sich an, und er fuhr langsam los. An der nächsten Kreuzung wendete er behutsam den Wagen. Noch einmal passierten sie die Jungen, die aufmerksam beobachteten, wie der BMW behäbig den Hügel hinabrollte. Etwa eine Minute später sauste ein höchstens dreizehn Jahre alter Junge ohne Helm auf einem Moped an ihnen vorbei. Grinsend und gestikulierend kreuzte er vor ihnen hin und her. Richard verkniff sich, kräftig aufs Gas zu treten. Im Schneckentempo bahnten sie sich ihren Weg aus der Siedlung in Richtung Innenstadt, bis der Mopedfahrer schließlich genug hatte.

Gleich hinter der Stadtgrenze gab Richard kräftig Gas. Mit fast hundertzwanzig km/h jagten sie über die einspurigen Straßen. Er wollte weg, genoss die Konzentration auf die Straße. Mit Bridget hatte er bis zu diesem Zeitpunkt kein Wort mehr gewechselt.

«Zum Glück haben wir das hinter uns», sagte er.

«Ja», antwortete sie, klang aber nicht ganz überzeugt.

Die kurze, doch zugleich unendlich lange Strecke durch das Zimmer hatte sie nur bewältigt, indem sie sich vorstellte, sie hielte die Hand ihres Kindes. Herzallerliebst war er – sie hatte beschlossen, dass er ein Junge war, mit Francis' frechem Grinsen und ihrem sanftmütigen Wesen. Sie nahm ihn an der Hand und führte ihn – oder er sie? – langsam durchs Zimmer, nur ein paar Meter breit und doch so weit wie ein Ozean. Als sie Francis hinter sich bemerkte, zuckte sie innerlich zusammen, fand jedoch Kraft in der Hand ihres Sohns, dieser kleinen, zarten, vertrauensvollen Hand. Ihre Aufgabe war, ihn zu beschützen. Es ist alles gut, flüsterte sie ihm in Gedanken zu. Sarah würde irgendwo auf sie warten, hatte sie am Telefon versprochen. Aber Richard und Francis kannten sich bereits, weshalb Richard kommen würde. Außerdem hatte er Francis noch etwas anderes zu sagen. Keine Sorge, ich bin ganz in der Nähe, hatte sie gesagt. Es wird alles gut.

Epilog

All das ist nun Vergangenheit. Manchmal kommt sie Sarah ganz weit weg vor und manchmal, als wäre alles erst eine Minute her. Oft ist es, als wäre all das nie passiert.

Sie lebt heute im Peak District, nicht weit entfernt von ihrem Elternhaus. Das bescheidene Erbe ihrer Eltern ermöglichte ihr, in Frührente zu gehen. Der Arbeit trauert sie nicht nach, nur die Kollegen fehlen ihr. Es war die Zeitung, die alles mit einem Schlag wieder zurückbrachte.

Francis O'Neill verschwand kurz nach Richards Warnung spurlos. Er war schon immer ein Fuchs gewesen, und sie hofft, er konnte Mikey Sullivan entschlüpfen und führt heute ein halbwegs normales Leben.

Richard und Bridget traf sie damals in einer Raststätte kurz vor Cork, wo sie die Autos tauschten. Für große Wiedersehensfreude war keine Zeit, sie mussten so schnell wie möglich fliehen. Ein paar Tage verbrachten sie zusammen, dann mahlten die Mühlen des Systems und übernahmen alles Weitere. Ab und zu hat sie Bridget seither noch gesehen, doch immer seltener.

Jetzt ist Bridget irgendwo da draußen, in Sicherheit, hat ein neues Zuhause, einen neuen Namen und genügend Geld für ein bequemes Leben. Sarah fragte nie nach den Einzelheiten, erhielt eine Zeitlang aber regelmäßige Berichte über Bridgets Wohlbefinden. Seit sie den Geheimdienst verließ, hört sie gar nichts mehr. Richtig so. Sie bemüht sich, nicht zu viel darüber nachzudenken.

Wieder fällt ihr Blick auf die Zeitung, auf den Artikel über den soeben ernannten nordirischen Minister Joseph Geraghty. Sie bekam einen richtigen Schreck, nach so langer Zeit. Auf dem Foto lächelt Joe fotogen und medienwirksam wie immer in die Kamera, während sein nimmermüder Stabschef ihm von hinten schüchtern über die Schulter linst. Doch nicht Geraghtys Anblick hat sie so erschreckt, denn der steht oft im Rampenlicht.

Zum ersten Mal traf sie ihn im Jahre 1987. Sie war erst neunundzwanzig und als eine der ersten Frauen auf eine nichtsahnende IRA angesetzt worden. «Meiner Meinung nach», hatte Charles erklärt, «sollte man das schöne Geschlecht von diesen Leuten fernhalten. Aber meine Meinung zählt ja nicht.» Zum Glück.

Sie hatte ihn früh ins Visier genommen. Irgendwas hatte er an sich gehabt, das sie bereits in den ersten Berichten durchschimmern sah. Egal, wie oberflächlich und potenziell gefährlich irreführend das sein mochte, fand sie doch Gefallen an seinem Foto in der Akte: ein pummeliger Junge mit verhaltenem Lächeln. Keine Vorstrafen, aber eindeutig einer von Gentleman Joes Jungs.

Die Anwerbung war eine höchst delikate Angelegenheit. Sie sorgte dafür, dass sie von RUC-Leuten begleitet wurde, die wenigstens so tun konnten, als seien sie nette Menschen, und er fügte sich schnell. Viel Zeit war nicht: Die Polizei wollte den Checkpoint so rasch wie möglich wieder abziehen. Also fasste sie sich im Laderaum des Ford Transit möglichst kurz – ohne dabei brüsk zu wirken, wie sie hoffte.

«Ich bin nicht von der Polizei, aber das können Sie sich denken. Sie müssen jetzt nichts sagen, wahrscheinlich ist das sogar besser. Sie brauchen einen klaren Kopf. Denen da draußen habe ich nicht erzählt, worüber ich mit Ihnen reden will. Aber die sind nicht dumm. Der Punkt ist, ich vertraue diesen

Leuten. Bedingungslos. Was Sie auch denken mögen, das sind gute Menschen.»

Er öffnete den Mund.

«Nein. Ich will das jetzt nicht diskutieren, dafür ist keine Zeit. Vielleicht ein andermal. Ich weiß, Sie mögen keine Gewalt. Sie finden, all das bringt niemanden weiter. Das stimmt. Ich weiß, dass Sie verzweifelt sind und Angst haben. Dass Sie keinen Ausweg sehen.»

Er stritt diese unbegründeten Behauptungen nicht ab. Schon mal vielversprechend.

«Das hier ist Ihr Ausweg.»

Ganz bewusst nannte sie ihm keine Telefonnummer, kündigte nur an, ihn irgendwann wieder zu treffen. Er hatte keinen Ton gesagt.

Während der folgenden Wochen griff sie ihn immer wieder auf, stets mit demselben Team. Er sprach mit ihr, blitzte sie nicht stumm an oder leierte einstudierte Antworten herunter. Schließlich schlug sie vorsichtig vor, sich anderswo zu treffen, an einem Ort, an den er aus freien Stücken kommen konnte. Er war einverstanden. So einfach lief das, wenn es lief.

Sarah weiß noch, wie sie auf dem Parkplatz auf ihn wartete. Im Vorfeld hatte es mehr als genug Aufregung gegeben, doch die war nun nicht mehr nötig. Er war pünktlich – wie immer, solange sie miteinander zu tun hatten – und tauchte auf wie aus dem Nichts. Da wusste sie, dass er der Richtige war. Professionalität bedeutete ihm viel, auch das prägte ihre Zusammenarbeit.

Seine übrigen Motive zeichneten sich erst später ab. Anfangs waren ihre Treffen sachlich gewesen: Er brachte Informationen, sie überprüfte sie mit ein paar Fragen und protokollierte sie dann. Bezahlt wurde er nicht. Das wäre zu gefährlich gewesen, darüber waren sie sich stillschweigend einig, und obendrein hatte Kenny sich auf diese Sache nicht aus finanziellem Interesse eingelassen.

Kenny hatte betagte Eltern und einen spastisch gelähmten kleinen Bruder, die er über alles liebte. Sie gaben ihm Halt im Leben und waren einer seiner Hauptgründe, mit Sarah zu reden. Bald wurden ihre Treffen zu Gelegenheiten, bei denen er – höchstwahrscheinlich zum ersten Mal – über den kleinen Danny sprach. Unter Tränen erzählte er von seiner Verstrickung in die IRA, von seiner Angst, eines Tages getötet oder eingesperrt zu werden und sich nicht mehr um seinen Bruder kümmern zu können. Er wollte nicht mehr mitmachen, war jedoch in Gentleman Joes ganz spezieller Tyrannei gefangen. Geraghty gab zwar ständig vor, sich um Kennys Bedürfnisse zu sorgen, er tröstete ihn mit Versprechungen, ihn aus der Schusslinie zu halten, doch das waren nur hohle Phrasen, wie Kenny genau wusste.

Also begannen Sarah und Kenny, gemeinsam eine Zukunft zu gestalten. Kenny sollte Joe gegenüber darauf bestehen, nicht mehr an vorderster Front stehen zu wollen, ihm dafür aber andere Formen der Mitarbeit anbieten. Mit Fug und Recht sollte er behaupten, er brauche Zeit für Danny und könne nicht pausenlos für Kampfeinsätze auf Abruf bereitstehen.

Laut Kenny erwiderte Joe darauf grinsend: «Wirst du mir jetzt etwa weich, Kenny? Völlig inakzeptabel, damit das klar ist. Aber ich denke drüber nach. Könnte jemanden gebrauchen, der mir etwas zur Hand geht. Ich überlege mal, aber es gefällt mir nicht.»

«Bleib standhaft», riet Sarah. «Er gibt bestimmt nach.»

«Du kennst ihn nicht. Der ist ein fieses Schwein.»

«So viel ist mir klar. Aber wenn du jetzt nachgibst, hat er dich auf ewig in der Tasche.»

«Hat er doch jetzt schon.»

«Nein, hat er nicht. Das ist deine Chance, dir dein Leben zurückzuholen. Behalt die Nerven. Bleibt er stur, überlegen wir uns was Neues. Aber behalt die Nerven!»

Er blickte sie an, und sie sah, dass er ihr glaubte.

Schließlich gab Joe tatsächlich nach. Die Schießerei, in der Colm Hawley draufgegangen und Kenny verwundet worden war, spielte dabei sicher eine Rolle. Kenny wurde zu Joes rechter Hand, er sollte ihm die alltäglichen Scherereien abnehmen. Mit der Zeit wuchsen Joes Verantwortlichkeiten, und Kenny machte sich unentbehrlich. Einer direkten Beteiligung an Joes «Befragungen» verweigerte er sich – angeblich aufgrund seiner familiären Pflichten, doch in Wahrheit wegen der rechtlichen Verwicklungen, über die Sarah ihn aufgeklärt hatte. Seine Stellung machte ihn zu einem wichtigen Agenten. Er berichtete von Joes Zukunftsplänen. «Auf Francis O'Neill müssen wir ein Auge haben», erklärte er eines Abends im Jahr 1988. «Joe will, dass er in South Armagh bleibt, weil er Großes mit ihm vorhat. Und Francis ist ein Tier.»

Später erzählte er von Joes Entschlossenheit, seine eigene Zukunft zu sichern. «Man muss auf beide Pferde setzen, Kenny», hatte Joe erklärt. «Auf jedes verdammte Pferd im Rennen. Halt dich schön an mich. Wenn du nur ein falsches Wort an die anderen aus dem Army Council verlierst, wenn du einen von denen bloß ungefragt angrinst, mach ich dich fertig. Du gehörst zu mir, vergiss das ja nicht.»

Kenny und Francis waren etwa gleichzeitig in die Belfast-Brigade eingeführt worden. Er schien gar nicht zu merken, wie ihm bei der Geschichte die Tränen kamen. «Gentleman Joe ist ein Scheusal. Der Spitzname ist der blanke Hohn. Jeder kennt Joe. Mitten in der Nacht kann der plötzlich an deinem Bett sitzen. Mal streichelt er dir übers Gesicht, mal schleift er dich an den Haaren weg. Manchmal beides. Man lernt, nur mit einem Auge zu schlafen, aber man kann nichts dagegen tun. Ich weiß nicht, ob er die Leute dadurch gezielt manipulieren will oder ob das einfach seine Art ist, aber die Angst lässt einen nicht los, niemals. Francis fürchtet ihn so sehr wie ich. Ich hasse dieses Schwein.»

Kenny erzählte ihr von Francis' geplanter Reise nach Singapur; auch das hatte Joe ihm anvertraut. Von Liams Entführung setzte er sie zu spät in Kenntnis – er war zu Hause bei Danny gewesen. Er warnte sie, dass man Francis mit einem großen Ding in der Nähe von London betraut hatte, wusste jedoch keine Einzelheiten. Die musste sie anderswo beschaffen: von Bridget O'Neill. Kenny wurde angewiesen, Bridget schleunigst fortzubringen, falls Joe beschlösse, sie von Jimmy Laffertys Jungs befragen zu lassen. Auch über Joes Ansichten bezüglich seiner Geheimgespräche mit einem Agenten namens Richard Mercer informierte er Sarah. Zum letzten Mal meldete er sich, um sie wissen zu lassen, Joe Geraghty habe Mikey Sullivan gesteckt, wo die O'Neills sich aufhielten. Da hatte er längst nicht mehr für sie gearbeitet.

Bereits 2002, nach dem Tod von Kennys Vater, hatten sie die Sache einvernehmlich beendet. Sarah bot ihm etwas zweideutig ein neues Leben an, zusammen mit seiner Mutter und Danny. Dass er ablehnte, überraschte sie nicht. Sie wusste so gut wie er, wie sehr die Familie überall auffiele. Joe und die Jungs würden sie mühelos finden. Also hielt er durch und tut das heute noch. Etwas Geld – nicht viel – landet über Umwege jährlich auf seinem Konto, durch ein obskures, indexgebundenes Investment, das angeblich mit einer Lebensversicherung seines Vaters zusammenhängt. Das war's. Fast.

Einmal noch, 2016, kurz bevor sie selbst in Pension ging, trafen sie sich auf seine Bitte hin. Mit ihm in der Lobby eines Londoner Fünf-Sterne-Hotels Kaffee zu trinken, war merkwürdig. Politische Geschäfte hatten ihn in die Stadt geführt.

«Könnt ihr das Schwein nicht drankriegen? Ihn loswerden?»

«Was meinst du?», fragte sie.

«Ihr wisst genug über ihn. Ihr könntet ihn doch garantiert fertigmachen?»

«Aber was würde dann aus dir?»

«Das ist mir inzwischen so was von egal. Er hat sich kein bisschen geändert. Der gehört erledigt.»

«Warum gehst du nicht einfach? Kündige und mach dein eigenes Ding. Vergiss ihn. Du bist doch nicht mehr an ihn gebunden. Er kann dir nichts tun.»

«Natürlich bin ich das, verstehst du nicht? Egal, ob er etwas tun kann oder nicht. Ich hänge fest, bis jemand ihn vom Thron stürzt.»

«Das kann ich dir nicht antun, Kenny. Dann käme alles raus, das weißt du doch.»

«Ist mir egal.»

«Außerdem …»

«Ja. Dachte mir schon, dass so etwas kommt. ‹Der Friedensprozess darf nicht gestört werden.›»

«Und? Bist du da anderer Meinung?»

An den Umständen gemessen, war es eine freundschaftliche Begegnung. Die alte Nähe stellte sich wieder ein, die niemals Ausdruck in Wort oder Tat gefunden hatte – das hätte sie unweigerlich zerstört. Schon vor dem Treffen war ihm klar gewesen, was sie sagen würde. Versuchen musste er es trotzdem. Und da ist er nun, in der Zeitung, an Joes Seite, immer noch.

Immer wenn sich jenes erste Gespräch in dem Lieferwagen unweit des Flughafens von Belfast jährt, erhebt sie stumm das Glas auf ihn – und auf Bridget. Gut, meistens ist's bloß eine Tasse Tee. Doch manchmal wirft eine Nachrichtenmeldung sie zurück in jene sonderbare Welt, die ihr einst so vertraut war. Eine neuerliche Gewalttat, scheinbar willkürlich, doch in

Wahrheit im Namen einer jener Ideologien verübt, die den Tod als Mittel zum Zweck begreifen: eine Bombe auf einem Marktplatz, ein Mann mit Machete auf der Straße, ein Laster, der im Zickzack über den Bürgersteig rast. So anders damals auch noch alles war, es erinnert sie doch an jene düsteren, angstgeplagten Zeiten. Sie denkt an Bridget und Francis, die beide irgendwo da draußen ganz allein sind – und, so hofft sie, vom Kampf befreit.

Ein Nachwort für die deutschen Leserinnen und Leser

Mit dem verschleiernden Euphemismus «The Troubles» (Die Schwierigkeiten) beschreibt man in Irland – im Norden wie im Süden – und Großbritannien gern die Zeit zwischen 1969 und 1998, in der Unruhen, Terrorismus, Mord und Totschlag das Leben aller Nordiren und vieler Menschen andernorts beherrschten. Der Begriff wäscht Blut, Schmerz und Leid von den Ereignissen und verschiebt sie in den Bereich der bloßen Unannehmlichkeit. Die Angst und der Schrecken werden damit nicht einmal ansatzweise ausgedrückt.

Es ist nahezu unmöglich, diesen Zeitraum in objektiven, allgemein akzeptierten Begriffen zu beschreiben, umstellt von Emotionen, wie er ist. Klar ist aber: Die Ursachen liegen weder in ihm selbst noch in den Jahren, die ihm unmittelbar vorausgingen. Auch liegen sie nicht im Fenieraufstand von 1867 oder der Irischen Rebellion von 1798, obgleich die Streitpunkte sich verblüffend ähneln. Nein, die Anfänge finden sich Jahrhunderte zuvor.

George Bernard Shaw sagte einmal, kein Engländer sollte die Geschichte Irlands je vergessen, kein Ire sich je an sie erinnern. Eine hübsche Anspielung auf das Talent der Engländer, die Dinge selbstzufrieden zu verharmlosen, und das der Iren, nachtragend an ihnen festzuhalten. Aufschlussreicher ist jedoch die Feststellung des Historikers A. T. Q. Stewart, die irische Geschichte sei öfter von Dichtern geschrieben worden als von Historikern. Das mag ihr etwas Magisches verleihen, führt aber, so Stewart, außerdem zur Akzeptanz von Mythen als Tatsachen und zur jahrhundertelangen Wiederholung der immer gleichen rhetorischen Manöver, Antworten und Fehler.

Von Zeit zu Zeit tauchen diese Themen wieder auf; meistens in Form von Gewalt, der in gleichem – wenn nicht größerem – Maß mit Repression begegnet wird. Mit das Erschreckendste daran ist, wie wenig Recht oder Gerechtigkeit sich zu beiden Seiten findet. Sicher, es gibt echte Missstände, doch die britische Verwaltung hat sich ein ums andere Mal als dumm und brutal erwiesen; zugleich legten die Irish Republican Army (IRA) und ihre Vorläufer eine Grausamkeit an den Tag, die in keinem Verhältnis mehr zu ihren Zielen stand, ja diesen manchmal regelrecht bewusst zu widersprechen schien. Die protestantischen «Loyalisten» sorgten unterdessen für weitere willkürliche Gräuel.

Unmöglich lässt sich in einem kurzen Nachwort der komplexen Situation gerecht werden, die sich in Irland über Jahrhunderte entwickelte, oder dem heiklen Ungleichgewicht, das allen Beteiligten verdrehte Anreize geliefert hat. Viele Probleme speisen sich gerade aus zu großer Vereinfachung der Umstände.

Schon über den Ursprung des Konflikts ließe sich hitzig debattieren. Sagen wir, alles begann im frühen 16. Jahrhundert, mit dem Entschluss Heinrichs VIII., Irland zu unterwerfen. Zwar war sein Vorfahr Heinrich II. schon im 12. Jahrhundert in Irland eingefallen, doch dieser Zeitpunkt taugt so gut wie jeder andere dazu, den Anfang der Spannungen zwischen Großbritannien und Irland sowie zwischen den Konfessionen auf der Insel zu markieren. Eine Führungsklasse aus Protestanten wurde ausgeschickt, den Großteil eines Landes in Besitz zu nehmen, dessen einheimische Bevölkerung mehrheitlich katholisch war. Und schon befinden wir uns mitten im Reich poetischer Vereinfachung, zumal einige der wohlhabendsten Landbesitzer und Unterstützer der Briten dem katholischen Glauben anhingen, während diverse ärmliche protestantische Kleinbauern für ein unabhängiges Irland eintraten. Allgemein gesprochen lassen sich hier dennoch die wiederkehrenden Verwerfungslinien ablesen: zwischen Armen und Reichen, Briten und Iren, Katholiken und Protestanten.

Den Konflikt für einen Glaubenskrieg zu halten, wäre jedoch falsch. Vielmehr ging er aus parteilichen und gesellschaftlichen Spannungen zwischen zwei Gemeinschaften hervor, die ihre Wurzeln in den jeweiligen Religionen hatten. Im Grunde geht es aber um Gesellschaft, Abstammung und Politik, und religiöse Lehren spielen kaum eine Rolle.

Während der folgenden Jahrhunderte war es britische Politik, Irland mit einer neuen Klasse Landbesitzer zu besiedeln, die unter anderem aus schottischen Presbyterianern bestand. Das vertiefte die Gräben, während zugleich kaum etwas für die einheimischen Iren getan wurde. Zwei große Hungersnöte – eine von 1740 bis 1741, bei der 400 000 Iren starben, und eine von 1845 bis 1849 –, von denen die ärmeren Katholiken unverhältnismäßig stark getroffen wurden, verstärkten dies noch und hatten einen Massenexodus zur Folge.

Bis 1800 war Irland von der englischen Krone beherrscht, zählte aber offiziell nicht zu Großbritannien. Nach der Rebellion von 1789 wurde es per Gesetz zum Teil des Vereinigten Königreiches von Großbritannien und Irland. Das beruhigte die Lage zwar eine Zeitlang, befeuerte langfristig jedoch nur den Ruf nach einem unabhängigen Irland. Kurz vor Ausbruch des Ersten Weltkriegs erließ das britische Parlament eine Reihe von Gesetzen zur sogenannten «Home Rule», wodurch die Entscheidungsgewalt über irische Angelegenheiten an Irland zurückgegeben werden sollte (gegen den heftigen Widerstand der wohlhabenden und einflussreichen protestantischen Minderheit). Die Umsetzung wurde aufs Kriegsende verschoben. 1916 wiederum wurde ein Versuch, mit revolutionären Mitteln schon früher eine unabhängige Regierung in Irland einzuführen, vom Königreich brutal niedergeschlagen. 1919 einigte man sich schließlich darauf, Irland entlang konfessioneller Grenzen zu teilen und im Süden einen neuen, aus sechsundzwanzig Counties bestehenden Staat namens Republik Irland (anfangs: Freistaat Irland) zu gründen, dessen Regierung größtenteils aus ehemaligen Mitgliedern der IRA bestand. Der vorwiegend protestantische nördliche Teil des Landes – die «sechs Counties» – blieb als Nordirland Teil des Königreichs. Die Grenze zog man aufgrund demographischer Daten, und obwohl man Nordirland häufig Ulster nennt, erstreckt es sich nicht exakt auf demselben Gebiet wie die einstige Provinz dieses Namens.

Und so kommen wir zum Jahr 1969. In der Zwischenzeit hatten sich die alten Muster in einem industrialisierten Nordirland eingegraben, das sich mit protestantischen Politikern mehr oder weniger selbst verwaltete. Protestanten hatten die besten Jobs. Das Schulsystem war entlang der Konfessionsgrenzen gespalten, und protestantische Schulen wurden deutlich bevorzugt. Besonders in den Städten war der Wohnraum de facto gettoisiert, wobei den Katholiken slumartige Lebensumstände vorbehalten blieben. Fast alle Polizisten waren Protestanten.

Die Ungerechtigkeiten waren so zahlreich und so spürbar, dass es niemanden überraschte, als im Zuge der Protestbewegungen der späten Sechziger eine Bürgerrechtsbewegung in Nordirland entstand, die wiederum eine Gegenreaktion der protestantischen Mehrheit hervorrief. Gewaltsame Zusammenstöße waren keine Seltenheit, und die Briten ließen zur Wahrung der Ordnung Soldaten auf den Straßen patrouillieren. Begrüßte man die Army anfangs noch als Beschützer der

Katholiken, sah man sie bald immer mehr als Werkzeug der Briten und folglich der protestantischen Unterdrücker. Diese Entwicklung erreichte einen Höhepunkt, als britische Truppen im Januar 1972 bei einer Bürgerrechtsdemonstration in Derry City dreizehn unschuldige Katholiken erschossen. Dieser Vorfall und viele ähnliche machten die nie aufgelöste, wenngleich weitgehend inaktive IRA wieder populär und glaubwürdig. Sie teilte sich in zwei Gruppen: in die immer noch militante Official IRA, die hauptsächlich im Süden agierte, und die militärisch organisierte, schlagkräftige Provisional IRA, die sich auf direkte Aktionen vorbereitete und wesentlich im Norden operierte, obwohl sie auch über Strukturen in der Republik verfügte. Ziel der «Provos» war der gewaltsame Umsturz der britischen Herrschaft über Nordirland und die Vereinigung der Insel unter der irischen Trikolore. Auf der Gegenseite bildeten sich loyalistische Paramilitärs wie die Ulster Volunteer Force – angeblich, um die Protestanten zu schützen, tatsächlich aber, um irische Nationalisten und Republikaner anzugreifen.

Die Komplexität der Lage zeigt sich schon darin, dass «Loyalismus» nicht dasselbe ist wie «Unionismus» – also der Wunsch, Nordirland möge Teil des Königreichs bleiben –, obwohl die beiden schwer zu unterscheiden sind: Die Bewegung der Loyalisten entstand aus dem Widerstand gegen die Home Rule am Ende des 19. Jahrhunderts, als auch viele Katholiken gern im Königreich bleiben wollten. Der Terminus Loyalismus hob dabei die spezifisch protestantische Dimension hervor.

Es scheint wenig sinnvoll, auf die Schuld für die Gräuel der folgenden etwa drei Jahrzehnte mit Aufrechnung zu reagieren: für die Morde an unschuldigen Katholiken in irischen Bars und an Touristen auf dem europäischen Festland, für die Entführung, Folter und Ermordung zehnfacher Mütter, die man des Spitzelns verdächtigte, für die Absprachen zwischen RUC (der britischen Polizei in Nordirland), Army und protestantischen Terroristen … Es dürfte genügen festzuhalten, dass der Wahnsinn entfesselt wurde und 3000 Menschen darin umkamen.

Man kann wohl mit Recht behaupten, dass niemand im Recht war: Alle waren im Unrecht, und jede wohlmeinende Intervention konnte die Lage ebenso gut verschlimmern und neues Leid hervorrufen. Jahre mühevoller, geduldiger Kleinarbeit waren nötig, unter Beteiligung der irischen und englischen Regierung, gemäßigter Politiker in beiden Teilen Irlands, von Vermittlern aus dem Rest der Welt (den USA und der EU, zum Beispiel) und am Ende auch Mitgliedern der Terroristengruppen selbst, um diesen Wahnsinn zu bremsen und ihm schließlich Einhalt zu gebieten: Im Jahre 1998 unterzeichneten alle Beteiligten das sorgsam formulierte Karfreitagsabkommen, dessen Vereinbarungen zur Aufteilung der Macht in Nordirland gleiche Rechte für alle garantierten. Ein vereinigtes Irland, wie Sinn Fein (einst der politische Arm der Provisional IRA, heute eine verfassungskonforme Partei) es sich noch immer wünscht, sieht das Abkommen nicht vor, es beschreibt aber einen möglichen Weg dazu, der vom ausdrücklichen Einverständnis der Menschen sowohl in Nordirland als auch der Republik abhängt. Große Teile des Vertrags sind formal in die Institutionen der EU eingebettet, was für Unklarheiten bezüglich der Auswirkungen der Verhandlungen über den Brexit sorgt. Sowohl die EU als auch die Regierungen Großbritanniens und Irlands haben die vorrangige Notwendigkeit anerkannt, die Vorteile des Abkommens zu wahren und die irische Grenze zwischen EU und Großbritannien (zwischen Nordirland und der Republik) so «weich» wie möglich zu belassen.

All dies bildet den Hintergrund zu «Verrat», das in der Zeit unmittelbar vor und nach dem Karfreitagsabkommen spielt.

Während ich dieses Nachwort schreibe, werfen die Troubles

noch immer bedrohliche Schatten. Um eine funktionierende Mehrheit im englischen Parlament zu behalten, bemühen sich die Konservativen um die Unterstützung der DUP, der radikaleren der Unionisten-Parteien in Nordirland. Das widerspricht dem Karfreitagsabkommen, dem zufolge die Regierungen Irlands und Großbritanniens bloß Gewährleister und Vermittler im Friedensprozess der Nationalisten und Unionisten sein sollen.

Die Geschichten der beiden Inseln Irland und Großbritannien sind unauflösbar verknüpft. Jeder, der behauptet, sämtliche Feinheiten so weit zu durchschauen, dass er sich eine eindeutige Prognose erlauben darf, will entweder andere täuschen oder täuscht sich selbst.

Danksagung

Diese Danksagung gilt allen, die während der letzten drei Jahre dazu beitrugen, meine Romane zu veröffentlichen und mir das Gefühl zu geben, auf dem Weg zu sein, mich «Schriftsteller» nennen zu dürfen.

Vielen Dank an das gesamte Team von Viking, für das der Begriff «grandios» kein Jota übertrieben ist. Poppy North, Stephenie Naulls, Lesley Levene, Keith Taylor, Katy Loftus, Isabel Wall und bestimmt auch zahllose andere, deren Namen ich nicht weiß, waren nicht nur allesamt erstklassig in dem, was sie tun, sondern arbeiteten obendrein hervorragend zusammen. Und als dicker Bonus sind sie auch noch unheimlich nette Menschen.

Besonders hervorheben muss ich meine Lektorin Mary Mount, die dieses Buch viel besser gemacht hat, als ich es alleine je geschafft hätte. Dank ihrer Geduld, ihres sicheren Urteils und ihrer Freundschaft kamen wir dorthin, wo wir heute sind. Ihr Vertrauen ehrt mich sehr.

Danke auch an das einzigartige Team von Curtis Brown – auch hier werde ich riskieren, Namen zu nennen. Ausgesprochen dankbar bin ich Catherine Cho, Kirsten Foster, Kate Cooper, Alice Lutyens, Eva Papastratis, Camilla Young, Jess Coleman und Nadia Mokdad für ihre Nachsicht und ihre Fähigkeiten.

Der Vordenker dieser Bemühungen ist mein Freund und Agent Jonny Geller, dessen Begeisterung und Vertrauen mir weiterhalfen, wenn ich an mir zweifelte (was nicht nur einmal und nicht nur zehnmal vorkam). Ihm, der seiner Arbeit mit einer solchen Mischung aus Charme und Integrität nachgeht, schulde ich ganz besonderen Dank.

Obwohl ihnen das womöglich nicht gefällt, sollte ich wohl auch meine früheren Arbeitgeber erwähnen. Auch wenn mein Entschluss zu schreiben, und zwar ganz besonders den vorliegenden Roman, sie vielleicht beunruhigt – ich weiß es wirklich nicht –, haben sie mir keine Steine in den Weg gelegt und sich in unseren Gesprächen stets höchst anständig verhalten. Auch wenn wir uns über manches uneins sein mögen, geht es doch immer höflich zu.

Schließlich muss ich, wiewohl für eine Danksagung in Büchern unüblich, das Leid der Menschen in Irland und Großbritannien vor, während und nach jener Zeit anerkennen, die man gern als «the Troubles» bezeichnet (und die keineswegs vorbei ist, wie viele zu glauben scheinen): die schuldigen und unschuldigen Opfer; die Klugen und die Holzköpfe; die Tapferen und die Grausamen, Skrupellosen, Hinterlistigen. Mein Buch hat keine Botschaft – mich interessiert vielmehr, wie angeblich ganz gewöhnliche Menschen plötzlich zu außergewöhnlichen werden. So es aber eine Lehre gibt, die wir aus der jahrhundertelangen Erfahrung auf diesen Inseln ziehen können, dann die – von ganz wenigen Fällen abgesehen – völlige Sinnlosigkeit politischer Gewalt, die manchmal geradezu darauf abzuzielen scheint, ihre eigenen Ziele zu untergraben. Die (gar nicht so) gewöhnlichen Menschen sind es, die unter dem krankhaften, eitlen Ehrgeiz ihrer Führer leiden, und um die sollte es gehen.

Nicholas Searle

Das alte Böse

Ein Mann und eine Frau lernen sich über ein Datingportal kennen. Er ist über achtzig. Ein Mann mit Vergangenheit. Sie ist über achtzig. Ein ideales Opfer. Eigentlich klar, wie die Sache ausgehen wird – doch Ray hat seine Rechnung ohne Betty gemacht.

368 Seiten

So einen Thriller hat man noch nicht gelesen – «Eines der packendsten Debüts des Jahres.»

Independent

«Muss man lesen.»

Die Welt